KB174210

생태주의의 스펙트럼과 시학詩學

김 동 명

국학자료원

책 머리에

생태주의의 이념은 다양한 스펙트럼spectrum으로 펼쳐지고 있다. 인간을 위해 자연을 보호해야 한다고 부르짖는 환경생태주의의 등장 이후, 인간과 자연을 하나의 그물망으로 비유하며 생태중심주의를 지향하는 심층생태주의, 일차 자연으로서의 자연과 이차 자연으로서의 인간이 조화된 자유 자연을 위해 인간 사회의 위계 구조부터 해체되어야 한다고 부르짖는 사회생태주의, 가부장적 가치관이 생태계 위기를 유발했다고 주장하며 여성성을 대안으로 제시하는 생태여성주의, 생태계 위기를 극복하기 위해 우선되어야 할 점은 무엇보다 생태계의 원리를 이해해야 한다고 강조하는 복잡성의 논의 등 생태주의의 이념은 상호 습합하는 가운데 고유한 파장을 드러내고 있는 것이다.

한국 현대시 창작에서 나타나는 생태주의의 상상력 또한 마찬가지 양상을 보인다. 위기에 빠진 생태계의 복원에 대한 지향은 동일하지만 그 원인과 대안을 인식하는 방식에서 차이를 드러내는 것이다. 그러나 한국 현대시를 대상으로 한 생태주의 연구는 여전히 생태주의 또는 생명사상 등 포괄적 개념으로 논의되는 데 머물고 있다. 이러한 연구방식은 생태주의의 광범위한 개념적 특성으로 인해, 생태주의의 범주 안에 들지 않는 시가 없게 되는 문제를 낳는다. 이는 결국, 생태주의 문학 연구의 독자성과 의의를 약화시키고 창작의 약화를 불러오게 된다. 이 책에서는 이러한 점을 인식하고 각 시인들의 시에 나타나는 생태주의의 독자성에 초점을 맞추어 다양한 스펙트럼으로 시 읽기를 시도했다는 의의를 찾을 수 있다.

책의 내용은 전체 2부로 나누어 논의했다.

제1부에서는 이성선과 고진하, 정현종, 최승호, 하종오 시에 나타난 생태주의의 복잡성에 초점을 두고 논의했다. 그들의 시에 나타나는 생태주의는 복잡성으로서의 생태계에 대한 이해를 추동한다는 점에서 공통적이지만 화엄사상, 기독교, 노장사상, 신과학, 세계시민주의 등의 스펙트럼을 통해 차이를 나타낸다.

제1부 1장에서는 먼저 이성선과 고진하 시에 나타나는 복잡성을 논의했다. 두 시인의 시에 나타나는 사유는 종교성을 통해 생태주의를 드러내는 공통점을 보인다. 그러나 이성선 시가 화엄사상에서 주목하는 진공으로서의 무無와 혼돈, 개체 상호간의 관련성을 의미하는 사사무애를 통해 생명현상이 발현된다고 보는 데 비해, 고진하 시에서는 기독교사상에서 말하는 창조주와 상호침투, 전체에 내재하는 창조주의 통전성으로 차이를 나타낸다. 이성선 시에 나타나는 복잡성이 화엄사상을 통해 자연현상의 다차원적 생성에 주목하는 반면 고진하 시에 나타나는 복잡성은 창조주와 피조물의 관계를 전제로 암시되는 것이다.

제1부 2장에서는 정현종 시를 대상으로 가이아Gaia사상을 통한 심층생태주의의 복잡성을 논의했다. 정현종 시에서 관계론은 대상이 관계를 맺는다는 보편적 인식을 넘어 관계가 대상을 현현顯現한다는 생성의 원리에 초점이 맞추어져 있다. 또한 자기조절력을 갖춘 가이아적 생태계는 혼돈으로부터 질서로, 질서에서 혼돈으로 변화하는 가운데 생명현상을 발현하는 양상으로 논의되었다. 나아가 생명체를 비롯한 무기물까지 모든 개체는 전체의 부분으로서 시간과 공간을 통섭하며 순환한다는 점이 강조되었다. 정현종은 생태계의 가이아적 특징을 생태계의 복잡성으로 파악하여 형상화했다는 것이다.

1부 3장에서는 최승호 시에 나타나는 복잡성을 노장사상과 신과학의 관점을 통해 논의했다. 먼저 혼돈으로부터 생성하는 개체와 생태계의 생명현상을 곡신불사谷神不死와 미분화의 창조성으로 논의했다. 또한 생태계 내 각 개체의 생명현상은 전체 생태계와 관련되며, 그러한 가운데 개체와 개체, 개체와 전체가 유사성을 보인다는 사유가 만물제동萬物諸同과 프랙탈fractal 현상으로 논의되었다. 나아가 무위자연無爲自然과 자기조직화를 통한 재생적 창발성이 논의되었다. 최승호는 생태계가 끊임없이 변화 생성하며 항상성(恒常性, homeostasis)을 유지하는 이유가 생태계의 복잡성에 있다고 본 것이다.

제1부 4장에서는 하종오 시를 대상으로 세계시민주의적 생태주의의 복잡성을 도출했다. 초국적 이주와 관련하여 내국인과 이주국적자들 사이에 작동하는 위계구조화가 생태계 위기를 유발한다는 주제를 논의했다. 그의 시에서 내국인과 이주국적자는 이차 자연을 의미하며, 이주국적자에 대한 하위 위계화가 생태계 파괴로 이어진다는 주제가 도출되었다. 그에 대한 대안으로서 세계시민주의의 모색, 차이의 긍정과 복잡성의 지향을 도출했다. 그의 시에 나타나는 신자유주의의 폐해와 그에 대응한 세계시민주의적 생태주의의 복잡성을 생태계 파괴의 원인과 대안으로 논의한 것이다.

제2부에서는 이상국, 고진하, 김선우 시에 나타난 생태주의의 다양한 스펙트럼에 초점을 두고 논의했다. 그들의 시에 나타나는 생태주의는 생태계에 대한 이해를 추동한다는 점에서 공통적이지만 원인과 대안을 인식하는 방식에서 사회생태주의와 심층생태주의, 기독교사상, 만유재신론, 모성적 생태여성주의 등으로 다양한 차이를 보이는 것이다.

제2부 1장에서는 이상국 시에 나타난 사회생태주의와 심층생태주의를 논의했다. 그의 시에서는, 계급적 성격이나 지배문화 뿐 아니라, 개인적인 강제, 명령, 제도화된 복종 시스템 등과 같이 사회적인 제도 속의 위계 구조가 생태계 파괴를 유발한다는 주제가 도출되었다. 나아가 '있어야 할 세계'를 표방하는 대안적 가치로서 연대와 참여, 자연과 인간의 유기체적 생명 발현, 생명현상의 순환성과 항상성이 논의되었다. 이상국 시에서 유기체적 생명현상을 표방하는 사회생태주의와 심층생태주의가 도출된 것이다.

제2부 2장에서는 고진하 시를 대상으로 만유재신론적 생태주의를 논의했다. 먼저, 초탈과 돌파에서는 '하나'의 창조주를 지향하는 가운데, 생태주의의 유기체적 특성과 통한다는 점이 논의되었다. 이러한 특성은 모든 피조물에 창조주의 영성이 내재한 가운데 서로 순환하며 생명현상을 발현한다는 논의로 이어졌다. 비구분의 신화적 생태계에서는 창조주와 인간, 동 · 식물, 사물까지 조화를 이루는 가운데 생명현상을 발현한다는 주제가 도출되었다.

제2부 3장에서는 고진하의 후기시에 나타나는 기독교사상의 심층생태주의를 도출했다. 창조주의 현존과 창조적 관계성에서는 창조주의 영성(靈性, spirituality)이 내재한 가운데 개체와 개체의 관계 속에서 발현되는 생명현상을 논의했다. 이러한 특성은 복잡성의 논의로 이어졌다. 고진하 시에서 창조주의 영성은 생명현상의 전 과정에 걸쳐 피조세계와 상호 작용하며 복잡성을 노정한다는 것이다. 마지막으로, 소멸을 통한 생성의 순환성이 부활사건의 암시를 통해 자기조직화의 특징으로 논의되었다. 고진하 시에서 기독교사상의 생태주의가 도출된 것이다.

제2부 4장에서는 김선우 시에 나타나는 모성적 생태주의를 논의했다. 그의 시에서 생태계는 생성과 양육을 주관하는 모성적 특징으로 논의되었다. 이어서 가부장적 세계관으로 인해 파괴되는 생태계의 모성성이 도출되었다. 마지막으로, 파괴된 생태계의 복원에 대한 대안으로 보살핌과 치유의 모성성이 논의되었다. 김선우 시에서 모성성을 중심으로 생태여성주의가 도출된 것이다.

이와 같이, 이 책에서는 일곱 명의 시인들이 펼쳐 보이는 생태주의의 특성이 다양한 스펙트럼을 통해 추출되었다. 학술지에 등재했던 소논문을 엮고 기우는 과정에서 그동안 생태주의의 스펙트럼을 통해 시 읽기를 모색해왔다는 사실을 새삼 깨닫게 된 것이다. 이러한 방법의 시 읽기에 적용된 사상과 이론에 대해 충분히 이해했다고 말하기는 어렵다. 그러나 각 시인들의 시편에 드러나는 생태주의의 개성적인 특성에 초점을 두고 논의할 때, 그들의 시에 내장된 생태주의의 사유가 좀 더 선명하게 드러났다는 점은 분명하다.

2016년도 어느새 초하初夏의 문턱을 넘고 있다. 시간이 광속光速 같다. 늘, 공부할 수 있도록 도와주시는 지도교수님께 진심으로 감사하다는 말씀을 드린다. 은사님들, 가족과 지인들께도 감사하다는 말씀을 전하고 싶다. 두 번째 책의 발간을 허락해주신 국학자료원 대표님께 다시 고맙다는 말씀을 드린다. 첫 책을 낼 때 많은 폐를 끼쳤는데, 또 흔쾌히 받아주셔서 정말 감사하고 기쁘다. 책을 세심하게 교정하고 편집해 주신 편집부 여러분께도 마음 깊이 감사드린다.

2016. 6.
김동명

목 차

제3장 노장사상과 신과학의 관점을 통한 심층생태주의의 복잡성
/ 최승호론

제4장 세계시민주의적 생태주의의 복잡성 / 하종오론

제2부 생태주의 시의 다양한 스펙트럼

제1장 이상국 시에 나타난 생태주의적 양상 / 이상국론

제2장 고진하 시에 나타난 만유재신론적 생태주의

— 『우주배꼽』 이후 시를 중심으로 / 고진하론

제1부

생태주의 시와 복잡성의 스펙트럼

제1장

화엄사상과 과정신학을 통한 생태주의의 복잡성 비교 / 이성선과 고진하론

1. 머리말

현대인은 생태계를 자연으로 보지 않고 자원으로 인식한 결과 복잡성(complexity)[1]이 훼손되고 획일화로 인한 생태계 파괴는 심각한 지경에 이르렀다. 이러한 현상에 주목하는 생태주의자들은 복잡성으로서의 생태계에 대한 자각을 강조한다.[2] 그들은 생태계를 파괴하는 근본 원인이 인간중심적 획일화에 있다고 보는 것이다. 이러한 논의를 전제할 때, 생태계 위기를 해결할 수 있는 근본적 대안은 생태계의 원리인 복잡성을 이해하는 데서 시작된다는 사실을 알 수 있다.

---

1) 복잡성은 분리될 수 없도록 연결된 가운데, 이질적인 요소로 구성된 망(complexus)를 의미한다. 복잡성은 현상 세계를 구성하는 상호작용, 반작용, 비평형과 비선형, 무질서 등 불안정한 특성을 포괄한다.
프리초프 카프라, 김용정 외 역, 「흩어지는 구조」, 『생명의 그물』, 범양사출판부, 1998, 234~255쪽 참조.

2) Arne Naess, David Rothenberg Trans, & Ed, *Ecology, Community and Lifestyle* (Cambridge; Cambridge University Press, 1989), pp.165~166. pp.196~209.

복잡성에 대한 논의는 1970년대에 태동하여 1980년대 초반부터 활발해지면서 강력한 패러다임을 형성했다.[3] 생태계 위기와 관련하여 복잡성을 이해하고자 하는 철학적 운동은 심층생태주의에서 촉발되었다.[4] 신물리학의 영역에서도 생명현상의 과정에서 나타나는 혼돈, 비평형과 불안정성 등 복잡성을 주목한다.[5] 생태주의자들은 생태계가 복잡성을 띤 생성의 체계이기 때문에 인간 중심적 접근으로 해결할 수 없다고 판단하며, 그에 대한 이해를 촉구하는 것이다.

한국현대시인 가운데 이와 같은 사유를 보여주는 시인으로는 이성선과[6] 고진하를[7] 들 수 있다. 이성선은 등단 초기부터 일관되게 자연에 대한

---

3) 에드워드 윌슨, 최재천 외 역, 「아드리아네의 실타래」, 『통섭』, 사이언스북스, 2005, 169쪽.

4) 1973년 노르웨이의 철학자인 아르네 네스Arne Naess가 스피노자Spinoza와 간디Gandhi, 불교의 영향을 받아 표방한 사상으로, 자연관의 근본적인 전환을 요구하는 이론적 및 실천적 지향을 의미한다. 전 단계에 진행된 환경생태주의를 '표층생태주의'라 비판하면서 등장한 심층생태주의는 관계적인 전체 장의 이미지를 위해 환경 내의 인간이라는 이미지를 거부한다. 그들은 생태계 위기에 대응한 강령으로써 상호 연관성, 생물권적 평등주의, 전일성, 다양성과 공생성, 반계급, 복잡성을 부르짖는다.
와위크 폭스, 정인석 역, 「아네 네스와 디프 이콜러지의 의미」, 『트랜스퍼스널 생태학』, 대운출판, 2002, 107~163쪽 참조.

5) 프리초프 카프라, 김용정 외 역, 「흩어지는 구조」, 앞의 책, 234~255쪽 참조.

6) 이성선(1941~2001)은 강원도 고성군에서 출생하여 1962년 고려대 농과대학에 진학, 1969년 '설악 문우회'를 결성했다. 1970년 『문화비평』에 「시인의 병풍」 외 4편을 발표하여 등단하고 1972년 『시문학』에 추천되어 재 등단했다. 그 후 20권의 시집, 시선집을 내고 2001년 5월 4일 사망했다. 수상 내역으로는 1988년 강원도 문화부(문학부분)상, 1990년 연작 장시 『산시山詩』 40편을 『현대시학』 10월호부터 12월까지 발표하여 한국시협상, 1994년 『큰 노래』로 제6회 정지용 문학상을 수상했다. 속초, 고성, 양양 지역의 환경운동연합을 결성하고 공동의장으로서 활동하기도 했다.

7) 고진하(1953~)는 강원도 영월에서 출생하여 감리교 신학대학 및 동 대학원을 졸업하고 제주도에서 잠시 목회를 하다가 서울로 와서 『기독교사상』을 편집하던 중 필화사건으로 안기부에 끌려가 고문을 당한 뒤 해직되기도 했다. 감신대에서 학생들을 가르쳤으며, 한 살림교회에서 목회를 한 목사 시인이기도 하다. 이후, 숭실대학교 문예창작과에서 시를 가르치는 겸임교수를 역임한 뒤 대학, 도서관 인문학카페, 교회 등에서 강의를 하기도 한다. 1987년 『세계의 문학』으로 등단하여 시집 『지금 남은

탐색의 결과를 형상화했다. 그 결과 그는 생을 마감하기까지 30여 년간 개인 시집[8])을 비롯한 시선집[9]), 공동시집[10]) 등 다수의 시집을 출간했다. 그의 작품에는 자연을 보존해야 한다든지[11]) 생성의 총화에 주목하는[12]) 그의 사유가 반영되어 있는 것이다. 이러한 사유는 자연 자체의 생명성, 개체와 개체 간에 발생하는 상호 소통성과 자기유사성의 원리로 요약할 수 있다.

고진하는 1987년『세계의 문학』으로 등단한 이후 그의 시집과 산문집에서 자연에 대한 관심과 함께 그의 종교적 상상력을 담아내었다.[13]) 그의 시에서 창조주는 전통신학에서 제시하는 초월적이거나 절대적인 존재가

자들의 골짜기엔』,『프란치스코의 새들』,『우주배꼽』,『얼음 수도원』,『수탉』,『거룩한 낭비』,『꽃 먹는 소』 등을 펴냈으며, 산문집으로『부드러움의 힘』,『나무신부님과 누에성자』,『몸이야기』,『나무명상』 등 여러 권이 있다. 제8회 김달진문학상을 수상하기도 했다.

8)『시인의 병풍』(현대문학사, 1974),『몸은 지상에 묶여도』(시인사, 1979),『밧줄』(창원사, 1982),『나의 나무가 너의 나무에게』(오상사, 1985),『별이 비치는 지붕』(전예원, 1987),『하늘문을 두드리며』(전예원, 1987),『별까지 가면 된다』(고려원, 1988),『새벽 꽃향기』(문학사상사, 1989),『향기나는 밤』(전원, 1991),『절정의 노래』(창작과비평사, 1991),『벌레시인』(고려원, 1994),『산시山詩』(시와시학사, 1999),『내 몸에 우주가 손을 얹었다』(세계사, 2000),

9) 이성선,『빈 산이 젖고 있다』, 미래사, 1991.

10)『샘물 속의 바다가』(문학사상사, 1987),『시간의 샘물』(나남, 1990),『지상에는 진눈깨비 노래가』(민음사, 1992),『별 아래 자는 시인』(문학사상사, 2001)

11) "화진포는 해수욕장으로 이미 그 일부가 더럽혀졌지만 아직 호수는 잘 간직되어 있어 다행이다. 가장 훌륭한 개발은 자연 그 모습을 그대로 보존하는 것이다." 이성선,「청간정」,『강원문학』12집, 1985, 240~242쪽.

12) "비존재가 존재로 되어가는 과정이 생성인 것이다. '있다'고 말할 수 있는 모든 것의 총체 그 총화가 존재라고 할 수 있다(… 중략 …)분화에서 종합을 부정에서 긍정을, 불화에서 화합을, 그래서 해체까지도 그 안에 통어해내는 새로운 지평의 시학이다." 이성선,「정신주의의 서정성과 우주적 생명관 확보」,『문학사상』, 녹색평론사, 1996. 12, 40~57쪽 참조.

13) 시집『지금 남은 자들의 골짜기엔』,『프란치스코의 새들』,『우주배꼽』,『얼음 수도원』,『수탉』,『거룩한 낭비』,『꽃 먹는 소』 등을 펴냈으며, 산문집으로『부드러움의 힘』,『나무신부님과 누에성자』,『몸이야기』,『나무명상』 등 여러 권이 있다.

아니라는 점이 부각되었다. 그의 작품에서 창조주는 사건과 경험을 통해 암시되며 피조물은 창조주와 교통하는 가운데 스스로의 창조성을 실현해 가는 양상을 보인다. 고진하 시에 표현된 창조주와 피조물의 관계에는 전통신학의 성서 해석과 다른 방향을 노정하는 시인의 사유가 반영되어 있는 것이다.

이와 같이, 두 시인은 자연과 영성을 탐구하여 작품으로 형상화한다는 점에서 공통점을 보여준다. 두 시인의 시에 대한 연구 역시 자연에 대한 관심을 중심으로 영성에 대한 논의가 집중적으로 이루어졌다.

먼저, 이성선 시에 대한 연구는 주로 동양사상과의 영향관계라는 맥락에서 자연지향의 주제가 논의되었다.[14] 그러한 연구에서 그의 작품에 나타나

---

14) 박호영, 「깨어있는 영혼과의 만남」, 『심상』, 심상사, 1986. 3.
김기중, 「길 없는 길의 시적 연주」, 『현대시학』, 현대시학사, 1991. 12.
정효구, 「자연과 우주와 인간」, 『시와시학』, 시와시학사, 1994. 여름.
이경호, 「이성선이 지은 자연의 집」, 『시와시학』, 시와시학사, 1994. 여름.
전도현, 「자연 친화적 상상력과 구도의 정신」, 『시와사람』, 시와사람사, 2000. 봄.
송기한, 「큰 노래의 아름다움」, 『벌레 시인』, 고려원, 1994, 63쪽.
정효구, 「구도의 길, 성자의 길」, 앞의 논문, 113~131쪽.
고형진, 「심미적 상상력과 사회적 상상력」, 『현대시 사상』, 고려원, 1995. 봄.
이숭원, 「생명의 근원으로 가는 길」, 『서정시의 힘과 아름다움』, 새미, 1997.
김기석, 「이곳과 저곳 사이의 서성거림」, 『우주배꼽』, 세계사, 1997.
정효구, 「구도의 길, 성자의 길」, 『내 몸에 우주가 손을 얹었다』 해설, 세계사, 2000.
김석환, 「이성선 시집 『내 몸에 우주가 손을 얹었다』 연구」 『한국문예비평연구』 11호, 2002.
박정선, 「비움의 시학-이성선의 시와 노장사상」, 『제3의 문학』 9, 2002. 5. 170쪽.
김인섭, 「이성선의 산문시집 『꿈꾸는 아이』를 통해 본 시인의 시세계」, 『숭실어문』 19, 2003. 12. 287쪽.
김경복, 「천지의 마음을 노래하는 시」, 『생태시와 넋의 언어』, 새미, 2001, 127~141쪽.
박남희, 「노장적 사유의 두 가지 모습」, 『한국시학연구』 7, 한국시학회, 2002, 141쪽.
조영숙, 「절정의 시학-시집 『절정의 노래』를 중심으로」, 『가천길대논문집』 31, 2003. 12. 287쪽.
장영희, 「한국 현대 생태시의 영성 연구」, 부산대학교 박사학위논문, 2008.
남송우, 「이성선 시인의 생명의식」, 『생명시학 터닦기』, 부경대학교출판부, 2010.
김동명, 「이성선 시의 심층생태주의적 양상 연구」, 『한국문학논총』, 한국문학회, 2010.

는 생태주의의 측면에 대한 성과가 다양하게 축적되었다.[15] 그러나 그가 관심을 두었던 현실 대응의 메시지는 충분히 다루어지지 못했다. 이러한 가운데 필자의 박사학위 논문에서 그의 시 일부를 복잡성으로 다룬 결과 생태계 위기에 대응한 구체적 메시지로서 성과를 얻었다.[16] 그러나 작품 일부를 대상으로 한 단편적 논의에 그쳐 복잡성에 초점을 둔 후속 연구의 본격적인 논의가 필요하다고 볼 수 있다.

고진하 시에 대한 연구는 총 4편의 학위논문과[17] 함께 30여 편의 소논문과 평론에서 다루어졌다.[18] 이러한 연구에서 종교적 사유와 생태주의에

---

15) 김선학, 「불가사의한 세계와 일상성이 만나는 자리」, 『새벽꽃향기』 해설, 문학사상사, 1989, 133~138쪽.
권두환, 「<숫>시인 이성선」, 『빈 산이 젖고 있다』 해설, 미래사, 1991, 143~147쪽.
이경호, 위의 논문, 129쪽.
송기한, 위의 논문, 103~112쪽.
정효구, 위의 논문, 113~131쪽.
박정선, 위의 논문, 17~174쪽.
김인섭, 위의 논문, 287~289쪽.
김경복, 위의 논문, 127~141쪽.
박남희, 위의 논문, 141~162쪽.
조영숙, 위의 논문, 287~289쪽.
장영희, 위의 논문, 참조.
남송우, 위의 책, 245~259쪽.
김동명, 위의 논문, 293~329쪽.
______, 「한국현대시에 나타난 심층생태주의의 유기론적 양상연구」, 부경대학교 박사학위논문, 2013.

16) 김동명, 「한국현대시에 나타난 심층생태주의의 유기론적 양상 연구」, 부경대학교 박사학위논문, 2013.

17) 김시영, 「고진하 시에 나타난 기독교 가치관 연구」, 인제대학교 교육대학원 석사학위논문, 2000.
양 군, 「한중 "생태환경시" 연구」, 성균관대학교 박사학위논문, 2008.
장영희, 앞의 논문, 2008.
김형태, 「고진하 시 연구」, 한국교원대학교 대학원 석사학위논문, 2012.

18) 서정기, 「방에서 광장까지」, 『문학과사회』11, 문학과지성사, 1990. 8.
진이정, 「굴뚝과 연기」, 『문학정신』, 열음사, 1991. 6.

대한 연구 성과가 축적되었다.[19] 그의 시는 이곳과 저곳 사이의 서성거림, 존재의 머뭇거림, 성과 속 사이의 균형 등 창조주와 피조물 사이에서 작용하는 영성(spirituality)[20]의 역동적 특성이 지속적으로 언급되었다.

고현철, 「고진하론: 뒤틀린 농촌현실과 공동체의 꿈」, 『오늘의 문예비평』, 지평, 1991. 12.
이경호, 「견성의 시학」, 『프란체스코의 새들』, 문학과지성사, 1993.
남송우, 「빈곳에서 보는 충만함의 역설」, 『다원적 세상보기』, 전망, 1994.
정효구, 「대지와 하늘과 등불−고진하론」, 『현대시학』320, 현대시학사, 1995. 11.
신범순, 「고요로 둘러싸인 울타리를 위하여」, 『문학사상』, 문학사상사, 283, 1996. 5.
금동철, 「성스러움 혹은 존재 비껴가기」, 『현대시』8.6, 1997. 6.
김기석, 앞의 논문, 1997.
김선학, 「동적 세계에서 정관적 세계로」, 『서정시학』, 깊은샘, 7, 1997.
엄국현, 「경계적 인간의 탐색의 노래」, 『서정시학』, 깊은샘, 7, 1997.
윤성희, 「지상에서 천상으로, 천상에서 지상으로」, 『서정시학』, 깊은샘, 7, 1997.
홍용희, 「신성의 위기와 재생」, 『서정시학』, 깊은샘, 7, 1997.
이혜원, 「지상의 성소를 찾아서」, 『서정시학』, 깊은샘, 7, 1997.
김경복, 「고독과 침묵의 사원에서 펴지는 성결한 언어들」, 『문학사상』, 문학사상사, 348, 2001. 10.
김양헌, 「편재론적 상상력, 눈부신 신성의 낯설음」, 『서정시학』 7, 서정시학사, 1997. 6, 124쪽.
김양헌, 「고요한 신명」, 『현대시』 140, 2001. 8.
남진우, 「연옥의 밤 실존의 여명」, 『그리고 신은 시인을 창조했다』, 문학동네, 2001.
유성호, 「신이 부재한 시대의 '신성' 발견」, 『유심』 7, 2001. 겨울.
김문주, 「느림의 문화와 기독교 영성」, 『어문논집』 56, 2007.
양 군, 앞의 논문, 2008.
장영희, 앞의 논문, 2008.
김형태, 「고진하 시 연구」, 한국교원대학교 대학원 석사학위논문, 2012.
유성호, 「다시 '빈 들'에서, '시'를 사유하다」, 『거룩한 낭비』해설, 뿔, 2011.
김동명, 「고진하 시에 나타난 만유재신론적 생태주의 연구」, 『한국문학논총』 65집, 한국문학회, 2013. 12.

19) 김문주, 위의 논문, 2007.
양 군, 위의 논문, 2008.

20) 기독교에서 영성(spirituality)이라는 말은 삶의 전반을 통한 하나님과의 관계를 일컫는 말이며, 그리스도적인 존재의 본질을 이루는 생명의 원리나 활성적인 원동력을 뜻한다.

그의 시에 내장된 종교다원주의의 특징으로 인해 보편적인 기독교사상으로부터 벗어나 있다는 논의가 반복된 것이다.

이러한 가운데, 고진하 시에 나타나는 영성과 이성선 시에 나타나는 영성을 비교 분석한 장영희의 박사학위논문은 주목된다.[21] 그는 이 연구에서 불교사상과 기독교사상의 영성을 통해 두 시인의 시에 나타난 생태주의를 논의했다. 그의 연구에서 두 시인의 시에 나타나는 현실대응의 구체적 메시지가 도출되지는 못했지만 그들의 시를 생태주의로 논의하는 과정에서 복잡성을 연구할 지평이 열렸다는 점은 고무적이다.

이러한 논의를 토대로 이 글에서는 이성선과 고진하의 시에 나타나는 종교적 사유가 생태계 위기에 대응한 현실적인 메시지로서 복잡성에 대한 이해를 추동한다는 사실을 확인하고자 한다.[22]

그들의 시에 나타난 특징으로서 복잡성의 생태계에 대한 이해는 작금의 생태계 위기를 유발한 인간중심주의의 획일성에 대응한 방안으로서의 의미를 갖는다. 뿐만 아니라, 화엄사상과 과정신학이 생태계 위기에 대응하여 복잡성의 측면에서 연속적 맥락을 갖는다는 사실 또한 새로운 의미를 갖는다. 생명현상의 특징인 복잡성이 두 종교에서 공통적으로 나타난다는 것이다. 이러한 논의를 토대로 이 글에서는 이성선과 고진하 시를 대상으로 화엄사상과 과정신학적 관점을 통해 복잡성을 도출하고자 한다.

정희수, 「기독교의 영성과 동북아시아의 종교적 심성」, 『기독교사상』, 1996. 5, 23쪽 참조.

21) 장영희, 위의 논문, 2008.

22) "생명의 영, 이것은 무엇보다도 피조물의 연관성을 의미합니다. 만물은 서로 의존해 있고, 서로 함께 지내고, 서로를 위하며, 종종 서로 안에서 공생하기를 좋아합니다. 생명은 사귐이고, 사귐은 생명을 전달합니다. 창조의 영과 마찬가지로 새 창조의 영도 인간들 사이에서 그러하듯이 인간과 모든 다른 생명체 사이에서 생명의 사귐을 회복합니다."
위르겐 몰트만, 이신건 역, 『생명의 샘』, 대한기독교서회, 2000, 40쪽.

본격적인 논의에 들어가기 전 화엄사상과 과정신학적 사유를 통해, 복잡성의 특성을 살펴보면 다음과 같다.

먼저, 화엄사상의 진공묘유는 혼돈의 창조성을 의미하는 가운데 복잡성을 시사한다. 생태계의 생명현상과 관련하여 최초의 창조성에 내장된 혼돈의 생명성과 함께 생명발현의 과정에 나타나는 혼돈의 생성적 국면을 중시하는 것이다. 화엄사상의 사사무애事事無碍[23] 역시 복잡성의 특징으로 설명된다. 사사무애의 관점에서 볼 때, 모든 존재자는 실체성이 없으며 사상事象으로만 존재한다. 사실과 사실, 현상과 현상, 사실과 현상이 상호 작용하는 생성의 상태는 고정적이거나 선형적이지 않은 가운데, 복잡성 속의 현실태를 노정한다. 현실적 존재나 상황은 피조물인 동시에 현실적 계기라는 사실로서[24] 생성의 과정 자체를 의미하는 것이다.

화엄사상에서 비롯된 복잡성의 사유는 화이트헤드의 유기체적 사유를 거쳐 과정신학에 영향을 미쳤다.[25] 전통신학에서 창조주는 영원하고 절대적이며 독립적이고 불변한다. 그럼으로써 창조주와 인간은 분리되고, 인간과 자연의 분리라는 이원론적 세계관이 정초된다. 반면 과정신학에서

---

23) 사법계(事法界), 이법계(理法界), 이사무애계(理事無碍界), 사사무애계(事事無碍界)를 의미하며, 사사무애에 이르러 화엄이 완성되는 것으로 본다. 먼저 사법계란 오로지 현상 자체에 대하여만 본 것으로, 차별적 세계를 의미한다. 따라서 물질현상이나 정신현상을 막론하고 모든 현상적인 것은 사법계에 속한다. 반면, 이법계란 현상이 의지하는 본질을 의미하며, 우주의 사물은 그 본질이 모두 진여로서 차별이 있으나 하나임을 강조한다. 이때 계(界)는 성(性)을 의미하는데, 이를 종합하자면 이법계란 우주의 본체로서 평등한 세계를 의미한다. 다음으로 이사무애 법계란 현상과 본질이 다르지 않음을 의미하는 것으로, 이(理)는 사(事)를 통해 드러나고 사는 이를 얻음으로서 성립되는 것이므로 이(理)와 사(事)는 서로 융통하여 연기가 됨을 말한다. 따라서 개체들과 전체의 법은 무애를 이루는 관계이다.
유흔우, 「화엄의 사사무애와 성리학의 천인합일 비교 연구」, 『불교학보』 49집, 불교문화연구원, 2008, 147~148쪽.

24) 화이트헤드, 오영환 역, 「범주의 도식」, 『과정과 실재』, 민음사, 1991, 86쪽 참조.

25) John B. Cobb and David R. Griffin, 이경호 역, 『캅과 그리핀의 과정신학』, 이문출판사, 2012, 258쪽.

창조주와 피조물은 영성적 작용으로서 유기체적 특성을 담지한다.[26] 과정신학의 바탕이 된 화이트헤드의 '과정으로서의 실재'는 모든 존재나 상황이 과정으로서 현실태임을 의미한다. 과정신학에서 볼 때, 창조주의 영성은 피조물과의 상호 작용을 통해 생성으로 나아간다는 것이다.

이러한 사유는 비움을 강조하는 몰트만의 케노시스적 신학을[27] 비롯하여 에크하르트의 신비주의 신학,[28] 과학과 신학의 결합으로 새로운 비전이 창출된다고 보는 샤르댕의 조직신학,[29] 신과 우주의 복잡성에 주목하는 폴킹혼의 자연신학,[30] 생성의 신학을 주장하는 서남동의 민중신학[31] 등 과정신학의 담론에서 다양하게 활성화된다. 그들은 과학과 신학의 결합을 추구하는 가운데 생태계 위기를 신학적으로 극복하기 위해 초월적 신이 아니라 '생성하는 신(a becoming God)'을 제시한 것이다.[32]

주지하다시피, 이성선과 고진하는 그들의 시에서 우주 전체의 영성 또는 창조주의 영성이 상호작용하는 가운데 생명현상을 발현한다는 생성의 특징을 형상화한다. 그들의 시에서 형상화된 생성의 원리는 복잡성의 체계를 의미하며, 이러한 원리에 대한 이해가 생태계 위기에 대응한 가치로서 의미를 갖는다는 것이다.

이 글에서는 지금까지의 논의를 바탕으로 이성선 시에 나타나는 복잡성의 특징을 진공묘유로부터의 창조성과 사사무애의 생성, 고진하 시에 나타나는 복잡성의 특징을 창조주와 피조물의 상호침투, 창조주와 피조세계의

---

26) J. B. Cobb & D. R. Griffin, *Process Theology: an Introductory Exposition*, Philadelphia: The Westminster Press, 1976, 47～48.(이상현, 「과학적 실재관에 대한 폴킹혼의 유신론적 이해」, 연세대학교 대학원 신학과 석사학위논문, 2005, 59쪽에서 재인용)
27) J. 몰트만, 이신건 역, 『생명의 샘』, 대한기독교서회, 2000.
28) 길희성, 「신과 영혼: 지성」, 『마이스터 엑카르트의 영성 사상』, 분도출판사, 2003.
29) 테야르 드 샤르뎅, 양명수 역, 『인간현상』, 한길사, 1997.
30) J. 폴킹혼, 이정배 역, 『과학시대의 신론』, 동명사, 1998.
31) 서남동, 『전환시대의 신학』, 한국신학연구소, 1976.
32) 서남동, 위의 책, 292쪽 참조.

통전성으로 유형화하여 논의할 것이다. 논의의 범주는 이성선 시의 경우 『나의 나무가 너의 나무에게』 이후,[33] 고진하 시는 『우주배꼽』 이후[34] 시를 대상으로 한다. 이 시기에 발표된 두 시인들의 시편은 공통적으로 사회비판 의식이 강한 그들의 초기시에 비해 생태주의의 특징으로서 복잡성의 원리를 두드러지게 드러내기 때문이다.

먼저 이성선 시를 대상으로 화엄사상을 통한 생태주의의 복잡성에 관해 논의하기로 한다.

2. 화엄사상을 통한 생태주의의 복잡성 _ 이성선

이성선이 볼 때 인간과 인간, 인간과 생태계는 그 근원이 같으므로 하나로서 존귀하다.[35] 그가 볼 때, 인간을 비롯한 생태계의 모든 개체는 화엄으로서 하나인 생태계로부터 생성된 존재라는 것이다. 그의 사유에서 생태계를 구성하는 하늘의 별과 태양, 구름, 공기는 모두 하나로서 진공묘유의

---

33) 이성선은 1970년 등단하여 2001년 5월 작고하기까지 30년 동안 시집 13권 선집 1권 전집 2권이 발간되었다. 그 가운데 1985년 발행된 『나의 나무가 너의 나무에게』 이후 작고하기까지 발표된 시에서 식물과 동물, 무기물의 상호의존 관계를 통한 평화, 연대 관계를 통한 조화가 두드러진다.
김동명, 「한국 현대시에 나타난 심층생태주의의 유기론적 양상 연구」, 34쪽 참조.

34) 고진하의 시는 전기와 후기를 명확하게 구분하기 어려우나 대체로 전기 시에서는 주로 황폐화된 농촌이나 문명화된 도시의 공간 속에서 고통 당하고 소외된 사람들과 도구화되고 왜곡된 자연의 모습을 사실적으로 묘사했다. 두 번째 시집인 『프란체스코의 새들』을 거쳐 시집 『우주배꼽』 이후 그의 관심은 점차 창조주의 부재에서 창조주의 편재로, 문명에서 자연으로, 구속적 영성에서 창조적 영성으로 전환되면서 상호 공존하는 생명의식이 두드러지게 된다.
김형태, 앞의 논문, 11쪽 참조.

35) 이성선, 「바다 · 산 몸 부딪는 소리 들린다」, 여태천 외 엮음, 『이성선 전집2』, 서정시학, 2013. 287쪽 참조.

특성을 담지한 구체적 요소를 의미한다. 가시적인 현상뿐 아니라, 생태계의 혼돈, 비가시적 현상까지도 개체적 존재의 생장을 가능케 하는 진공묘유의 에너지라는 것이다.[36]

또한 그의 시에서 모든 개체는 다른 개체와의 상호 조응을 통해 각자의 존재를 현현하며, 이때 모든 개체는 막힘없이 통한다. 개체와 개체는 상호작용의 연결망을 형성하며, 그 속에서 각각의 입자는 다른 입자의 생성을 도우는 양상으로 표현된다. 생성된 입자들은 다시 새로운 입자를 생성하며, 그 속성은 다른 입자들의 속성에 의해 결정되는 가운데 자기유사성을 갖는다. 이성선 시의 복잡성은 진공묘유眞空妙有, 사사무애事事無碍와 자기유사성으로 논의할 수 있는 것이다.

먼저 이성선 시에 나타나는 진공묘유의 생성을 보기로 한다.

2.1 진공묘유의 생성

진공묘유는 혼돈으로서 무한히 생성하는 상태를 의미한다.[37] 생태계의 유기체들을 형성하는 영양물의 흐름은 비선형으로서 맥동(pulse), 요동(jolt), 범람(flood) 등 혼돈의 특징을 포괄한다.[38] 이러한 특성은 신화에서 강조하는 시원의 혼돈과 같은 의미로서 풍요성을 담지한다. 그의 시에

---

36) "우주 전체는 나의 영양분이다. 내가 깨어 있을 때 어머니 뱃속에 있는 아이처럼 이 우주는 하나의 큰 자궁이 되어 나를 둘러싸고 영양분을 공급해주고 있다. 깨어 보라. 일어나 보라. 이 우주가 큰 어머니의 뱃속이 아니냐. 보라. 저 하늘의 반짝이는 별들이, 태양이, 구름이, 빛나는 공기가 모두 가까이 멀리 그대 주위에 떠서 그대를 키우고 돕는 영양분이 아니냐. 내가 모르고 있는 사이에도 저들은 우리에게 와서 우리를 성장시켜 주었음을 깨어서 보라."
이성선, 『나의 나무가 너의 나무에게』, 5象사, 1985, 129쪽.

37) 노권용, 「진공묘유와 공 · 원 · 정의 종교적 의의」, 『원불교학』 7집, 한국원불교학회, 2001, 80~82쪽.

38) 프리초프 카프라, 김용정 외 역, 「흩어지는 구조」, 앞의 책, 236쪽.

형상화된 생태계의 혼돈은 생성과 양육의 의미를 담지한 진공묘유로 논의가 가능한 것이다.[39]

이성선의 시 「동해 일출」에서 혼돈으로부터의 생성이라는 의미를 찾을 수 있다.

깜깜한 우주
블랙홀에서
붉은 장미 한 송이
갑자기 솟아올라
미소 짓더니
나를 향해 하늘 향해
미사일을 쏘고 있다

―「동해 일출」 전문(『향기나는 밤』 36)

태초의 자연 질서는 혼돈 상태이며, 혼돈으로부터 질서가 생성된다는 사실은 주지하는 바이다. 애초에 자연 질서는 무법칙적이고 불규칙한 가운데 어떤 보존법칙에도 따르지 않는 다수성의 상태를 노정하지만 그로부터 생성된 새로운 질서의 영향을 받으며 진화해 간다는 것이다.

위 시 「동해 일출」은 이러한 생명현상의 과정을 보여준다. 위 시의 화자는 동쪽 바다에서 해가 떠오르는 광경을 보면서 장미의 개화 과정을 연상한다. 화자에게 "장미"를 연상케 하는 태양은 "깜깜한" 곳에서 "갑자기 솟아"오르는 양상으로 표현된다. 이때, 위 시에서 일출을 비유한 "장미"의 "붉은"색이 '피'를 연상시킨다는 점과 "블랙홀"이 검은 암컷으로써 곡신谷神을[40] 의미한다는 사실은 혼돈으로부터 출현하는 생성의 과정을

---

39) 엘리아데, 이은봉 역, 「대지, 여성, 풍요」, 『종교형태론』, 한길사, 1996, 322~323쪽.
40) 계곡의 신령스러움은 죽지 않으니, 이것을 '검은 암컷'이라고 말한다. 검은 암컷의 문, 이것을 '천지의 뿌리'라고 말한다. 근근이 이어져 내려와 있는 듯 없는 듯하지

환기한다. 위 시에서 "깜깜한 우주"를 의미하는 "블랙홀"은 혼돈의 모성성, 진공眞空의[41] 특성을 지니는 복잡성의 실체로서 자궁으로 의미화되는 것이다.

"갑자기 솟아" 올라 "나를 향해 하늘 향해" "미소 짓" 듯 "미사일을" 쏘듯 떠오르는 일출의 광경은 무질서에서 이행하는 질서의 출현이자 묘유妙有의 의미로 해석된다. 생명현상으로서 복잡성의 상태인 생태계가 안정성에서 불안정성으로, 평형 상태에서 비평형 상태로 그리고 존재에서 상태성으로 창발하는 묘유의 국면을 의미한다고 볼 때,[42] "미소"와 "미사일"의 비유는 극과 극을 포괄하는 우주의 조화로 해석이 가능하다. "미소"와 "미사일"은 보일 듯 보이지 않는 비가시적 특징과 예측불허한 비가역적 특징으로서 묘유妙有의 의미를 낳는 것이다.

다음 시 「과수밭에서」와 「내밀한 사람」에서도 비가시적 현상의 생성이라는 의미를 포착할 수 있다.

과수밭에서 꽃나무들이 꽃을 피우는 날
꽃나무가 하늘 향해 서서 하는 일을 보았는가.
나무 안에 계시는 아름다운 이를 보았는가.
보이는 이와 보이지 않는 이가 한 나무 되어
꿈꾸며 타오르는 연주자들.
육체의 플루우트 위에
영혼이 직접 손을 얹을 때
청아한 음악이 날개 펴고 열리듯

만, 그것을 사용함에 다함이 없다.
谷神不死, 是謂玄牝, 玄牝之門, 是謂天地根, 綿綿若存, 用之不動.
노자, 김경수 역, 『노자역주』, 문사철, 2010, 89쪽.

41) 한종만, 「원불교의 회통사상」, 『불교와 유교의 현실관』, 원광대학교출판국, 1981, 432쪽.

42) 프리초프 카프라, 김용정 외 역, 「흩어지는 구조」, 앞의 책, 238쪽.

얼굴 붉혀 피우는 봄날 과수밭
거기 기묘한 자들은 사라졌네.
마음 도깨비를 지닌 자들은 사라졌네.
그늘에 반짝이는 이 진홍의 밀어
사랑하는 이들만이 와서 들어라.
기다리는 이들만이 와서 들어라.
내밀한 이가 부르는 플루우트 소리.
그분 손을 받드는 꽃나무들이
하늘 향해 떨고 섰는 은밀한 몸부림을.
보아라.
그대 안에 계시는 이와 나무 안에 계시는 이가
함께 손을 뻗어
어떻게 기뻐하는지를.
서로 하나가 되어 타오르는 무아경을.
버리고 버리고 과수밭에 와서
사랑하는 이들만이 들어라.

—「과수밭에서」 전문(『나의 나무가 너의 나무에게』, 41)

생태계가 우주와 함께 춘하추동으로 변화해간다는 사실은 주지하는 바이다. 그 안의 개체 역시 생태계의 영향을 받는 가운데 변화해간다. 신물리학에서는 이러한 현상을 소립자로 설명한다. 신물리학에서 볼 때, 생태계의 소립자, 파동은 셀 수 없을 뿐 아니라, 고정시킬 수도 없는 복잡성의 실체이다. 화엄사상에서는 이를 진공묘유로 설명하며, 화이트헤드는 감각기관을 거치지 않고 파악되는 생명현상을 궁극의 창조성으로 설명한다.[43] 생태계에서 나타나는 생명현상은 서로가 서로를 밀어내면서도 끌어당기는 조화의 과정에서 발현된다는 것이다.

진공묘유의 생성을 전제할 때, 위 시 「과수밭에서」의 화자가 과수밭에

43) 김상일, 「궁극성의 범주와 무」, 『화이트헤드와 동양철학』, 서광사, 1993, 121쪽.

서 지각하는 "보이지 않는 이"는 비가시적인 생태계의 본질로 해석이 가능하다. 화자가 말하는 "보이지 않는 이"는 생성의 궁극으로서 진공묘유의 의미를 담지하는 것이다. 화자는 또한 생태계 내 모든 개체의 생명현상을 "내밀한 이"를 향한 "몸부림"으로 인식한다. 생성의 과정에서 발현되는 개체의 생명현상을 "내밀한 이"를 향한 지향성으로 보는 것이다. 이러한 과정을 거쳐 생성되는 "플루우트 소리"는 궁극의 에너지인 "내밀한 이"와 조응하여 발현되는 생명현상으로 해석된다.

다음 시 「내밀한 사람」에서도 진공묘유의 사유가 포착된다.

> 밤에 별 흩어진 하늘을 쳐다보며
> 춤추는 우주의 큰 한 사람을 본다.
> 저 하늘 전체에 숨결을 누리고
> 너무 커서 보이지 않는 사람을 본다.
> 반짝반짝 빛나는 그의 숨결이
> 내 존재의 깊은 골짜기로 부서져 내리고 있다.
> 놀랍게도 그의 시선은
> 고요한 산과 들의 나무 위에 머물고
> 내 곁에서 고개를 갸우뚱이며
> 쳐다보는 강아지의
> 작은 눈동자 속에도 심장에도 함께
> 두근거리며 내린다.
> 잡힐 듯, 주위에 가까이
> 거룩하고 엄숙히 어둠처럼 있다.
> 깨어 바라보면, 아아
> 항시 보이지 않는 곳에서 성좌의 흐름으로 소리 없이
> 나를 지배하고 있는 사람
> 가슴에 진주 같은 질서의 물줄기를 대어주는
> 내밀한 이여.
> 지금 그가

칠흑의 강물 속에 몸을 빠뜨리고
오히려 아름답게 춤추고 있다.

－「내밀한 사람」 전문(『별까지 가면 된다』)[44]

위 시 「내밀한 사람」에서 "너무 커서 보이지 않는" 가운데 화자를 바라보는 "내밀한 사람"은 '진공眞空'으로부터 "존재의 깊은 골짜기로 부서져 내리"며 관여하는 에너지의 비유로 해석이 가능하다. 화자가 볼 때, 보이지 않는 근원적 존재의 "시선은/고요한 산과 들의 나무 위에 머"문다. 뿐만 아니라, 화자의 "곁에서 고개를 갸우뚱이며/쳐다보는 강아지의/작은 눈동자 속"과 "심장" 속에 머문다.

보이지 않는 근원적 존재는 "끊임없이 에너지를 주는 대상"으로 표현된다. "항시 보이지 않는 곳에서" "소리없이" "나를 지배하며" "가슴에 진주 같은 질서의 물줄기를 대어주는 이"로 규정되는 것이다. "심장"과 "물"은 생명성의 근원이라는 의미를 담지함으로써 진공眞空의 생명현상으로 의미화된다. 보이지 않는 존재는 생태계의 어떤 개체에도 "잡힐 듯" "어둠처럼" 머물지만 '묘유妙有'의 생명성으로 작용한다는 것이다.

이와 같이, 이성선 시에서 대부분의 화자는 가시적 대상의 영향뿐 아니라, 비가시적인 공기 등이 작용하여 가능해지는 생성의 현상에 주목한다. 생태계의 모든 개체나 상황은 가시적인 질서와 비가시적인 혼돈에 반응하는 가운데 생명현상을 발현한다는 것이다. 그의 시에서 그러한 상태는 분리불가능한 생명현상의 근원일 뿐 아니라, 이러한 특성을 나누어 갖는 특성으로서 복잡성을 담지한다. 생태계의 모든 개체는 혼돈으로부터 생성하며, 무한히 생성하는 생태에 있다는 것이다.

---

44) 이성선, 「별까지 가면 된다」, 이희중 외 엮음, 『이성선전집1』, 서정시학, 2011, 361쪽 참조.

2.2 사사무애의 생성과 자기유사성

이성선 시에서 생태계 속의 모든 현상은 중첩되는 사상事像의 양상으로 표현된다. 중첩되는 사상의 양상은 막힘없이 통한다. 그는 생태계의 이러한 원리를 화엄사상의 사사무애事事無碍를 통해 자각한 것이다.[45] 사사무애는 모든 생명현상이 사상의 상태, 즉 실체가 아니라 사건임을 의미한다. 이는 모든 대상이 특정 주체의 환경으로서 생태계일 뿐 아니라 특정 주체도 생태계로서 모든 대상의 환경이 된다는 사실을 뜻한다. 사사무애의 현상은 끊임없이 변화하는 상태로서 환원불가능하며, 그러한 특징으로 인해 인간중심주의의 획일화에 대응한 복잡성으로 의미화되는 것이다.

다음 시 「설악산을 가며」에서는 식물과 동물, 무기물 등 다른 존재가 상호 의존한 가운데 변화해 가는 생명현상이 비유된다.

> 험한 산봉우리가 하늘에 곱게 떴습니다.
> 봉우리 위로 별이 피어납니다.
> 골 깊은 골짜기로 물이 자는 곳으로 찾아듭니다.
> 절간 너머 죽음의 계곡 쪽으로 열린 길이
> 더욱 환합니다.
> 뒤따라 오던 동해바다
> 물굽이마다 달이 뜹니다.
> 잠든 새의 꿈 짐승의 꿈 사이
> 물 속 별 사이로 옮기는 발이
> 두렵게 빛납니다.
> 물 속에 산이 숨어 있고
> 산 속을 또 내가 걸어갑니다
> 병풍처럼 둘러선 천불동 파도파도……
> 내 손 끝 물소리 위로

---

45) 이성선, 「우주와의 대화」, 『녹색평론』, 녹색평론사, 1999. 11 · 12월호, 16~26쪽 참조.

아름답게 떠오른 대청봉
산목련 수천 봉오리 터지며
길은 산 속에 마음 안에
하늘과 땅에 모두 있습니다.
골짜기마다 화엄의 바다
머리 들고 합장한 이들의 글소리.
글소리 따라 더 높이 오르면
별과 어둠과 바람과 한 가지에 피어
하늘로 길을 엽니다.
대 설악 안에 나는 한 마리 나비,
봉오리마다 수정授情을 마치고 떠나는
나의 발을
침묵하는 하늘빛이 감싸고
죽음의 계곡 너머 고요히 빛납니다

－「설악산을 가며」 전문(『나의 나무가 너의 나무에게』, 82～83)

위 시에서 화자는 설악의 "험한 산봉우리가 하늘에" 뜨고 그 "봉우리 위로 별이" 뜨는 현상을 예사롭게 보지 않는다. 그런가 하면 "절간 너머 죽음의 계곡 쪽"으로 "환"한 "길이" 열림을 인식한다. 그가 볼 때, "달"도 그저 떠오르는 것이 아니라 "동해바다/물굽이" 사이로 뜨고 "물 속에"는 "산이 숨"어 있다. "짐승의 꿈 사이/물 속 별 사이로"의 구절에서 "사이"는 비가시성, 비결정성의 은유로 간주된다. 가시적 현상과 비가시성, 비결정성을 포괄하는 사사무애의 특성을 의미하는 것이다.

이러한 논의는 "골짜기마다 화엄의 바다"라는 인식으로 이어진다. "산 속을" "걸어" 가는 화자의 귀에 들리는 "글소리" 또한 사사무애의 과정을 노정한다. "글소리 따라 더 높이 오르면/별과 어둠과 바람과 한 가지에 피어/하늘로 길"이 열린다는 표현은 화엄으로서 사사무애의 상태임을 의미하는 것이다. "봉오리마다 수정授情"을 하는 나비로 비유된 화자는 사상의 과정을 통해 현현되는 개체의 존재발현을 표상한다. 생태계의 모든 존재는 겹친 가운데 스스로의 존재를 발현하는 상태로서 복잡성을 노정하는 것이다.

비 오시는 날 연꽃잎 위
빗방울이 눕고

빗방울 뒤에 빗방울이
꽃잎 위에 꽃잎이
몸을 눕힌다.

하늘이 다시 포개어 눕고
달이 옷을 벗고
따라 눕고.

— 「새로운 하늘」 전문(『절정의 노래』, 9)

위 시의 표제 '새로운 하늘'은 "새로"움이라는 의미를 통해 매 순간 모든 사물과 상황의 출현 자체가 서로 겹치며 변화해가는 국면임을 시사한다. 이는 위 시의 첫 구절부터 "비 오시는 날 연꽃잎 위에/빗방울이 눕고//빗방울 뒤에 빗방울이/꽃잎 위에 꽃잎이/몸을 눕"히는 사상事象의 양상으로 형상화된다. "하늘이" "포개어 눕고/달이" "따라 눕"는다는 표현 역시 생명체와 자연 현상이 겹치는 가운데 모든 존재와 상황이 새로이 생성된다는 해석을 가능하게 한다. 위 시 「새로운 하늘」에서는 모든 존재와 상황 그 자체가 매 순간 생성이라는 의미가 창출된 것이다.

이러한 사유는 「논두렁에 서서」에서 "나뭇가지가 꾸부정하게 비치고/햇살이 번지고/날아가는 새 그림자가" 논물에 "잠기고" 그 속에 "나의 얼굴이 들어 있다"든지[46) 「시골길」에서 "비 온 뒤 물이 고이고/물 속에/산이

들고//산 속에 꽃이" "피고/꽃 속 절간에/동자승이/숨어서 웃"는[47] 양상으로 표현되기도 한다. 인간을 포함한 생태계 전체가 사상事象의 상태를 노정한다는 것이다.

이와 같이, 이성선 시에서는 어떠한 사물이나 현상도 상호 얽힌 가운데 비로소 생성된다는 사실을 강조한다. 그러한 상태는 명확하게 드러나는 존재조차 고정된 실체가 아님을 의미한다. 실재조차 과정인 동시에 생성으로서 사사무애의 상태라는 것이다. 그러므로 위 시에서 그려진 생명현상은 환원불가능한 사태성을 의미하며, 사태성은 복잡성을 담지한다. 생태계의 존재나 사건은 다른 사상과의 연관에 의해서 계속 변화하는 상태이므로 "골짜기마다 화엄의 바다"라는 것이다.

다음 시 「잎사귀」에서는 이러한 현상의 궤적이 형상화된다.

가을 아침
푸른 하늘처럼이나 맑은
땅바닥에 떨어진
나무 잎사귀를 주워들고 바라보다가

불꽃같이 아름다운
잎사귀 속에 숨어 있는
엽맥들이 모두
나무의 형상을 그대로 하고 있는 것을
처음으로 보았네.

엽맥들이 가늘게 떨며 벋어나간
잎사귀 둘레로
아직 선명하게 맺혀 있는 이슬

---

46) 이성선, 「논두렁에 서서」, 『나의 나무가 너의 나무에게』, 47쪽.
47) 이성선, 「시골길」, 『산시山詩』, 시와시학사, 1999, 60쪽.

물방울 꽃나무 한 그루를 들고
한 자루 촛불인 듯 하늘 기슭을 밝히고
내가 떨고 섰네.

무엇이든지 세상의 것은 다 상징이라는
이 놀라움
나무도 씨앗 속에 숨어 있네.

이 큰 진리 앞에
나는 무엇의 상징으로 지금 여기 있나.
나를 닮은 더 큰 나무는 누구인가.

인제 어렴풋이는 알 것 같네.
손바닥에 나의 형상이 다 들어 있듯이
나의 하느님 나무의 한 잎사귀
실핏줄에 넘쳐오는 그분 눈빛으로
새롭게 피어 자라나고
때로는 스스로 떨어져 땅에 뒹굴며
누군가 그리워 헤매는 보헤미안이기도 한.

— 「잎사귀」 전문(『별까지 가면 된다』)[48]

생태계를 구성하는 각 요소들이 서로 통하는 가운데 생명현상을 반복한다는 사실은 주지하는 바이다. 식물이 수분과 공기를 흡수하고 배출하며 인간이나 동물 역시 생명현상을 유지하기 위해 섭취하고 배설한다는 사실은 사사무애의 구체적 현상으로 볼 수 있다. 서로 흡수하고 배출하는 양상이 반복됨으로써 모든 개체의 생명현상이 가능하다는 것이다. 계절이 바뀌고 밤낮이 되풀이되는 현상 또한 반복된다. 시 · 공간을 넘어 지속

48) 이성선, 「별까지 가면 된다」, 이희중 외 엮음, 『이성선전집1』, 서정시학, 2011, 357쪽 참조.

되는 반복은 전체와 부분, 부분과 부분이 닮게 되는 결과로 이어진다. 각 개체에 내장된 생태계 전체의 유전 정보가 프랙탈, 자기유사성(self similarity)으로 현현되는 것이다.[49]

이를 주목하는 과학자들은 고사리 잎의 가지치기, 눈의 결정, 마른 진흙의 갈라짐, 난류의 패턴, 해안선의 모양 · 허파 · 실핏줄 · 신경망의 가지 구조 등을 예로 든다. 또한 각 생명체의 머리가 하늘에 대응하고 숨결이 공기에 대응하며 신체의 열은 불에 대응하고 배가 바다에 대응하며 말단 기관들은 땅에 대응한다고 언급되기도 한다.[50] 이는 모든 동 · 식물 신체의 경계 부위에 물리적 경험의 변화하는 여건이 복합체를 이루며 질서지어진다는 사실을 의미한다. 생태계에 나타나는 자기유사성은 유기체적 존재인 동물과 식물들이 그 자신의 독특성과 함께 같은 종이며, 다른 종과 유사한 종임을 환기하는 것이다.

이러한 논의를 전제할 때, 위 시 「잎사귀」에서 화자가 "나무 잎사귀"를 바라보는 현상은 자기유사성의 인지로 해석이 가능하다. 화자는 "땅바닥에 떨어진/나무 잎사귀를 주워들고 바라보다가//불꽃같이 아름다운/잎사귀 속에 숨어 있는/엽맥들이 모두/나무의 형상을" 하고 있는 것을 지각하게 된다. 나아가 화자는 "씨앗 속에" "나무"가 "숨어 있"고 "손바닥"에 자신의 "형상"이 들어 있듯이 "나무 잎사귀"에 전체 생태계가 반영되어 있음을 깨닫는다. 나뭇잎과 자연 현상이 상호작용한 결과 형성된 엽맥을 인식한 것이다.

이러한 사유에 대한 화자의 인식은 결국 "이 큰 진리 앞에/나는 무엇의

---

49) 프랙탈(multi-fractal)은 확대된 부분과 전체가 똑같은 모양을 하고 있는 가운데 자기유사성을 갖는 기하학적 구조를 의미한다. 리아스식 해안선, 동물의 혈관분포 형태, 나뭇가지 모양, 창문에 성에가 낀 모습, 산맥의 모습 등이 프랙탈 구조를 갖고 있다. 윤영수 · 채승범, 『복잡계 개론』, 삼성경제연구소, 2005, 539쪽.

50) 이승훈, 앞의 책, 418쪽.

상징으로 지금 여기 있"으며 "나를 닮은 더 큰 나무는 누구인가." 묻는 상태에 이른다. 이어 "인제 어렴풋이는 알 것 같다"는 자신은 "하느님 나무의 한 잎사귀"임을 깨닫게 되었다는 것이다. 여기서 "하느님"은 이성선 시의 사유 세계를 전제할 때, 기독교에서 말하는 "하나님"이라기보다 우주 전체에 작용하는 창조적 에너지로 해석이 가능하다. 생태계에 존재하는 모든 개체는 "하느님"을 표상하는 생명현상의 원리가 집약되어 있기에 닮았다는 것이다.

이러한 사유는 시 「숨은 산」에서 "낙엽 속에/숨은 산"[51]으로 시 「눈동자」에서는 "우물 속에 나의 얼굴이/작게 들어 있듯이/당신의 눈동자 속에도 나는" 작게 들어 "보석처럼 빛"[52]나는 양상으로 묘사된다. 시 「미시령 노을」에서는 "나뭇잎 하나가" "우주"와 상응하며[53], "작은 풀씨 안에도/새가" 날고 "비 오고 번개"[54] 치는 생명현상의 과정이 있었음이 형상화된다. 화자는 생태계 내 모든 개체가 사사무애한 가운데 "하느님 나무의 한 잎사귀"로서 복잡성의 체계 속에 있다는 사실을 깨닫게 된 것이다.

3. 과정신학을 통한 생태주의의 복잡성 _ 고진하

화이트헤드는 모든 개체들을 다른 개체와 상호 침투하는 가운데 생명현상을 발현하는 과정 그 자체로 인식한다.[55] 실재는 공空이며 과정에 불과하다는 화엄사상은 화이트헤드의 '과정과 실재'의 바탕이 된 것이다.

51) 이성선, 『산시山詩』, 53쪽.
52) 이성선, 『향기나는 밤』, 전원, 1991. 93쪽.
53) 이성선, 『내 몸에 우주가 손을 얹었다』, 세계사, 2000, 39쪽.
54) 이성선, 「작은 풀씨」, 『절정의 노래』, 창작과비평사, 1991, 42~43쪽.
55) 화이트헤드, 오영환 역, 「파악의 이론」, 앞의 책, 454~455쪽 참조.

화이트헤드의 과정사상은 다시 과정신학에 그 사유의 기반과 맥락을 제공했다.[56] 과정신학에서 창조주와 피조물의 영성적 작용 역시 생성이자 과정으로 해석되기에 이른 것이다.

이러한 사유는 신물리학의 이론과 습합하는 가운데 현실적 근거가 마련된다. 신물리학에 따르면 우주는 혼돈으로부터 창조되었다는[57] 사실로서 생성의 복잡성에 대한 근거를 시사한다. 과정신학에서도 애초에 피조세계는 혼돈의 재료로서 잠재성을 지니고 있었다고 설명된다.[58] 이는 창조의 능력이 애초부터 피조세계 속에 내재한다는 사실을 뜻한다. 이러한 논의를 전제할 때, 창조주는 자기 결정(self-determination)과 작용인(efficient causation)이라는 피조물의 이중적인 창조 능력을 일방적으로 소거할 수 있거나 완전히 통제할 수 없다. 전통신학에서 초월적이고 절대적인 창조주를 정초하는 데 비해 과정신학에서 창조주는 상대성으로서 생성을 담지하는 것이다.

따라서 과정신학에서 보는 창조주는 창조의 과정으로서 피조물과의 상호작용 전체를 의미한다. 창조주는 모든 창조적 행위에 상응하며 참여하는 현실태로서 생성 그 자체인 것이다. 이러한 논의를 전제할 때, 과정신학자들이 인식하는 창조주는 자신의 현실 세계와 모든 종을 공유함으로써 복잡성을 담지한다. 이러한 점은 초월적 신관을 강조하는 전통신학에서 창조주와 인간의 관계가 이원화되는 점과 대비된다. 사물을 기계가 아닌 유기체로, 객체가 아닌 관계로, 구조가 아닌 과정으로 보는 화이트헤드의 유기체론은 과정신학에서 창조주를 설명하는 방법으로 변용된 것이다.

---

56) John B. Cobb and David R. Griffin, Process Theology, 이경호 역, 앞의 책, 258쪽.
57) 데이빗 그리핀, 장왕식 외 역, 『화이트헤드 철학과 자연주의적 종교론』, 동과서, 2004, 374~375쪽 참조.
58) J. 폴킹혼, 우종학 역, 『쿼크, 카오스 그리고 기독교』, SFC 출판부, 2009, 65쪽 참조.

고진하는 그의 산문에서 밝히고 있듯이 과정신학에 관심을 두었으며,[59] 그의 작품에서도 마찬가지 경향을 보인다. 그의 시편에서 창조주는 피조물과 상호침투(Circurmincessio)하는 가운데 피조세계의 생성을 추동하는 존재로 표현된다. 그러한 가운데 피조세계와 통전된 전체로서 암시된다. 그의 시에서 피조물이나 자연 그 자체는 창조주의 영성과 만나는 과정으로서의 복잡성을 담지하는 것이다.

먼저, 창조주와 피조물의 관계에서 전제되는 상호침투로서의 복잡성에 관해 보기로 한다.

3.1 창조주와 피조물의 상호침투

생태주의의 입장에서 창조론을 최초로 전개한 신학자는 몰트만이다. 그는 그의 삼위일체론에서 신의 인간과 땅에 대한 지배, 자연에 대한 인간중심주의 등 이원론을 정초한 전통신학에 대해 비판한다. 몰트만에 따르면 창조주는 세계를 창조하는 동시에 세계 속으로 들어간다. 그가 볼 때, 창조주는 세계를 생겨나게 하며, 생겨난 세계를 통해 끊임없이 자신을 계시함으로써 생성으로서의 복잡성을 담지한다.[60] 몰트만은 과정이자 생성으로서의 창조주를 제시한 것이다.

---

59) 고진하, 「누가 하늘을 독점할 수 있는가」, 『기독교사상』통권 제479호, 대한기독교서회, 1998.
______, 「오늘 하루도 온 생명의 품에 안겨」, 『기독교사상』, 통권 제565호, 대한기독교서회, 2006.
______, 「영을 중심으로 한 기독교적 전인성」, 감리교신학대학 대학원 석사학위논문, 1997.

60) Juergen Moltmann, God in Greation; *A New Theology of Greation and the Spirit of God*. translated by Margaret Kohl (London; SCM Press, 1985), 98(신옥수, 「몰트만의 "우주적 성령" 이해」, 『長神論壇』, 장로회신학대학교 기독교사상과 문화연구원, 2006, 231쪽에서 재인용)

이러한 사유가 집약된 그의 '페리코레시스perichoresis'는 그리이스어로서[61] 성부, 성자, 성령의 상호침투를 의미한다. 셋이 곧 하나라는 페리코레시스는 각각의 현상이 상호 내주하는 가운데 하나의 본질로 통일되는 유기체적 특성을 담지한다. 이는 세계의 모든 존재가 서로와 더불어 서로를 위하여 존재한다고 보는 생태주의와 상응한다. 몰트만은 과정신학의 관점에서 '상호침투'의 유기체적 개념을 통해 인간과 창조주를 포함한 생태주의의 이해로 나아간 것이다. 몰트만은 이를 다음과 같이 설명한다.

> 창조주와 피조물은 유기적인 결합으로 하나가 된다. 결과는 상호순환적인 해석이다; 네가 내 안에-내가 네 안에. 신적인 것은 그 안에서 인간적인 것이 풍성하게 펼쳐질 수 있는 모든 것을 포함하는 현존이 된다. 이것은 유출의 개념에 의해서 제안된 것보다 훨씬 더 밀접한 관계성을 의미한다.[62]

위 인용문에서 몰트만은 상호침투를 설명하기 위해 "창조주와 피조물은 유기적인 결합으로 하나가 된다"고 설명한다. 위 인용문의 "네가 내 안에-내가 네 안에"는 신과 인간의 상호 침투를 의미하는 것이다. 몰트만의 이러한 논의를 전제할 때, 창조주는 피조물 안에서 "풍성하게 펼쳐질 수 있는 모든 것을 포함하는 현존"을 의미한다. 몰트만의 발언을 통해 알 수 있는 사실은 창조주의 영성은 일방적이 아니라 관계적이며 매 순간 응답하는 존재로서 생성 그 자체라는 것이다. 따라서 창조주와 피조물의 관계는 영성적 활동이자 생성하는 국면 그 자체를 의미한다.

몰트만의 신학에서 피조물에 영성을 부어주며 자신을 계시하는 창조주[63]는 고진하의 다음 시 「봄의 절정」에서 암시적인 양상으로 포착된다.

---

61) 김용규, 『서양문명을 읽는 코드 신』, Humanist, 2010, 722쪽 참조.

62) Juergen Moltmann, *Spirit of Life: A Universal Affirmation*, translated by Margaret Kohl (Minneapolis: Fortress Press, 1992)(신옥수, 앞의 논문, 243쪽에서 재인용)

맹꽁이들이 짝 부르느라 밤새 운다

뜰 안의 작은 연못,
지상의 새싹보다 먼저 나온
물의 새싹

새싹을 부르는
새싹
그 울음소리에
겨우내 냉랭했던 계곡이 후끈 달아오른다

서로 업어주고 싶어
서로 안아주고 싶어 하나 되고 싶어 둘이 하나 되어
하나를 낳으려고
하나를 낳으려고……

맹꽁맹꽁맹꽁맹……넌 뭘 낳으려느냐고
뭘 낳으려느냐고
가임(可任) 욕구를 잃어버린 날 질타하는 것일까.

서로 업어주는 봄
서로 안아주는 봄
둥둥 하나 되는 봄 둥둥 하나를 낳는 봄

봄이 절정(絶頂)인데,
넌 왜 너와 같은 하나를 낳지 않느냐고

파릇파릇한 하느님을!

— 「봄의 절정」 전문(『거룩한 낭비』 68~69)

---

63) 신옥수, 위의 논문, 243쪽 참조.

위 시 「봄의 절정」에서 "가임(可任)의 욕구를 잃어버"린 화자는 근대의 경험으로 거세된 생명현상을 표상하는 동시에 창조주와 단절된 피조물을 상징한다. 다음 문맥에서 상황은 전환되어 "맹꽁이들이" "밤새" 울자 "겨우내 냉랭했던 계곡"에 "파릇파릇한 하느님!"의 탄생이 계시된다. 여기서 "파릇파릇한" 싹은 "하느님!"이라는 어휘를 통해, 창조주로 향하는 피조물의 영성과 피조물로 향하는 창조주의 영성이 작용한 결과물로서의 생성으로 의미의 전환이 이루어진다.

「봄의 절정」에서 창조주의 영성과 피조물의 영성은 "서로 업어 주"고 "서로 안아 주"는 양상으로 표현된다. 이러한 사유는 "지상의 새싹보다 먼저 나온 물의 새싹"이 새로운 "새싹"을 부르는 현상으로 비유되기도 한다. 생태계 내 모든 개체의 생성은 창조주의 영성적 작용으로 가능하다는 사실이 만물이 생성하는 '봄'으로 비유된 것이다.

이와 같이, 봄은 창조주와 피조물의 영성적 작용을 통해, "절정"으로 팽창함으로써 변화 생성을 통한 생명현상의 의미를 창출한다. 이때, 변화 생성하는 국면은 환원불가능한 가운데 비선형적인 양상의 복잡성을 노정한다. 이는 생명현상과 관련하여 모든 계절의 변화와 생명현상의 과정에 확대 적용된다. 생태계의 모든 계절과 생명현상은 창조주의 영성과 피조물의 영성이 상호 침투하여 생성하는 영성적 작용 그 자체라는 것이다.

다음 시 「바다는 발이 썩는 나를 연인으로 품어줄까」에서는 창조주와 피조세계가 상호침투하는 양상과 새로운 질서로 이행하는 과정이 비유된다.

1
포도나무 가지를 휘어 땅에 묻듯이
둥글게 무릎을 꺾고
두 발을 해변 모래 속에 휘묻이한다.
모래뜸,

후끈거리는 모래의 기운이 발바닥부터 올라와
온몸에 스며든다, 스며들며
열병처럼 뜨거운 너의 속삭임:
「우리는 둘이 아니라네.
파도와 바다가 그렇듯이!」

2
모래톱에 흩어진
온갖 꽃주름 새겨진 조개껍질들.
피서객들이 버리고 간
쓰레기무덤들 사이로,
실개천을 이루어 횟집에서 흘러나오는
폐수도 끼어들며
「우리도 그렇다네」라고 속삭일 때,
문득 내 발이 썩기 시작하는 느낌.
그래도
바다는 발이 썩는 나를 연인으로 품어줄까.

3
변덕스런 탕아처럼
천변만화하는 하늘빛을 품고도
수평선은 말이 없다.
수평의 침묵 속으로 슬그머니 날 밀어 넣는다.
속 깊은 어미, 저 너그러움을
어찌 시샘하리.
혼돈을 섬기는 저 지극함을
어찌 찬탄하지 않으리.

오, 혼돈의 삶을 섬겨 바다가 될 수 있다면!

– 「바다는 발이 썩는 나를 연인으로 품어줄까」 전문
(『거룩한 낭비』 16~17)

주지하다시피, 관계가 곧 대상이라는 화이트헤드의 과정사상은 몰트만의 사유에서 '상호침투'의 개념으로 변용된다. 과정신학의 '상호침투'는 창조주와 피조물의 상호작용을 통한 생성의 과정을 노정함으로써 복잡성을 담지한다. 이러한 논의를 전제할 때, 위 시에서 화자가 "두 발을 해변 모래 속에 휘묻"고 실행하는 "모래뜸"은 상호침투의 의미를 생성한다. 따라서 "모래의 기운이" "발바닥부터 올라와" 화자의 "온몸에 스며"드는 현상은 공동 창조의 의미를 내장한다. "모래뜸"은 피조물과 창조주의 상호작용을 의미하며, 그로 인한 피조세계의 생명현상을 암시하는 것이다.

"우리도 그렇다네"라는 "폐수"의 "속삭임"과 "내 발이 썩기 시작하는 느낌" 역시 피조물에 작용하는 창조주의 영성과 창조주의 영성에 침투하는 피조물의 비유로 해석이 가능하다. 창조주의 영성이 작용하는 가운데 개체는 모든 대상과 상황을 받아들여 그들을 합생하지만, 대상적 불멸성을 획득한 이후, 그 개체는 주체성을 상실하고 새로운 상태로 이행하는 과정을 노정한다. "폐수"인 "바다"를 향해 "발이 썩는 나를 연인으로 품어" 달라는 구절은 창조주의 영성이 작용하는 가운데 모든 대상과 상황을 받아들여 합생하는 개체의 이행 과정으로 의미화되는 것이다.

이러한 논의를 전제할 때, "창조주"와 "피조물"은 영성적 작용의 상태에 있음으로써 구별해 파악할 수 없는 복잡성의 관계임을 알 수 있다. 주지하다시피, 과정신학에서 창조주와 피조물은 하나의 전체로서 작용한다. 창조주와 피조물의 관계는 생명현상을 발현하는 과정이자 생성 그 자체라는 것이다.

3.2 창조주와 피조세계의 통전성

전통신학에서 창조주는 초월적인 존재로서 피조물과 이원화되는 반면 과정신학에서 창조주는 피조세계와 통전된 전체로서 이해된다. 과정신학자 에크하르트에 의해 피조물은 창조주의 계시이자 창조주의 본질이고, 창조주의 집으로 운위된다.[64] 창조주의 영성은 만물에 내재한다는 것이다. 몰트만 역시 '영성 안에서의 창조' 개념을 통해, 자연법칙에 내재하는 창조주의 영성을 강조한다.[65] 통전성(integrity)의 의미가 전체성을 추구하는 데 있다면 과정신학자들의 영성에 대한 이해는 자연 법칙 전체에 해당함으로써 통전성으로 맥락화되는 것이다.

시 「토끼풀 세상」에서는 각 개체의 영성적 통합을 의미하는 통전성이 포착된다.

> 집 앞 공터를 몇 년 방치했더니, 토끼풀 세상이다
> 풀어놓을 토끼도 없어 엊그제 숫돌에 갈아놓은 시퍼런 낫을 들고
> 두어 뼘쯤 깎았을까, 토끼풀꽃에 앉아 꿀을 따던 벌들이
> 잉잉거리며 방어막을 친다
>
> 어쭈 시위로구나!
>
> 낫질을 멈추고 주춤주춤 물러서는데
> 전 세계적으로 벌들이 사라지고 있다—꿀벌폐사장애라던가—는 보도도 생각나고, 꿀 한 병에 지구의 몇 바퀴를 돈 벌의 길이 들어 있다는 어느 양봉가의 얘기도 떠올라, 이미 벤 토끼풀꽃조차 그냥 놔두기로 한다.
>
> 그냥!
> 놔두고 이 층 베란다로 올라와 내려다보니

---

64) 매튜 폭스, 김순현 역, 『마이스터 엑카르트는 이렇게 말했다』, 분도출판사, 2006, 148~149쪽 참조.

65) 몰트만, 김균진 역, 『창조 안에 계신 하느님: 생태학적 창조론』, 한국신학연구소, 1987, 22~27쪽 참조.

토끼풀 세상이 토끼풀 세상만이 아니다
벌들의 극락이다
(봉침 맞지 않고도
또 한 꺼풀 벗겨진 눈!)
그래, 벌들의 지옥은
사람의 지옥이기도 하다.

나는, 헛간 시렁 위에 시퍼런 낫을
조용히 걸어둔다

―「토끼풀 세상」 전문(『거룩한 낭비』 20~21)

러브록의 가이아 이론은 생성의 의미를 내장함으로써 통전성을 시사한다. 그는 식물과 암석, 동물과 대기권의 기체들, 미생물과 해양을 통한 생물 시스템과 무생물 시스템의 복잡성을 강조하는 것이다.[66] 이러한 사유는 과정신학에서도 마찬가지 양상으로 언급된다. 과정신학에서 강조하는 창조주의 영성적 특성 역시 모든 피조물과 매 순간 상호 작용함으로써 생성을 환기하며, 그러한 특성으로서 복잡성을 담지한다. 우주 전체가 창조주를 향해 작용하며, 창조주 역시 인간과 온 우주에 새 창조를 일으키는 총괄적 비전(all-comprehensive vision)으로 설명된다.[67] 과정신학에서 강조하는 창조주의 영성은 생태계 전체에 작용하는 복잡성의 에너지로서 모성적 가이아와 등가 관계에 놓이는 것이다.[68]

특히, 인간 뿐 아니라 동 · 식물을 비롯한 생태계 전체에서 영성을 발견해야 한다는 몰트만의 주장은 통전성과 관련하여 또 다른 의미를 시사한다. 그는 각 존재의 영성이 다른 존재의 영성 속에 실재하는 동시에 가능성

66) 프리초프 카프라, 김용정 외 역, 「흩어지는 구조」, 앞의 책, 236쪽.
67) 이정배, 「생명역사적 진화와 인간의 미래」, 『신학의 생명화 신학의 영성화』, 대한기독교서회, 1999, 130쪽.
68) 레오나르도 보프, 김항섭 역, 『생태신학』, 카톨릭출판사, 1996, 15~19쪽 참조.

으로도 존재한다는 사실을 강조한다.[69] 창조주의 영성이 모든 곳에 작용한다는[70] 그의 발언은 각 존재가 창조주와 상호작용하는 가운데 지속적으로 생성한다는 사실을 환기함으로써 통전성으로 맥락화되는 것이다.

이러한 논의를 전제할 때, 위 시에서 화자가 토끼풀과 벌 그리고 자신을 통전성 속의 영성적 개체로 본다는 사실은 주목된다. 위 시의 화자는 "벌들이/잉잉거리"는 현상을 예사롭게 보지 않는다. "동물"로 표상된 "벌들의" 자기 보존과 자기 연속을 긍정하는 가운데 복잡성의 체계 안에서 가능한 생명현상의 원리를 인식한 것이다. 따라서 "벌들의 지옥"이 "사람의 지옥"이라고 보는 화자의 태도는 인간중심주의에서 벗어나 세계를 복잡성을 내장한 통전적 체계로 이해하는 생태주의적 전환으로 의미화된다.

다음 시 「돌의 자서전」에서는 영성적 현상이 물질의 물리·화학적 통전성으로 나타난다는 사실이 형상화된다.

> 장마 지난 뒤 집 앞 개울에서 돌 하나를 주워 낑낑거리며 거실에 들여놓았습니다 서너 돌 지난 아이 몸뚱이만 한 돌, 자고 나면 그 얼굴이 변했습니다 이름 붙이기 좋아하는 시인이지만 그 천변만화하는 표정에는 도무지 이름을 붙일 수 없었습니다
>
> 어느 날은 천진한 아기동자의 모습, 어느 날은 아흔이 넘은 어머니의 모습, 또 어느 날은 성모님의 모습, 또 어느 날은 꿈에서 본 낯선 외계인…… 내가 뭐라뭐라 호명해도 그 천변만화하는 표정 뒤에는 수억 년 그 깊이를 헤아릴 수 없는 침묵이 서려 있을 뿐, 그 견고한 침묵의 입을 열 수 없을 것 같았습니다

69) Juerten Moltmann, *Spirit of Life: A Universal Affirmation*, translated by Margaret Kohl (Minneapolis: Fortress Press, 1992)(신옥수, 앞의 논문, 249쪽에서 재인용)
70) 위르겐 몰트만, 곽혜원 역, 「이 땅의 윤리」, 앞의 책, 215쪽 참조.

혹, 돌이 스스로 침묵을 깨고 자서전(自敍傳)을 들려준다 해도 누가 그것을 대필할 수 있겠습니까.

— 「돌의 자서전」 전문(『거룩한 낭비』 38)

전통적인 관점에서 볼 때, 무기물의 본질적 특성은 생명의 개념과 배치된다. 그러나 신학자 샤르댕은 과학과 종교의 진리 인식에 대한 유기적 통합을 시도하는 과정에서 무기물에 작용하는 영성을 주목했다. 그의 인식에서 창조주는 자신을 물질 속에 용해시키고, 물질 속에서 재생되며, 물질을 뚫고 물질 속으로 잠입한다.[71] 과학과 신학의 통합을 시도한 샤르댕의 발언은 물질 속에 내재한 창조주의 영성적 작용을 암시함으로써 통전적 복잡성으로 의미화되는 것이다. 이러한 논의는 자기가 베고 있던 돌에 기름을 부으며, 돌 속에 창조주가 들어 있음을 인식한 야곱의 일화를 환기한다.[72] 창조주의 영성은 만물의 속과 밖, 변화의 과정에까지 작용하기에 무기물까지 포함한 세상의 모든 것은 복잡성의 근거이자 체계 그 자체가 된다는 것이다.

이러한 논의와 관련하여, 위 시 「돌의 자서전」에서 보여주는 화자의 "돌"에 대한 인식은 주목된다. 화자의 인식에서 "서너 돌 지난 아이 몸뚱이만 한 돌"은 "아기 동자의 모습"이었다가 "아흔이 넘은 어머니", "성모님", "꿈에서 본 낯선 외계인"까지 "천변만화" 한다. 위 시에서 형상화된 돌의 변화 과정은 창조주의 영성 또한 이 세상의 실재를 받아들이면 들일수록 끊임없이 변화해간다는 원리로서 복잡성을 암시하는 것이다.[73] 이는 생태계가 끊임없이 변화해갈 때 창조주 역시 창조주의 비전으로 세상에 참여한다는 사실을 환기한다. 또한 '돌'이라는 질료에 주목할 때, 무

71) 떼이야르 드 샤르댕, 양명수 역, 『인간현상』, 한길사, 1997, 251쪽 참조.
72) 창세기 28 : 11
73) 로버트 B. 멜러트, 김상일 역, 『화이트헤드의 철학과 신학: 과정신학이란 무엇인가』, 지식산업사, 1989, 47~48쪽 참조.

기물은 영성과 상반되는 것처럼 보이지만 미세한 세계나 미립자까지 내려가 보면 그 역시 생물과 한 몸으로써 생성의 과정이라는 통전적 의미가 창출된다. 진화의 과정에 참여하는 창조주의 영성을 우주 전체의 영성적 활동이자 생성의 과정으로 인식하는 것이다.74)

이와 같이, 고진하는 그의 시에서 생태계의 모든 현상이 피조세계와 창조주의 상호작용으로 가능하다는 사실을 강조한다. 그의 시에서 형상화된 인간과 식물, 동물, 무기물에 이르기까지 모든 피조물들은 창조주의 영성을 드러내는 '성스런 매개' 혹은 '거룩한 매개물'로서75) 복잡성의 통전적 체계로 의미화된다. 그는 그의 시를 통해 창조주에 대한 경배나 경건함의 강화가 아니라 공간과 시간을 통해 발현되는 영성의 복잡성을 환기하는 것이다.76)

4. 맺음말

지금까지 두 시인의 시편에 나타나는 종교적 사유를 통해 생태주의의 복잡성을 논의했다. 생태주의자 네스는 생태계의 생명현상과 관련하여 관계성, 순환성, 지방분권화 등과 함께 복잡성을 강조했다. 생태계의 생명현상은 지속적인 생성의 과정으로서 인간을 비롯한 동·식물, 무기물과 우주현상의 상호작용을 통해 복잡성을 노정한다는 것이다.

---

74) "물질의 배치(arrangement), 연속 및 결속은 어떤 공통된 기원에서 합생(concrescence)되어 이루어지는 것이다. 시간과 공간은 유기적으로 결합되어 우주라는 천을 짜고 있다. 우리는 이제 이러한 우주관과 사물관을 가지게 되었다."
테야르 드 샤르댕, 양명수 역, 앞의 책, 85쪽.

75) 나희덕, 「시적 상상력과 종교다원주의-고진하의 시를 중심으로」, 『한국시학연구』, 한국시학회, 2004, 48쪽.

76) 나희덕, 위의 논문, 41쪽.

이 글에서는 두 시인의 작품에 나타나는 종교적 사유를 논의하는 과정에서 화엄사상과 과정신학적 관점을 통해 생명현상의 원리인 복잡성을 도출했다. 복잡성은 화엄사상과 과정신학에서 발견되며 두 시인의 사유에서 화엄사상과 과정신학을 통한 복잡성이 도출된 것이다.

이성선 시에서 화엄사상 가운데서도 진공묘유의 생성과 사사무애, 사사무애의 궤적인 자기유사성이 도출되었다. 먼저, 혼돈으로부터의 생성과 비가시적 생명발현을 포괄하는 특징은 진공묘유의 생성을 통한 복잡성으로 논의되었다. 또한, 생태계를 매 순간의 생성으로 인식한 결과의 양상이 사사무애의 생성으로 논의되었다. 생태계의 생명발현과 관련하여 어떤 생명체든 동 · 식물과 우주의 모든 현상이 상호 관여하며, 그러한 과정의 궤적이 현상으로 나타난다는 것이다.

고진하 시에서 창조주는 피조물과 상호침투하는 가운데 피조세계 전체와 상호 작용하는 영성의 의미로 논의되었다. 그의 시에서 생태계, 즉 만유의 생명현상은 창조주와 '상호 침투'하는 영성적 작용을 의미하며 창조주의 영성은 피조세계 전체에 작용하는 통전적 에너지로 의미화된다. 그의 시에 형상화된 피조물의 일상이나 자연 그 자체는 창조주의 영성과 만나는 과정으로서의 복잡성을 담지하는 것이다.

이러한 논의는 두 시인의 시에 나타나는 종교적 사유가 복잡성의 체계로서 공통적임을 말해준다. 그러나 이성선 시에서 무無와 혼돈으로부터의 생성, 상호관련성을 통해 발현되는 생명현상이 강조되는 데 비해, 고진하 시에서는 창조주와 상호침투, 전체에 내재하는 창조주의 통전성으로서 차이를 보인다. 이성선 시에 나타나는 복잡성이 자연현상의 다차원적 생성에 주목하는 데 비해, 고진하 시에서 생성은 창조주와 피조물의 관계를 전제로 출현하는 점이 다르다는 것이다. 두 시인의 시에 나타난 복잡성은 생명현상의 원리라는 점에서 맞물리지만 각자가 지향하는 종교적 사유로 인해 변별되는 것이다.

그동안의 논의에서 이성선 시에 내재된 화엄사상은 화엄사상 자체의 상호관계성이 언급되는 정도에 머물렀다. 이러한 논의는 근대 경험 이전의 사유로서 근대 경험 이후의 문제인 생태계 위기를 극복할 수 없다는 비판으로 이어졌다. 또한 고진하 시가 기독교사상을 지향한다고 볼 때, 모상模像이라는 개념은 인간중심주의로 연결되며 생태계 파괴의 원인으로 논의될 수 있는 여지를 남긴다.

이 글에서는 이러한 점을 감안하여 그들의 시에 나타나는 복잡성을 동·서양의 종교적 사유인 화엄사상과 과정신학적 관점을 통해 추출했다. 이러한 논의를 진행하는 과정에서 복잡성이 보편적인 생명현상의 원리임을 확인함과 동시에 두 사유의 기반이 같은 역사적 맥락에 놓인다는 사실을 확인했다. 복잡성은 생명현상의 과정에서 나타나는 보편적 원리이며, 두 시인의 시에서 이러한 사실이 각 개인이 지향하는 종교적 사유를 통해 형상화된 것이다.

제2장

가이아 사상을 통한 생태주의의 복잡성 / 정현종론

1. 머리말

정현종(1939~)[1]은 1964년 『현대문학』에 「和音」, 「주검에게」와 1965년 3월 「독무」, 같은 해 8월에 「여름과 겨울의 노래」로 추천을 완료했다. 이후 시집[2], 시선집,[3] 시전집,[4] 산문집[5] 등을 발간했다. 그 외에도 번역

1) 1939년 아버지 정재도와 어머니 방은련의 3남 1녀 중 셋째로 서울에서 출생했다. 3살 때부터 중학교를 졸업할 때까지 경기도 화전(花田)에서 유소년기를 보냈는데, 이때 경험한 자연과의 친숙함이 그의 시의 모태를 이룬다. 연세대 철학과를 졸업하고 신태양사 · 동서춘추 · 서울신문사 문화부 기자로 재직했으며 1977년 서울예대 문예창작과 교수가 되었다. 1982년 연세대학교 국문과 교수로 재직하다 2005년에 정년 퇴임하였다.

2) 『사물의 꿈』(민음사, 1972), 『나는 별아저씨』(문학과 지성사, 1978), 『떨어져도 튀는 공처럼』(문학과 지성사, 1984), 『사랑할 시간이 많지 않다』(세계사, 1989), 『한 꽃송이』(문학과 지성사, 1992), 『세상의 나무들』(문학과 지성사, 1995), 『갈증이며 샘물인』(문학과 지성사, 1999), 『견딜 수 없네』(시와시학사, 2003), 『그림자에 불타다』(문학과지성사, 2015)

3) 『고통의 축제』(민음사, 1974), 『달아달아 밝은 달아』(지식산업사, 1982), 『사람으로 붐비는 삶은 아픔이니』(문학과 비평사, 1996), 『사람들 사이에 섬이 있다』(미래사, 1991), 『이슬』(문학과 지성사, 1996), 『정현종 시선』(큰나, 2005), 『환합니다』(찾을모, 1999)

4) 『시의 이해』(민음사, 1983), 『거지와 광인』(나남출판, 1985)

시와[6] 번역서를[7] 출간하는가 하면 1999년에는 그동안 발표한 시편을 총괄하여 『정현종 시 전집』 1, 2를 묶어내기도 했다.[8] 한국문학작가상을 비롯한 다수의 문학상을 수상했으며,[9] 독특한 사유와 역동적인 상상력으로 1960년대에 주로 나타났던 내면 탐구의 시와 분노와 저항의 시라는 양대 축을 벗어나 새로운 세계를 열고자 했던 시인으로 평가된다.[10]

정현종 시에 대한 연구는 단평, 비교논문, 학위논문에서 지속적으로 다루어졌다. 일반적으로 이미지, 주제, 표현 기법, 시기적 변모 양상에 관한 연구로 나뉜다. 이미지에 관한 연구로는 바람,[11] 원초적 이미지,[12] 풀잎,[13] 몸,[14] 죽음[15] 등 자연과 관련한 논의가 대부분이다. 주제에 관한 연구로는 노장사상과 불교사상,[16] 자유사상과 평등사상,[17] 결핍,[18] 휴머니즘,[19]

---

5) 『날자 우울한 靈魂이여』(민음사, 1975), 『관심과 시각』(중원사, 1978), 『숨과 꿈』(문학과 지성사, 1982), 『생명의 황홀』(세계사, 1989), 『날아라 버스야』(큰나/백년글사랑, 2003), 『두터운 삶을 향하여』(문학과지성사, 2015)

6) 파블로 네루다, 정현종 역, 『네루다 시선』, 민음사, 2007.

7) 카슨 매컬리스, 정현종 역, 『슬픈 카페의 노래』, 문예출판사, 1996.
크리스나무르티, 정현종 역, 『아는 것으로부터의 자유』, 정우사, 1996.

8) 『정현종 시전집 1 · 2』, 문학과 지성사, 1999.

9) 한국문학작가상 · 연암문학상 · 현대문학상 · 이산문학상 · 미당문학상 · 공초문학상 · 대산문학상 · 경암학술상 · 은관문화훈장 등을 수상했다.

10) 김 현, 「바람의 현상학」, 『상상력과 인간』, 문학과지성사, 269쪽, 1991.

11) 김 현, 위의 책 참조.
_____, 「변증법과 상상력」, 정현종 시집 『나는 별아저씨』 해설, 문학과지성사, 1978.
이경수, 「바람의 현상학」, 정현종 시집 『사물의 꿈』, 민음사, 1972.
김정란, 가을, 「정현종, 꿈의 사제」, 『작가세계』, 1990.

12) 김주연, 「정현종의 진화론」, 정현종 시집 『사물의 꿈』, 민음사, 1972.

13) 남진우, 「행복의 시학, 유출의 수사학」, 『그리고 신은 시인을 창조했다』, 문학동네, 2001.

14) 임현순, 「정현종 시의 몸 이미지와 언어적 상상력 연구」, 이화여자대학교 석사학위논문, 1997.

15) 김우창, 「사물의 꿈」, 정현종, 『고통의 축제』, 민음사, 1972, 18~19쪽.
김준오, 「순수참여와 다극화시대」, 『한국현대문학사』, 1989.
박성현, 「죽음, 그 내밀한 에로스의 세계－정현종론」, 『1970년대 문학연구』, 소명출판, 2000.

생태주의,[20] 여성성과 모성성이[21] 두드러진다. 표현 기법에 관한 연구 또한 기독교적 모티프의 활용,[22] 말장난적 요소,[23] 역설이나 패러디,[24] 다채로운 문장부호 채용과 수사법의 파괴[25] 등 다양한 관점에서 이루어졌다. 시기적 변모 양상에 관한 연구는 전체 시세계를 초기와 후기로 구분하는가 하면[26] 초 · 중 · 후기로 나누기도[27] 한다.

이를 토대로 파악할 때 생존 작가임에도 불구하고 그의 작품에 대한 연구 성과가 상당하게 축적되었음을 알 수 있다. 개괄적으로 그의 시적 경향은 초기와 후기로 나누어 거론되며 그의 초기시는 개인적 실존과 당시의 사회 · 역사적 문제에서 기인하는 삶과 죽음, 안과 밖 등의 대립적

---

16) 최동호, 「한국 현대 시사」, 유종호 외, 『한국현대문학 50년』, 민음사, 1995, 55~56쪽.
17) 이승하, 「산업화 시대의 시인들」, 『한국의 현대시와 풍자의 미학』, 문예출판사, 1997, 226~252쪽,
18) 김주연, 「정현종의 시적 실존과 시의 운명」, 『문학과사회19』, 문학과지성사, 1992.
19) 김재홍, 「자유에의 길 또는 생명사상」, 『작가세계』, 1990. 가을호.
정효구, 「우주공동체와 문학」, 『현대시학』, 1993. 12.
20) 김욱동, 「현대시와 생태학적 상상력–정현종과 '초록 세계관'」, 『현대시학』, 1991. 11.
임도한, 「한국 현대 생태시 연구」, 고려대 박사학위논문, 1998.
신덕룡, 『생명시학의 전제』, 소명출판, 2002.
정과리, 「환경을 만드는 시인」, 『21세기 문학』, 1997.
남송우, 「생명시의 여러 양상」, 『생명시학 터닦기』, 2010.
21) 정효구, 앞의 책, 1993. 12.
22) 임현순, 앞의 논문, 1997.
이상섭, 「정현종 <방법적 시>의 시적방법」, 이광호 엮음, 『정현종 깊이 읽기』, 문학과 지성사, 1999, 148쪽.
23) 유종호, 「해학의 친화력」, 『한 꽃송이』해설, 문학과지성사, 1992, 86쪽.
오생근, 「숨결과 웃음의 시학」, 『세상의 나무들』, 문학과지성사, 1995.
24) 김재홍, 앞의 책, 1990, 126쪽.
25) 이희중, 「날 것의 생각, 수사적 퇴행, 好惡의 이분법」, 『현대시학』, 1992, 7쪽.
26) 조동구, 「정현종의 시 연구」, 『비교한국학』, 국제비교한국학회, 1999, 131쪽.
27) 1기는 『사물의 꿈』(1972), 시선집 『고통의 축제』(1974), 2기는 『나는 별아저씨』(1978), 『떨어져도 튀는 공처럼』(1984), 3기는 『사랑할 시간이 많지 않다』(1989), 『한꽃송이』(1992), 『세상의 나무들』(1995), 『갈증이며 샘물인』(1999)으로 본다.
김인옥, 「정현종 시세계 연구」, 명지대학교 박사학위논문, 2005.
황치복, 「정현종 시 연구」, 고려대 석사학위논문, 1996.

간격을 메우려는 노력을 다양한 기법으로 담아내었다고 볼 수 있다.[28] 반면, 생태주의가 주로 거론되는 후기 시편 『사랑할 시간이 많지 않다』 이후 시인은 대상에 대한 점유욕을 버리고 스스로의 마음을 완전히 비움으로써[29] 자아와 세계의 합일을 보여주고 있다고 평가된다.

이러한 가운데 일부 연구자들은 초기시에서의 치열하고 역동적인 상상력이 후기로 갈수록 생명에 대한 무조건적 찬양과 경탄으로 일관하여 시적 긴장도가 떨어진다고 지적한다.[30] 후기시를 지배하는 찬양과 경탄을 감격의 습관화로 치부하여 기법의 약화로 연결시키는 것이다. 이런 연구의 결과는 현실과 일상의 삶을 도외시하는 관념주의자라는 비판으로 이어진다.

그러나 이러한 논의는 정현종의 후기시에 내재된 현실적 · 의도적 국면을 간과한 결과로 파악된다. 그의 후기 시편에 나타나는 자연 찬양은 그의 산문이나[31] 시적 지향,[32] 동양사상과의 친연성을[33] 전제할 때, 생명

---

28) 박혜경, 「빈몸과 바람의 시」, 이광호 편, 『정현종 깊이 읽기』, 문학과지성사, 1989, 318~319쪽.

29) 남진우, 「정현종에 대한 두 편의 글」, 『바벨탑의 언어』, 문학과지성사, 1989, 139쪽. 박혜경, 앞의 논문, 319쪽.

30) "정현종 시는 근자에 아주 흉허물 없어지고 정다워지고 있다. 말버릇도 쉬워지고 정감도 수더분해지고 있다."
유종호, 「해학의 친화력」, 『한 꽃송이』해설, 정현종, 『한 꽃송이』, 문학과 지성사, 1992, 109쪽.
"생명에 대한 맹목적 찬양을 노래하는 잠언적 표현들이 시의 활력을 감소시키거나, 경탄과 감격의 습관화가 시적 의미를 축소시키는 부정적 현상이 나타난다."
박정희, 「정현종 시 연구」, 연세대학교 박사학위논문, 2009, 107~108쪽.

31) 정현종, 「가이아 명상」, 『날아라 버스야』, 2003, 94~109쪽.

32) "장: 선생님의 시를 보면 개인적으로 아파하고 고민하신 부분들을 잘 드러내지 않으시는 듯해요. 좋은 것, 남과 소통할 수 있는 것, 그걸 통해서 더 넓게 확장될 수 있는 것들을 주로 쓰시는 것 같습니다. 강: '더 큰 우리'에 관심이 있다고 말씀드릴 수 있을 것 같아요. 정: 본능적인 결속이야 저절로 그렇게 되는 것이고, 그러나 그보다 더 큰 것에 더 큰 관심이 있다고 할 수도 있겠지."
정과리 외, 「교감」, 『영원한 시작: 정현종과 상상의 힘』, 민음사, 2005, 309쪽.

현상의 과정과 생성의 원리를 강조하기 위한 전략으로 볼 수 있다. 그의 시편에서 포착되는 생성은 예측불가능한 가운데 발현되는 생명현상의 특징으로서 생태주의의 복잡성을 환기하는 것이다.

복잡성은 생태주의에서도 심층생태주의에서 중요하게 취급된다. 심층생태주의(Deep Ecology)는[34] 생태주의의 하위 갈래로 인식되고 있으며,[35] 현대의 생태위기가 자본주의를 포함한 인간중심주의로부터 비롯되었다고 본다. 생태계 위기를 극복하기 위해서 가장 근본적 원인인 인간중심주의로부터 벗어나야 한다는 것이다. 이러한 논의는 생태계가 가이아로서의 복잡성을 동반한다는 인식으로부터 비롯된다.

복잡성(complexity)을 표방하는 가이아적 생태주의에서는 생태계 내 구성요소 간의 다층적인 관계로 인해 환원론적 방법으로는 설명되지 않는 시스템을 주목한다. 복잡계로서의 생태계는 다중적 조건들의 끝없는 얽힘과 되먹임을 의미하기 때문이다. 가이아적 생태주의로 볼 때, 각 개체의

---

33) "사실 사람이 힘을 내는 것은 다 남의 살 덕분이고, 그러니 사람의 살이란 게 다름 아니라 두루 남의 살로 이루어져 있다고 해도 좋다. 윤회전생(輪廻轉生)이란 그러니까 만물의 구성 원리에 다름아니다."
정현종, 「재떨이, 대지의 이미지」, 『날아라 버스야』, 27쪽.
크리슈나무르티에 경도되었으며 힌두교, 인도 경전에 심취했다. 같은 책, 56~93쪽.

34) 심층생태주의를 근본생태주의라 칭하기도 하고 환경생태주의를 표층생태주의라고도 한다. 표층생태주의는 오염이나 자원고갈 문제에 대한 근시안적, 인류중심적, 기술지상주의적 환경운동, 특히 주로 선진국 국민들의 건강과 풍요를 목적으로 하는 운동을 지칭한다. 이것이 '표층'적인 까닭은 산업사회 패러다임에 내포된 이념과 형이상학적 전제가 근원적으로 옳고 그른지에 대해 전혀 의문을 품지 않기 때문이다. 반면 심층생태주의는 우리의 세계관과 문화와 생활양식 따위에 대해 근원적인 질문을 던지며, 그것들을 새로이 형성되고 있는 생태학적 비전과 조화되도록 개조하려는 장기적 안목의 급진생태운동을 지칭한다.
송명규, 「생태철학」, 『현대생태사상의 이해』, 2004, 99~130쪽.

35) 주로, 심층생태주의, 사회생태주의, 생태여성주의로 나누며 생태위기의 원인과 대안에 대한 접근 방식이 다르다. 심층생태주의자들은 인류중심주의를 지적하며, 생태여성주의자들은 가부장제를 비판하고, 사회생태주의자들은 사회의 계층구조에서 비롯한다고 본다.

생명현상은 상호작용에 의해 그 범위가 커질 수도 있고, 그 과정에서 오히려 그 범위가 줄어들 수도 있다.[36] 이것이 시간이 지남에 따라 예측할 수 없는 결과를 만들기 때문에 생태계의 혼동이 야기되지만 질서와 혼돈 속에서도 조화와 균형을 유지한다. 가이아적 생태주의에서는 인간중심주의로 파악할 수 없는 생태계의 원리, 즉 복잡성에 대한 이해를 추동하는 것이다.

복잡성과 관련하여 관계론적 생명발현을 주목할 때, 각 대상은 서로 연결될 뿐 아니라 한 대상의 안과 밖은 연결되어 막힘이 없다. 이와 같은 사유에 의하면 모든 대상의 안과 밖은 연결되어 있되, 다른 개체의 작용인이나 저항, 또는 방해의 요소로 작용하는 가운데 각자의 생성을 노정한다. '대상이 관계를 만든다'는 인식을 뒤엎고 '관계가 대상을 만든다'고 주장한 화이트헤드의 관계론은 생성으로서 생태주의의 복잡성에 영향을 미치게 된 것이다.[37]

한편, 생태계의 창발적 생성은 단순한 영향으로 국한되지 않고, 다양성을 담지한 비선형 방식으로 가능하다는 사실을 알 수 있다. 생명현상의 과정에서 다양성으로 인한 교란이 발생하며, 그 교란은 상호작용에 의해 증폭될 수도 있고, 교란을 일으킨 원천이 무엇이었는지 알지 못할 수도 있다.[38] 그러나 지구생태계는 자기조직화의 특성을 지니고 있기 때문에 부조화와 갈등의 연속 속에서 균형을 유지할 뿐 아니라 창발적 생성 또한

---

36) F. Capra, *Ecological Literacy, The Web of Life*, (Anchor Books, a division of Random House, 1996) p.299.

37) "화이트헤드는 자족/자존하는 독립적인 실체 개념을 부정하고 실재 개념을 유기체적/관계론적인 전체론(holism)의 문맥에서 이해할 것을 주장한다. 그는 실체 개념 위에 토대를 둔 존재론적 형이상학을 근원적으로 부정한다. 그의 관계론적 실재 개념은 플라톤적인 존재론의 실재(개념)에 대한 근원적인 해체라 할 수 있다. 상호의존적인 존재는 그 자체의 독립적인 자족/자존의 본질을 갖지 못하기 때문이다."
화이트헤드, 오영환 역, 「범주의 도식」, 『과정과 실재』, 민음사, 1999, 77~100쪽 참조.

38) F. Capra, *Ecological Literacy, The Web of Life*, p.299.

가능하다. 생태계 내 모든 개체와 상황의 생성은 자기조직화의 특성을 동반하는 것이다.

또한 생물과 무생물로 이루어진 지구생태계는 수십억 년 동안 끊임없이 광물, 물, 공기의 동일한 분자들을 사용하고 재활용하는 방식으로 순환한다는 사실을 알 수 있다. 생태계는 생물들의 활동으로 인해 폐기물이 발생함에도 불구하고 항상성이 유지되는 것이다.[39] 폐기물은 정화되는 가운데 새로운 생성의 근원이 되기도 하며 순환한다. 가이아적 생태계의 복잡성과 관련하여 항상성은 중요한 특성으로 논의되는 것이다.

주지하다시피, 정현종은 러브록의[40] 가이아사상에 경도되었으며, 생물중심주의로서의 복잡성을 강조한다. 그의 사상에서 제시하는 시사점은 인간중심주의에서 탈피하여 자연의 복잡성을 회복해야 한다는 것이다. 가이아로서의 생태계는 관계성, 자기조직화의 창발적 특성, 순환성과 항상성 등을 통한 복잡성을 노정한다. 그의 후기시에 나타나는 가이아사상은 생태계의 복잡성에 대한 관심이라고 볼 수 있는 것이다. 따라서 그의 시는 가이아 사상을 통한 생태주의의 복잡성으로 논의할 때 시적 기법으로서의 타당성을 확보하는 동시에 현실을 도외시한다는 평가에서 자유로울 수 있다.

이 글에서는 이러한 논의를 바탕으로 정현종의 후기시를[41] 대상으로

---

39) F. Capra, *Ecological Literacy, The Web of Life*, p.299.

40) 러브록은 지상에는 오직 한 종류의 오염이 있는데 그것은 인간 그 자체라고 주장한다. 그에게 인간은 거저 유용한 두뇌와 손발을 가진 생태계 내의 지능적인 포식자일 뿐이다. 러브록은 인간의 언어조차 벌이나 돌고래 같은 다른 동물들과 차이가 없다는 입장을 가지고 있다. 그는, 오히려 초기의 원시적인 인간들이 가이아에 순응하고 살았던 데 비해 현대인들은 가이아를 파괴하고 위협하고 있을 뿐, 현대적인 인간이 초기 인류에서 더 나아진 것은 아니라고 주장한다. 그는 인간이 가이아에 잘 길들여진 존재가 아니라 개별적 생활을 선호하는 한계를 가지고 있으며, 궁극적으로는 자신보다 더 커다란 존재인 가이아에 굴복하고 가이아의 일부라는 사실을 받아들여야 하는 숙명을 지니고 있다고 결론 내리고 있다.
james E. Lovelock, 홍욱희 역, 『가이아Gaia』, 범양사, 1990, 202~223쪽.

생태주의를 도출하되 가이아 사상을 통한 복잡성으로 접근하고자 한다. 생태계의 속성인 관계성과 다양성을 통한 생성, 순환성을 통한 항상성의 특징을 살펴보고자 하는 것이다.

작품 선정은 그가 작품 활동을 하면서 45년여 동안 간행한 10권의 개인 시집과 시선집 7권 가운데 후기에 해당하는 기간에 발표된 시편들을 대상으로 한다. 문학작품이 현실을 반영한다고 볼 때, 이 시기는 한국에서도 생태주의가 본격화되었던 시기이며[42] 정현종의 후기시에서도 같은 양상을 보인다. 그의 초기시는 자연지향과 더불어 존재의 근원에 대한 탐구,[43] 사회 역사적 고통에 대한 성찰,[44] 삶과 죽음에 관한 사색,[45] 관능성이[46] 혼재하는 데 비해 후기시에서는 동양사상과 관련한 가이아로서의 생태계에 대한 관심이 집중적으로 나타나기 때문이다. 이러한 점은 그의 후기시에 내재된 그의 사유를 좀 더 타당성 있게 추출하는 근거가 될 것이다.

---

41) 이 글에서는 『사랑할 시간이 많지 않다』와 전집 2권에 실린 『한 꽃송이』(문학과지성사, 1992), 『세상의 나무들』(문학과지성사, 1995), 『갈증이며 샘물인』(문학과지성사, 1999), 그리고 이후 간행된 『견딜 수 없네』(시와시학, 2003), 『광휘의 속삭임』(문학과지성사, 2008) 6권을 논의의 대상으로 한다.

42) 1990년대의 출발과 함께 '생태계 위기'를 문제삼은 것은 1990년 겨울호로 동시에 발간된 두 계간지의 특집 기획으로서 ≪창작과 비평≫의 '생태계의 위기와 민족민주운동의 사상'과 ≪외국문학≫의 '생태학 · 미래학 · 문학'이다. 양자 모두 당시 사회의 중심적 주제로서 생태 환경 문제가 떠올랐음을 강조하면서 문학의 생태학적 대응을 권고한다. 다만 전자가 생태학적 패러다임의 수용을 강조하는 입장이라면 후자는 서구 이론을 중심으로 문학의 생태학적 전환을 강조하였다는 데 차이가 있다. 이 외에도 1991년 11월 환경-생태학 문제를 전문적으로 다루는 잡지로서 ≪녹색평론≫이 창간되었다는 점과 '생태-환경시집'이라는 부제가 달린 시집 『새들은 왜 녹색별을 떠나는가』(다산글방, 1991)의 발간도 이상의 흐름을 보여준다.
임도한, 「생태문학론의 전개와 한국 현대 생태시」, 신덕룡 엮음, 『초록생명의 길』, 시와사람사, 2001, 18쪽.

43) 김정란, 앞의 논문.

44) 김 현, 앞의 논문.

45) 김준오, 앞의 논문.
김우창, 앞의 논문.

46) 최예인, 「정현종 시의 변모 양상 연구」, 경희대학교 대학원 석사학위논문, 2005.

2. 가이아 사상을 통한 생태주의의 복잡성

생태주의에서 말하는 가이아Gaia의 의미는 물리 · 화학적 환경을 스스로 조절하는 생명체로서의 지구생태계를 말한다. 러브록에 의하면 지구에 살고 있는 생물과 대기권, 대양, 토양은 하나의 범지구적 실체로서의 유기체를 의미한다. 정현종은 이러한 차원을 넘어 생명권이 하는 명상이기에 우리가 가이아적 명상에 잠길 때 세균이나 메뚜기, 풀 같은 것들도 명상에 잠길 것이라는 인식으로 나아간다.[47] 그는 생물로서의 생태계에 대한 자각과 함께 자기조정적 실체로서 인식적 상태의 생태계를 자각한 것이다.

자기조정적 실체로서의 생태계에 대한 인식은 복잡성의 특성에 대한 이해로 이어진다. 러브록이 볼 때, 가이아로서의 생태계란 서로 얽혀 변화 생성하는 가운데 출현하는 자연 상태를 의미한다. 이는 생태계 자체가 자기조정적 실체라는 인식에서 비롯된다. 이러한 논의는 지구생태계가 무수한 개체와 상황이 관련된 상태라는 사실로서 복잡성의 탐색에 대한 시사점을 갖는다. 복잡성의 생태계는 생태계의 일부가 인위적으로 변경, 파괴될 때, 결국 생태계 전체의 위기로 이어진다는 사실을 함의하는 것이다.

주지하다시피, 정현종의 사유는 러브록의 가이아 사상에 닿아 있다. 정현종이 지향하는 생태계는 복잡성의 세계, 즉 모든 개체가 관계론적 생명발현을 토대로 자기조직화의 창발적 생성, 연기론적 순환성이 확보된 가이아로서의 상태를 노정한다. 그는 그의 시에서 생태계 내 생명현상의 원리인 복잡성에 주목한 것이다.

이러한 논의를 토대로, 그의 시에 나타나는 관계론적 생명발현과 생성이 나타나는 작품을 보기로 한다.

---

47) 정현종, 「신은 자라고 있다」, 앞의 책, 103쪽.

2.1 관계론적 생명발현과 생성

주지하다시피, 지구생태계의 모든 구성원들은 복잡한 생명의 그물 속에 상호 연결되어 있다. 그 구성원들은 독자적으로 본질적인 특성을 갖지 못하고 그 본질 자체를 다른 것과의 관계에서 획득한다.[48] 이러한 논의는 생태계 내 모든 개체나 상황이 생성으로서 복잡성을 담지한다는 사실을 뜻한다. 어떤 개체든 전체 생태계와 그것의 에너지를 주고 받는 상호관련성 속에서 생성의 과정을 노정한다는 것이다.

다음 시 「새로운 시간의 시작」에서는 매 순간이 생성의 상태라는 점으로서 관계론적 생명발현이라는 사유가 펼쳐진다.

> 눈이 내리기 시작하는 순간을 보아라
> 하나둘 내리기 시작할 때
> 공간은 새로이 움직이기 시작한다
> 늘 똑같은 공간이
> 다른 움직임으로 붐비기 시작하면서
> 이색적인 선(線)들과 색깔을 그으면서, 마침내
> 아직까지 없었던 시간
> 새로운 시간의 시작을 열고 있다!
>
> 그래 나는 찬탄하느니
> 저 바깥의 움직임 없이 어떻게
> 그걸 바라보는 일 없이 어떻게
> 새로운 시간의 시작이 있겠느냐.
> 그렇다면 바라건대 나는 마음먹은대로
> 모오든 그런 바깥이 되어 있으리니……
>
> –「새로운 시간의 시작」 전문 (『견딜 수 없네』 27)

48) F. Capra, *Ecological Literacy, The Web of Life*, p.298.

위 시 「새로운 시간의 시작」에서는 상호 관련된 가운데 가능한 생성의 사유로서 복잡성이 포착된다. 이러한 논의는 화이트헤드의 '과정으로서의 실재'를 환기한다. 화이트헤드는 생태계에 대한 이해와 관련하여 자족, 자존하는 독립적 실체 개념을 부정하고 실재 개념을 전체론의 문맥에서 이해해야 한다고 주장한다.[49] 그에 의하면 생태계의 모든 실재는 우주의 나머지 것들과 함께 짜여진 관점에서만 이해될 수 있다. '대상이 관계를 만든다'는 종래의 인식을 뒤엎고 '관계가 대상을 만든다'는 화이트헤드의 유기체론은 생성의 특성인 복잡성을 담지하는 것이다. 네스는 이러한 점을 겨냥하며,[50] 원자론적 · 요소론적 세계관에서 관계론적 세계관으로의 전환을 제안한다.

위 시에서는 대기의 변화 양상을 통한 관계론적 생성으로서 복잡성의 사유가 포착된다. 화자는 "눈이 내리기 시작하는 순간"에 주목한다. 그가 볼 때, "눈"이 내리는 풍경은 생명현상의 양상으로 인식된다. "눈이 하나 둘 내리기 시작할 때/공간"이 "새로이 움직이기 시작"한다는 사실은 모든 우주의 상호조응이라는 의미를 창출한다. 더욱 중요한 것은 화자가 "늘 똑같은 공간"인 듯 여겨지지만 "눈이" 내리듯이 "다른 움직임으로 붐비기 시작하면", "아직까지 없었던 시간", 즉 새로운 생성의 상태가 펼쳐진다고 인식한다는 사실이다. 모든 순간은 늘 다른 풍경이 펼쳐지는 생명현상의 과정이지만 미처 인식하지 못했다는 반성적 사유를 보여주는 것이다.

화자는 그러한 사실을 인식하는 가운데 "저 바깥의 움직임"과 "그걸 바라보는 일"이 없다면 "새로운 시간의 시작"이 불가능하다는 사실을 환기한다. "새로운 시간의 시작"은 그것을 인식하는 자와 "바깥의 움직임"이 관계하기 때문에 가능한 생성의 상태라는 것이다. 매 순간 생성하는

---

49) 박경일, 「탈근대 담론들에 나타나는 관계론적 패러다임들과 불교의 공(空)」, 『인문학 연구』, 경희대학교 인문학연구소, 1999, 205~206쪽 참조.

50) 박준건, 「생태적 세계관, 생명의 철학」, 『한국생태문학연구총서 I 』, 學古房, 2011, 43쪽.

"새로운 시간의 시작"은 "매 순간"의 생명현상을 암시하며, 필연적으로 복잡성의 특성을 담지한다. 생명현상은 변화하는 풍경과 "그걸 바라보는" 자와의 상호 작용 속에서 비로소 가능하기 때문에 복잡성의 상태를 노정하게 되는 것이다.

이와 같이, 생태계를 가이아적 복잡성의 상태로 이해한다는 것은 모든 존재들이 자족적 실재성을 갖지 않고 관계적인 결합에 의해 잠정적으로 결정된다는 사실을 의미한다. 따라서 "새로운 시간의 시작"이 의미하는 바는 생태계 내 모든 개체나 상황이 고정된 실체나 상황이 아니라 다른 존재들과의 관계 양상에 따라 매 순간 새로이 변화 생성된다는 사실을 의미한다. 가이아적 생태계의 모든 개체나 상황은 매순간 다른 존재나 상황의 영향을 받으며 변화 생성하는 가운데 자기조직화를 노정하는 것이다.

다음 시 「나무여」에서는 식물과 관련한 관계론적 생성의 사유가 포착된다.

산불이 난걸 보면
내 몸도 탄다.

초목이 살아야
우리가 살고
온갖 생물이 거기 있어야
우리도 살아갈 수 있으니

나무 한 그루
사람 한 그루

지구를 살리고
사람을 살리며
만물 중에 제일 이쁘고 높은

나무여
생명의 원천이여

—「나무여」 전문(『한 꽃송이, 전집2』 51)

위 시 「나무여」에서는 식물과 관련하여 생태계 내 존재들의 관계론적 생성의 사유가 포착된다. 위 시에서 화자는 "산불이" 났을 때, 자신의 몸이 타들어가는 것과 같다고 인식한다. 그가 볼 때, '나무'로 표상된 식물은 '나'로 대표된 화자와 한 몸이라는 것이다. 화자는 "초목이 살아야/우리가 살고/온갖 생물이 거기 있어야/우리도 살아갈 수 있"다는 발언을 통해 지구 생태계에서 모든 개체의 생성과 관련하여 식물의 역할에 대한 의미를 환기한다. 나아가 화자는 "지구를 살리고/사람을 살리"는 나무를 "만물 중에 제일 이쁘고 높은" 존재라고 인식한다. 식물이 존재해야 인간을 포함한 생태계의 생명체가 생성할 수 있다는 사실을 이와 같이 표현한 것이다.

이러한 감수성은 관계론을 통해 가능한 복잡성의 논의로 이어진다. 화자는 모든 개체의 생성이 나무의 탄소동화작용으로 가능하다는 사실을 강조하는 것이다. 나아가 화자는 "산불이" 나서 불타는 나무를 볼 때, 자신의 몸이 타는 것과 같다고 느낀다. 이러한 감정은 나무를 자신과 얽혀 상호작용하는 존재로 인식하기 때문에 생성될 수 있다. 화자는 자연과의 관계성을 전제로 가능한 생명현상의 국면 즉, 생성의 특성을[51] 각 개인의 자아실현과[52] 연결시켜 사유하는 것이다.

---

51) Gary Snyder. *The Real Work: Interviews & Talds, 1964-1979*. ed. Wm. Scott Melean. (New York: New Directions, 1980) p.123.

52) 심층생태주의에서 주창하는 관계론의 개념 속에서 가장 중요한 개념은 '자기 실현'이다. 여기서 말하는 '자기실현'은 소크라테스를 비롯한 수많은 사상가들이 주장한 개인의 지적 · 영적 잠재력의 성취로서 자기 실현을 의미한다. 네스가 스피노자와 간디의 영향을 받아, 정립한 '자기 실현 Self-realization!'의 개념은 자기 감각을 현세적인 의미로 될 수 있는 한 확장하는 것을 말하며, 'self'의 's'를 대문자 'S'로 나타내어, 그 의미를 표시한다. 그리고 그러한 자기와 세계 안에 존재하고 있는 것들을 하

다음 시 「동물의 움직임을 기리는 노래」에서는 동물과 관련한 관계론적 생성의 사유가 포착된다.

> 나무들 앙상하고
> 몇 그루는 쓰러져 있는
> 삭막한 겨울 숲을 가는데
> 빨리 움직이는 바스락 소리 들린다
> 들고양이 한 마리 재빨리 움직인다—순간
> (나도 모르게 낮고 힘있게 야—야—야—야—야—)
> 온 숲에 일기 시작하는 파동!
> 앙상한 나무들도 쓰러진 나무들도
> 일렁이기 시작하고
> 그 일렁임 널리 퍼져 나간다.
> 천지에 활동하는 기운을 퍼뜨리고
> 천지의 근육을 만들고
> 12월이 꽃피는 듯하다.
>
> —「동물의 움직임을 기리는 노래」 전문 (『견딜 수 없네』 29)

일반적으로, 인간은 스스로를 먹이 사슬의 꼭대기에 위치하는 존재로 인식하며, 그럼으로써 동물을 지배하고 착취하는 데 대한 죄의식을 느끼지 못한다. 일부 인간은 이러한 차원을 넘어 동물에 대한 생사 여탈권을 부여 받은 것처럼 인식하고 행동한다. 그 결과 동물의 노동력 착취와 식용은 물론이고 동물을 대상으로 의류, 의약품 등 실험 재료로 활용하기 위한 조작과 착취를 서슴지 않는다. 이러한 상황을 비판하는 생태주의자들은 동물 또한 생태계의 구성원이라고 인식한 결과 동물 학대가 생태계

나의 과정으로서 이해할 수 있는 것을 말한다.

와위크 폭스, 정인석 역, 「아네 네스와 디프 이콜러지의 의미」, 『트랜스퍼스널 생태학』, 대운출판, 2002, 157쪽.

파괴와 연결된다는 사실을 강조한다.

이러한 논의를 전제할 때, 인간과 동물의 관계에서 포착되는 복잡성의 원리는 주목된다. 모든 존재의 생명 발현은 동・식물이 관여한 가운데 매 순간 새로운 생성의 국면을 맞이한다는 것이다. 위 시 「동물의 움직임을 기리는 노래」에서는 동물이 관여하여 가능해지는 생태계의 생명발현에 대한 사유가 비유되어 있다. 화자는 "삭막한 겨울 숲"에서 "들고양이 한 마리"가 지나가자 "나무들 앙상한" 겨울 "숲"이 "일렁이기 시작하고/그 일렁임 널리 퍼져 나"가는 현상을 인식한다. 화자는 동물의 에너지를 "천지"의 "근육"이자 "기운"으로 비유하기에 이른 것이다. 이는 동물의 생명 발현이 식물을 비롯한 "천지"에 영향을 미치고 있다는 사실과 함께 모든 생성이 동물의 에너지가 관련되어야 가능하다는 사실을 시사한다.

사실, 인간을 비롯한 나무나 들고양이를 인간, 또는 식물이나 동물답게 하는 것은 그 인간이나 동물, 나무에 현존하는 성질이 아니라, 인간을 비롯한 동・식물 그리고 다른 무기물과의 관계를 통한 생성의 작용 때문이다. '나무'든 '들고양이'든 모든 개체는 고립적이고 독자적인 존재가 아니며, 대지와 하늘과 다른 동・식물 간의 복합적인 상호 관여물인 것이다. 모든 대상은 다른 존재들과의 관계 양상에 따라 매 순간 새로이 변화 생성되는 가이아적 실체로서 복잡성의 상태에 있기 때문이다.[53]

다음 시 「맑은 물」에서는 무기물을 표상하는 물의 관계론적 특성이 형상화된다.

맑은 물이여
우리가 아침 저녁

53) 스피노자, 베이트슨, 네스, 라이프니쯔, 하이데거, 화이트헤드, 불교의 연기설, 화엄론, 노장사상, 니체, 동학의 시천주, 장회익의 온생명 이론, 김지하의 생명사상 등에서 같은 양상으로 설명된다.

마시는 물을 위하여
곡식과 채소
과일들의 즙을 위하여
맑은 물이여
구름의 운명을 위하여
비와 눈
풀잎과 이슬
곤충들의 갈증을 위하여
우리의 전설
모든 시냇물을 위하여
우리의 전설
모든 시냇물을 위하여
도도한 피
강물
우리와 함께 헤엄치는
물고기들
그 번쩍이는 발랄한 도취를 위하여
구름의 고향 바다를 위하여
그들을 바라보는
우리의 눈을 위하여
맑은 물이여
우리의 영혼이 샘솟기 위하여
산 것들의 힘이 샘솟기 위하여
지구의 눈동자
맑은 물이여
거기 비치는 해와 달
그리고 나무들을 위하여
새들의 노래를 위하여

— 「맑은 물」 전문(『세상의 나무들, 전집2』 162)

가이아적 생태계로서의 구성 요소는 생물적 요소와 비생물적 요소로 대별할 수 있다. 생물적 요소는 영양물질의 순환이라는 점에서 생산자 · 소비자 그리고 분해자로 구성된다. 비생물적 요소는 무기물질인 탄소 · 인 · 질소 · 황 등과 유기물질인 단백질 · 탄수화물 · 지방 그리고 공기 · 온도 · 습도 · 기후 등의 물리적 요소를 포함한다. 가이아로서의 생태계에 존재하는 모든 물질들과 생물들은 이러한 구분 중의 어느 한 범주에 속한 가운데 잠시도 멈추지 않고 생성하며 복잡성을 노정하는 것이다.

카프라는 무기물 또한 동 · 식물의 생명현상에 관여할 뿐 아니라 외부의 영향을 받으며 변화 생성한다는 사실을 강조한다. "생명이 없는 돌'이나 금속을 확대해서 보았을 때 그것들은 활성으로 충만돼 있다"는[54] 카프라의 이론은 무기물까지도 외부의 영향을 받으며 변화 생성하고 있다는 사실을 환기하는 것이다. 이러한 논의를 전제할 때, 물이 각 개체적 생명체의 생명현상과 관련하여 그 생명체들을 연결한다는 사실은 복잡성의 관점에서 주목된다.

위 시 「맑은 물」에서는 무기물을 표상하는 물의 관계론적 생명발현과 생성의 특징이 형상화된다. 위 시에서 화자는 "맑은 물"이 인간인 "우리" 뿐 아니라, "과일의 즙"과 "구름의 운명", "풀잎과 이슬/곤충들의 갈증을" 해소하고 "비와 눈"을 생성하기 위해 필요하다는 사실을 강조한다. 화자가 볼 때, '물'은 "산 것들"뿐 아니라, 무기물과 모든 상황에까지 필요한 물질로 간주된다. 이는 물로 표상된 무기물이야말로 생태계의 생물학적 생명현상을 주도할 뿐 아니라 생태계의 영성적 발현과 상호 소통에 두루 관여한다는 사실을 의미한다. 무기물을 표상하는 "물"이 관련되어야 가능한 생명체의 생명발현은 모든 물질이나 현상이 복잡성의 상태에 있다는 사실을 뜻하는 것이다.

---

54) F. 카프라, 이성범 · 구윤서 역, 앞의 책, 256쪽.

2.2 자기조직화의 창발적 생성

주지하다시피, 가이아로서의 생태계에서 모든 개체의 생명현상은 혼돈 속에서 조화와 균형을 유지한다. 이러한 논의를 전제할 때, 성장은 단순한 적응에 그치지 않는다는 사실을 알 수 있다. 모든 개체와 전체는 새로운 생명현상에 뒤따르는 불안정한 상태로부터의 출현을 필연적으로 동반하는 것이다. 생태계 내의 모든 생명체는 혼돈으로부터 질서로, 질서에서 혼돈으로, 심지어는 현재의 혼돈 상태보다 더욱 극심한 혼돈으로 변화하는 가운데 생성한다. 혼돈과 질서의 역동적인 조화는 자기조직화의 특성인 것이다.

시「갈증이며 샘물인」에서는 극과 극의 조화를 통해 출현하는 생성의 의미가 발견된다.

너는 내 속에서 샘솟는다
갈증이며 샘물인
샘물이며 갈증인
너는
내 속에서 샘솟는
갈증이며
샘물인

너는 내 속에서 샘솟는다
―「갈증이며 샘물인」 전문(『세상의 나무들, 전집2』 18)

위 시「갈증이며 샘물인」에서 "갈증이며 샘물인" "너"는 "내 속에서 샘솟는"다는 사실로서 나와 한 몸임을 환기한다. "나"와 "너"는 따로 구분된 존재 같지만 "너"는 "내 속에서 샘솟는"다는 사실로서 뗄 수 없는 하나의 실체인 동시에 같은 체계로서의 의미를 생성하는 것이다. 또한 '내'가 '너'를 대상으로 '갈증'을 느낀다는 사실은 '너'로 표상된 생태계의 모든 체계가 열려 있음을 의미한다. "나"와 "너"를 포함한 전체가 하나의 생태계라는 가이아의 원리를 강조하는 것이다. 따라서 "너"라는 대상은 생태계 내의 모든 동물 · 식물 · 무기물 · 현상을 표상한다. "너"라는 생태계는 이런 모든 전체로서 화자인 "나"와 한 몸이라는 것이다.

나아가 "갈증"이 곧 "샘물"이라는 표현에는 생태계의 불안정성이 곧 조화와 균형의 원동력이라는 창발적 생성의 의미가 함축되어 있음을 알 수 있다. 이는 생태계가 극과 극의 조화를 담지함으로써 비선형적이며, 복잡성의 체계라는 사실을 의미한다. 이러한 논의의 맥락에서 볼 때 "갈증이며 샘물인/너"에서 갈증과 샘물의 의미는 변화의 대상으로서 생성의 특성을 담지한다. 생태계 전체, 또는 그 전체의 부분으로서 '너'와 '나'는 변화를 동반한 가운데 서로에게 갈증을 느끼게 하는 동시에 충족을 주는 대상이기도 하다는 것이다.

다음 시 「나의 자연으로」 에서는 생태계의 유기체적 특성으로 인해 개체 상호 간 인력으로 작용하는 자기조직화의 현상이 포착된다.

> 더 맛있어 보이는 풀을 들고
> 풀을 뜯고 있는 염소를 꼬신다
> 그저 그놈을 만져보고 싶고
> 그놈의 눈을 들여다보고 싶어서.
> 그 살가죽의 촉감, 그 눈을 통해 나는
> 나의 자연으로 돌아간다.
> 무슨 充溢이 논둑을 넘어 흐른다.
> 동물들은 그렇게 한없이
> 나를 끌어당긴다.
> 저절로 끌려간다

나의 자연으로.

무슨 충일이 논둑을 넘어 흐른다

—「나의 자연으로」 전문(『한 꽃송이, 전집2』 15)

위 시 「나의 자연으로」에서 화자와 염소의 관계는 인간과 동물의 관계를 표시한다. 위 시에서 화자는 "맛있어 보이는 풀을 들고" "염소를 꼬"시고 있는 중이다. 애초에 화자의 의도는 "그저 그 놈을 만져보고 싶고/그놈의 눈을 들여다보고 싶"은 데서 시작되었으나 그 과정에서 염소가 "한없이" 자신을 "끌어당"기고 있다는 생각에 이르게 된다. 이러한 인식은 "나의 자연으로 돌아간다"는 표현으로 인해 자기조직화의 의미를 생성한다. 위 시에서 화자와 염소의 관계는 자연 안에 포함된 "자연"끼리의 유기체적 특성으로서 자기조직화의 의미를 낳는 것이다.

자기조직화의 의미는, 화자가 "염소를 꼬"시는 행위가 염소에 동화된다는 의미의 전환이라는 측면에서 암시된다. "살가죽의 촉감"이 부드러워 자꾸 만져보고 싶다든지 "그 눈을 통해" 확인되는 동질감은 염소가 화자를 "끌어당"긴다는 인식의 전환으로 나아가게 하는 것이다. 자기조직화의 의미는 "꼬"시려는 화자를 염소가 이미 끌어당기고 있었다는 비유에서 극대화된다. 이러한 논의는 "염소"와 화자가 잠재된 상태로서 하나라는 사실을 의미한다. 화자와 염소는 인간이고 동물이지만 가이아적 생태계로서 한 몸임을 의미하며, "끌어당"기고 밀며 창발하는 생명현상은 열린 계에서 창발하는 자기조직화의 원리로 의미화되는 것이다.

따라서 위 시에서 도출된 주제는 자연으로 표상된 염소의 인간화로서의 자연화와 인간의 자연화로 인한 복잡성의 의미를 창출한다. 화자와 염소로 비유된 자연끼리의 작용은 생태주의에서 지향하는 가이아적 자연상태를 의미하는 것이다. 한 몸으로서의 자연인 동시에 각 개체인 그들은 서로를 "끌어당"기는 경계에서 재조직화되며 생명현상을 발현한다는 사실을 알 수 있다. 화자와 염소 간에 형성된 자연으로서의 "충일"이 논둑을 넘어 흐"르게 됨은 자기조직화의 과정에서 나타나는 창발적 생성을 의미하는 것이다.

이와 같이 위 시에서 포착되는 화자와 염소의 동화는 혼돈의 가장자리에서 창발하는 생성의 계기로 알레고리화된다. 화자와 염소의 관계는 같은 계 안에서 작용하는 복잡성의 생태계로 의미화되는 것이다. 인간을 비롯한 자연의 모든 개체는 열린 계(open system)에서 창발하며, 양의 피드백, 자기조직화의 상태를 노정하기 때문이다.

다음 시 「여름날」에서는 사사무애의 생명현상으로서 가이아적 생태계의 복잡성이 포착된다.

여름날 한가한 시간,
천둥은 구름 속에 굴러다니고
비는 쏟아지다 말다 하고
뻐꾸기 소리 들리는
여름날 오후,
그러한 때는 어떻든
유복하구나 은총이여.

한가한 시간도 천둥도
비도 뻐꾸기 소리도 다 보물이지만
그 合奏에는 고만 多幸症을 앓으며
한가함과 한몸
천둥과 한몸
비와 한몸
뻐꾸기 소리와 한몸으로
나도 우주에 넘치이느니.

둥글고 둥근 소리들이여
(자동차 소리나 무슨
사이렌 소리는 비열하게도
그 보석을 깨는구나)
온몸에 퍼지는 메아리
여름 한때의 은총이여.

—「여름날」 전문(『세상의 나무들, 전집2』 105)

화엄사상의 핵심 사유인 사사무애事事無碍는 이理와 사事가 무애無碍하다는 원리로서 생명현상의 복잡성을 암시한다. 생태계 내 모든 개체들은 상호간에 막힘이 없을 뿐 아니라, '하나'로서의 개체나 전체는 겉과 속이 막힘없이 통한다는 것이다. 이와 같은 사유에 의하면 은하계 속의 지구생태계, 지구생태계 속의 자연, 자연 속의 인간은 서로 통할 뿐 아니라, 안과 밖 그리고 현상이나 본질 또한 상호간에 막힘이 없다. 그러한 가운데 각 개체가 관계되는 대상의 환경이 되는 동시에 그 대상 역시 다른 개체의 환경이 된다. 모든 개체의 생명 현상은 상호 관계성 속에서 발현된다는 것이다.

위 시 「여름날」은 생명의 유기적 흐름 속에 이理와 사事가 무애無碍한 상태의 비유로 해석이 가능하다. 천둥과 비와 뻐꾸기 소리의 '합주'는 상호 습합한 가운데 각자의 생명현상이 발현되는 상태를 의미한다. 사사무애의 복잡성으로 의미화되는 것이다. 또한 화자는 "한가함과 한몸"이자 "천둥과 한몸"이며 "비와 한몸"이자 "뻐꾸기 소리와 한몸"으로서 이 모든 것들이 자신과 습합하고 있음을 인식한다. 이 역시 화자 자신과 모든 개체들이 서로를 반영하며 생명현상을 발현한다는 사실을 의미한다. 급기야 화자인 "나"와 모든 개체는 "우주에 넘치이"는 우주의 차원으로 의미화된다. 화자는 모든 "생명과 자연적 요소, 물리적 힘[55)]"이 상호 의존함으로써 "여름 한 때의 은총"이 가능하다는 사실을 자각한 것이다.

그에 비해, "자동차 소리나 무슨 사이렌 소리는" "그 보석을" 깨는 잡음으로 표현된다. "그 보석"은 상호 의존의 상태에서 생성하는 유기체적 생성으로서 복잡성을 의미하는 반면, "자동차"나 "사이렌"은 가이아로서의 복잡성을 파괴하는 자본주의적 가치관과 생활방식으로 해석된다. 위 시에서 화자는 가이아적 생태계의 자기조직화에 대한 이해를 추동하는 동시에 그 자기조직화의 특성을 파괴하는 인간중심주의를 비판하는 것이다.

다음 시 「잎 하나로」에서는 자기조직화를 통한 창발적 생성의 의미가 포착된다.

세상 일들은
솟아나는 싹과 같고
세상 일들은
지는 나뭇잎과 같으니
그 사이사이 나는
흐르는 물에 피를 섞기도 하고
구름에 발을 얹기도 하며
눈에는 번개 귀에는 바람
몸에는 여자의 몸을 비롯
왼통 다른 몸을 열반처럼 입고
— 「잎 하나로」 부분(『사랑할 시간이 많지 않다, 전집1』 266)

복잡성의 관점에서 볼 때, 위 시 「잎 하나로」는 생태계 내 모든 대상과 상황이 어울려 발현되는 생명현상의 비유로 해석이 가능하다. 화자는 다양성을 통한 자기조직화와 관련하여 복잡성의 원리를 포착한 것이다. 화자가 볼 때, "세상 일들을" 다 안다는 것은 세상의 모든 개체나 상황이 습합한 채 매 순간 생성하는 상태임을 안다는 사실을 의미한다. "세상 일들

55) 장회익, 『삶과 온생명』, 솔출판사, 1998, 209쪽 참조.

은" 매 순간 소멸하고 생성하는 자기조직화의 창발적 상태를 노정한다는 것이다.

따라서 위의 시 「잎 하나로」에서 "솟아나는 싹"은 나와 다양한 개체들이 엮인 가운데 창발하는 생성의 비유로 해석이 가능하다. 타자와 엮인 가운데 가능한 생명현상은 상호간 생성하는 창발적 상태를 전제로 하기 때문에 복잡성을 동반하게 된다. 각자가 생성 중인 상태에서 상호 조응하기 때문에 비선형성, 비가역성을 동반하는 것이다. 이러한 사태로 이루어지는 상호 조응은 뒤엉킨 상태가 아니라 예견할 수 없는 상태의 출현으로 인해 새로운 생성으로 이어질 것이라는 사실을 알 수 있다. 화자는 이와 같은 과정을 통해 출현하는 생성을 "솟아나는 싹"으로 비유한 것이다.

이때, 화자는 서로 다른 것들이 "세상 일", 즉 "솟아나는 싹" 으로서 자기이면서 동시에 자기 아닌 상태에[56] 있음을 인식한다. 자기이면서 자기가 아닌 상태에서 생성하는 모든 개체와 상황은 비선형성 · 비가역성의 복잡성으로 의미화된다. 이는 화자 자신이 "사이사이" "구름에 발을 얹기도 하"고 "바람"이 되기도 하고 "왼통 다른 몸을 열반처럼 입"는 창발적 상태로 비유된다. 물리학에서 이러한 논의는 별과 행성 · 위성 · 구름 · 흙 · 물 · 생명체, 궁극적으로는 복잡한 연결망 속의 분할할 수 없는 소립자로 언급된다. 화자를 비롯한 모든 개체는 '흐르는 물 · 구름 · 번개 · 바람 · 여자의 몸'을 담지한 복잡성의 생태계에 상존한다는 것이다.

이와 같이, 정현종은 그의 시에서 모든 개체적 존재가 자신과 생태계 내 다른 개체의 생명성에 근거해 생겨나고 변화한다는 사실을 강조한다. 그가 볼 때, 생태계 내 모든 존재는 생태계의 연쇄 속에 있는 복잡성의 실체를 의미한다. 생태계 내 모든 개체나 상황은 가이아적 생태계로서의 자기조직화가 가능할 때 창발적 생성으로 나아갈 수 있다는 것이다.

56) 정현종, 「시의 자기 동일성」, 『생명의 황홀』, 세계사, 1989, 146~147쪽.

2.3 연기론적 순환성과 항상성

주지하다시피, 가이아적 생태계는 복잡성의 상태로서 순환성을 담보한다. 생물과 무생물로 이루어진 지구생태계는 수십억 년 동안 끊임없이 광물, 물, 공기의 동일한 분자들을 사용하고 재활용하는 방식으로 순환하는 것이다. 따라서 가이아적 생태계는 열린 시스템이며 생태계 속의 모든 생물은 폐기물을 발생시키지만 한 종으로서의 생태계는 폐기물을 남기지 않고 항상성을 유지한다.[57] 나아가 생태계의 순환성은 시간과 계절의 순환, 생성과 사멸의 과정에서 두루 나타난다. 모든 개체나 상황은 가이아적 생태계의 순환적 흐름을 담보함으로써 새로운 생성으로 나아가는 것이다.

다음 글에서는 생태계의 순환, 생명현상의 순환성에 대한 시인의 사유를 엿볼 수 있다.

> 질량불변의 법칙, 정신은 물질의 형태로, 물질은 정신의 형태로 끊임없이 변용, 변질되고, 여자는 남자의 모습으로 남자는 여자의 모습으로 바뀌면서(생식 과정을 생각하면 쉽다) 유전하고 새로 태어난다. 일찍이 이 세상에 있었던 모든 정신과 물질들, 이 세상에 있었던 모든 것들은 하나도 없어지지 않고 있다. 없어지는 게 하나라도 있었다면 지금 우리가 있을 리 있겠는가.[58]

데카르트의 심신 이원론에서 확인되는 물질과 정신의 불연속성은 물질로부터 정신의 출현을 용인할 여지를 허용하지 않는다. 물질에 독립적인 유한 실체로서의 정신은 무한 실체로서의 정신에 자신의 존재를 빚지고 있다는 것이다. 이를 반박하는 한스 요나스는 진화론에 기대어 인간 정신은 갑자기 출현하는 것이 아니라 물질로부터 점차적으로 출현한다고 주장

---

57) F. Capra, *Ecological Literacy, The Web of Life*, p.299.
58) 정현종, 「날자, 우울한 영혼이여」, 『거지와 狂人』, 나남, 1985, 195쪽.

한다. 그에 따르면 정신은 영원부터 존재한 것이 아니라 물질로부터, 진화의 장구한 과정을 거쳐 맨 나중에 우주의 '막내'로 출현한다는 것이다.[59)]

이를 지지하는 정현종은 모든 생명체들의 "정신은 물질의 형태로, 물질은 정신의 형태로" "변용"되고 변질"된다고 말한다. 그의 견해를 따를 때, 정신의 순환은 물질을 매개로 가능하며, 물질의 형태는 정신을 담지함으로써 순환성이라는 의미를 창출한다. 또한 정현종은 "여자는 남자의 모습으로 남자는 여자의 모습으로 바뀌면서 유전하고 새로 태어난다"고 주장한다. 이는 모든 개체의 순환이 상생相生 · 상극相剋의 되먹임조절(feedback control)을 통해서 이루어진다는 사실을 반증한다.

따라서 "이 세상에 있었던 모든 것들은 하나도 없어지지 않고 있다. 없어지는 게 하나라도 있었다면 지금 우리가 있을 리 있겠는가"라는 그의 발언은 가이아적 생태계의 순환성과 관련하여 복잡성을 환기한다. 그가 볼 때, 가이아적 생태계에는 애초에 현재 존재하는 질서가 내재해 있으며, 스스로 생성하고 소멸하는 상태로서 항상성을 노정한다는 것이다. 이는 생태계가 가이아로서의 순환성을 담지한 복잡성의 실체라는 사실을 반증한다. 그가 볼 때, 생태계의 생명현상은 아무 것도 없는 상태에서 발현하는 것이 아니라 있었던 모든 것이 자기조직화하며 순환하는 형태로 출현한다는 것이다. 이러한 사유는 그의 후기시에서 시간의 순환, 계절의 순환, 공간과 개체적 존재 자체의 순환으로 다양하게 형상화된다.

다음 시 「꽃 시간 1」에서는 시간의 연기론적 순환성의 생성이라는 주제가 묘사되어 있다.

> 시간의 물결을 보아라.
> 아침이다.

---

59) 한스요나스, 김종국 외 역, 「역자 서문」, 『물질 · 정신 · 창조』, 철학과 현실사, 2007, 18쪽.

내일 아침이다.
오늘 밤에
내일 아침을 마중 나가는
나의 물결은
푸르기도 하여, 오
그 파동으로
모든 날빛을 물들이니
마음이여
동트는 그곳이여.

—「꽃 시간 1」 부분(『광휘의 속삭임』 9)

위 시 「꽃 시간 1」에서 화자는 자연의 리듬 또는 생명의 운동과 우주의 질서가 조화를 이루는 가이아적 상태의 시간을 꿈꾼다. 화자가 인식하는 자연의 시간이란 태양과 계절의 순환성에 따르는 시간의 흐름을 의미한다. 우주 질서의 순환성은 몸의 맥박과 고동, 밤낮의 순환, 조수의 간만과 달의 운행, 지구의 자전과 천체의 운동 같은 현상에 두루 나타난다. 화자는 이와 같은 사실을 인식하고 계산과 측량의 단위로 전락한 근대의 시간 개념을 벗어나고자 한 것이다.[60]

이러한 논의를 전제할 때, 위 시 「꽃 시간 1」에서 드러나는 화자의 시간에 대한 인식은 주목된다. 일반적으로 "아침"은 시간의 생성이며, "밤"은 시간의 소멸을 의미한다. 그러나 위 시에서 "시간의 물결"을 인식하는 화자는 "오늘 밤에" "내일 아침을 마중 나가는" 복잡성 속의 순환성에 대해 인식한다. 밤의 물결 속에는 아침을 잉태한 생명성이 내장되어 있다는 것이다. 그 생명의 "파동"으로 "날빛"은 "물들"고 "마음"이 "동트는" "아침"을 맞이할 수 있다고 볼 때, 매 순간은 태초의 시간이자 나날이 갱신되는 시간으로 해석이 가능하다.

60) 박정희, 앞의 논문, 156쪽 참조.

따라서 매 순간은 계속 연장되는 가운데 혼돈과 질서, 소멸과 갱신이라는 변화와 창조를 담지한다. 반복되는 아침인 것 같지만 반복적인 순환이 아니라 여러 원인과 환경을 내장한 가운데 새롭게 열리는 순환성의 국면을 노정한다는 것이다. 이는 매 순간이 순환성을 담지하는 동시에 복잡성의 국면이라는 사실을 의미한다.

다음 시 「귀신처럼」에서는 계절의 순환에 대한 사유가 포착된다.

> 이 봄에
> 새소리 들리지 않고
> 그 어리숙한 꿩들은 다 어디로 갔는지
> 까치들도 다 떠났는지
> 까치집도 校庭도 황폐하구나
>
> －「귀신처럼」 부분(『사랑할 시간이 많지 않다, 전집1』 309)

주지하다시피, 정현종은 그의 사유가 담긴 산문 「가이아 명상」에서 모든 생명들이 서로 연결되어 있다는 사실을 강조한다. 연결된 생명체로서의 생태계인 '가이아'는 물리 · 화학적 환경을 스스로 조절함으로써 자기 조정적 실체를 노정한다는 것이다. 나아가 그는 가이아의 인지적 능력에 주목한다. 그가 볼 때, '가이아'로서의 생태계란 우리 몸의 세포와 마찬가지로 상호 관련되어 있을 뿐 아니라 인지적 능력을 담지한 생명체를 의미한다. 가이아로서의 생태계는 정신과 물질의 순환성을 담지한 가운데 스스로 조절하는 생명체 그 자체인 것이다.

위 시 「귀신처럼」에서는 그러한 생태계에 문제가 발생한 상황이 재현된다. 위 시에서 화자가 서 있는 시점은 봄이다. 봄이 되면 새들이 돌아와 지저귀는 것이 자연의 순환 원리인데 위 시에서 봄은 꿩도 까치도 오지 않는 침묵의 봄이다.[61] 시인에게 이러한 풍경은 '있는 세계'로서의 현실적 공간에 도래한 생태적 위기로 인식된다. 생명의 원리란 복잡성 그 자체이기에 복잡성 속의 순환성이 끊어질 때 죽음으로 귀결될 수밖에 없으며, 이러한 상황에 대한 인식이 "침묵"으로 알레고리화된 것이다.

다음 시 「들판이 적막하다」에서도 같은 양상을 보인다.

> 가을 햇볕에 공기에
> 익는 벼에
> 눈부신 것 천지인데,
> 그런데,
> 아, 들판이 적막하다—
> 메뚜기가 없다!
> 오 이 불길한 고요—
> 생명의 황금 고리가 끊어졌느니……
>
> —「들판이 적막하다」 전문(『한 꽃송이, 전집2』 25)

시 「들판이 적막하다」에서 화자가 서 있는 시점은 가을이며, 공간적 배경은 황금벌판이다. 가을 "햇볕"과 "익는 벼"로 인해 세상이 온통 "눈부신"데 필연적으로 있어야 할 "메뚜기가 없"다. 제초제의 남용으로 메뚜기 같은 곤충이 사라져버렸기 때문이다. 화자는 메뚜기가 없어져버린 상황을 반가워하기보다 자연의 순환성에 문제가 초래되었음을 예감하고 두려움에 사로잡힌다. 병충해라고 볼 수 있는 메뚜기의 부재가 반갑다기보다 "불길한 고요"로 인지되는 것이다.

여기서 "생명의 황금 고리"는 각 생명체가 고유성과 개별성을 지닌 가

---

61) 1962년 출간된 『침묵의 봄』은 환경문제를 제기한 최초의 책으로 기록된다. 당시 농업에 있어 생산성을 높이기 위해, 또는 벌레를 없앨 목적으로 아무렇지도 않게 사용되었던 화학살충제가 잠시 우리의 삶을 편하게 만드는 것 같지만, 종국에는 자연을 파괴하고 마지막에는 우리 인간의 삶까지 망가트린다는 결론을 내리고 있다. 레이첼 카슨, 김은령 역, 『침묵의 봄』, 에코리브르, 2002.

운데 맺고 있는 생명현상으로서의 알레고리로 파악된다. 꾀꼬리 · 꿩 · 까치 같은 새들, 플랑크톤 같은 미생물, 심지어는 무생물이나 서로 천적인 존재조차도 서로에게 영향을 끼치는 생명의 황금 고리라는 것이다. 이러한 인식은 생태계를 가이아로서의 복잡성으로 이해할 때 비로소 가능한 현상이다. 생태계의 복잡성에 대한 이해가 전제될 때, 병충해인 "메뚜기"조차 "생명의 황금고리"에 속한다는 사실을 알 수 있는 것이다. 생명현상은 다양한 관계와 조건과 변화에 반응하는 가운데 순환하는 양상으로 발현되기 때문이다.

다음 시 「구름의 씨앗」에서는 구름과 관련하여 가이아적 생태계의 순환성과 생성에 대한 사유가 형상화된다.

생물학도 기상학도
해양물리학도 지구화학도
그 아무것도 잘 모르는 제가 전에
살이 되고 피가 되는 구름을
노래한 게 엉뚱한 게 아니었어요.
구름은 실로 우리 살의 씨앗
우리 피의 씨앗이니까요.

땅 위의 산 것들,
한때는 기체이다가
또 고체이다가
액체이기도 한 우리들,
저 밑도끝도없는 시간 속에서
우리는 플랑크톤 아니에요?
풀 아니에요?
구름 아니에요?
에밀리 양 없이 구름 없듯이

구름 없이 내가 있어요?
구름은 죽이지 마세요
죽은 구름은 죽은 우리
죽은 구름은 죽은 하늘
죽은 하늘은 죽은 땅……

－「구름의 씨앗」 전문(『세상의 나무들, 전집2』 116)

알다시피, 구름은 지표면에서 증발한 물이 응집된 채 공중에 떠 있는 상태의 대기적 운동으로서 순환성을 내장한 물질이다. 구름은 물의 분자로서 가시적으로 보이는 하늘의 구름뿐 아니라 공기 중에서 습기의 성질로 부유하는 가운데 동 · 식물의 생명현상에 관여한다. 구름은 인간과 동물, 식물, 지표의 내부를 흐르고 순환하는 물의 원동력이며 매개체로서 복잡성을 담지하는 것이다.

위 시 「구름의 씨앗」에서 화자는 이와 같은 구름의 특성을 탐색한다. 우선 구름은 단순히 물이나 습기로서의 물질을 넘어 생태계 전체에 작용하는 생명의 탯줄, 즉 '씨앗'으로 그려진다. 화자는 "생물학도 기상학도/해양 물리학도/지구화학"도 "모르는" 가운데 "구름을 노래"한 자신이 "엉뚱"하지 않았음을 깨닫게 된 것이다. 나아가 구름은 얼음처럼 고체이다가 "그릇에 넘쳐흐르는 액체처럼 흐르다가 가열되어 하늘에 넘쳐 흐"른다고 표현된다. 그러한 가운데 대기와 대지에 수분을 공급하는 구름은 복잡성의 특성으로서 순환성을 담지하는 것이다.

나아가 화자는 바다에 사는 식물성 플랑크톤 "에밀리아나 헉슬레이"에 관한 묘사를 통해 구름의 순환성을 탐색한다. 이 플랑크톤은 구름의 구성 요소인 황화메틸을 만든다. 따라서 플랑크톤이 없으면 '구름'을 생성하지 못해 비가 오지 않으므로 당연히 지상의 동 · 식물은 생식이나 양육이 불가능해진다. 플랑크톤은 "구름의 씨앗"이고, '구름'은 비와 눈, 즉 물의 근원이기 때문이다. 또 다른 미생물은 플랑크톤의 씨앗이 된다. 이러한 논의를 전제할 때, 바다의 미생물, 하늘의 구름을 비롯한 모든 생명체와 무기물은 서로 순환하는 가운데 생명현상을 발현한다는 사실을 알 수 있다. 서로 순환하여 생성하기에 비예측성과 비선형의 특성을 담지할 수밖에 없는 생명현상은 복잡성을 노정하는 것이다.

화자는 이와 같은 인식에서 나아가 "땅 위의 산 것들"은 모두 "기체이다가/또 고체이다가/액체이기도" 한 존재라고 말한다. "밑도끝도없는 시간 속에서/우리" 또한 "플랑크톤"이자 "풀"이고 "구름"이라는 것은 인간을 비롯한 생태계의 모든 생명체가 '하나'라는 사실을 뜻한다. 나아가 "밑도끝도없는"이라는 어휘는 그 의미에 내장된 비선형적 특징으로서 복잡성을 담지한다. 또한 띄어 쓰지 않는 문장의 구조는 기법적 특징으로서의 복잡성을 암시한다. 복잡성의 체계 속에서 생명현상의 근원을 의미하는 "구름"의 죽음은 순환성의 문제를 초래하기 때문에 결국 "우리"의 죽음으로 이어질 수밖에 없다는 것이다.

이와 같이, 정현종의 후기시에서 형상화된 연기론적 순환성과 생성의 사유는 생명체와 무기물, 상황이 상호 작용하여 촘촘한 그물망의 체계를 형성하는 순환의 양상으로 그려진다. 그러한 것들은 가이아적 특성으로서 되먹임조절(feedback control)의 의미를 담지한다고 볼 수 있다. 지구생태계의 모든 개체와 생태계 전체는 변화하는 가운데 생성하고 소멸하는 순환성의 상태로서 복잡성을 노정하는 것이다.

3. 맺음말

지금까지 정현종의 시세계를 논의한 결과 가이아사상을 통한 심층생태주의의 복잡성이 도출되었다. 시인은 생태계 내 개체적 존재의 생명현상 또는 인간과 생태계 내 각 개체의 생명현상에 주목하며 복잡성의 원리를 형상화했다. 그의 후기시에서 다루어진 주제는 가이아적 생태계와 생태계 내 각 개체들의 생명현상에 관한 원리인 것이다.

이러한 양상을 보이는 그의 후기시는 러브록의 가이아론을 바탕으로 논의할 때, 그의 의도와 가장 근접한 의미가 도출된다. 정현종의 산문 '가이아 명상'은 시적 수용으로 이어진 것이다. 이 글에서는 이러한 논의를 토대로 정현종의 후기시에 내재된 가이아적 생태주의의 복잡성을 도출하되, 관계론적 생명발현과 생성, 자기조직화의 창발적 생성, 연기론적 순환성과 항상성 등 세 가지 층위로 논의했다.

먼저 도출된 주제는 가이아로서의 생태계 내 각 개체가 관계론적 생성으로서 복잡성을 노정한다는 사실이다. 생태계 내 모든 개체는 식물계와 동물계 · 인간계 그리고 무기물질과 우주현상까지 관련되어야 생명현상의 발현이 가능하다는 것이다. 정현종 시에서 포착되는 관계론적 생성은 대상이 관계를 맺는다는 보편적 인식을 넘어 관계가 대상을 현현한다는 생성의 특성을 노정한다. 관계 속에서 생성된다는 특성이 복잡성의 논의를 가능하게 하는 것이다.

또한 가이아로서의 생태계는 자기조직화의 창발적 특징으로 인해 복잡성을 노정한다는 사유가 추출되었다. 그의 시에 그려진 생태계의 각 개체적 생명체는 생태계라는 혼돈으로부터 출현한다는 것이다. 뿐만 아니라, 자기조절력을 갖춘 가이아적 생태계는 혼돈으로부터 질서로, 질서로부터 혼돈으로, 심지어는 현재의 혼돈 상태보다 더욱 극심한 혼돈으로 변화하는 가운데 창발적 생성으로 나아간다는 의미가 추출되었다. 지구생태계의 각 개체나 현상은 서로 얽힌 가운데 복잡성을 노정한다는 것이다.

마지막으로 시간과 계절의 순환, 생명체와 생명체끼리의 순환, 생명체와 무기물 간의 순환 등 가이아로서의 연기론적 순환성이 복잡성의 특성으로 논의되었다. 생태계는 시간과 계절의 순환으로 말미암아 생명현상을 발현한다는 것이다. 나아가 생명체를 비롯한 무기물까지 각 개체인 동시에 전체의 부분으로서 시간과 공간을 통섭하며 순환한다는 주제가 도출되었다. 인간을 포함한 가이아적 생태계는 순환하는 가운데 항상성을 유지한다는 것이다.

이러한 세 가지 주제, 즉 관계론적 생명발현과 생성, 자기조직화의 창발적 생성, 연기론적 순환성과 항상성을 드러내는 작품들은 가이아적 사유를 통한 심층생태주의의 복잡성으로 귀결되었다. 12편의 작품을 통해 드러나는 주제는 생태계 전체를 생성하는 상태로 본다는 것이다.

그동안 정현종 시를 연구한 일부 연구자들에 의해 그의 시가 후기로 갈수록 생명에 대한 무조건적 찬양과 경탄으로 일관하여 시적 긴장도가 떨어진다는 지적을 받았다. 자연생태계의 생명현상에 대한 무조건적 찬양과 경탄이 기법의 느슨함으로 다루어졌던 것이다. 그러나 지금까지 논의한 결과 그의 후기시에서 나타나는 찬양과 경탄은 생태계의 복잡성에 대한 이해가 내장된 기법적 특징으로 파악되었다. 그의 후기시에서 자연에 대한 찬양과 경탄은 가이아적 생태계의 복잡성에 대한 이해와 그에 대한 찬탄으로서 기법적 전략으로 볼 수 있는 것이다.

제3장

노장사상과 신과학의 관점을 통한 심층생태주의의 복잡성 / 최승호론

1. 머리말

최승호는[1] 등단한 이후부터 지금까지 물질문명의 폭력성과 그에 대응한 사유를 전개해 왔다. 두드러지는 내용은 자본주의적 도시화와 인간소외에 대한 성찰, 동·식물, 자연현상에 대한 사실적 관찰,[2] 죽음·부패·반죽·발효·허공과 무無에 대한 통찰 등이다. 시인은 생명현상과 관련하여 문명의 폭력성에 대한 비판, 그에 대한 대안의 사유를 다양한 양상으로 형상화한 것이다.[3] 이러한 과정에서 그는 생명현상의 비선형성,

1) 최승호(1954~)는 강원도 춘천에서 출생하여 춘천교육대학을 졸업하고 교사로 재직하던 중 1977년 월간 『현대시학』에 「비발디」, 「겨울 새벽」, 「늪」을 발표하며 등단했다. 시집으로 『대설주의보』, 『세속도시의 즐거움』, 『반딧불 보호구역』, 『그로테스크』, 『모래인간』, 『물렁물렁한 책』, 『아무것도 아니면서 모든 것인 나』 등이 있다. 1982년 시 「대설주의보」 외 48편의 시로 계간 『세계의 문학』이 제정한 제6회 오늘의 작가상을 수상했다. 이후, 김수영문학상, 이산문학상, 대산문학상, 현대문학상, 미당문학상 등을 수상했으며, 현재 숭실대학교 문예창작학과 교수로 재직하고 있다.

2) 김우창, 「관찰과 시－최승호 씨의 시에 부쳐」, 『대설주의보』, 민음사, 1983, 137~162쪽 참조.

비가역성 등에 대해 탐색하는 특성을 보여준다.

그의 시세계에 대한 논의는 대체로 『회저의 밤』을 기점으로 양분된다. 첫 시집 『대설주의보』부터 네 번째 시집 『세속도시의 즐거움』까지의 시들이 문명 비판, 훼손되는 인간성, 죽음, 카오스의 상상력, 카니발적 상상력, 부패와 그로테스크의 이미지 등 현실 비판의 관점에서 논의된 반면, 『회저의 밤』 이후의 시편들은 주로 불교적 세계관, 노장사상 등 대안 모색의 과정에서 논의되었다.[4] 『회저의 밤』 이후에 발표된 시들은 허공 또는 무無의 상상력,[5] 불교사상,[6] 노장사상,[7] 정신주의[8] 등의 연구성과가 축적되었으며, 1990년대 이후부터 학위논문과 소논문, 평론을 통해[9]

---

3) 이승하, 「희생과 도전의 생명관에서 상생의 우주관으로–생명관의 변모로 본 최승호의 시세계, 『생명옹호와 영원회귀의 시학』, 새미, 1999.
이혜원, 「발 없는 새의 길」, 『작가세계』, 2002, 여름호.

4) 지금까지 시기 구분과 관련하여 최승호 시 연구는 대체로 초기와 후기, 초기 · 중기 · 후기로 나누며, 『회저의 밤』을 분기점으로 논의하기도 한다.

5) 정효구, 「최승호 시의 자연과 우주–虛와 無 그리고 空인 우주, 그 속에서 사는 길」, 『한국 현대시와 자연 탐구』, 새미, 1998, 139쪽.
도정일, 「최승호 시인의 10년–다시 우화(羽化)의 길에 선 시인을 위하여」, 『회저의 밤』 해설, 세계사, 1993.
홍용희, 「미궁과 허공의 만다라–최승호론」, 『작가세계』 여름호, 2002, 62~76쪽 참조.

6) 이영준, 「최승호 시에 나타난 불교적 세계인식」, 『불교어문논집』 4, 1999.
홍영희, 「최승호 시에 나타난 죽음에 관한 연구」, 『국어과교육』 14권, 1994.
정효구, 『한국 현대시와 자연 탐구』, 새미, 1998.
홍용희, 「최승호의 시 세계와 불교적 상상」, 『한국언어문화』 43집, 2010.

7) 송영순, 「최승호 시와 노장적 사유」, 『돈암語文學』 통권 제14호, 돈암어문학회, 2001.
이혜원, 「욕망의 원리와 무위자연의 도」, 『생명의 거미줄』, 소명출판, 2007, 174~199쪽.

8) 이문재, 「내가 만난 시와 시인」, 『시인의 길, 성자의 길』, 문학동네, 2003, 133쪽.
도정일, 앞의 논문.

9) 문선영, 「생명사상과 절대 긍정의 시학」, 『코기토』 48, 부산대학교 인문학연구소, 1996, 181~193쪽.
이선이, 「回生의 시학: 최승호론」, 『고황논집』 제20호, 경희대학교대학원, 1997.
남진숙, 「한국 환경생태시 연구–이형기, 정현종, 이하석, 최승호 시를 중심으로」, 동국대학교 석사학위논문, 1997.
임도한, 「한국 현대 생태시 연구」, 고려대학교 박사학위논문, 1998.

본격적인 생태주의의 논의가 이어지고 있다.

한편, 그의 시적 기법인 관찰의 특징이 생태계의 정확한 재현을 위한 세밀성의 전략으로 거론되는가 하면[10] 실천성을 지향하는 예술성의 기법으로[11] 논의되었다. 이러한 경향의 연구는 예술가는 자연에 대하여 거울을 높이 치켜들어야 한다는 신과학자의 발언과[12] 생명현상의 본질적 문제를 다루기 위해 과학과 예술은 더 가까워질 필요가 있다는[13] 철학자의

장정렬, 「한국 현대 생태주의 시 연구」, 한남대학교 박사학위논문, 1998.
손민달, 「한국 생태주의 시의 미학적 특성 – 정현종 · 김지하 · 최승호를 중심으로」, 고려대학교 석사학위논문, 2002.
박주용, 「최승호 시에 나타난 생태학적 상상력 연구」, 건양대학교 석사학위 논문, 2003.
유병석, 「한국 현대 생태시에 나타난 동양적 세계관 연구」, 인천대학교 석사학위논문, 2003.
장은영, 「한국 현대시에 나타난 생태 의식 연구」, 한국교원대학교 석사학위논문, 2004.
이윤경, 「최승호 초기시 연구–'갇힘'의 인식과 이미지를 중심으로」, 제주대학교 대학원 석사학위논문, 2004.
도우희, 「최승호 생태시의 불교적 세계관」, 동국대학교 문화예술대학원 석사학위논문, 2005.
김성태, 「최승호 시 연구—생태주의 시를 중심으로」, 한양대학교 교육대학원 석사학위논문, 2005.
이혜원, 「욕망의 원리와 무위자연의 도」. 앞의 책, 174~199쪽.
윤창식, 「최승호의 '고비(Gogi)'를 통해본 자연의 고비」, 『문학과 환경 6권 2호』, 2007.
백소연, 「최승호 시연구–생태주의 시를 중심으로」, 고려대학교 인문정보대학원 석사학위논문, 2008.
김문주, 「최승호 후기시의 자연형상 연구」, 『한국근대문학연구』, 한국근대문학회, 2010.
남송우, 『생명시학 터닦기』, 부경대학교출판부, 2010.
정연정, 「한국 시에 나타난 불교생태의식 연구」, 숭실대학교 석사학위논문, 2011.
문송하, 「노자의 미학사상 고찰–최승호 생태시를 중심으로」, 『문예시학』27, 문예시학회, 2012.

10) 김우창, 「관찰과 시–최승호 씨의 시에 부쳐」, 최승호 시집 『대설주의보』, 민음사, 1983, 137~162쪽.
이혜원, 「욕망의 원리와 무위자연의 도」, 앞의 책, 179쪽.
11) 이혜원, 「발 없는 새의 길」, 『작가 세계』, 57쪽 참조.
12) 존 브리그스 외, 김광태 외 역, 『혼돈의 물리학』, 범양사, 1990, 200쪽 참조.
13) 이진우, 「생태학적 상상력과 자연의 미학」, 신덕룡 엮음, 『초록생명의 길II』, 시와

발언을 환기한다. 신과학의 관점을 전제한 가운데 생태계의 복잡성을 인문학적으로 사유하는 방식이야말로 인간중심주의에서 벗어나 생태계를 깊이 이해할 수 있도록 유도함과 동시에 자연으로서의 인간을 인식하게 한다는 것이다.

최승호 시를 대상으로 이러한 논의가 가능할 때, 그의 시가 불교적 세계관, 노장사상으로 주로 논의됨으로 인해 현실적인 대응방안으로서의 타당성을 확보하지 못한다는 비판으로부터도 벗어날 수 있게 된다. 불교사상과 노장사상은 근대의 경험 이전에 체계화된 사상이며, 근대의 경험 이후 유발된 생태계 위기를 극복할 수 있는 방안으로서의 직접적인 적합성을 확보할 수 없기 때문이다.[14]

그럼에도 이러한 논의는 불교적 세계관, 노장사상 등 동양사상에 그 뿌리를 두고 있다. 생태주의 실천의 기본 원리는 종교나 철학 안에 있을 뿐 아니라,[15] 심층생태주의자들이 동양사상을 수용한 스피노자와 화이트헤드의 사유에 기대어 이론을 정립했기 때문이다.[16] 특히, 혼돈과 무위자연의 생성을 강조하는 노장사상은 심층생태주의자들에게 현상 세계를 구성하는 상호작용, 비선형, 무질서 등 불안정한 특성과 관련하여 지대한 영향을 미쳤다. 심층생태주의자들은 노장사상에서 주장하는 생태계의 특성을 복잡성으로 이해하여 심층생태주의의 강령에 포함시킨 것이다.[17]

사람사, 2001, 417쪽 참조.

14) 고현철, 「시적 통합과 시적 감동」, 『탈식민주의와 생태주의 시학』, 새미, 2005, 203쪽.

15) Devall, B, & Sessions, G, *Deep Ecology*(Salt Lake City: Peregrine Smith Books, 1985), p.225.

16) 1973년 노르웨이의 철학자인 아르네 네스Arne Naess가 스피노자Spinoza와 간디Gandhi, 동양사상의 영향을 받아 표방한 사상으로, 자연관의 근본적인 전환을 요구하는 이론적 및 실천적 지향을 의미한다. 전 단계에 진행된 환경생태주의를 '표층생태주의'라 비판하면서 등장한 심층생태주의자들은 생태계 위기에 대응한 강령으로써 상호 연관성, 생물권적 평등주의, 전일성, 다양성과 공생성, 반계급, 복잡성을 부르짖는다.
와위크 폭스, 정인석 역, 「아네 네스와 디프 이콜러지의 의미」, 『트랜스퍼스널 생태학』, 대운출판, 2002, 107~163쪽.

한편, 복잡성(complexity)에 대한 논의는 1970년대에 태동하여 1980년대 초반부터 활발해지면서 인간과 자연, 물질과 비물질의 전일적 관계를 다루는 생태주의의 논의로 나아갔다.[18] 생태계의 원리를 뜻하는 복잡성은 단순성과는 대조적으로 생태계 내 구성원들의 관계가 불확실성 · 예측불가능성 · 미결정성을 담보한다는 사실을 강조한다. 생태계는 수많은 구성요소들로 이루어져 있으며, 이들은 서로 얽혀진 상태에서 생명현상을 발현한다는 것이다. 이러한 가운데 각 개체의 생명현상은 상호작용에 의해 증폭될 수도 있고, 그 과정에서 그러한 현상을 일으킨 원천이 무엇인지 모를 수도 있다.

이러한 특징은 신과학을 통해 현실적 근거가 마련된다. 신과학자들은 고전물리학의 기계론적 세계관과는 대조적으로 생태계 내 생명현상을 유기적 · 전일적 · 상대적인 특성으로 파악한다. 그들의 이론적 기반은 상대성 원리, 양자물리학, 비평형 열역학이론, 체계이론 등이다. 더 이상 정통과학이 현대의 과학과 사회를 올바로 인도하기에는 한계가 있다고 보고 전체론적인 세계관으로 인식의 전환을 추동하기 위한 이론적 근거를 마련한 것이다.[19]

이러한 논의를 전제할 때, 문학에서 노장사상과 신과학의 관점을 통한 논의가 심층생태주의의 목적인 자연으로서의 인간으로 인식의 전환을 추동하는 데 유용할 것이라는 사실을 추론할 수 있다. 두 사유는 접근 방식이 다른 가운데 생태계의 원리인 복잡성과 긴밀히 연결되는 것이다. 노장사상은 생태계의 질서인 복잡성을 이해할 수 있는 사유의 철학적 기반을 제공했으며, 신과학은 그러한 사유의 현실적 근거를 뒷받침한 것이다.

---

17) Naess, Arne & Rothengerg, David, *Ecology, Community and Lifestyle*(Cambridge University Press, 1987) pp.165~166.

18) 에드워드 윌슨, 최재천 역, 「아드리아네의 실타래」, 『통섭』, 사이언스북스, 2005, 169쪽.

19) 게리 주커브, 김영덕 역, 「나의 길」, 『춤추는 물리』, 범양사, 2007, 140~143쪽 참조.

노장사상과 신과학을 통한 심층생태주의의 복잡성은 세 갈래로 논의가 가능하며, 문학에서도 동일하게 적용된다.

먼저, 노장사상에서 강조하는 곡신불사谷神不死는 혼돈과 미분화의 세계로부터 출현하는 창조성을 뜻한다. 혼돈으로부터 출현하는 생성의 특성은 일찍이 노장사상의 곡신불사를 통해 운위된 것이다. 노장사상에서 생태계는 검은 암컷으로 비유되며, 끊임없이 쓰더라도 고갈됨이 없는 성질로서 생성의 담지체를 뜻한다. 이러한 사유가 심층생태주의의 복잡성으로 수용되었으며 로렌츠의 카오스 이론, 러브록의 가이아론으로 설득력을 얻게 된 것이다. 문학에서는 혼돈 또는 무無의 생명성, 여백의 충만성 등으로 논의된다.

또한 전체 생태계에 속한 각 개체와 전체의 상호 조응, 그로 인한 결과가 형태로서 구조화된다는 사실을 주목할 수 있다. 이러한 사유는 노장사상의 만물제동萬物諸同과 연결되며, 만델브로B. Mandelbrot의 프랙탈fractal 이론, 라이얼 왓슨의 동·식물에 관한 설명 등을 통해 결과로서의 형태에 관한 정보가 제시된다. 유기적인 우주와 생태계, 생태계와 인간, 동물과 식물들은 상호조응하며, 상호 조응한 결과가 형태로서 구조화된다는 것이다. 문학에서 자기유사성은 우주와 소우주의 개념으로 다루어지며 자기복제와 관련한 유사성의 환기, 어휘의 반복, 대칭의 구조 등을 통해 암시된다.

나아가, 비생물까지 포함한 생태계가 자기조직화의 과정을 노정한다는 사실은 주지하는 바이다. 자기조직화는 일찍이 노장사상에서 무위자연, 도道의 개념으로 설명된다. 생명은 혼돈의 의미를 담지한 무無로부터 출현하기에 끊임없이 무와 혼돈의 상태로 되돌아가고자 하며, 그러한 특성을 간파한 노자는 무위자연을 강조했던 것이다. 이러한 논의와 관련하여 신과학자 프리고진I. Prigogine은 생물학적 영역에서 낡은 구조가 붕괴되는 가운데 새로운 세포 구조가 만들어지는 현상에 주목한다. 생명현상은 소멸의 와중에서도 피드백 루프Feedback Loop를 통해 새로운 생성으로 나아간 것이다. 이러한 현상은 문학에서 생물다양성, 생태계의 예측 불가능성, 엔트로피를 통한 생성의 논의로 이어진다.

주지하다시피, 최승호는『회저의 밤』이후부터 생태주의 시인으로서 독자적인 면모를 보여준다. 그는 이 시기부터 생명현상과 관련하여 복잡성의 다양한 양상을 주목한 것이다. 그가 형상화한 동 · 식물의 다양한 생태와 혼돈 · 무無 · 허공 · 여백 · 반죽 · 반복 · 붕괴 등에 대한 사유는 노장사상에서 말하는 곡신불사 · 만물제동 · 무위자연의 의미와 닿는 가운데 신과학에서 제시하는 카오스 · 프랙탈 · 자기조직화의 원리와 통합으로써 다른 시인들의 시와 구별된다. 최승호 시의 생태주의와 관련하여 노장사상과 신과학의 사유를 통한 복잡성의 논의가 요구되는 것이다.

이 연구에서는 이러한 논의를 토대로 최승호 시에 내장된 심층생태주의의 복잡성을 노장사상과 신과학의 관점을 통해 도출하고자 한다.

논의의 범주는『회저의 밤』이후의 시편들로 한정한다. 대부분의 연구자들이『회저의 밤』을 본격적인 생태주의의 분기점으로 보며,[20] 초기 시편에서 암시되던 문명 비판의 문제가 회저의 밤』이후부터 본격적인 대안의 주제로 나타난다고 보기 때문이다. 따라서 이 연구에서는 그의 다섯 번 째 시집『회저의 밤』(1993)부터 최근에 발행된『허공을 달리는 코뿔소』(2013)까지 시집 12권을 대상으로 노장사상과 신과학의 관점을 통한 심층생태주의의 복잡성으로 논의할 것이다.

---

20) 이승하,「희생과 도전의 생명관에서 상생의 우주관으로」, 앞의 책, 14쪽.
성민엽,「시선의 시학」, 최승호『아무 것도 아니면서 모든 것인 나』해설, 열림원, 2004.
서경옥,「최승호의 시세계 변모 연구－적멸(寂滅)에 이르는 시적 도정」, 중앙대학교대학원 석사학위논문, 2007.
정미경,「최승호 시에 나타난 카오스 상상력 연구」, 고려대학교 석사학위논문, 2004.

2. 노장사상과 신과학의 관점을 통한 심층생태주의의 복잡성

노장사상의 곡신불사谷神不死 · 만물제동萬物諸同 · 무위자연無爲自然의 메타포는 생태계가 복잡성의 체계라는 사실을 생성 · 현상 · 항상성의 특징으로 설명해 준다. 개체와 개체, 개체와 전체가 전일적인 상태에서 상호작용한다는 생명현상의 원리를 세 가지 측면에서 제시하는 것이다. 이러한 사유는 심층생태주의에서 복잡성의 특징으로 수용되었으며 신과학의 이론으로 현실적 근거가 마련되었다.

신과학적 관점에서 볼 때, 생태계의 모든 생성은 혼돈의 상태인 무無로부터 출현하며, 생명현상은 단순한 진행이 아니라 끊임없이 확산하고 수축하는 비선형 상태를 노정한다. 그 과정에서 에너지가 증폭될 수도 있고 감소할 수도 있지만[21] 모든 생명체는 상호 교류하며, 그 과정의 흔적은 자기유사성의 형태로 출현한다. 또한, 생명은 혼돈을 담지한 무無로부터 출현하기에 그러한 상태로 복원되려는 작용을 멈추지 않는다. 생태계의 이러한 특성에 대한 통찰이 노장에서 무위자연으로 운위되며, 신과학에서 자기조직화로 설명되는 것이다.

주지하다시피, 최승호는 노장사상에 경도되었으며, 이러한 사유를 과학적 통찰을 통해 표현한다. 이를 전제할 때, 그가 표현해 낸 허공 · 무無 · 여백 · 죽음 · 반복 · 다양성의 이미지는 생태계의 복잡성과 관련하여 곡신불사와 미분화의 창조성, 만물제동과 프랙탈의 자기유사성, 무위자연과 자기조직화의 재생적 창발성으로 유형화가 가능하다. 그의 시를 대상으로 이러한 방식의 논의가 가능할 때, 생태계의 본질적 원리와 현실적 국면의 긴장을 놓치지 않고 제시한 그의 사유를 좀 더 정확하게 도출할 수 있을 것이다. 먼저 곡신불사와 미분화의 창조성에 대해 보기로 한다.

---

21) F. Capra, *The Web of Life*(Anchor Books, a division of Random House, 1996) p.299.

2.1 곡신불사와 미분화의 창조성

노장사상의 곡신불사谷神不死에서 '곡谷'은 허공을 형용하고 '신神'은 측정할 수 없는 변화를 의미하며 '불사不死'는 멈추거나 없어지지 않는 상태로 해석된다. 생태계는 아무 것도 아닌 듯 보이지만 그곳에서 만물이 끊임없이 생겨나고 성장하며 변화해 간다는 것이다.[22] 이러한 사유는 신과학의 가이아, 카오스 이론에서 현실적 근거가 마련된다. 생태계는 혼돈 그 자체로서 완전한 생명력을 갖춘 자궁의 담지체라는 것이다.

이러한 사유는 최승호 시에 내재된 생태적 가치관의 토대를 이룬다. "텅 빈 채 죽은 것처럼 보이는 허공이야말로 크고 작은" "영물들의 어머니로서, 수도 없이 많은 영물들을 낳고 그들의 진화와 생명을 주도해 온 주인공인지도 모른다(「시인의 말」 부분, 『아메바』)"는 시인의 발언은 생태계가 생명을 잉태한 곡신谷神으로서 불사不死의 의미를 내장한 생성의 담지체라는 의미를 담고 있다. 생태계는 인간중심주의의 관점에서 조작할 수 있는 도구가 아니라 생명을 탄생시키는 근원이자 생명 발현의 처소라는 것이다.

시 「무일물의 밤 · 1」, 「시골의 밤하늘」에서는 무無와 허공의 미분화적 창조성에 대한 사유가 포착된다.

> 그동안 크게 부풀면서 나를 삼키려던, 무(無)야말로 없는 것이다. 정말 털 한 가닥 없다. 그렇다면 내가 욕심으로 키우고 뜯어먹은 무라는 것도, 내 빌어먹을 생각이 끌고다닌 말그림자였단 말인가.
>
> ―「무일물의 밤 · 1」 전문(『회저의 밤』 58)

---

22) "谷神不死 是謂玄牝 玄牝之門 是謂天地根 綿綿若存 用之不勤"
계곡의 신령스러움은 죽지 않으니, 이것을 '검은 암컷'이라고 말한다. 검은 암컷의 문, 이것을 '천지의 뿌리'라고 말한다. 근근이 이어져 내려와 있는 듯 없는 듯 하지만, 그것을 사용함에 다함이 없다.
노자, 김경수 역, 「제 6장」, 『노자역주』, 문사철, 2010, 89쪽 참조.

주지하다시피, 심층생태주의자들은 생태계를 변질시키고 황폐화시킨 근거가 생태계를 단순성[23]으로서의 무無, 생명체가 아닌 도구적 자원으로 이해한 데 있다고 본다.[24] 생태계에 아무 것도 없다고 인식한 인류가 개발이라는 명분으로 생명체로서의 생태계를 파괴했다는 것이다. 위 시 「무일물의 밤 · 1」에서 화자는 '없다'는 의미의 "무(無)야말로 없는 것"이라는 사실을 강조한다. 이때, 생태계를 대상으로 한 '무無'의 부정은 도구로서의 자원이 아닌 자연으로서의 생태계에 대한 강조로 해석된다. 생태계는 가시적으로 파악된 무無의 상태가 아니라 불확실성 · 예측불가능성 · 미결정성 등 복잡성을 담지한 체계로서의 에너지이자 생명 그 자체라는 것이다.

이러한 사유는 우주현상을 대상으로 한 상상력에서도 마찬가지 양상으로 표현된다. "얼마 전 나사NASA는 비소(As)를 먹고 생존하는 새로운 생명체라는 사실을 발표했다. 비소를 먹고 사는 놈이 있다니! 나는 그놈도 한 영물靈物이라고 생각한다."는 화자의 발언은 신과학에 대한 화자의 관심을 주지시키는 동시에 혼돈으로부터의 생성을 환기한다. 유해금속원소 중 비소(As)를 먹고 생존하는 나사NASA의 비유는 불가능한 사실의 가능성을 환기하는 불확실성으로서 복잡성을 시사하는 것이다.

다음 시 「생일」에서는 생성 이전의 혼돈에 대한 사유가 포착된다.

> 내가 태어나기 이전의 혼돈에 대해 나는 무슨 말을 할수 있는 것일까. 나도 없었고 나 아닌 것도 없었던 그 시절에, 없다는 말, 있다는 말,

---

23) 단순성으로 볼 때, 세계의 질서는 하나의 법, 하나의 원칙으로 환원된다. 단순성은 일자(一者)이거나 다수로서 일자가 동시에 다수가 된다고 생각하지 못한다. 단순성 원칙은 연결된 것을 나누거나 다양한 것을 통합하는 데 그치는 것이다.
에드가 모랭, 신지은, 「복잡성 패러다임」, 『복잡성 사고 입문』, 에코리브르, 2012, 90쪽 참조.

24) 이진우, 「지구의 언어, 침묵」, 『녹색 사유와 에코토피아』, 문예출판사, 1998, 93쪽 참조.

있는 것도 아니고 없는 것도 아니라는 말, 없지 아니한 것도 아니고 있지 아니한 것도 아닌 것이 아니다라는 말 따위가 무슨 혼돈의 쥐뿔이나 긁어대는 소리였을까

—「생일」 부분(『북극 얼굴이 녹을 때』 82)

신과학에서 볼 때, 생태계의 질서는 독립되어 따로 존재하는 것이 아니라 혼돈 속에서 물질의 이합집산이 일어나며 그러한 가운데 새로운 생성이 출현하는 양상을 노정한다. 생명현상은 혼돈으로서의 무無로 진행하거나 혼돈에서 생성으로, 심지어는 현재의 혼돈보다 더 복잡한 혼돈의 상태로 갑자기 변화할 수도 있다.[25] 생태계 전체와 각 개체는 잠재된 상태의 하나[一]로서 열린 시스템을 노정하는 것이다.

이러한 사유는 위 시 「생일」에서 생명 출현의 양상이 "나도 없었고 나 아닌 것도 없었던 그 시절에, 없다는 말, 있다는 말, 있는 것도 아니고 없는 것도 아니라는 말, 없지 아니한 것도 아니고 있지 아니한 것도 아닌 것이 아니다"로 표현된다. 또한 "허공이 큰 반죽통, 테두리도 없고 밑바닥도 없는(……)나는 산 것도 아니고 죽은 것도 아니면서 진흙의 형제, 혹은 물의 자매로서 아직 몸을 받지 못한 그 무엇이었다"(「18」, 「19」 부분, 『물렁물렁한 책』22)로 묘사된다. 노자는 이를 삶과 죽음은 기氣의 때에 응하여 모이고 흩어지는 현상일 뿐 어떠한 차이도 없다고 설파한다.[26] 생성의 조건이 운동은 있으나 운동체는 없으며, 활동은 있으나 활동체가 없기 때문이라는 것이다.[27]

---

25) 에드워드 로렌츠, 박배식 역, 「카오스의 안과 밖」, 『카오스의 본질』, 파라북스, 2006, 116쪽.

26) 生死一氣, 集散過程
노자, 김경수 역, 「제13장」, 앞의 책, 174쪽.

27) 카프라, 김용정 외 역, 「우주적 무도(舞蹈)」, 『현대물리학과 동양사상』, 범양사출판부, 2009, 291~314쪽 참조.

이를 전제할 때, 위 시의 "해체와 생성이 동시에 일어"난다는 표현은 생성의 국면이 혼돈의 상태라는 의미이자 그 생명체가 생성되고 있는 시점이 과거와 미래의 동시적 상태라는 사실을 암시한다. 생성의 국면은 죽음과 해체를 전제하며, 무작위적이고 무질서한 사건의 뒤범벅을 통해 진행되는 생명의 변화를 의미하기 때문이다. 최승호는 생명 탄생의 조건이 비고정성, 탈형태성, 변성을 동반한 가운데[28] 생성과 변화가 끊임없이 일어나는 미분화적 상태라는 사실을 인식하고 이와 같이 형상화한 것이다.

다음 시 「9」, 「3」에서는 생명현상의 과정에서 나타나는 해체와 생성의 미분화적 창조성이 발견된다.

> 물렁물렁한 혼돈에서 코끼리의 긴 코 하나가 빚어지기까지의 세월을 누가 알겠는가. 늙은 코끼리는 상아를 남기고 지상에서의 형상을 지운다. 죽은 코끼리가 반죽되는 땅에 코끼리 가족의 울음과 아프리카의 비와 바람과 모래가 있다.
>
> ― 「9」 부분(『물렁물렁한 책』 15)

> 해체와 생성이 동시에 일어나는 혼돈의 반죽덩어리로서 몸이 존재한다. 죽음이란 우리가 해체와 생성이 동시에 일어나는 큰 혼돈의 반죽 속으로 녹아 들어가는 것을 말한다.
>
> ― 「3」 부분(『물렁물렁한 책』 11)

최승호 시에서 혼돈이나 반죽, 죽음, 해체는 그의 창작 시기 전체에 걸쳐 다양한 의미로 변주된다. 그의 시에서 "물렁물렁한 혼돈"이나 "혼돈의 반죽"이라는 표현은 초기시부터 다양하고 지속적으로 표현된 것이다. 초기시의 문명비판적 특징을 반영하듯, 초기시를 대상으로 한 논의에서는 죽음의 이미지를 통하여 삶의 근원에 닿고자 하는 의지로 해석되거나[29]

---

28) 문혜원, 앞의 논문, 252~262쪽 참조.

속화되고 무가치한 존재의 비유로 해석된다.[30)]

그러나 『회저의 밤』 이후 시편을 대상으로 한 연구에서 모든 개체의 생성은 복잡성이 전개되는 현상 그 자체라는 논의가 시작된다. 그의 시에서 닫힘과 열림, 붐빔과 텅빔은 모두 생명현상의 과정을 의미하는 것이다.[31)] 생명현상이 매 순간 새로운 공생적 관계들로 인한 불안정화, 밖으로 나가 닿음, 위험 부담을 동반한 자기 연출을 노정한다고 볼 때,[32)] 혼돈이나 반죽은 개체적 생성의 자율성을 내포하되 상호 의존성을 동반한 창발적 현상으로 해석이 가능한 것이다.

위 시 「9」에서 "물렁물렁한 혼돈에서 코끼리의 긴 코 하나가 빚어"진다든지 인간의 몸은 "해체와 생성이 동시에 일어나는 반죽덩어리"이며, "죽음이란 해체와 생성이 동시에 일어나는 큰 혼돈의 반죽 속으로 녹아들어가는 것"이라고 표현되기도 한다. 또한 "죽은 코끼리가 반죽되는 땅에 코끼리 가족의 울음과 아프리카의 비와 바람과 모래가 있다."로 표현된다. 모든 생명체가 생성 이전에 해체되어 미분화의 상태를 거친다는 사실이 이와 같이 비유된 것이다.

이러한 사유는 "죽음 속에 죽어 천천히 녹고 있는 이름 없는 태아들"(「18」, 「19」 부분, 『물렁물렁한 책』 22), "내 죽음 이후와 탄생 이전의 세계는 하나같이 물렁물렁한 것이다."(「139」 부분, 『물렁물렁한 책』 96)로 묘사된다. 또한 "거기에는 애벌레, 떡잎, 태아, 어린별을 가리지 않고 탄생을 돕는 질료들이 있다"(「139」 부분, 『물렁물렁한 책』 96)로 비유된다. 원인과 결과라는 결정론 대신 생성하고 파괴되는 시간과 공간으로서의 생태계는

---

29) 송영순, 앞의 논문, 35~54쪽 참조.

30) 김경복, 「최승호 시에 나타난 존재의 현상학」, 『오늘의 문예비평』, 지평, 1991. 4, 179~192쪽 참조.

31) 홍용희, 「허공과 미궁의 만다라」, 『작가세계』, 2002, 여름호.

32) 에리히 얀치, 홍동선 역, 「생물의 순환 과정들」, 『자기 조직하는 우주』, 범양사, 1995, 272쪽.

혼돈 그 자체로서 끊임없이 생성하는 생명현상 그 자체라는 것이다.33)

다음 시 「시골의 밤하늘」에서 "별들"은 "씨알"로 은유됨으로써 혼돈으로부터 출현하는 생명성을 환기한다.

> 시골에서 보는 별들은 씨알도 굵다. 해도 한알의, 휘황한 씨알[種卵]인 별로서, 빛의 씨앗들을 땅에 뿌리고 있으니, 씨알별들이 수두룩한 허공의 장관은, 우리의 상상을 넘어서 펼쳐져 있는, 거시기라고나 할까.
>
> ―「시골의 밤하늘」 부분(『아메바』 35)

노장사상의 곡신불사에서 허공으로서의 생태계, 자연은 '근근이 이어져 내려와 있는 듯 없는 듯하지만, 그것을 사용함에 다함이 없'는 세계로 인식된다. 이러한 논의와 관련하여 위 시에서 '암컷' "거시기"로 비유된 밤하늘, 자연은 생태계의 복잡성으로 맥락화된다. 위 시의 표제인 "시골의 밤하늘"에서 "시골"이라는 어휘와 함께 "씨알별들이 수두룩한 허공"은 원초적 생명성을 담지한 "거시기", 자궁을 의미하는 것이다. 신과학의 관점으로 볼 때도 이러한 현상은 비어 있는 듯 보이는 그 공간이 여러 가지의 힘들로 가득 차 있으며, 그 가운데 많은 힘들이 지구에 도달하며 지구상의 생물에 영향을 미친다고 설명된다. "별들"을 비롯한 생태계의 모든 개체나 현상은 형태가 없는 에너지로부터 생성된다는 것이다.

한편, 생태계의 모든 생명체가 궁극적으로 태양, 즉 해의 영향을 가장 많이 받는다는 사실은 주지하는 바이다. 생명현상의 전반에 걸쳐 모든 문제는 결국 햇빛이 있느냐 없느냐로 요약되기 때문이다. 따라서 "밤하늘"인 허공이 암컷으로 의미화된다면 "해"는 수컷의 생명성을 담지한 "한알의 휘황한 씨알[種卵]"과 등가관계에 놓인다. 이를 전제할 때, "빛의 씨앗

33) 고봉준, 「문명의 사막을 건너가는 낙타의 시선－최승호, 『아무것도 아니면서 모든 것인 나』」, 『한국문학평론』, 2003. 가을 · 겨울, 388쪽.

들을 땅에 뿌리고 있"다는 구절은 암컷인 "밤하늘"과 수컷인 "해"로 환유된 우주 현상 전체의 상호작용을 의미한다. 생태계의 모든 개체는 우주현상으로부터 공급되는 에너지로 인해 생성하고 소멸 · 재생한다는 것이다.

다음 시 「엄마」, 「암컷인 땅」에서 생태계는 동물과 식물의 근원으로서 모성성, 가이아로 비유된다.

> 엄마가 낳은 인류의 숫자가
> 60억을 넘어 머지않아 80억에 이른다고 한다
> 어마어마하다 엄마가 낳은 젖먹이동물들을 다 합치면
> 더 어마어마할 것이다
>
> ―「엄마」 부분(『허공을 달리는 코뿔소』 38)

> 당근이며 무며 감자들이며 다 땅에서 나옵니까. 잣나무며 까마귀머루며 말오줌나무들이 다 뿌리를 땅에 찔러박고 든든하게 서 있는 것입니까. 가을날 하늘 아래 주렁주렁 달려 있는 열매들이, 모천(母川)으로 돌아와 알 낳는 연어들처럼, 이제 고향으로 돌아오고 있습니다. 암컷인 땅에 죽음으로써, 자자손손 번성하기를 바라고 있습니다.
>
> ―「암컷인 땅」 전문(『반딧불 보호구역』 79)

주지하다시피, 신과학에서 노장사상의 곡신불사谷神不死는 가이아의 의미로 변용되었다. 곡신불사는 끊임없는 생성의 의미를 담지하며, 가이아는 생성과 성장, 소멸과 재생의 조절력으로서 생명현상을 뜻한다. 이러한 논의를 전제할 때, 위 시 「엄마」에서 "엄마"는 곡신이자 가이아로 해석이 가능하다. 대지로서의 생태계는 "인류"와 "동물"들을 "낳"고 기름으로써 곡신이자 가이아의 의미를 창출하는 것이다. 위 시의 화자는 가이아인 생태계에서 인류와 "젖먹이 동물들"이 "60억을 넘어 머지않아 80억에 이"를 것임을 예상한다. 이러한 맥락 속에서 인류의 숫자가 "어마어마"하다는 발언은 인간을 비롯한 모든 동물이 가이아로서의 생태계에서 끊임없이 생성 · 성장 · 소멸 · 재생한다는 의미를 낳는다.

나아가 위 시 「암컷인 땅」에서 가이아인 생태계로부터 생성한 각 생명체들은 그 자체로 모성성을 내장하고 있다는 사실이 암시된다. "당근이며 무며 감자들", "잣나무며 까마귀머루며 말오줌나무들이" "암컷인 땅"으로부터 생성되었지만 "암컷인 땅에" 떨어져 "죽음으로써" "자자손손 번성"한다는 것이다. 이와 같은 상태는 생성과 소멸이라는 생태계의 순환성으로서 자기조직화하는 가이아의 의미를 창출한다. 인간을 비롯한 동 · 식물은 순환으로서의 회귀가 전제된 대상인 동시에 씨앗의 생명성을 내장한 "암컷" 그 자체라는 것이다.

이와 같이 최승호 시에서 도출된 곡신불사와 미분화의 창조성은 인류로 하여금 생성과 관련하여 생태계의 복잡성에 대한 이해를 추동한다. 생태계 위기는 생태계를 단순성의 도구적 대상으로 이해한 데서 비롯되었다는 것이다. 이를 반증하듯 그는 생태계를 인식할 때, 기존의 환원주의적이고 기계론적인 인식을 뛰어넘어 더 복잡하면서도 불안정한 상태의 대상으로 이해하도록 권유한다. 곡신불사와 미분화적 창조성의 상태로 생태계의 복잡성을 이해할 때, 인간중심주의의 도구적 자연관으로부터 벗어날 수 있다는 것이다.

2.2 만물제동과 프랙탈의 자기유사성

장자는 "천지는 나와 함께 하나[萬物諸同]"라고[34] 설파하여 생태계의 모든 개체들이 생태계와 상호 작용하는 가운데 서로 통한다는 사실을 강조한다.[35] 살아 있는 개체들은 더 큰 전체의 내부에 깃든 가운데 생명현상을

34) 天地與我竝生, 而萬物與我爲一
장자, 최효선 역해, 「내편－제물론」, 앞의 책, 57~58쪽.

발현한다는 것이다. 이러한 현상은 각 개체와 생태계 전체가 전일적이라는 사실을 환기함으로써 만물이 변화하지만 변화 속에 일관된 법칙이 있다는 사실을 시사한다.

한편, 프랙탈 이론의 창시자인 만델브로는 자연현상의 다양한 양상을 관찰하는 과정에서 그 형태들이 유사성을 지니고 있음을 간파했다.[36] 그가 볼 때, 생태계 내 각 개체는 생성하고 성장하는 과정에서 자연 전체와 상호작용하기 때문에 그러한 흔적으로서 유사성을 지니게 된다. 인간을 비롯해 미물까지 생태계에 존재하는 모든 대상은 소우주로서 그 자신 안에 세계 전체를 반영하며, 각 세포는 생태계의 온갖 정보를 담게 되므로 같은 정보의 영향을 받은 개체끼리 서로 유사한 양상을 보이게 된다는 것이다. 이러한 논의는 화이트헤드의 합생合生이라는 개념과 닿는 가운데 심층생태주의의 복잡성으로 연결된다. 합생에서 생태계의 일자성(一字性, oneness), 그리고 생태계 내 각 요소의 일자성은 상호 작용하면서 되풀이된다. 그러한 가운데 각 개체들은 저마다 세계 전체를 자신 속에 포함하고 있다는 근거를 유사한 구조와 형태를 통해 나타낸다는 것이다.[37]

시 「한 섬광」에서 모든 개체와 현상은 전체와 상응하는 과정을 통해 프랙탈 현상을 암시한다.

> 바다 한 조각을 빈손에 떠서 맛본 사람은 바다의 끝뿐만 아니라 바다 밑바닥까지 다 맛본 것이 된다. 만약 세계의 본바탕이 한 바다와 같다면 조개껍질 하나. 이슬 한 방울. 한 송이 꽃의 비밀을 맛보는 것이 전체를 한 순간에 다 아는 것이 될 것이다.
>
> ─「한 섬광」 부분(『여백』 66)

---

35) 장자, 최효선 역, 「내편－제물론」, 앞의 책, 36~37쪽 참조.

36) B. Mandelbrot, *The Fractal Geometry of Nature* (New York : W. H. Freeman, 1997) pp.74~80.

37) 화이트헤드, 오영환 역, 「파악의 이론」, 『과정과 실재』, 민음사, 1991, 454~455쪽 참조.

위 시 「한 섬광」에서는 생태계의 모든 개체가 전체와 상호작용하기 때문에 본질적으로 하나라는 인식이 나타난다. 화자는 "바다 한 조각을 빈손에 떠서 맛"보며, "바다 밑바닥까지 다 맛본 것이"라고 발화하는 것이다. 이는 개체와 전체가 상호작용하기 때문에 모든 개체의 속성은 전체 생태계의 속성을 포함하게 된다는 사실을 시사한다. 생태계의 모든 개체와 전체가 본질적으로 닮을 수밖에 없다는 사유가 포착되는 것이다.

이러한 사유는 "조개껍질 하나, 이슬 한 방울, 한 송이 꽃의 비밀을" 알게 될 때 지구 "전체를 한 순간에 다" 알 수 있다로 표현된다. 생명현상은 매 순간 "한 섬광", 즉 생태계의 정보가 수용되고 반영되는 국면이라는 것이다. 이는 혼돈의 상태로 파악되는 생태계의 질서가 매 순간 반복적으로 작용하고 있음을 시사한다. 계절의 변화와 일 년 열두 달, 이십 사 절기, 낮과 밤은 그러한 가운데서도 규칙적인 패턴으로 변화하며, 이 패턴은 모든 개체의 생명현상에 적용된다는 사실을 뜻한다. 화자가 볼 때, 생태계의 모든 개체나 현상, 분자들이나 원자들, 전자같이 미세한 입자들까지도 나름의 방식대로 서로를 포함하며 전체 생태계와 일치하는 가운데 서로 속하므로 만물제동한 상태이며 그 결과 프랙탈 현상이 나타난다는 것이다.

다음 시 「無管樂器」, 「나는 숨을 쉰다」에서는 이러한 사유의 근거가 포착된다.

> 바람은 구멍투성이 엉성한 세상을 한 자루 피리로 분다. 금관악기도 목관악기도 아닌 그 무관악기의 혼돈 소리를 당신은 이미 들어서 알고 있을 것이다.
>
> ― 「無管樂器」 부분(『여백』 68)

> 신기해라 나는 멎지도 않고 숨을 쉰다
> 내가 곤히 잠잘 때에도

배를 들썩이며
숨은, 쉬지 않고 숨을 쉰다
숨구멍이 많은 잎사귀들과 늙은 지구덩어리와
움직이는 은하수의 모든 별들과 함께

숨은, 쉬지 않고 숨을 쉰다 대낮이면
황소의 태양과
날아오르는 날개들과 물방울과 장수하늘소와 함께
뭉게구름과 낮달과 함께
나는 숨을 쉰다 인간의 숨소리가
(… 중략 …)
그리고 움직이는 은하수의 모든 별들과 함께
죽어서도 나는 숨쉴 것이다

－「나는 숨을 쉰다」 부분(『얼음의 자서전』 30)

융에 의하면 아랍인들의 경우 바람은 숨결과 정신이라는 두가지 의미를 함의한다.[38] 고도의 활동 단계로 들어갈 때 바람은 태풍이 되며, 이것은 물 · 불 · 공기 · 대지의 네 요소가 종합된 것으로 비옥과 소생의 힘을 상징한다. 이는 바람을 "땅덩어리가 뿜어 올리는 숨"이라고[39] 보는 만물제동 사상과 닿는다. 바람은 공기의 자장을 변화시키고 공기의 변화는 각 개체의 생명현상에 영향을 미칠 수밖에 없다는 것이다.

위 시 「無管樂器」에서는 바람과 관련한 만물제동의 사유가 포착된다. 위 시에서 "바람은 구멍투성이 엉성한 세상을 한 자루 피리로" 분다고 표현한다. 여기서 '무관악기'란 바람이 모든 살아 있는 것들에 스며들기 때문에 세상의 모든 것은 바람, 즉 숨결이 통하는 구멍임을 의미한다. 대지

---

38) 이승훈, 『문학상징사전』, 고려원, 1995, 187쪽.
39) 夫大塊噫氣, 基名爲風
장자, 최효선 역, 「내편－제물론」, 앞의 책, 34쪽.

위의 온갖 구멍은 바람인 숨결이 드나들며 작용하는 관管이기 때문에 무관無管이라는 것이다.

위 시 「나는 숨을 쉰다」에서 그 관管을 통해 숨을 쉬는 생태계 내 모든 개체와 우주현상이 표현된다. 화자는 "쉬지 않고 숨을 쉰다 대낮이면/황소와 태양과/날아오르는 날개들과 물방울과 장수하늘소와 함께/뭉게구름과 낮달과 함께" 숨을 쉰다고 발언하는 것이다. 그러한 가운데 생태계의 동물과 곤충과 우주현상이 자신과 함께 숨을 들이쉬고 내쉼으로써 '하나'라는 사유를 보여준다. 나아가, 화자는 "죽어서도" "움직이는 은하수의 모든 별들과 함께" 숨을 쉴 것이라고 말한다. 화자는 생태계 내 모든 개체의 "들숨"이 "허공의 날숨이요" 모든 개체의 "날숨이 바로 허공의 들숨이라"는 자기유사성의 인식에 도달한 것이다.

시 「조개껍질」에서는 프랙탈 현상이 나타나는 과정과 원인을 환기한다.

> 물렁물렁한 것이 떨어져나가고
> 딱딱한 것만 남아 있다
> 텅 비어 열린 곳에는 모래들이 흘러들었다
>
> 이 조개껍질 속에 한때
> 고독한 삶이 있었다
>
> 웅크리면서 펼치는
> 우주적인 우연성의 무늬들이 있었다
>
> —「조개껍질」 부분(『아무 것도 아니면서 모든 것인 나』 40)

주지하다시피, 프랙탈은 주위환경의 압력이 개체에 영향을 주고 개체는 이 파동들의 주파수에 직접적인 형태를 취함으로써 그 결과가 나타난다는 사실을 환기한다. 그 결과 모든 개체의 형태들은 나름의 속성을 지니게 되며, 그 속성은 각기 다른 형태로 나타난다. 주위환경에서 발산하는 파동의 주파수가 조합되어 나타나는 결과는 개체마다 다르다는 것이다. 이러한 논의를 전제할 때, 나무의 줄기에 나타나는 나이테, 얼룩말의 얼룩무늬, 달팽이의 나선무늬들은 주위환경의 작용과 스스로의 필요를 조화시켜 드러내는 모든 개체의 형상을 표상한다는 사실을 알 수 있다.[40)]

위 시 「조개껍질」에서는 밀려오는 조수에 맞춰서 접고 펼치는 조개껍질의 운동이 프랙탈의 양상으로 형상화된다. 이는 전체성에 대해 통합하는 개체의 활동이 다층적으로 지속됨을 시사한다. 예를 들어, 은하의 중심을 도는 태양, 태양 주위를 도는 지구생태계, 지구생태계와 상호 연관성을 갖는 각 개체와 미세 영역은 다층적 구조를 형성하는 가운데 확산작용과 수축작용을 반복하는 것이다. 따라서 위 시에서 "웅크리면서 펼치는"이라는 표현은 조개로 대표되는 생태계 내 전체 개체의 작용과 전체 생태계의 요동이 상호 조응하는 가운데 펼쳐지는 에너지의 흐름을 환기한다. 조개껍질로 표상된 생태계의 모든 생물체는 우주현상에 맞춰서 스스로의 감각기관을 열고 닫는다는 것이다.

따라서 "조개껍질"의 무늬는 조개가 생명현상을 발현하는 과정에서 생태계의 정보를 주고 받은 결과 새겨진 구조, 형태로서의 유사성으로 의미화된다. 조개껍질에 새겨진 "우연성의 무늬들"은 세포분열이나 모든 생명체의 염색체, 유전자를 암시함으로써 생태계의 모든 개체에 나타나는 프랙탈 현상의 표상으로 해석이 가능한 것이다.

다음 시 「나도꼬마하루살이」에서는 어휘의 반복을 통해 나타나는 자기유사성이 암시된다.

나도꼬마하루살이 동양하루살이 봄총각하루살이 봄처녀하루살이
깨알하루살이 콩알하루살이 길쭉하루살이 개똥하루살이 표범하루살

---

40) 라이얼 왓슨, 박문재 역, 「생명의 물리학」, 『초자연』, 인간사, 1991, 171~173쪽 참조.

이 애호랑하루살이 금빛하루살이 감초하루살이 방울하루살이 수리하루살이 두날개하루살이 입술하루살이 흰줄깜장하루살이 강하루살이 작은강하루살이 피라미하루살이 멧피라미하루살이 가람하루살이 한라하루살이 백두하루살이

—「나도꼬마하루살이」 부분(『북극 얼굴이 녹을 때』 70~71)

주지하다시피, 천체들의 운동과 이 천체들에 대한 지구의 운동은 각 개체들로 하여금 생명현상을 가능케 하는 정보의 발원지로 작용한다.[41] 모든 생명체는 거대한 우주의 전구 같은 태양을 켰다 껐다 하는 지구의 회전에 의해 유사한 패턴으로 작용하며, 그 흔적은 프랙탈 현상으로 나타난다는 것이다. 또한 우주에서 일어나는 사건은 전자기파의 진동을 일으키며 각 개체와 공명함으로써 동일한 진동을 만들어낸다는 사실이 환기된다.[42] 모든 개체는 각자 우주에서 보내는 정보에 반응하며 심장박동을 일으키는 가운데 생성하고 진화해 간다는 것이다.

시 「나도꼬마하루살이」에서는 이러한 과정을 통해 나타나는 프랙탈 현상, 자기유사성이 포착된다. 원래 '하루살이'는 하루밖에 살지 못한다. 그러나 위 시에서는 하루살이가 24시간으로서 "하루"라는 주기적 단위에 반응한다는 사실이 강조된다. 생태계의 에너지인 달과 해의 작용은 어떤 대상에도 "하루"라는 단위를 통해 동일하게 작용한다는 것이다.

따라서, 위 시에서 "하루살이"의 반복은 반복되는 해와 달의 리듬에 반응하는 생물체의 생명현상을 암시한다. "하루살이"라는 어휘에서 태양과 달의 주기에 대한 반응으로서의 삶이 암시되는 것이다. 이러한 현상은 "나도꼬마하루살이 동양하루살이 봄총각하루살이" 등 "~하루살이"가 73번에 걸쳐 되풀이되는 양상으로 표현된다. 모든 개체의 생명현상은 복잡성의 와중에서도 유사성을 갖는다는 것이다.

41) 라이얼 왓슨, 박문재 역, 「우주의 법칙과 질서」, 앞의 책, 85쪽.
42) 라이얼 왓슨, 박문재 역, 「생명의 물리학」, 위의 책, 165쪽.

이 외에도 최승호 시에서 프랙탈은 주제의 측면을 넘어 기법적 특징에서도 포착된다. 예를 들어, "세상에 나온 지 여섯 해 된 두눈박이 네 눈의 깜박임. 고양이도 두눈박이, 개들도 두눈박이, 잉어도 두눈박이다. 뱀도 두눈박이, 잠자리도 두눈박이, 올빼미도 부엉이도 두눈박이"(「138」 부분, 『물렁물렁한 책』96)로 표현된다. "눈"은 모두 두 개라는 유사성의 암시와 함께 활용되는 반복적 기법은 프랙탈의 의미를 증폭시킨다. 시인은 '두눈박이'라는 반복적 표현을 통해 생태계에 작용하는 생명장의 주파수와 그로 인한 자기유사성을 환기하는 것이다.

이러한 논의를 전제할 때, 생태계 자체는 혼돈의 세계로 은유되지만 생물을 만들어낼 때, 생태계의 에너지는 일정한 리듬을 지닌다는 사실을 알 수 있다. 생태계의 주기와 자장은 태양과 달을 비롯한 자연현상에 영향을 받는 가운데 그 에너지의 자력은 모든 개체에 미친다는 것이다. 이는 생태계 전체의 주기가 생명현상에 얼마나 중요한 영향을 미치는지 말해준다. 모든 개체는 생태계 전체의 법칙이 하나의 시기를 구성하는 생태계 자체와 더불어 발전하고 있다는 사실을 형태로서 나타내는 것이다.[43]

이와 같이, 최승호 시에서 만물제동과 프랙탈 현상은 만물에 작용하는 자연의 힘과 질서를 암시하며, 그럼으로써 모든 개체가 생태계의 구성원으로서 서로 닮는다는 사실을 환기한다. 인간이든 하찮은 미물이든 그 자신 안에 생태계 전체의 질서를 반영하고 있다는 것이다.

2.3 무위자연과 자기조직화의 재생적 창발성

주지하다시피, 생태계의 생명진화는 복잡성을 더해 가면서도 하나의 통합된 과정으로 지속되어 왔다.[44] 이러한 현상은 일찍이 노장사상의 무위자연

---

43) 화이트헤드, 오영환 역, 「논의와 적용」, 앞의 책, 237쪽.

을 통해 설파되었다. 노자의 사유에서 만물은 더불어 일어나며 그 작용은 무한히 반복된다. 이때, 반복은 단순한 반복이 아니라 현재의 상태가 우주 본원의 잠재적 창조성으로 되돌아감을 의미한다.[45] 이러한 사유의 과학적 근거는 엔트로피 이론을 통해 제시된다. 무질서하고 구조가 없어 보이던 비평형계도 시간이 지남에 따라 엔트로피의 작용을 통해, 우주 본원을 암시하는 무無나 공空으로 되돌아감으로써 다시 생성된다는 것이다.[46]

한편, 러브록은 지구생태계를 가이아로 명명하고 모든 지상의 생물들에게 적합하도록 주변 환경 조건을 끊임없이 변화시키는 생물조직체와 같다고 주장한다.[47] 생물과 마찬가지로 지구생태계는 인간의 오장육부와 사지에 해당하는 기관을 지니며 그 역할을 달리하는 가운데 생성하고 성장하며, 배설과 소멸, 재생을 반복함으로써 항상성을 유지한다는 것이다.

최승호의 자서自序에서는 이러한 원리에 대한 인식이 포착된다.

> 나는 쓰고 싶다/문을 열 때마다/낯설고 놀라운 풍경이/눈앞에 처음 펼쳐지는 것처럼.
>
> –「시집을 펴내며」 부분(『아무 것도 아니면서 모든 것인 나』)

위 인용문에서 보듯 최승호는 시집 『아무 것도 아니면서 모든 것인 나』의 서문序文에서 매 순간이 "처음 펼쳐지는" "풍경"인 것처럼 "쓰고 싶다"고 발언한다. 여기서 쓴다는 것은 '아무 것도 아니면서 모든 것인 나'라는 표제와 관련하여 매 순간의 생명현상이 복잡성의 상태라는 해석이 가능하다. 또한 "문을 열 때마다/낯설고 놀라운 풍경이"라는 사실은 매

---

44) Naess, Arne & Rothengerg, David, *op.cit.*, pp.165~166.

45) "知基雄, 守基雌, 爲天下谿, 爲天下谿, 常德不離, 復歸於嬰兒"
노자, 김경수 역, 『제28장』, 앞의 책, 371쪽 참조.

46) 스튜어트 카우프만, 국형태 역, 「고산지대의 모험」, 앞의 책, 328쪽.

47) James E. Lovelock, 홍욱희 역, 『가이아Gaia.』, 범양사, 1990, 202~223쪽 참조.

순간 다른 생명체와 상호 조응하는 가운데 스스로의 생명현상을 발현할 수 있기 때문에 어떠한 경우에도 최초의 생성체일 수밖에 없다는 사실을 의미한다. 시인은 어떤 개체든 매 순간 관련된 가운데 존재하고 생성하고 있기 때문에 "매 순간이 최초"일 수밖에 없으며, 그 상태가 복잡성의 국면이라는 원리를 인식했던 것이다.

시 「이것은 죽음의 목록이 아니다」에서는 생물 다양성으로 인한 무위자연과 자기조직화의 재생적 창발성이 암시된다.

> 수달 멧돼지 오소리 너구리 고라니 멧밭쥐 다람쥐 관박쥐 검은 댕기해오라기 중대백로 쇠백로 왜가리 원앙 청둥오리 흰뺨검둥오리 비오리 조롱이 새홀리기 꿩 깝작도요(…중략…)고욤나무 감나무 노린재나무 쪽동백나무 때죽나무 회물푸레 쥐똥나무(…중략…)엉겅퀴 지칭개 각시취 큰각시취 빗살서덜취 사창분취 당분취 구와취 톱분취 은분취 서덜취
>
> —「이것은 죽음의 목록이 아니다」 부분(『반딧불 보호구역』 11~17)

주지하다시피, 생태계에서 끊임없이 자신의 엔트로피를 증가시키던 유기체가 최대 엔트로피 상태인 소멸을 향해 나아가지만 다시 평형으로 돌아올 수 있는 이유는 끊임없이 '음의 엔트로피', 즉 숨은 질서로서의 에너지를 끌어들이기 때문이다.[48] 이는 생태계 전체가 거대한 에너지의 배경임을 시사한다. 이를 전제할 때, 생태계의 개체는 풍부해야 하고 그 범주는 넓어야 한다는 사실을 추론할 수 있다. 다양성이 확보될 때 숨은 에너지로 인해 지구생태계의 자기 조절력이 왕성해질 수 있다는 것이다.[49]

최승호 시의 무위자연과 자기조직화의 재생적 창발성은 동 · 식물의

48) 에르빈 슈뢰딩거, 전대호 역, 「질서, 무질서 그리고 엔트로피」, 『생명이란 무엇인가』, 궁리, 2007, 119~120쪽.

49) 김준호 외, 『환경물리학』, 형설출판사, 2002, 88~89쪽.

묘사를 통해 먼저 암시된다. 위 시에서 화자는 산림청 '동강 유역 산림 생태계 조사보고서'에 등재된 800여 종의 생명체 이름을 하나하나 부른다. 각 개체의 생명성이 다양할수록 다른 한 종이 제거되어도 생태계의 평형에 큰 영향을 미치지 않는다고 볼 때, 위 시에서 포착되는 동 · 식물의 다양성은 생명현상과 관련하여 자기조직화의 재생적 창발성을 환기한다. 생명은 예상하지 못한 충격에 반응하지만 다양성으로 인해 그 충격이 흡수되거나 새로운 형태로 변화하기에 용이하다는 것이다.

한편, 위 시 「이것은 죽음의 목록이 아니다」라는 표제 또한 "이것"을 지칭하는 동 · 식물의 종류가 "죽음의 목록"이 "아니"라는 발언으로서 생명성을 강조하는 생태주의의 메시지와 닿는다. 이러한 발언은 각 개체에 대한 존중의 의미와 함께 죽음을 포괄한 생성의 특성으로서 자기조직화의 의미를 창출한다. 생태계의 모든 개체나 현상은 생성과 동시에 소멸을 동반하며, 소멸은 생성으로 이어짐을 전제하기 때문에 "죽음의 목록"이 아니라는 것이다. 모든 개체의 죽음은 죽음으로 끝나지 않고 새로운 생성의 바탕이 되기 때문이다.

이러한 사유는 시 「소행성」에서 비평형 상태를 거쳐 평형 상태가 출현하는 양상으로 형상화된다.

> 백악기 대멸종. 한때 지구를 지배했던 공룡들이 다 죽은 것은 소행성 칙술룹이 지구와 충돌했기 때문이라는 학설이 있다. 없는 내가 허공으로 존재했던 6500만 년 전 이야기.
>
> 어느 날 나 없는 나의 고독은
> 동쪽 은하
> 외뿔소자리에서 고개를 쳐들 것이다
>
> ─「소행성」 부분(『허공을 달리는 코뿔소』 17)

노자는 생태계의 모든 개체가 "음을 지고 양을 안아서 충기沖氣로써 조화로 삼는다"50)고 설파하여 만물은 대립적인 성질에 의해서 생겨나지만, 대립성을 통해 조화를 이룰 수 있다고 주장한다. 한편, 프리고진은 분기점의 기로에서 초래되는 변화의 양상을 파악하기 위하여 체계를 평형상태, 평형에 가까운 상태, 평형에서 먼 상태, 비평형상태로 구분해 자기조직화 현상을 관찰하였다. 그 결과, 체계 내에서의 작은 동요가 체계를 평형에서 멀리 유도하면서 분기점에 도달해, 다음 상태의 생성이 가능해지는 점을 간파했다. 노자의 조화와 프리고진의 혁신은 대립의 무화를 통해 생성으로 나아간다는 점에서 상통하는 것이다.

위 시에서는 비평형상태를 거쳐 창조적인 평형상태가 출현하는 양상이 포착된다. 소행성(小行星, Asteroid)은 태양 주위를 공전하고 있는 행성보다 작은 천체이다. 위 시에서 "칙술룹"이라는 소행성은 지구의 자기조직화를 이끄는 사건의 발단으로 해석이 가능하다. 화자가 인식할 때, "백악기 대멸종, 즉 한때 지구를 지배했던 공룡들이 다 죽은 것은 소행성 칙술룹이 지구와 충돌했기 때문이라"는 것이다. 따라서 "소행성 칙술룹"이 "지구"와 "충돌"하여 "백악기 대멸종"을 거쳤다는 표현이나 "나 없는 나의 고독은" 무無를 통해 가능한 생성의 의미를 창출한다. 완전히 "멸종"하거나 "없"다는 의미로서 무無의 상태를 거쳤기에 창조적 평형상태가 가능하다는 것이다.

또한 화자는 "어느 날 나 없는 나의 고독"이 "동쪽 은하/외뿔소자리에서 고개를 쳐들 것"이라고 발화한다. 화자인 내가 "동쪽 은하/외뿔소자리에서" "어느날" 다시 "고개를 쳐들 것"이라는 구절은51) 자기조직화가 평형상태와 먼 시스템에서 일어난다는 사실을 환기한다. 생태계의 복원력이

50) 萬物負陰而抱陽, 沖氣以爲和.
노자, 김경수 역, 「제42장」, 앞의 책, 533쪽.

51) F. Capra, *The Web of Life*, p.89.

무無에서 유有로, 유에서 무로 오가면서 새로운 질서의 무한한 창발[52]이 가능하다고 볼 때, "어느날" "고개를 쳐들 것"이라는 비유는 유有에서 무無로, 무에서 유로 오가면서 창발하는 생명현상을 의미하는 것이다.

비평형 상태에서 출현하는 평형상태에 관한 사유는 시 「눈다랑어」에서 좀 더 구체화된다.

> 믿고 싶지 않겠지만 어느 날 당신이 태양계의 장님이 되고 은하계의 귀머거리가 되어서 광물질계의 한 벙어리로 침묵해야 한다는 것을 믿어야 한다. 믿고 싶지 않겠지만 나 아닌 것들이 모여서 나를 잠시 이루었다 해체되듯이, 당신도 당신 아닌 세계로 흘러드는 날이 있을 것이다. 이슬, 바람, 흙, 별, 그것들이 본래 당신의 얼굴 아니었나? 바다와 하늘과 노을과 풀, 그것들이 본래 당신의 발바닥 아니었나?
>
> ― 「눈다랑어」 부분(『북극 얼굴이 녹을 때』 16)

일반적으로, 자연과 인간의 관계에 대한 인식은 대립적이거나 공존적 관계이거나 인간은 자연의 일부라는 방식으로 운위된다. 이러한 논의는 자연과 인간이 분리된 채로 공존하든지 인간의 우위만이 강조되며 자연과 인간의 존재론적 연결성이 확보되지 않는다. 그러나 노장사상의 관점으로 볼 때, 생명은 실체가 아니라 생성으로서 복잡성의 상태에 있기 때문에 자연과 인간은 '하나'일 수밖에 없다. 이러한 논의를 전제할 때, "나 아닌 것들"은 "잠시" 나를 "이루었다 해체되"는 과정으로서 생성의 상태를 노정한다는 사실을 알 수 있다. '나 아닌 것들이 모여서 나를 잠시 이루었다 해체되듯이, 당신도 나도 당신 아니고 나 아닌 세계로 흘러든다는 것이다.

따라서 생태계의 모든 현상을 비유한 "이슬, 바람, 흙, 별" 그리고 "바다

52) 에리히 얀치, 「자기 조직 체계들의 모델 설정」, 앞의 책, 105쪽 참조.

와 하늘과 풀" 등은 스스로의 본질을 현현하는 가운데 화자인 "나" 자신 속에도 용해되어 있다는 사실을 알 수 있다. 생태계의 모든 질서는 생명 현상의 과정인 동시에 생성의 국면 그 자체를 의미하는 것이다.[53] "어느 날" 인간을 비롯한 모든 개체가 "광물질계의 한 벙어리"가 될 수도 있다는 화자의 발언은 모든 생성이 혼돈의 국면임을 암시한다. 인간인 '나가' "광물질"이라는 표현에서 암시되듯 생태계의 모든 개체나 상황은 비선형적이고 비가역적인 상태에 놓여 있다는 것이다.

다음 시 「텔레비전」에서는 엔트로피 현상으로서 자기조직화가 암시된다.

> 하늘이라는 無限화면에는
> 구름의 드라마,
> 늘 실시간으로 생방송으로 진행되네
> 연출자가 누구인지는 모르겠으나
> 그는 수줍은지
> 모습 드러내지 않네
>
> 지난 여름의 주인공은
> 태풍 루사가 아니었을까
> 루사는 비석과 무덤들을 무너뜨렸고
> 오랜만에 뼈들은 진흙더미에서 해방되어
> 강물로 뛰어들었네
> 기를 쓰며 울어대던 말매미들이
> 모두 入寂한 가을
> 붉은 단풍이 고산지대로부터 내려오고
> 나무들은 벌거벗을 준비를 하네
>
> ㅡ「텔레비전」 부분(『아무 것도 아니면서 모든 것인 나』 56)

53) 라이얼 왓슨, 박문재 역, 「우주의 법칙과 질서」, 앞의 책, 33쪽 참조.

주지하다시피, 노장사상에서 운위되는 무위자연은 생성하는 가운데 소멸하며, 소멸하는 가운데 다시 시발점으로 돌아가는 생태계의 특성으로서 복잡성에 대한 이해를 시사한다. 이러한 사유는 생명현상의 되먹임 조절(feedback control)을 통한 항상성의 의미로서 신과학적 근거가 마련된다. 예측 불가능한 사건들이 일어나는 불안정의 지점에서 질서가 창발하며, 그러한 가운데 복잡성이 전개된다는 사실은[54] 되먹임조절을 통한 자기조직화를 의미하는 것이다.

이러한 논의를 전제할 때, 위 시 「텔레비전」에서 재현된 장면은 빠르게 움직이는 전자들과 양자들의 물결이 태풍이 되어 우주공간을 질주하는 풍경을 환기한다. 화자는 태풍 "루사"로 인해 "진흙더미에 갇혀 있던 뼈들"이 "강물"에 섞이는 장면에서 새로운 생명현상의 징후를 인식한 것이다. 화자는 "뼈들"이 무너진 무덤 밖으로 해체되는 현상을 "해방되어" 강물로 뛰어 들어간다고 표현한다. 여기서 "해방"은 소생의 의미를 담지하며, "강물"은 생명성으로 의미화된다. "해방"과 "강물의 결합은 되먹임 조절을 통한 생명현상의 비유로 해석이 가능한 것이다.

이러한 사유는 계절의 변화를 감지하는 화자의 인식에서도 포착된다. 여름 내내 "기를 쓰며 울어대던 말매미들이/모두 入寂"하자 비로소 "가을"이 오고 "붉은 단풍이 고산지대로부터 내려" 온다는 구절은 지구생태계와 해, 달의 인력과 관련한 자기조직화를 암시하는 것이다. 또한 단풍은 자신의 잎을 통해 해와 달의 운행 등 주위환경의 계절적인 변화를 감지하고 반응한다.[55] 기상의 변화에 따라 반응하는 가운데 나타나는 단풍의 빛깔은 소멸을 향해가며 생성한 자기조직화의 결과물인 것이다. 계절의 변화가 "말매미들"의 죽음을 전제한다는 비유 역시 우주 전체와 개체의 엔트로피,

---

54) F. Capra, *The Web of Life*, p.190.
55) 라이얼 왓슨, 박문재 역, 「우주의 법칙과 질서」, 앞의 책, 67쪽 참조.

자기조직화 현상을 암시한다. 가뭄과 장마, 태풍 등 자연의 기상변화는 생태계 내 생명현상의 되먹임조절을 위한 필연적 현상이라는 것이다.

다음 시 「공터」, 「분수」, 「몸의 신비, 혹은 사랑」에서는 자기조절력으로서의 생태계가 비유된다.

하늘의 빗방울에 자리를 바꾸는 모래들.
공터는 흔적을 지우고 있다'
아마 흔적을 남기지 않는 고요가
공터를 지배하는 왕일 것이다

―「공터」 부분(『얼음의 자서전』 52~53)

물이라는 이상한 물질의 처녀막은 너무나 투명해서 그런게 있었는지조차 모를 정도이다. 그 막은 찢어짐과 동시에 꿰매지고 피흘림 없이 처녀성을 회복한다.

―「분수」 부분(『북극 얼굴이 녹을 때』 86)

벌어진 손의 상처를
몸이 자연스럽게 꿰매고 있다.
금실도 금바늘도 안 보이지만
상처를 밤낮없이 튼튼하게 꿰매고 있는
이 몸의 신비.
혹은 사랑

―「몸의 신비, 혹은 사랑」 부분(『얼음의 자서전』 95)

노자는 자기조직화하는 자연의 특성을 강조하며, 인간은 땅을 본받고 땅은 하늘을 본받고 하늘은 도를 본받고 도는 '저절로 그러함[自然]을 본받을 필요가 있다고 설파한다.[56] 생태계가 끊임없이 유동하는 생성의

56) "人法地, 地法天, 天法道, 道法自然"
노자, 김경수 역, 「제25장」, 앞의 책, 346쪽 참조.

상태를 노정하며 진화해가기 때문에 인간은 무엇보다 자연에 순응할 필요가 있다는 것이다.[57] 이때, '스스로 그러함'은 인간중심주의의 획일성과 배치됨으로써 복잡성의 의미를 담지한다. 생태계가 '스스로 그러함, 즉 복잡성의 상태를 유지할 때 항상성을 유지할 수 있다는 것이다.

이러한 사유는 신과학자들의 양자역학, 불확정성 원리를 통해 현실적 근거가 마련된다. 시스템 전체를 통한 에너지와 물질의 흐름, 평형과 거리가 먼 상태, 새로운 질서 패턴의 창발, 피드백 루프와 비선형에 관한 기술이 바로 그것이다.[58] 생태계는 끊임없이 생성하고 변화 발전하는 복잡성의 상태에 있기 때문에 자연의 일부인 인간 역시 자연법칙에 따라 행위하고 자연을 조작하지 않아야 한다는 것이다.

이러한 논의를 전제할 때, 위 시 「공터」에서 "하늘의 빗방울에 자리를 바꾸는 모래들"은 자기조직화의 한 양상으로 해석이 가능하다. 생태계의 개체나 상황은 인간의 의도가 개입되지 않은 가운데 최적의 상태를 유지하기 위해 "자리를 바꾸며" 자기조직화 한다는 것이다. 따라서 "하늘의 빗방울"이 "모래들"의 "흔적"을 지우는 현상은 "비"로 표상된 대기의 영향이 "모래"로 표상된 각 개체의 형태를 바꾸는 데 인위가 불필요하다는 의미를 낳는다. 위 시 「공터」에서 무위자연을 통한 자기조직화의 의미가 창출된 것이다.

시 「분수」에서는 자기조직화의 복원력에 대한 사유가 포착된다. 시 「분수」에서 "물"은 생명성으로서 전체 생태계로 비유되어 있다. "물이라는 물질"로 표상된 생태계의 "처녀막은 너무나 투명해서 그런 게 있었는지조차 모를 정도"로 생명성이 강하다는 것이다. "물"을 생태계 자체이자 자연현상의 알레고리로 볼 때, "그런 게"는 생태계 위기를 유발한 사건들로 맥락화된다. "그런" 상태를 원래의 생태계로 되돌리는 자연현상은

57) 화이트헤드, 오영환 역, 「관념의 모험」, 앞의 책, 155쪽 참조.
58) F. Capra, *The Web of Life*, p.111.

생태계 파괴를 유발한 사건이 일어났었는지조차 모를 정도의 복원력을 지니고 있다는 것이다.

복원력은 시 「몸의 신비, 혹은 사랑」에서도 포착된다. 시 「몸의 신비, 혹은 사랑」에서 "몸"이 가이아로서 모성성을 담지한다고 볼 때, 자연의 순환성과 재생성으로 확대 해석이 가능한 것이다. 이를 전제할 때, "벌어진 손의 상처를" 보이지 않는 "금실"과 "금바늘"로 "꿰매고 있"다는 표현은 생태계의 자기조절력으로 논의가 가능하다. 오장육부와 사지에 해당하는 기관을 지니며 그 역할을 달리하는 가이아로서의 생태계는 자기조직화의 재생적 창발성을 담지한다는 것이다.

이와 같이, 최승호 시에서 생태계의 다양성, 엔트로피를 통한 생성, 자기조절력 등 재생적 창발성이 도출되었다. 그는 인류가 복잡성으로서의 생태계, 즉 자기조직화의 특성을 이해할 때 인간중심주의의 자연관에서 벗어나 무위자연의 생태계에 동참할 수 있을 것으로 본 것이다.

3. 맺음말

지금까지 최승호 시를 대상으로 노장사상과 신과학의 관점을 통해 심층생태주의의 복잡성을 논의했다. 그는 인간중심주의를 생태계 파괴의 원인으로 인식하는 가운데 생태계와 생명현상에 대한 이해를 강조하는 것이다.

이 논문에서는 네스의 이론을 바탕으로, 노자와 장자, 에드워드 로렌츠, 만델브로, 슈뢰딩거, 에리히 얀치, 라이얼 왓슨 등의 이론을 통해 최승호 시를 논의했다. 그들의 사유를 토대로 곡신불사谷神不死와 미분화의 창조성, 만물제동萬物諸同과 프랙탈의 자기유사성, 무위자연無爲自然과 자기조직화의 재생적 창발성을 도출한 것이다.

먼저 최승호 시에서 생태계 내 모든 개체의 생성이 무無로부터의 생성이 아닌 미분화 상태, 혼돈으로부터의 출현으로 가능하다는 곡신불사와 미분화의 창조성이 도출되었다. 이는 허공 · 무無 · 반죽 · 여백의 이미지로서 카오스의 혼돈, 가이아의 자기조절력 등 비선형성, 비가시성, 비가역적인 특징을 암시한다. 이러한 사유가 노장사상의 곡신불사, 로렌츠의 카오스 이론을 통해 곡신불사와 미분화의 창조성으로 논의된 것이다.

이러한 사유는 만물제동과 프랙탈의 자기유사성에 관한 논의로 이어졌다. 그의 시에서 생태계 내 모든 개체의 생성과 성장, 소멸의 과정이 전체 생태계와 매 순간 합일하는 양상으로 그려진 것이다. 이러한 사유는 우주와 소우주의 대칭 구조로 분석되는가 하면 단어, 문장의 반복 등이 자기유사성으로 논의되었다. 그의 시에 나타나는 만물제동과 프랙탈, 자기유사성이 심층생태주의의 복잡성으로 논의된 것이다.

마지막으로 동 · 식물의 다양성이 무위자연과 자기조직화의 재생적 창발성을 추동한다는 사유가 추출되었다. 또한 엔트로피, 되먹임조절을 통한 항상성으로서의 자기조직화가 도출되었다. 최승호 시에서 형상화된 생태계의 모든 개체적 존재와 전체 생태계는 무위자연과 자기조직화의 재생적 창발성으로 끊임없이 생성하고 변화해 간다는 것이다.

이와 같이, 그의 시에서 도출된 세 주제, 즉 곡신불사와 미분화의 창조성, 만물제동과 프랙탈의 자기유사성, 무위자연과 자기조직화의 재생적 창발성은 생태계의 복잡성을 드러내는 특징으로 논의되었다. 생태계의 생명현상은 생성하고 성장하고 소멸하는 과정에서 물질의 이합집산이 일어나며, 이러한 과정이 혼돈으로부터의 생성. 개체의 구조를 통해 나타나는 자기유사성, 자기조직화를 통한 항상성으로 이어진다는 것이다.

그동안 최승호 시를 대상으로 진행된 생태주의의 논의는 생태계 파괴에 대한 비판과 함께 대응의 사유로서 불교적 세계관, 노장사상, 그 외의 방식으로 다양한 성과가 축적되었다. 그러나 이러한 연구의 대부분은 그의 시에 내재된 동양사상이나 정신주의 등에 치중함으로써 현실적 국면으로서의 실천성을 담보한 그의 시적 특징에 관한 논의를 간과했다. 이번 연구에서 복잡성에 대한 이해야말로 생태계 위기에 대응한 방안으로서 실천성을 담보한다고 보는 그의 사유가 노장사상과 신과학적 관점을 통해 도출된 것이다.

제4장

세계시민주의적 생태주의의 복잡성 / 하종오론

1. 들어가는 말

하종오는 이주노동자와 결혼이주여성을 본격적으로 형상화한 최초의 시인으로서,[1] 작금의 세계화(globalization)와[2] 관련하여 현대시의 영역에서 한국을 대표한다.[3] 그는 1975년 『현대문학』으로 등단한 후, 지금까지 총 19권의 시집을 상재하는 동안 자연 지향성으로부터 노년층, 노숙자, 이주노동자, 결혼이민자 등 자본주의와 관련하여 소외된 계층의 재현에 관심을 기울였다. 특히, 『국경 없는 공장』 이후에 나타나는 주제는

1) 강진구, 「다문화 시대와 한국문학 연구」, 『다문화콘텐츠연구』, 중앙대학교다문화콘텐츠연구원, 2010, 16쪽 참조.

2) 21세기 인류의 가장 중요한 화두인 세계화(globalization)는 1995년에 시작되었으며, 세계화를 주도하는 세계무역기구(W. T. O) 체제는 공산품과 농산물 및 서비스 영역까지 자유무역을 추구하고 있다. 긍정적 측면의 세계화는 경제사회적 개방성, 기술혁신, 다양한 생산물과 서비스, 정보와 문화의 풍요, 향상된 삶과 질 등으로 인식된다. 부정적인 측면으로는 지역적 생활 기반이나 전통의 말살, 부국에 대한 빈국의 경제적 · 정치적 예속, 과도한 자연착취로 인한 생태계 파괴, 문화와 일상생활의 균질화 등을 들 수 있다.

3) 류찬열, 「하종오 시에 나타난 다문화 연구」, 『다문화콘텐츠연구』, 중앙대학교다문화콘텐츠연구원, 2011, 265쪽.

세계화와 관련하여 재편되는 위계구조의 문제, 이주결혼이나 이주노동을 통해 나타나는 피해의 양상 등에 집중되어 있다. 2000년 이후 출간된 7권의 시집에서 초국적 이주자의 삶이 집중적으로 형상화된 것이다.[4)]

그의 시에 관한 연구 역시 주로 초국적 이주의 문제와 관련하여 다루어졌다.[5)] 작금의 화두인 세계화와 관련하여 자본의 논리에 대한 그의 비판적 인식은 주로 다문화,[6)] 타자성의[7)] 문제와 관련하여 논의된 것이다.

---

4) 전체에서 이주자를 다루고 있는 시집에는 『국경 없는 공장』(삶이 보이는 창, 2007), 『아시아계 한국인들』(삶이 보이는 창, 2007), 『입국자들』(산지니, 2009), 『제국』(문학동네, 2011) 4권이 있으며, 『반대쪽 천국』(문학동네, 2004), 『베드타운』(창비, 2008) 등이 있다. 『신강화학파』(창비, 2013)에서도 부분적으로 이주자를 형상화하고 있다.

5) 류찬열, 「다문화시대와 현대시의 새로운 가능성－하종오의 시를 중심으로」, 『국제어문』44, 국제어문학회, 2008.
김신정, 「다문화공간의 형성과 '이주'의 형상화 : 한국 시에 나타난 다문화의 양상」, 『국어교육연구』26, 서울대학교 국어교육연구소, 2010.
신주철, 「2000년대 한국시에 드러난 다문화주의 양상」, 『세계문학비교연구』6, 세계문학비교학회, 2009.
______, 「이산의 문학적 체험과 다문화 인식 지평의 확장 : 일제 하와 2000년대 한국현대시 작품을 중심으로」, 『한국문학이론과 비평』47, 한국문학이론과비평학회, 2010.
강정구, 「탈북이주민 문화의 시적 수용－탈북이주민 시의 개념과 특질을 중심으로」, 『외국문학연구』35, 한국외국어대학교 외국문학연구소, 2009.
강진구, 앞의 논문, 2010.
______, 「하종오 시에 나타난 다문화 연구」, 『다문화콘텐츠연구』, 중앙대학교다문화콘텐츠연구원, 2011.
박지해, 「하종오의 시 세계에 나타난 다문화성과 그 인식의 한계」, 『철학과 문화 23』, 한국외국어대학교 철학과문화연구소, 2011.
허 정, 「하종오 시에 나타난 이주민의 재현양상」, 『동남어문논집』32, 한국외국어대학교 철학과문화연구소, 2011.
김수이, 「최근 한국시에 나타난 문화다양성」, 『다문화사회연구』6－1, 숙명여자대학교 다문화통합연구소, 2013.
백지윤, 「한국현대시의 다문화 수용 양상－2000년대 이후를 중심으로」, 경희대학교 대학원 석사학위논문, 2014.

6) 다문화주의(multiculturalism)는 작금에 전세계적으로 전개되고 있는 문화 현상과 변화를 지칭하는 개념이다. 다문화주의는 2차대전 이후 등장했으며 식민지였던 제3세계 국가들이 독립하면서 양식 있는 지식인들이 국가와 인종과 종교 사이에 민주

그러나 대부분의 연구는 다문화적 실태의 재현에 초점을 둔 나머지 하종오 시에 내재된 대안의 본질을 간과했다. 초국적 이주의 재현에서 나타나는 현실 비판적 특성에 치우친 결과 그의 시에 내장된 대안의 주제를 놓친 것이다.

하종오는 신자유주의에[8] 기초를 둔 세계화의 영향으로 부의 집중이 강화되는 반면 하위주체(subaltern)의[9] 양산으로 양극화가 심화된다는 점을 문제로 인식한다.[10] 신자유주의는 국경을 초월하여 자유로운 경제활동을

주의와 인권이 차별 없이 존중되어야 한다는 점을 주장하면서 시작되었다. 세계 각국이 다문화주의를 지향하는 이유는 인간의 존엄성을 차별 없이 존중하는 인도주의, 다수의 횡포로부터 소수의 권리를 지키는 민주주의, 세계화 시대에 부합하는 문화주의로서 윤리적이면서도 현실적인 유효성을 지닌다는 데서 유발되었다.
정홍익, 「다문화 사회의 문화정책」, 『多文化 사회와 문화정책 세미나』07~08, 문화예술교육박람회자료집, 한국문화예술교육진흥원, 2007, 10~11쪽 참조.

7) 김홍진, 「이주 외국인 하위주체와 타자성에 대한 성찰－하종오의 시를 중심으로」, 『한국문예비평연구』26, 한국문예비평학회, 2008.
이기성, 「한국 현대시에 나타난 인종적 타자의 계보와 다문화적 상상력 연구」, 『민족문학사연구』44, 민족문학사학회, 2010.
허　정, 「서발턴 이론의 관점에서 본 이주민의 문학적 재현」, 『동북아문화연구』29, 동북아시아문화학회, 2011.
고봉준, 「현대시에 투영된 이방인과 다문화」, 『한국문학논총』64, 한국문학회, 2013.

8) 신자유주의는 1930년대 독일의 W. 오이켄이 창립한 이론이며, 2차 대전 후 서독에서 사회적 시장경제론으로 발전한 경제사상을 가리킨다. 신자유주의가 구체적 경제정책으로 나타난 것은 1970년대 이후이며, 1980년대 미국의 레이건 대통령의 Reaganomics에 의해 그 위력을 발휘했다. 1990년대 이후 세계화를 주도하고 있으며, 자유화 · 탈규제화 · 개방화 등을 주장한다. 신자유주의는 일부 국가의 경제발전 · 물질적 풍요 · 기술혁신 · 자원의 효율적 이용이라는 장점이 있는 반면 환경파괴 · 사회갈등 유발 · 빈부격차에 의한 범죄를 발생시키는 등 문제점을 초래했다.

9) 하위주체(subaltern)는 사전적으로 하층민을 뜻하며, 그람시의 『옥중수고』에서 쓰여진 개념이다. 그람시에 의하면 하위주체는 계급, 카스트, 성, 인종, 언어, 문화와 관련된 종속성을 지시하며, 역사에 있어서 지배/피지배 관계의 중심성을 나타내기 위해서 사용되었다. 하위 주체는 자본주의 체제에서의 프롤레타리아 계급을 포괄하면서 성적 · 인종적 · 계급적 · 문화적으로 주변부에 속하는 사람들로 자본의 논리에 희생 당하고 착취 당하는 대상을 의미한다.
안토니오 그람시, 이상훈 역, 『그람시의 옥중수고 1』, 거름, 1986, 225~227쪽 참조.

허용하지만 미숙련의 노동자나 약소국 출신의 결혼이주자는 여전히 하위계층에서 벗어나지 못한다는 점을 주목한 것이다.[11] 나아가 그의 시에 재현된 이주국적자들은 한계를 넘는 구속이나 억압의 대상으로 그려진다. 구속이나 억압이 생명을 제대로 성장하지 못하게 하는 주요 원인이라는 점을 전제할 때,[12] 이주국적자에 대한 하위계층화는 생태주의와 긴밀히 연결된다.[13]

한편, 작금의 세계는 지식과 자본, 정보와 자원, 노동의 이주 시대를 맞이하여 모든 것이 새로운 정체성으로 활성화되는 융합의 과정 속에 놓여 있다. 그 과정에서 세계는 세계화라는 확산 작용과 지방화라는 수축작용을 통해 공존과 충돌이 동시적으로 일어나는 복잡성의 국면을 연출한다.[14] 역동적인 변화와 생성을 담지하는 복잡성은 창발적 생성의 특성으로서 세계화와 관련하여 생태주의의 논의를 가능하게 하는 것이다.

이러한 논의와 관련하여, 울리히 벡의 '내적 세계화'(internal globalization)는 주목된다. 울리히 벡은 세계화가 거리를 뛰어넘는 행위와 공동생활을 내포한 대안의 개념이라고 정의한 것이다.[15] 그의 세계에 대한 인식은

---

10) "지구에는 한국을 떠나 다른 국가에서 사는 한국계 이주민들이 있고, 다른 국가에서 한국으로 살러 들어온 한국계 이주민들이 있다(… 중략 …)세계의 노동자들과 세계의 난민들이 있다."
하종오, 「自序」, 『제국』, 문학동네, 2011.

11) "어떤 외국인노동자는 한국에 도착하는 즉시 떠나야 하는 타국으로 삼지 않을까? 어떤 외국인노동자는 한국에 체류하는 동안 유랑민이 되어 버리지 않을까?(… 중략 …) 이땅에 남는 외국인노동자들은 한국인들과 함께 건강한 자본주의적 삶을 살아내야 할 것이다.
하종오, 「自序」, 『국경 없는 공장』, 삶이 보이는 창, 2007.

12) 남송우, 『생명시학 터닦기』, 부경대학교출판부, 2010, 197쪽.

13) 고현철, 「현대시와 생태학」, 『탈식민주의와 생태주의 시학』, 새미, 2005, 106쪽 참조.

14) 정정호, 「오리엔탈리즘과 "탈"식민주의」, 『문예운동』124, 문예운동사, 2014, 114쪽 참조.

15) 울리히 벡, 조만영 역, 『지구화의 길』, 거름, 2000, 49쪽.

인간이 하나의 자연이라는 사실을 환기함으로써 일자로서의 전일성을 향해 가는 합생과 상응한다. 합생은 여럿이 하나로 성장함을 의미하며, 합생에 의해서 이행이 일어나 새로운 질서가 출현한다는 것이다. 이때, 생명체든 비생명체든 세계 내의 모든 대상은 결합체(Nexus)이며 복잡성으로 구성되는 유기체를 의미한다.16)

이러한 논의를 통해 파악되는 신자유주의는 경제적 획일화로 나아가는 과정에서 융합을 통해 출현하는 생성의 의미를 내장한다. 각 지역의 문화, 생명현상은 차이를 본질로 하며, 그 차이로 인해 충돌하고 융섭하는 가운데 창발적 생성의 계기를 맞이할 수 있다는 것이다. 이러한 사항을 고려할 때, 신자유주의는 경제적 획일화와 문화적 다양성의 충돌로 인해, 다차원적인 동시에 다중심적인 특성을 갖는다는 사실을 알 수 있다.17)

한편, 울리히 벡은 세계화와 관련하여 새로운 개인의 정체성이 요구된다고 주장한다. 그의 경우 세계(cosmos)와 지역(polis)이라는 양대 공간을 동시적으로 아우르는 이중적 사회의식의 발양이 핵심적 과제가 된다. 내적 세계화는 세계와 지역의 구분을 거부하고 세계 속의 지역, 지역 속의 세계를 인식하며, 세계를 향한 개방적 의식으로서 '마음의 세계화'를 표방한다. 이러한 논의를 통해 파악되는 그의 사유는 국민으로서의 '우리'와 세계시민으로서 '우리'라는 정체성을 동시에 지녀야 한다는 뜻으로 이해할 수 있다. 세계화 시대의 개인은 세계시민(Bürger des Kosmos)이자 폴리스시민(Bürger der Polis)이라는18) 울리히 벡의 사유는 관계를 통한

---

16) A. N. 화이트헤드, 오영환 역, 「파악의 이론」, 『과정과 실재』, 민음사, 1991, 454~455쪽.

17) 울리히벡, 조만영 역, 위의 책, 168쪽.

18) 세계시민주의에 대한 이념과 가치는 고대 그리스의 디오게네스(Diogenes: B.C. 399~323)로부터 시작된다. 누군가 그에게 어느 도시 사람이라고 물었을 때 그는 "나는 세계의 시민이다(I am a citizen of the world-cosmopolitan)"라고 답했다고 한다. 이 용어가 철학적으로 체계화되기 시작한 것은 18세기부터 유럽의 주요 도시들에서

대자아로의 전환을 추동함으로써 생태주의의 가치관과 통하는 것이다.

이러한 사유는 세계화가 곧 자연현상이라는 논의로 이어진다. 생태계는 일차 자연과 이차 자연으로 나누어지며, 이차 자연이란 인간 문화 전반을 이르는 개념이기 때문이다.[19] 이러한 논의를 전제할 때, 세계화는 생명현상의 과정이며, 이주국적자들의 이동은 이차 자연에서 나타나는 창발적 생성의 계기를 의미하게 된다. 주지하다시피, 창발적 생성은 생태주의 가운데서도 복잡성의 주된 특성이다. 이주와 관련하여 출현하는 인간 사회의 확산작용과 수축작용은 생명을 더 하려고 하는 생태계의 특성으로서[20] 복잡성을 의미하는 것이다.

생태주의의 복잡성은 1970년대에 태동하여 1980년대 초반부터 활발해지면서[21] 인간과 자연, 물질과 비물질의 전일적 관계를 이해하는 생명현상의 원리로 수용되었다.[22] 신물리학의 영역에서도 생명현상의 과정에서

진행된 급격한 도시화와 당대 문화적 취향인 신고전주의(Neoclassicism)를 상징하기도 하는 말이지만 18세기 역사가들, 프랑스의 볼테르, 영국의 흄, 스코틀랜드의 로버트슨 등의 한 민족 중심의 역사 서술을 지양하고 유럽이라는 큰 틀을 중심으로 역사를 새롭게 서술하려는 태도를 상징하기도 한다. 이 용어의 철학적 의미가 완성된 것은 칸트(Lmmanuel Kant)의 1784년 저작 「세계시민적 관점에서 본 보편적 역사를 위한 안」에서인데 국제적인 평화시대와 보편적인 세계시민주의의 도래, 그리고 정치적인 자유는 물론 인간의 내면에 대한 해방을 목적으로 제시하고 있다. 1990년대 후반부터 자본주의 체제의 확대를 의미하는 세계화를 극복하려는 실천적 의미를 갖게 되었다.

Urich Beck, *Weltrisikogesellschaft*(Frankfurt am Main: Suhrkamp, 2007), pp.71~72(장준호, 「세계위험사회와 국가의 대응전략 탐색」, 『세계지역연구논총』28집 1호, 한국세계지역학회, 2010, 348쪽에서 재인용)

19) 머레이 북친, 문순홍 역, 『사회생태론의 철학』, 솔출판사, 1997, 258~259쪽 참조.

20) "더 복잡해짐으로 생명을 더하려고 하는 특성은 지상의 모든 물체에 들어 있는 아주 보편적인 현상 가운데 하나이다."

테야르 드 샤르댕, 양명수 역, 「요약과 후기」, 『인간 현상』, 한길사, 1997, 276쪽.

21) 에드워드 윌슨, 최재천 외 역, 「아드리아네의 실타래」, 『통섭』, 사이언스북스, 2005, 169쪽.

22) 1973년 노르웨이의 철학자인 아르네 네스Arne Naess가 스피노자Spinoza와 간디Gandhi, 불교의 영향을 받아 표방한 사상으로, 자연관의 근본적인 전환을 요구하는 이론적 및 실천적 지향을 의미한다. 전 단계에 진행된 환경생태주의를 '표층생

혼돈, 비평형과 불안정성 등 복잡성이 나타난다는 사실에 주목한다.23) 그러한 특성으로 인해, 생태주의의 복잡성은 현상 세계를 구성하는 상호작용, 비선형, 무질서 등 불안정한 특성에서 추출되는 긍정적인 결과에 주목한다.24) 이를 전제할 때, 이주노동자의 확산은 혼돈의 상태와 그로 인한 역동성의 생성에 대한 가능성을 담지함으로써 세계 전체의 통합과 개별성을 동시에 지향하는 복잡성으로 의미화되는 것이다.

따라서 세계시민주의와 생태주의의 복잡성은 신자유주의와 관련하여, 전자는 이차 자연으로서, 후자는 일차 자연과 이차 자연이 합쳐진 자유 자연으로서의 의미로 작동한다. 두 개념은 모두 창발적 생성의 지향이라는 지점에서 만나는 것이다.

주지하다시피, 하종오는 경제적 측면에 치중한 세계화를 비판적으로 인식한다. 그가 볼 때, 신자유주의의 흐름은 세계화를 통해 경제적 팽창을 이룬 반면 이주국적자라는 하위계층을 양산했다는 것이다. 그러나 주목되는 점은 "지구에는 한국을 떠나 다른 국가에서 사는 한국계 이주자들이 있고, 다른 국가에서 한국으로 살러 들어온 한국계 이주자들이 있다"25)는 그의 발언이다. 그는 작금의 세계화와 관련하여, 생명현상으로서 다차원적 특성에 대한 이해를 제안하며, 세계화에 내장된 생명현상의 창발적 특성을 주목하는 것이다. 그럼에도 그동안 그의 시에 나타나는 다

태주의'라 비판하면서 등장한 심층생태주의는 관계적인 전체 장의 이미지를 위해 환경 내의 인간이라는 이미지를 거부한다. 그들은 생태계 위기에 대응한 강령으로써 상호 연관성, 생물권적 평등주의, 전일성, 다양성과 공생성, 반계급, 복잡성을 부르짖는다.

와위크 폭스, 정인석 역, 「아네 네스와 디프 이콜러지의 의미」, 『트랜스퍼스널 생태학』, 대운출판, 2002, 107~163쪽 참조.

23) 프리초프 카프라, 김용정 외 역, 「흩어지는 구조」, 『생명의 그물』, 범양사출판부, 1998, 234~255쪽 참조.

24) 프리초프 카프라, 김용정 외 역, 「흩어지는 구조」, 위의 책, 234~255쪽 참조.

25) 하종오, 『제국』 自序, 문학동네, 2011.

차원적 의미로서의 '이주'는 논의되지 못했다. 그의 시에 대한 대부분의 연구는 다문화적 실태의 비판적 논의에 그친 것이다.

이러한 논의를 토대로 이 글에서는 그의 시에서 세계시민주의를 통한 생태주의의 복잡성을 도출하고자 한다. 이를 위해 그의 시세계를 초국적 이주결혼과 종속적 위계화, 초국적 이주노동과 인종적 배타성, 그에 대응한 사유로서 위계구조화의 해체와 세계시민주의의 모색, 차이의 긍정과 복잡성의 지향으로 유형화할 것이다. 여기서 초국적 이주결혼과 초국적 이주노동은 논의의 편의상 구분했으며, 초국적 이주를 표상하는 의미로 사용된다. 이와 같이, 현상과 대안의 구조로 논의하는 방식은 초국적 이주와 관련하여 막연히 다문화적 실태를 비판하거나 생명의 측면만을 강조하는 논의와 구별된다. 세계화로부터 유발된 생태계 위기에 대응하여 현실적 가치를 획득할 것이기 때문이다.

논의할 작품은 『국경 없는 공장』 이후의 작품으로 한정한다. 앞선 시기의 시들이 자연지향과 더불어 존재에 대한 성찰, 사회에 대한 비판이 혼재하는 데 비해 이 시기에 초국적 이주와 관련하여 생태주의가 내장된 작품이 집중적으로 창작되었기 때문이다.

먼저 초국적 이주결혼과 종속적 위계화에 대해 보기로 한다.

2. 초국적 이주결혼과 종속적 위계화

세계화는 신자유주의의 질서가 도래했다는 사실로 인해 개인에게도 초국적 이주의 문이 열리게 되었음을 시사한다. 세계화는 지리적으로 멀리 떨어진 국가끼리 경제적으로 상호 교류하는 가운데 각 개인에게도 경제활동의 범위와 삶터의 범위를 넓혀준 것이다. 이러한 논의는 인간의 삶이 자연현상이라는 사실과 닿는다. 이차 자연이 인간의 삶이라는 북친의 발언을 전제할 때,[26] 세계화로 인한 이주 결혼은 이차 자연의 생명현상으로서 창발적 생성의 계기를 의미하는 것이다.

이러한 논의와 관련하여, 이주여성과 결혼한 한국의 농촌남성과 결혼이주여성들의 삶은 자연현상으로 의미화된다. 따라서 그들의 삶에서 출현하는 위기는 생태계 위기의 의미를 갖는다. 한국의 남성과 결혼한 이주결혼여성들의 하위 위계화는 생태계 위기로 의미화되는 것이다.

이러한 논의를 반영하듯 최근 문학의 영역에서도 국제이주 여성과 결혼한 농촌남성과 이주여성의 피해가 다양하게 형상화된다.[27] 특히, 하종오는 이주국적자의 하위 계층화에 대한 문제를 생태계 위기로 인식하고 한국의 농촌남성과 이주여성에게 가해지는 피해의 실태를 포착하여 그의 작품에서 다양한 양상으로 재현한다. 그는 그의 시에서 신자유주의의 도래와 관련하여 위계구조화가 작동하는 한국 이주의 실상을 생태적 가치관으로 고찰하여 형상화한 것이다.

그의 시에서 이주결혼의 당사자인 한국의 농촌 남성은 한국사회에서 비주류로 하위 위계화되며 이주결혼 여성은 그 남성의 주변적 존재로 종속되는 양상을 보인다. 신자유주의의 흐름으로 인해 농촌의 남성들이 하위계층으로 전락하였을 뿐 아니라, 한국의 농촌 남성과 결혼한 이주 여성 역시 하위계층으로 위계화된다는 것이다.

---

26) 북친은 자연을 '참여적 진화로서의 자연이라고 칭한다. 그에게 자연은 종들의 자유로운 자기 선택에 의한 진화 과정 그 자체이며, 진화 과정은 유기체적이고 발전적이고 변증법적이다. 참여적 진화 과정으로서의 자연은 크게 일차 자연, 이차 자연, 자유 자연으로 나누어진다. 일차 자연은 자신의 내적인 동력에 의해 진화하고, 이 과정을 통해 이차 자연이 등장하는데, 북친이 의미하는 이차 자연이란 독특하게 발달된 인간 문화 전반, 즉 다양하게 제도화된 인간 공동체 유형들을 이르는 개념이다. 머레이 북친, 문순홍 역, 『사회생태론의 철학』, 솔출판사, 1997, 258~259쪽.

27) 김윤배, 「조선족의 노래」(2004); 김수열, 「연변 여자」(2005); 김응교, 「곽」(2005); 문성혜, 「튀기」(2006); 이하, 「탈북선 아이들」(2006) 등이다.

다음 시 「재배 하우스」에서는 이주여성과 결혼하는 과정에서 하위 위계화되는 농촌남성의 현실이 재현된다.

재배하우스 밖엔 함박눈이 내린다

'이젠 아이 낳고 싶지 않는데…'
여자가 속으로 중얼거리다가
스스로도 엉뚱한 생각이다 싶어
고개 숙이고 씁쓰레하게 웃자
남자는 멋쩍어 고개 숙이고 웃는다

재배하우스 밖엔 함박눈이 내린다

'언제 아이 만날 순 있을까?'
여자는 어린 아들을 떠올리며
고개 들곤 남자를 쳐다보고
남자는 대답을 기다리며
고개 들곤 여자를 바라본다

재배하우스 밖엔 함박눈이 내린다

여자가 북조선 떠나 떠돌다가
중국 사내에게 몸 숨기고 살았을 때
출산한 적 있는 줄 모르는 남자가
지금은 한 마을에서 이웃이 된 여자에게
청혼하고 있는 재배하우스 안에서
채소들이 향긋한 풋내를 내뿜는다

재배하우스 밖엔 함박눈이 내린다

— 「재배하우스」 전문(『입국자들』 14~15)

신자유주의가 심화될수록 한국의 농촌은 노동력의 부족과 거주자의 이탈이라는 위기 상황에 직면한다. 초국적 기업의 확산으로 인해 대부분의 농촌 젊은이들이 도시에서 직업을 구하기 때문이다. 뿐만 아니라 신자유주의는 이윤중심의 성장을 추구하기 때문에 농산물 역시 대량생산이 가능한 서구 농산물로 집중되고, 그 결과 한국의 농촌은 급속도로 피폐해졌다. 피폐해진 농촌에서 미래를 보장 받을 수 없게 된 농촌의 젊은 여성들은 도시에서 직업을 구할 뿐 아니라, 대부분의 경우 도시의 남성과 결혼하게 된다. 결국 도시에 편입되지 못한 농촌 남성들은 줄어든 농촌 미혼여성의 비율만큼 초국적 이주여성과 결혼할 수밖에 없는 처지에 놓이게 된다.

위 시에서는 이러한 현실의 부정적 측면이 암시된다. 애초에 재배하우스의 주인인 한국 남자와 그 일을 돕고 있는 탈북여성의 관계에서 초국적 이주와 관련한 이주 결혼의 폐해가 예측되는 것이다. 위 시에서 재배하우스의 주인인 한국남성은 재배하우스에서 일하는 탈북여성을 결혼 대상자로 인식한 것으로 보인다. 남자는 청혼에 대한 "대답을 기다리며" "여자를 바라"보는 것이다. 그러나 이들의 관계가 온전하게 맺어지지 않을 것이라는 징후가 포착된다. 위 시에 등장하는 탈북여성은 이미 "중국 사내"의 아이를 "출산"한 경험이 있지만, 한국 남자에게 그러한 사실을 숨긴 채 대면하고 있는 것이다.

위 시의 장면은 상대 여성에 대한 이해가 부족한 상태에서 이루어지는 이주결혼의 문제점을 시사하며, 이차 자연으로서 남성의 피해가 암시된다. 여자의 과거를 모르는 남자의 청혼을 받으면서 여자가 남자의 아이를 출산하고 싶어 하지 않는다는 시적 맥락은 이러한 논의를 가능하게 하는 것이다. 여자는 "언제" 쯤 중국에서 낳은 자신의 "아이"를 "만날" 수 있을지에 관심이 있을 뿐 정작 청혼을 해 오는 재배하우스 남성과의 미래는 염두에 없다. 여자에게 재배하우스 주인인 한국남성과의 결혼은 자신이 낳은 아이를 만나기 위한 수단에 불과한 것이다.

이러한 장면은 여성의 신분이 불분명한 경우의 위장결혼, 물질을 매개로 이루어지는 경우의 이주결혼과 관련하여 한국농촌 남성들의 하위 위계화를 상징적으로 보여준다. 신자유주의의 경제적 패러다임은 일부 계층의 부를 극단적으로 증진시킨 반면 이차 자연의 위기로 표상되는 한국농촌남성을 양산한 것이다. 한국 남성의 삶이 이차 자연이라고 볼 때, 이러한 장면은 생태계 위기의 의미로 이어진다.

다음 시 「코시안리」에서는 이주결혼한 여성을 대상으로 가해지는 종속적 위계화의 양상이 포착된다.

얼굴빛이 같다며 말이 같다며
집집마다 맞이했던 조선족 처자들이
삼 년 만에 모조리 도망쳤다

앞집 베트남댁 잘 있느냐고
뒷집 필리핀댁 잘 있느냐고
옆집 타이댁 잘 있느냐고
동네 시어머들 모여 쑤군거릴 적마다
앞집 베트남댁은 도망갈 데가 없다고
뒷집 필리핀댁은 도망갈 데가 없다고
옆집 타이댁은 도망갈 데가 없다고
동네 시어미들 곁 스치며 혼잣말했다

쌀 한 번 씻어 안치지 않은 남편들만
반찬 한 번 장만하지 않은 시어미들만
조선족 처자들에게 한국 처자같이
때맞춰서 늘상 밥상 차리기 원한 것이
때맞춰서 늘상 설거지하기 원한 것이
정말로 원인인 줄 모르고 있었을 뿐
앞집 베트남댁은 진작 알고 있었고

뒷집 필리핀댁은 진작 알고 있었고
옆집 타이댁은 진작 알고 있었다
— 「코시안리」 부분(『아시아계 한국인들』 90~91)

결혼이란 남녀의 경험 뿐 아니라 서로의 가문에 대한 풍습과 생활방식 등을 이해하는 시간과 노력을 필요로 한다. 특히, 나라와 언어가 다른 이주결혼 부부들의 경우, 더욱 다양한 노력과 지속적인 인내가 필요하다. 그러나 위 시에서 이러한 사항은 고려되지 않는다. 고국을 떠나 한국의 농촌에 이주결혼을 해 온 여성들은 한국의 농촌 사회에서 예상하지 못한 문제에 부딪치게 되는 것이다.

결혼이주여성들의 대부분은 극심한 빈곤과 실업에 시달리는 저개발국 출신들로서 계층 상승의 꿈을 안고 상대적으로 부유하다고 인식되는 한국 남성과 결혼한다. 그러나 이들은 결혼중개업체 등을 통해 결혼에 이르게 되며, 적지 않은 비용과 수수료를 부담한 남성으로부터 간택 받는 형태를 띠기 때문에 시작부터 불평등한 관계가 전제된다.[28] 이러한 과정을 거쳐 온 이주결혼 여성에게 한국 남성의 가문에서는 일방적인 한국 문화의 습득을 강요할 뿐 그들이 겪는 고통에 관심을 기울이지 않는다.

나아가 한국 사회의 가부장제는 여성을 억압함에 있어 시간과 공간을 초월한다. 아내 또는 며느리에게 "때맞춰서 늘상 밥상 차리기 원"하고 "때맞춰서 늘상 설거지하기 원"하는 상황으로 비유된 종속과 노동력을 끊임없이 요구하는 것이다. 더욱 심각한 문제는 한국 사회의 가부장제 문화가 신자유주의의 경제적 목적과 결합함으로써 더욱 심각한 위계 관계의 왜곡이 야기된다는 사실이다. 비주류로 하위 위계화된 한국의 농촌 남성과 결혼한 이주 여성은 한국의 농촌남성들에게조차 사적 부부관계의

28) 남인숙 · 장혼성, 「결혼이민여성 가족의 출신국 문화이해」, 『사회이론』, 한국사회이론학회, 2009, 8쪽.

계급화로 인해 이중적으로 하위 위계화되는 것이다.

이러한 상황은 이주결혼한 여성의 저항에 부딪치는 가운데 심각한 문제를 야기한다. 위 시에서 자본을 매개로 이주 결혼을 해 온 조선족 처녀들이 모두 도망쳐 버리는 사건은 이러한 현실을 반증한다. 앞 뒤 맥락으로 추론할 때, 그 원인은 경제와 언어, 문화의 차이에 따른 하위 위계화에서 비롯된다. 이러한 상황에 적응하지 못한 조선족 처녀들은 "얼굴빛이 같고" "말이 같"지만 이주국적자로서의 자신들에게 닥친 종속과 위계화의 현실을 거부한 것이다.

한편, "쌀 한 번 씻어 안치지 않"고 "반찬 한 번 장만하지 않은"으로 비유된 본국인들의 태도는 이주결혼여성들의 삶을 파괴하는 억압과 구속의 비유로 해석된다. 국가 간 불평등이 사적 부부관계에 영향을 미치는 가운데 한국에 온 결혼이주여성들에게 더욱 심각한 하위 위계화로 작동한다는 사실을 암시하는 것이다.[29] 이러한 상황과 관련하여 결혼이주여성을 이차 자연으로 간주할 때, 위 장면은 생태계 위기로 의미화된다. 따라서 본국인들의 인식이 전환될 때, 이차 자연으로서의 생태계가 복원의 국면으로 나아갈 수 있다는 사실을 추론할 수 있다..

다음 시 「부부」에서는 이주결혼으로 인한 위계의 문제가 한국인과 이주결혼을 한 존재에 국한된 사실이 아님을 보여준다. 경계가 와해되고 있는 아시아의 남녀들이 경제적 목적으로 한국에 와서 결혼하지만 그들 역시 내국인과 이주국적자라는 위계화의 구도에서 자유롭지 못한 것이다.

---

29) 한국 농촌 지역의 경우, 결혼 이주여성들의 불임률이 25%에 이르고, 13% 이상이 자연 유산을 경험하고 있다. 임신중절 경험자들이 주된 이유로, 농촌에서 거주하는 중국동포 이외 여성들의 7.2%가 남편의 반대를, 18.9% 혼혈아 출산 걱정을 이유로 든다는 것은 결혼이라는 의미를 넘어 종속적 위계화라는 의미를 갖는다.
보건복지부, 『국제결혼 이주여성 실태조사 및 보건 · 복지 지원 정책방안』, 미래인력연구원, 2005, 225~226쪽 참조.

북조선을 탈출한 여자와
조선족자치주에 거주하는 남자는
서로 의식주를 해결하려고
동거하였다

한마디로 남들보다
돈 없이 사는 게 지긋지긋했던
북조선 여자와 조선족 남자는
돈 많이 벌 목적으로
한국으로 가고 싶었다

북조선 여자가 먼저
탈북자 신분으로 들어와서
정착한 뒤
조선족 남자가 나중에
노동자 신분으로 들어와서
결혼하였다

합법적으로 한국 국민이 된
조선족 남자와 북조선 여자는
직장에서 견디지 못하고
직업을 구하지 못해
여전히 가난하자
각자 한국 남녀를 구하려고 이혼했다

–「부부」 전문(『입국자들』 30~31)

위 시의 등장인물은 "북조선"의 여자와 "조선족자치주"의 남성이다. 이들은 "의식주를 해결하"기 위해 국적을 넘어 "동거"한다. "지긋지긋"한 가난을 벗어나기 위하여 탈북을 감행한 북조선 여자와 "조선족 자치주에 거주하는 남자"는 서로의 만남에서 보다 풍요한 생활을 기대한 것이다. 그러나 기대는 충족되지 못한 채 빈곤을 해결하기 위해 그들은 한국으로 이주하여 "합법적으로" "한국 국민이" 된다. 그럼에도 여전히 "직업을 구하지 못"한 그들은 "각자 한국 남녀를 구하"기 위해 또 다시 "이혼"을 감행하게 된다.

더욱 심각한 문제는 향후에도 이들의 목적이 실현될 가능성이 희박하다는 점이다. 이주국적자에게 배태된 갈등의 원인은 새로운 결혼으로 극복할 수 없는 근원적 문제를 담보하기 때문이다. 따라서 한국인과의 결혼 역시 빈곤층과의 결혼으로 이어질 가능성이 크며, 그로 인해 경제적인 문제가 해결될 가능성은 희박하다.[30] 배우자를 비롯한 가족 간, 직장이나 이웃 간의 갈등이 잠재되어 있으며, 혼혈아의 출생에 대한 공포적 반응 역시 하위 위계화의 원인으로 작용할 것이기 때문이다.

이와 같이, 하종오 시에서 재현된 '이주결혼'은 한국사회에서 야기되는 종속적 위계화의 양상을 다양하게 드러낸다. 그의 시에 그려진 한국인들은 본국인들이 갖는 기득권자로서의 우월감과 이방인에 대한 불안감으로 인해 이주결혼한 남성과 여성 모두를 하위 위계화하는 것이다. 인간의 생활방식이 이차 자연을 의미한다고 볼 때, 초국적 이주 결혼한 대상들에 대한 하위 위계화는 생태계 파괴의 의미로 귀결된다. 하종오는 이주 결혼을 해 온 대상들의 하위 위계화를 생태계 위기와 연결시켜 사유한 것이다.

30) "결혼이주자들의 가구 절반 이상의 수입이 최저생계비 이하의 소득수준이라는 점을 감안할 때 경제적 양극화의 구조적인 문제로 이어져 사회통합의 심각한 문제가 될 수 있다."
남인숙 · 장흔성, 앞의 논문, 23쪽.

3. 초국적 이주노동과 인종적 배타성

세계화는 지리적으로 동떨어진 국가들이 상호 교류하는 가운데 노동과 관련해서도 각 개인에게 초국적 이주의 문이 열리게 했다. 빠르게 전개되는 노동시장의 지구화와 함께 '이주'로 인한 다민족 다인종 사회의 형성이 보편적 흐름이 된 것이다. 그러한 와중에서 미숙련의 이주노동자들 대부분은 부익부 빈익빈의 피해자로 전락한다. 세계화의 현실에서 이주노동자의 대부분은 이주한 국가에서 하위 주체로 재편되는 것이다.

이러한 논의와 관련하여, 1980년대 이후 전개되는 한국의 노동시장에서 3D 업종에 이주노동자들이 대거 유입되었다는 사실은 주목된다. 이는 초국적 이주노동자의 노동력이 한국 경제발전의 일정 부분을 담당했다는 사실을 의미한다. 그러나 한국 정부는 그들의 노동력을 경제력의 기반으로 활용한 반면 그들을 인정하기 위한 노력은 소홀히 했다.[31] 이주노동자들 대부분은 한국인들이 기피하는 3D 업종에 종사해 왔으나 그에 대한 대가는 그들의 하위 위계화로 귀결된 것이다.

한편, 한국인이 이주노동자를 하층민으로 인식하는 밑바탕에는 인종적[32] 배타성이 더 큰 원인으로 작용했음을 알 수 있다. 대부분의 한국인

---

31) 당시 한국사회의 노동인력 부족 현상은 사회 전체적으로는 인력이 넘치지만 3D 산업과 같은 일부 영역에는 일손을 구할 수 없는 이른바 '노동인력의 구조적 공백'으로 설명된다. 이는 국내의 대기업을 중심으로 이루어진 노동환경의 개선과 한국인의 교육수준의 상상 등의 원인으로 소규모 회사의 노동직에 대한 한국인의 기피 현상에서 기인한 것이다.
박경태, 『소수자와 한국사회』, 후마니타스, 2008, 71~73쪽 참조.

32) 인종은 신체적 특성에 기초해서 사회적으로 규정된 집단을 의미한다. 인종주의는 생물학적 차이가 인간의 능력을 결정한다는 믿음을 바탕으로 한다. 인종 간에 유전적 우열이 있다는 인식은 인종 간 불평등을 당연시하며 사람들 사이에 존재하는 사소한 차이를 결함으로 왜곡시키고 열등하다고 여겨지는 사람들을 인간으로 취급하지 않고 차별을 조장한다.
박경태, 『인종주의』, 책세상, 2009, 10~13쪽 참조.

은 한민족이라는 혈통 중심의 민족성을 강조하기 때문이다. 이는 그동안 강대국의 우월성에 대한 방어 기제로 작용하면서 강화되었다. 서구가 우수하고 비서구는 열등하다는 오리엔탈리즘의 내재화는[33] 한국인들로 하여금 약소국에서 온 이주노동자들을 개인 그 자체로 보기보다는 인종이나 민족적 차원으로 환원하여 하위 위계화하게 한 것이다.[34] 이러한 인식의 결과는 한국인들의 이주노동자에 대한 태도에서 배타성으로 가시화된다. 이주노동자에 대한 배타성은 이차 자연에 대한 억압의 의미를 담지한 가운데 생태계 파괴의 의미로 연결되는 것이다.

다음 시 「머리」에서는 이러한 현상과 관련한 문제를 포착할 수 있다.

> 공장장은 걸핏하면 손으로 머리를 밀었다
> 네팔리는 머리를 소중하게 여겨서
> 모자를 즐겨 쓴다는 걸
> 공장장은 잘 알면서
> 마음에 안 든다며 손으로 머리를 밀고
> 일시키면서도 손으로 머리를 밀었다
> 체류기간 지난 여권을 빼앗은
> 공장장은 돼지 주인이고
> 청년은 돼지인가?
> 네팔에선 돼지 주인이 막대기 잡고
> 등도 배도 목도 밀며 우리로 몰아 넣어도
> 돼지가 말 듣지 않는다고 머리를 후려갈기진 않았다
> 공장장은 제가 한 일이 잘못되어도

---

33) 서양에서는 동양을 친숙한 것의 변형이나 새로운 것으로 여긴다. 친숙한 것의 변형은 경멸의 대상이 되며, 새로운 것은 진기함의 기쁨을 느끼게 한다. 이러한 관점이 오리엔탈리즘의 내용이다. 이는 새로운 정보의 수용을 의미하기보다 이미 확립된 사물에 대한 서양의 관점이 동양(타자)에 의해 위협당하지 않게 통제하는 방법이다. 에드워드 사이드, 박홍규 역, 『오리엔탈리즘』, 교보문고, 1991, 106쪽 참조.

34) 허 정, 앞의 논문, 13쪽 참조.

눈 째리며 손바닥으로 뒤통수를 때리고
혀 차며 손가락으로 이마를 찌르고
소리지르며 주먹으로 정수리를 내리쳤다
청년은 무서워서 가만 있어야 했지만
머리를 모시고 다니고 싶어하는 네팔리에게는 굴욕이었다
그래도 청년은 빈손으로 네팔로 돌아갈 수 없어
공장장의 손찌검을 받으며 일했다

―「머리」 전문(『국경 없는 공장』 46~47)

세계화로 인해 이주가 지속적으로 진행되는 오늘날, 삶의 경계는 끊임없이 재구축되는 생성의 과정으로 의미화된다. 세계화의 흐름이 진행되는 혼란의 과정에서 각 개인이 생존할 수 있는 조건은 단순하게 주어지지 않는다. 세계화라는 특성상 복잡한 조건들이 뒤섞이는 가운데 새로운 질서가 출현하는 것이다.[35] 이러한 논의를 전제할 때, "빈손으로 네팔로 돌아"가지 않고 묵묵히 일하는 네팔리의 행동방식은 자국에서의 삶과 한국에서의 삶이 융합하여 새로운 생성으로 나아가는 생명현상으로 의미화된다. 경제적 세계화가 진행되는 시점에서 이주국적자들의 이동과 융합, 그로 인한 인종의 혼종화는 세계화 시대를 거쳐 새로이 질서화되는 생명현상의 특성으로 볼 수 있는 것이다.

이주자의 노동이 이차 자연으로서의 생명현상이라고 볼 때, 위 시에 등장하는 공장장이 네팔인들의 머리를 때리는 장면은 생명 파괴의 양상으로 의미화된다. 공장장은 네팔인들이 "머리를 소중하게 여겨서/모자를 즐겨 쓴다는" 사실을 알면서도 "걸핏하면" 네팔인 노동자의 머리를 "밀고" "뒤통수를 때리고" "주먹으로 정수리를 내리"치는 것이다.

한편, 공장장으로 표상된 일부 한국인들은 다른 이주노동자의 생활방

---

35) 호미 바바, 나병철 역, 『문화의 위치』, 소명출판, 2003, 170쪽 참조.

식을 한국 문화의 맥락 속에서 우려와 문제의 소지가 있는 현상으로 간주하며, 이러한 인식은 극심한 차별과 폭력으로 이어진다.[36] 위 시에서 보듯 이주노동자를 대상으로 한 착취의 과정에서 작동하는 공장장의 배타성에는 한국인의 순혈주의, 오리엔탈리즘의 내재화가 결합되어 있는 것이다. 이러한 현상 역시 이주노동자의 '이주'가 사회문화적 현상으로서 이차 자연의 활동을 의미한다고[37] 볼 때, 생태계 파괴의 의미와 연결된다.

다음 시 「악랄한 공장」에서 재현되는 불법체류자의 삶은 좀 더 극단적인 양상을 보인다.

한국 공장에 돈 벌러 갔던 청년 라흐만 씨
방글라데시 시골에 빈손으로 돌아왔다

목재공장에선 첫날부터 숙식 제공하며
봉급을 차일피일 미루더니
라흐만 씨가 거듭 조르자
불법체류자로 신고하겠다고 해서
일 년 만에 도망쳤었다

도금공장에선 첫 달치 주고나선
봉급을 이래저래 핑계되더니
라흐만 씨가 계속 요구하자
불법체류자로 신고하겠다고 해서
일 년 만에 도망쳤었다

한국 공장에서 기술을 익혀온 청년 라흐만 씨

36) 허영식, 「세계화시대의 다문화교육과 시민교육」, 『한국사회교과교육학회 학술대회』, 한국사회교과교육학회 2010, 1~11쪽 참조.
37) 머레이 북친, 문순홍 역, 앞의 책, 258~259쪽 참조.

방글라데시 시골에는 취직할 공장이 없어
다시 한국에 가려고 벼른다

— 「악랄한 공장」 전문(『입국자들』 206~207)

한국에서 이주노동자를 위한 제도적 장치가 온전하게 정비되지 못했음은 주지하는 바이다. 이러한 상황에서 비자를 발급 받지 못한 이주노동자들은 방문이나 관광을 명목으로 한국에 입국한 후 노동자가 되는 불법체류의 방식을 택하게 된다. 합법적인 과정을 거치지 못한 불법체류자의 거주는 그들에게 가해지는 억압과 그들의 반사회적 행동으로 끊임없이 문제를 야기한다.

특히, 한국의 노동현장에서 불법체류자의 고용은 기업의 구직난 해소와 맞물려 있다. 일반적으로 불법체류자의 고용은 3D 업종과 관련된다. 이러한 상황 속에서 불법체류자들은 심각한 차별 대우를 넘어 검문, 체포, 추방 등 '권리를 가질 권리' 자체를 박탈당한다. 이러한 상황은 저개발국의 미개한 인종이라는 배타성의 문제가 겹쳐지는 가운데 심각한 양상을 노정한다. '불법체류자'는 초국적 이주자 가운데서도 가장 미개한 인종을 표상함으로써 극단적 배타의 대상이 되는 것이다.

위 시 「악랄한 공장」에서는 이러한 상황이 적나라하게 재현된다. 위 시에서 "한국 공장에 돈 벌러" "왔던" "방글라데시" "청년 라프만 씨"는 일할 때마다 "빈 손으로 돌아"간다. 이유는 한국 공장주들의 불법적인 고용방식 때문이다. 첫 일터인 "목재공장에서는 첫날부터 숙식 제공하며/봉급을 차일피일 미루"더니, 봉급을 달라고 "조르자" 공장주가 "불법체류자로 신고하겠다고" 협박하여 라프만씨는 직장을 그만 두게 된다. 라프만씨가 임금을 받지 못한 채 "도망치"는 상황은 되풀이된다. "도금 공장에서도" "첫 달치 주고 나선" "이래 저래" 미루다가 "라프만씨가" 임금을 "요구하자/불법체류자로 신고하겠다고 해서" 다시 도망칠 수밖에 없게 된 것이다.

불법체류자들이 “악랄”하고 불법적인 고용주를 만나게 될 때, 한국에서 일하는 그들의 삶은 강도 높은 노동이나 낮은 임금의 차원을 넘어 극단적인 고통에 직면하게 되는 것이다.

이러한 상황과 관련하여, 이방인의 권리를 강조하는 칸트의 발언은 주목된다. 그가 말하는 이방인의 권리는 일시적인 체류자의 권리로서[38] 세계화 시대의 불법체류에 대한 논의를 환기한다. 칸트가 볼 때, 어떤 경우의 어떤 사람이든 지구상의 특정 지역에 대해 남보다 우선적인 권리를 가질 이유가 없다는 것이다.[39] 이는 어떤 경우의 어떤 사람이든 어떤 지역에서 극단적인 학대를 받을 이유가 없다는 논의로 이어지며 생태적 가치관과 만나게 된다.

하종오는 불법체류자와 관련한 인종적 배타성에 대해 칸트와 같은 입장에 서서 생태적 사유를 환기한다. 그는 신문기사의 르뽀 같은 재현의 창작 방식을 통해 불법체류자에 대한 한국 사회의 법적, 도덕적 정당성에 의문을 제기함으로써 이차 자연의 파괴를 주지시키는 것이다. 이는 일반적 정의가 야기하는 소외를 붕괴시켜 열림의 계기를 추동하는 은유로서의 의미를 획득한다. 정상적 정의가 은폐해 온 부정의의 폭로로서[40] 생태계의 복잡성에 대한 특성을 환기하는 것이다.

4. 위계구조화의 해체와 세계시민주의의 모색

울리히 벡은 세계시민주의(comopolitanism)에서 신자유주의의 부정적 현상에 대한 대안의 사유를 포착한다. 그는 네트워크의 특성을 지닌 세계

---

38) 칸트, 이한구 역, 『영원한 평화를 위하여』, 서광사, 1992, 37쪽 참조.
39) 칸트, 이한구 역, 위의 책, 같은 쪽 참조.
40) 낸시 프레이저, 김원식 역, 『지구화 시대의 정의』, 그린비, 2010, 129쪽 참조.

시민주의를 미래의 생존 전략으로 제안하는 것이다.[41] 이는 세계시민주의가 세계화 시대에 특정인의 문제가 아니라 모두에게 선취되어 있는 사회성으로 간주되어야 한다는 사실을 시사한다. 세계화 시대의 모든 개인은 이방인의 위치에서 자유롭지 못하므로 한 국가의 국민이라는 정체성과 더불어 세계공동체 속의 구성원이라는 정체성이 요구된다는 것이다.

이러한 논의와 관련하여 "세계의 시민들에게 제국諸國은 공존해야 하고 제국帝國은 부재해야 한다"[42]는 하종오의 발언은 주목된다. 그의 발언은 자국민과 외국인의 구별이 해체되고 국가 영토에 얽매이지 않는 유동적 소속을 환기한다. 그는 제국帝國에 대한 비판을 통해 선진국과 후진국의 위계 관계로부터 비롯된 우월감과 열등의식의 해체를 주문하는 것이다. 그러한 인식은 국가의 국민이라는 범주를 넘어 개인의 차이를 가치화하는 세계시민주의와 닿는다. 세계시민주의는 본국인과 이주국적자의 위계화를 비판하는 동시에 개별성에 대한 존중을 담지한다. 이러한 논의를 토대로, 이차 자연으로서의 인간을 상정할 때,[43] 세계시민주의는 생태주의와 연결된다.

다음 시 「말문」에서 화자의 태도는 세계시민주의를 통한 생태주의로 접근할 수 있는 가능성을 보여준다.

영세한 제과공장이
마을 귀퉁이에 들어섰다는 소문 들은 뒤
이따금 앉은걸음으로 밭둑 걸으며
나물 캐는 남녀 보곤 했다

---

41) Jlrich Beck, *Macht und gegenmacht im globalen Zeitalter*(Frankfurt am Main: Suhrkamp, 2009)(장준호, 앞의 논문, 344쪽에서 재인용)
42) 하종오, 「自序」, 『제국』, 문학동네, 2011.
43) 머레이 북친, 문순홍 역, 앞의 책, 258~259쪽 참조.

내가 주말이면 찾는 외딴 시골집은
밭둑으로 대문이 나 있어서
하루는 산책하러 가다가 마주치자
남녀가 먼저 싱긋 웃었다
마른 얼굴이 조금 거무스름해서
방글라데시나 네팔쯤서 온 사람들 같아서
나도 따라 싱긋 웃었다
내가 제과공장까지 갔다 오다가 마주쳐 먼저 웃자
남녀는 비닐봉지 흔들며 가다가 뒤로 감추고 따라 웃었다

왜 말 걸지 못했을까
내가 그들 말 몰랐던 탓일까
그들이 우리말 모른다고 여겼던 탓일까
같이 나눌 이야깃거리가 떠오르지 않았던 탓일까

그날 후 다시는 남녀 보지 못했다
가만 생각해 보니
나물은 끓는 물에 살짝 데쳐서
날된장과 참기름과 양념마늘 넣고 무쳐 먹으면
맛있다고 넌지시 일러만 주었어도
서로 말문 열렸겠다 싶었다

―「말문」 전문(『국경 없는 공장』 76~77)

문화적 소통 방식에서는 특정한 주류 문화가 타문화에 일방적으로 전수되거나 강요되지 않는다. 이질적인 문화일수록 서로 영향을 주고받는 가운데 새로운 문화를 창출의 과정을 도정한다. 그러나 작금의 한국 사회에서 이주자들의 문화는 조작된 위계의 내재화에 의해 이원화된다. 그들의 갈등적 위치는 한국 사회에서 그들의 문화조차 하위 위계화되는 원인으로 작용하는 것이다.[44]

위 시에서는 초국적 이주자와 내국인 사이에 발생하는 문화적 위계의 메커니즘과 이러한 상황을 문제로 인식하는 화자가 등장한다. 위 시에서 화자는 산책하는 길에 "영세한 제과공장" 근처에서 "나물 캐는 남녀"를 "보곤 했"다. 어느날, 화자가 "산책하러 가다가 마주치자/남녀가 먼저" 화자를 보고 웃는다. 화자가 보기에 그들은 "방글라데시나 네팔쯤서 온 사람들 같아" 보인다. "마른 얼굴이/조금 거무스럼"해 보이는 그들은 "비닐봉지 흔들며 가다가 뒤로 감추"면서 웃기만 한다.

"마른 얼굴이" "거무스럼해" 보인다는 사실을 근거로 방글라데시나 네팔인으로 추정하는 화자의 발언에서는 오리엔탈리즘[45]의 내재화로 인한 위계화의 사유가 포착된다. 화자의 인식에서 검은 피부색은 문화적 위계화의 근거로 작동하는 것이다. "비닐봉지를" "뒤로 감추"는 행동으로 인식되는 화자의 사고체계에서도 문화적 위계화가 감지된다. 이주국적자들에게 화자는 그들의 문화와 태도의 양식을 알지 못하는 외국인이기 때문에 그들의 행동을 '감추는'이라는 의도로 단정지을 수 없는 한계를 내장한다. 따라서 이주국적자의 행동을 일방적으로 단정하는 화자의 태도는 문화의 차이와 관련하여 위계화의 작동으로 해석이 가능한 것이다.

이러한 논의와 관련하여 생태계 위기에 대응한 사유로서 제안되는 스피노자의 코나투스[46] 개념은 주목된다. 코나투스로서 자기 실현의 확대는 위계구조화의 해체라는 의미와 상응하기 때문이다. 코나투스 상태의 인간은 세계와 그 속에 자리 잡고 있는 자기 위치를 이해하고자 하는

---

44) 김신정, 「다문화 공간의 형성과 "이주"의 형상화—한국 시에 나타난 다문화의 양상」, 『국어교육연구』, 서울대학교 국어교육연구소, 2010, 127쪽 참조.

45) 에드워드 사이드, 박홍규 역, 앞의 책, 106쪽 참조.

46) '코나투스(Conatus)'는 '~하고자 함'이라는 의미를 가지고 있으며 이는 각각의 사물이 특정한 경향성을 가지고 있음을 뜻한다. 즉, 만물이 계속 그 자체의 존재를 유지해 가려고 하는 노력을 떠받쳐 주는 기본적 동기를 말한다.
스피노자, 강영계 역, 「3부 정리 9」, 『에티카』, 서광사, 1999, 164~165쪽 참조.

욕구에 의해서 자기 위치를 세계 속의 자신으로 이해하게 된다. 이러한 논의를 전제할 때, 위 시에서 초국적 이주자를 이해하는 화자의 태도는 위계의 해체라는 의미와 닿는다.

위 시에서는 이러한 사유로 전환하는 화자의 의식이 감지된다. 화자는 "그날 후 다시는" 보이지 않는 "남녀"를 생각하며 스스로 "그들 말을 몰랐"던 자신에 대해 반성하는 태도를 보인다. 화자가 그들에게 "나물은 끓는 물에 살짝 데쳐서/날된장과 참기름과 양념마늘 넣고 무쳐 먹으면/맛있다고 넌지시 일러"주면 "말문 열"렸을지도 모른다고 아쉬워하는 태도는 이주국적자에 대한 코나투스의 작동으로 해석할 실마리를 제공하는 것이다. 위 시의 화자가 초국적 이주자를 포용하는 태도를 코나투스로 이해할 때, 이는 확장된 자기실현으로서 생태주의의 의미와 닿게 된다. 화자의 태도는 생태적 자아로의 전환으로 해석되는 것이다.

다음 시 「사전」에서는 소통의 도구인 언어를 통해 공존을 모색하는 한국인 시어머니의 태도에서 문화적 위계구조의 해체를 통해 새로운 생성의 단계로 나아가는 세계시민주의적 생태주의의 양상이 포착된다.

> 시어머니 손에 잡혀 나오면서도
> 영문을 몰랐던 며느리는
> 서점에 도착하고 나서야 알아차렸다
>
> 시집온 지 겨우 한 달
> 한국어는 말하지 못하고 알아듣지 못해도
> 베트남어는 읽을 수 있고 쓸 수 있는
> 며느리가 시어머니 손을 잡고 앞장섰다
>
> 각종 외국어 사전이 꽂힌 서가 앞에서
> 베트남어 한국어 사전을 뽑아든

며느리는 빠르게 책갈피를 넘기고
한국어 베트남어 사전을 뽑아든
시어머니는 천천히 책갈피를 넘겼다

사전 한 권씩 들고 집에 돌아온 고부는
그때부터 편해지고 마음 놓이는지
굳이 사전을 뒤적여 찾지 않아도
한국말과 베트남말로
제각각 한마디씩 해도 살림할 수 있었다

— 「사전」 전문(『입국자들』 178~179)

주지하다시피, 신자유주의가 도래하면서 한국으로 시집 온 이주결혼 여성들은 새로운 타자로 위계화된다. 이주결혼한 대부분의 여성들은 극복하기 힘든 여러가지 갈등으로 인해 하위주체로 고착화되는 것이다. 결혼 이주를 한 여성의 경우 시집 식구들과의 관계에서 나타나는 갈등의 근본적인 원인이 언어 소통의 문제임은 주지하는 바이다.[47] 소통의 도구인 언어가 원활하지 못할 때, 서로에 대한 이해로 나아갈 수 없기 때문이다.

위 시에서 "시어머니"는 본국인이자 시어머니라는 점에서 헤게모니의 주체를 표상한다. 이를 전제할 때, 시어머니가 소통을 위한 방향을 먼저 모색하는 위 시의 장면은 위계구조화의 해체라는 상징성을 담지한다. 한국인인 "시어머니"는 "시집온 지 겨우 한 달" 된 "베트남" "며느리"의 손을 잡고 서점에 간 것이다. 헤게모니의 주체가 시어머니라는 점을 전제할 때, 이러한 장면은 시어머니로 표상된 한국인의 자아가 생태적 가치관으로 전환되는 과정으로 의미화된다.

따라서 시어머니의 환대에 호응하여 한국어를 이해하려는 베트남 며느리의 태도는 하위 주체화에서 벗어나 세계시민의 정체성으로 전환하는

47) 유성호, 「다문화와 한국 현대시」, 배달말 49, 배달말학회, 2011, 126쪽.

하위주체의 행동방식을 의미하게 된다. 그들이 서점에서 "한국어 사전"과 "베트남어 사전"을 뽑아들고 책갈피를 넘기는 행위는 세계시민주의의 실현과 동시에 위계구조화가 해체된 세계시민주의적 생태주의의 구현으로 해석할 수 있는 것이다.

다음 시 「목욕탕에서」도 세계시민주의적 생태주의로 전환하는 화자의 인식이 포착된다.

내가 거울 앞에 앉아 때를 밀 때
신체 건장한 세 사나이가
온탕에서 큰소리로 떠드는데
전혀 알아들을 수 없었다
내가 그 옆에 들어가서야
세 사나이가 중국말을 한다는 걸 알았다
내 몸이 따스해지고 있으니
저들은 이미 몸이 따스해졌겠지
한 사나이가 어감이 다른 한국말로 말을 걸어 왔다
핸드폰을 고치려면 어디로 가야 합네까
읍내에 가면 고치는 가게가 있을 거예요
나는 조선족이냐고 물으려다가 중국동포냐고 물었다
그는 고개를 끄덕이고는
다시 두 사나이와 중국말로 시끄럽게 지껄였다
나는 예의가 없다고 생각하며 남탕을 나왔는데
여탕에서 나온 아내가
목욕 마친 태국처녀애들이 옷도 안 입고
탈의실에서 태국말로 왁자지껄한다면서
도통 예의가 없더라고 불평했다
몸이 따스해졌기 때문일 거야
어쩌면 그 나라에선 목욕 후에 다 그럴지도 모르잖아
강화도에 살면서 자주 다니는 목욕탕에서

수다 떠는 외국인노동자들과 같이 목욕한 날은
아내와 나도 말이 많아지곤 했다
—「목욕탕에서」 전문(『신강화학파』 98~99)

세계화와 관련하여, 세계 내의 각 개인은 세계라는 공동체에 속해 있음을 인식할 필요가 있다고 주장하는 킴리카의 발언은[48] 생태주의의 관점에서 시사하는 바가 크다. 세계의 개인들이 서로를 하나의 시민으로 인식할 때, 공유된 일체감은 서로에게 요구하는 신뢰 관계와 연대성, 그리고 자유주의적 의무를 유지하게 한다는 점에서 생태주의와 연관되는 것이다. 이러한 논의는 세계시민주의를 지향할 때, 세계화의 과정에서 나타나는 이주 국적자와 자국민과의 연대가 새로운 생성의 단계로 발전할 수 있다는 사실을 시사한다.

위 시에서는 이러한 상황 자체가 비유되어 있다. 위 시의 화자는 남탕에서 "신체 건장한 세 사나이"들이 "중국말"을 하며 "떠드"는 장면을 보게 된다. 화자는 애초에 그들이 "예의가 없다고 생각하며 남탕을 나"온다. 이주노동자들로 추정되는 사나이들의 발언은 의미를 갖지 못한 채 "소리"로 흩어지고 만 것이다. "중국동포"인지 "조선족"인지 분간되지 않는 그들을 건성으로 대하는 화자의 태도로 짐작할 때, 이들의 관계는 헤게모니가 작동하는 본국인과 이주국적자의 알레고리로 해석이 가능하다. "여탕에서 나온" 그의 "아내" 역시 "목욕"을 "마친 태국처녀애들이 옷도 안 입고/탈의실에서 태국말로 왁자지껄" 떠드는 행위를 비난한다. 화자와 아내는 본국인을 표상하며 목욕탕의 남녀는 이주국적자로서 한국인의 하위주체를 상징하는 것이다.

그러나 화자의 인식은 그들의 "몸이 따스해졌기 때문"이라는 전환의 국면으로 나아간다. 서로의 문화가 충돌하는 순간이 지나 낯선 행위와 기존의

48) 윌 킴리카, 장동진 외 역, 『현대 정치철학의 이해』, 동명사, 2008, 354쪽 참조.

가치관이 습합하는 생성의 국면이 창출된 것이다. 나아가, "그 나라에선 목욕 후에 다 그럴지도 모"른다는 화자의 태도는 이주국적자를 포용하여 생태주의의 가치관으로 전환한 코나투스 상태로서의 의미를 갖게 된다. 이주국적자들과 경계가 무화되어 "몸이 따스해"진 사실을 인지한 화자는 위계구조의 해체를 추동하는 생태주의자로 의미화되는 것이다.

5. 차이의 긍정과 생태주의의 복잡성

사회경제적 정의를 기준으로 삼는 신자유주의의 생활방식은 인간의 삶과 관련한 경제적 비용에 관심을 두기 때문에 인간의 근원적 행복과 관련하여 차이의 긍정, 즉 자연의 본질에 대한 이해와 가치를 놓치기 쉽다.[49] 이는 인간이 음식물과 공기와 빛 등 자연으로 산다고 말하며, 차이에 대한 긍정이야말로 분리된 존재의 원초적 삶과 상응한다고 말하는 레비나스의 발언을 환기한다.[50]

레비나스의 발언은 한국에 온 이주국적자들이 한국인들에 의해 대상화되고 배타된다는 사실과 관련하여 주목된다. 신자유주의의 영향은 인간으로서의 자연, 즉 이차 자연의 본질에 대한 이해를 외면한 것이다. 한국에서 경제 주체인 한국인은 이주국적자들의 노동력을 선택할 뿐 그들의 삶 자체에 관심을 두지 않는다. 이러한 상황은 사회생태주의자 북친의 발언을 환기한다. 북친은 『시장 경제인가 아니면 도덕 경제인가』를 통해 시장 경제체제가 인간과 인간 간, 인간과 자연 간의 도덕성을 상실케

49) 권혁범, 「무엇이 생태지향적인 사고를 가로막는가」, 『민족주의의 발전과 환상』, 솔, 2000, 253쪽.

50) Emmanuel Lévinas, *Totalité et Infini*, Martinus Nijgoff, 1974, P.82(문성원, 「로컬리티와 타자」, 『시대와 철학』21권 2호, 2010, 178쪽 참조).

했음을 지적한 것이다.[51] 북친의 발언에서도 신자유주의의 시장경제체제는 인간과 인간, 인간과 자연을 하위 위계화하고 생명현상을 파괴하는 원인이 되는 체제임을 알 수 있다.

그들의 발언을 통해볼 때, 신자유주의에 대응한 대안적 가치로서 차이에 대한 이해가 요청된다는 사실을 알 수 있다. 세계 내의 생명체라면 언제 어느 장소에서나 생명체로서 차이가 인정되어야 한다는 것이다. 작금의 세계화는 자연현상이며,[52] 초국적 이주는 창발적 현상으로 진화해가는 자연현상이자 생명현상의 한 양상이기 때문이다.

이러한 논의를 전제할 때, 하종오의 시에서 주장하는 바는 이주국적자를 비롯한 모든 사람에게 생태계 내 한 생명체로서 생태계 전체, 즉 모든 지역에서 거주할 수 있는 권리가 허용되어야 한다는 사실이다. 작금의 세계화와 관련하여 생태공동체로서의 가치관이 요청되는 것이다.

다음 시 「야외 공동식사」에서는 세계 내 모든 개인이 개체적 생명으로서 상호의존 관계에 놓여 있다는 사유가 포착된다.

체육대회 하는 동남아인 노동자들이
운동장 가 백양나무들 아래 자리 펴고 앉아
점심을 맛있게 먹었다
모국에선 늘 배가 고팠으므로
한국에서 식사할 때
비에트나미즈는 천천히 먹고
필리피노는 빨리 먹고
네팔리는 한 번에 많이 먹고
타이랜더는 한 번 더 먹고
미얀마리즈는 골고루 먹고

51) 머레이 북친, 문순홍 역, 앞의 책, 234쪽 참조.
52) 머레이 북친, 문순홍 역, 위의 책, 258~259쪽 참조.

스리랑칸은 편식했다
일본에서 수입된 휴대용 버너에
미국에서 수입된 쇠고기를 구워
중국에서 수입된 나무젓가락으로 집어
한 입 씹는 동안
동남아인 노동자들은 제각각 다른 공장에서
일본으로 수출되는 건어물 포장하는 자신을 잊고
미국으로 수출되는 과일 통조림 만드는 자신을 잊고
중국으로 수출되는 과자 굽는 자신을 잊었다
이렇게 모여 놓고 함께 끼니 들며
나어린 어머니들은 갓난아기들에게 우유를 먹이고
나든 어머니들은 어린아이들에게 김밥을 먹였다
혼자서 먹으면서도 여럿이 먹는 성찬이었다
백양나무들이 운동장 가운데로 그늘을 넓게 퍼뜨렸다

—「야외 공동식사」 전문(『국경 없는 공장』 12~13)

위 시 「야외 공동식사」에서 재현된 풍경은 초국적 이주자들이 공동체육대회를 하는 날이다. 그들은 체육대회를 하던 중 "운동장 가 백양나무" "아래 자리 펴고 앉아/점심을" 먹는다. 이때, 그들이 점심을 먹는 형태는 다양한 양상으로 그려진다. "비에트나미즈는 천천히 먹고/필리피노는 빨리 먹고/네팔리는 한 번에 많이 먹고" "스리랑칸은 편식"하는 것이다. 이러한 장면에서 나타나는 음식 문화의 차이는 생명현상과 관련하여 창발적 생성의 계기를 암시한다.[53] 구속이나 억압이 생명을 제대로 성장하지 못하게 한다는 사실을 전제할 때, 위 장면에서 포착되는 차이에 대한 긍정은 획일화에 대응한 창발적 생성의 계기로 의미화되는 것이다.

그들은 또한 "일본에서 수입된 휴대용 버너에/미국에서 수입된 쇠고기

53) 김이선 외, 『여성결혼이민자의 문화적 갈등 경험과 소통증진을 위한 정책과제』, 한국여성개발원, 2006, 85쪽 참조.

를 구워/중국에서 수입된 나무젓가락으로 집어/먹는다". 이러한 장면의 재현에서도 다양한 차이에 대한 긍정적 인식이 포착된다. 이때 나타나는 문화의 차이는 상품의 순환을 가능하게 하는 여건으로 볼 수 있다. 세계화 시대에 다양한 소비형태가 다양한 생산의 바탕을 마련할 수 있다고 본다면 문화적 차이야말로 생명현상을 견인하는 창발적 생성의 계기가 된다는 것이다.[54]

나아가 "씹는 동안/동남아인 노동자들은 제각각 다른 고향에서/일본으로 수출되는 건어물 포장하는 자신을 잊고/미국으로 수출되는 과일 통조림 만드는 자신을 잊고/중국으로 수출되는 과자 굽는 자신을 잊"는다고 표현된다. 이는 생산국과 제조국과 소비국이 다른 가운데 가능해지는 세계화 시대의 생존방식으로 해석이 가능하다. 세계화 시대에 각 개인은 어디에서든 차이가 차별로 되지 않고 각자의 고유성이 발휘되면서도 전체와의 조화를 지향할 때, 창발적 생성의 계기를 맞이할 수 있다는 것이다.

화자는 또한 "함께 끼니 들며" "혼자서 먹"고 있지만 "여럿이 먹"었기 때문에 "성찬"이 될 수 있다는 사실을 간과하지 않는다. 여기서 "먹"는다는 사실은 생명현상을 의미하며, 여럿이 먹음으로써 이질적이며 다양한 현상들이 서로 연접하는 복잡성의 상황을 암시한다. 이는 한 개체가 다른 개체들과 함께 일자로서의 자기 자신을 구성해가는 합생으로 의미화된다.[55] 생명현상의 과정은 끊임없이 상호작용하는 과정에서 차이가 출현하며, 그 차이로 인해 충돌하게 되지만 그로 인해 새로운 생성의 단계로

---

54) 생태계는 유기체적 특성을 지니기 때문에 새로움이 창조되려면 복잡성과 질서가 질적으로 증가되는 창발성 속에 있어야 한다.
프리초프 카프라, 김용정 외 역, 앞의 책, 299쪽 참조.

55) 합생은 여럿이 하나로 성장함을 의미하며, 합생에 의해서 이행이 일어나 새로운 질서가 생겨난다. 생명체나 비생명체나 모든 것은 결합체(nexus)이며 복잡성으로 구성되는 유기체를 의미한다.
A. N. 화이트헤드, 오영환 역, 「파악의 이론」, 위의 책, 454~455쪽 참조.

나아갈 수 있다는 것이다.[56)]

다음 시 「밴드와 막춤」에서는 이질적 문화의 충돌에서 새로운 문화가 생성하는 현상이 비유되어 있다.

동남아에서 한국에 취업 온
청년 넷이 밴드를 만들어 연습하다가
저녁 무렵 도심 지하보도에서
처음 한국인들에게 들려주기 위해
공연 준비를 마치자
노인네들이 몰려와 둘러섰다

기타는 스리랑칸 베이스는 비에트나미즈
드럼은 캄보디안 신시사이저는 필리피노
허름한 옷차림을 한 연주자들은
낡은 악기로 로큰롤을 연주했다

노인 한 분 나와서 몸 흔들어대자
다른 노인 한 분 나와서 몸 흔들어댔다
노파 한 분 나와서 몸흔들어대자
다른 노파 한 분 나와서 몸 흔들어댔다
막춤을 신나게 추던 노인네들은
연주자들이 브루스를 연주하기 시작하자
잠시 어떨떨해하다가
노인 한 분과 노파 한 분
다른 노인 한 분과 다른 노파 한 분
양손으로 살포시 껴안고
양발로는 엇박자가 나도 돌았다

56) 질 들뢰즈, 김상환 역, 『차이와 반복』, 민음사, 2004, 182쪽.

미소 짓던 동남아 청년 넷은
저마다 고국에 계신 노부모님에게
이런 자리를 마련해준 적 없었다 싶으니
더 정성껏 연주하고
노인네들은 저마다 자식들이
이런 자리를 마련해 준 적 없었다 싶으니
더 정성껏 연주하고
노인네들은 저마다 자식들이
이런 자리를 마련해 준 적 없었다 싶으니
더 흥겹게 춤을 추었다

—「밴드와 막춤」 전문(『입국자들』 128~129)

위 시 「밴드와 막춤」에서 이주노동자 넷은 한국인들에게 보여주기 위해 붐비는 도심 지하보도에서 "낡은 악기로 로큰롤을 연주"한다. "동남아 청년"들은 스리랑카, 베트남, 캄보디아, 필리핀 등 국적을 달리하지만 음악으로 소통하는 것이다. 그들의 공연은 한국의 소외계층인 노년층과의 어울림으로 이어진다는 데서 새로운 의의를 확보한다. 이는 자국인과 이주 국적자의 경계를 넘어 또 다른 소외 계층끼리의 생성이라는 의미를 창출한다. 위 시에서 이주노동자들과 "노인들"의 문화적 차이에 대한 긍정은 기존의 문화적 우월성을 탈신성화하며 새롭게 구성된 특수성, 즉 소수자적 위치 내에서의 역동적인 문화를 의미하는 것이다.57)

이는 세계의 문화적 차이가 얽혀 창발적 생성의 계기로 나아간다는 사실로서 생태주의의 복잡성으로 해석할 여지를 허용한다. 한국에서 새로운 소외계층으로 떠오른 이주노동자들이 한국의 또 다른 소외계층인 노년층과 문화적으로 소통하는 방식은 차이를 통해 새로운 질서의 생성을 출현시킴으로써 복잡성의 양상을 노정한다는 사실을 의미한다. 세계 속에

---

57) 호미 바바, 나병철 역, 「새로운 것이 세계 속에 틈입하는 방법」, 앞의 책, 433쪽.

속해 있다는 세계시민으로서의 차이와 협동, 연대는 이차 자연의 생명현상을 촉발하는 계기로 의미화되는 것이다.58)

다음 시 「분수」에서도 세계시민주의를 통한 생태주의의 복잡성이 포착된다.

변두리 지하철역 근처 새로 조성된
공원에 분수대가 만들어져 있었다
물줄기가 솟구쳤다가 떨어지고
아이들이 들어가
그 물보라 받고 있었다
나는 구경하며 천천히 걸어가다가
어느 지점에서 무지개 쳐다보았다
흩어지는 물방울과 내리비치는 햇빛이 부딪치는
위치가 시시각각 다르고
그때마다 또 다른 공중으로 무지개가 옮겨가도록
아이들이 물장난 쳐 바꾸고 있었다
나는 재미있어서 공원길 왔다 갔다 하는데
아이들 속에서 피부색 다른
한 아이가 섞여서 잘 놀고 있었다
무지개가 더는 뜨지 않는 해질녘
동남아인 어머니가 와서 데리고 가고
아이들도 흩어져 떠났다
분수가 꺼질 때까지
나는 공원에서 떠나지 못하고
그 모든 아이들이 무지개 쳐다보며
같이 놀았을 성싶어 들떠 있었다

―「분수」 전문(『아시아계 한국인들』 24~25)

58) 머레이 북친, 문순홍 역, 앞의 책, 258~259쪽 참조.

위 시에서 화자는 "새로 조성된/공원"에서 "분수대"를 보고 있다. 분수의 "물줄기"는 "솟구쳤다가 떨어지"면서 "흩어"진다. 동시에 그 물줄기는 다시 "내리비치는 햇빛"과 "부딪"쳐 새로운 "물보라"를 생성한다. 이때, 화자는 그 햇살과 부딪치는 물보라의 "위치가 시시각각 다르"다는 사실에 주목한다. 이는 우주의 삼라만상이 서로 융합해 작용하는 가운데 무한히 생성함을 비유함으로써 상즉상입相卽相入을 강조하는 생태주의의 복잡성으로 논의가 가능해진다. 모든 개체는 상호 조응하는 가운데 차이가 출현하며, 그 차이로 인해 새로운 질서가 창출된다는 것이다.

이러한 사유는 뛰어노는 아이들의 피부색에 대한 인식에서도 나타난다. 화자는 뛰어노는 "아이들" 가운데 "피부색 다른/한 아이가 섞여" 놀고 있다는 사실을 예사로 보지 않는다. 화자의 인식에서 "흩어지는 물방울과 내리비치는 햇빛", "부딪치는/위치가 시시각각 다"른 햇빛은 다른 아이들과 상즉상입相卽相入하며 어울리는 "피부색 다른" 아이와 병치된다. 일반적인 관점으로 볼 때, 한국인들의 코시안에 대한 인식은 부정적이지만 "무지개"를 보며 "들떠 있었다"는 발언에서 차이에 대한 긍정의 사유가 포착되는 것이다.

이러한 비유는 세계화와 관련하여 차이를 통한 창발적 생성으로 의미화된다. 인간과 인간, 인간과 자연 간에 발생하는 차이는 혼돈을 야기하지만 그러한 가운데 새로운 단계로 나아갈 수 있다는 사실은 주지하는 바이다. 세계화가 진행될수록 세계의 어떤 것도 그것이 존재하기 위해서 다른 어떠한 것에 의존하지 않을 수 없으며, 그러한 상태에서 출현하는 차이로 인해 새로운 질서가 창출된다는 것이다.

이와 같이, 하종오는 위 시에서 이주자들의 문화적 차이를 긍정하며, 유기적 관계를 강조한다. 그는 본국인과 이주국적자라는 구분의 위계화가 새로운 갈등을 야기한다는 점을 인식하는 한편, 그러한 갈등을 개선할 때, 새로운 질서가 창출될 수 있다는 사실에 주목하는 것이다. 이러한 사유는 각 개인의 생명현상이라는 점에서 생태주의의 지향성으로 의미화되는 동시에 차이의 긍정을 담지함으로써 복잡성의 의미를 창출한다.

다음 시 「신강화학파의 햇빛과 바람」에서도 세계시민주의를 통한 생태주의의 복잡성이 포착된다.

신강화학파에 들어오라는 말을 들은 나는
두운리 포장지공장에서 일하는 태국인도
도장리 싱크대 공장에서 일하는 중국인도
장흥리 축산농장에서 일하는 네팔인도
받아들여 같이 놀자고 제안했다
강화 주민들만 모아 무슨 일을 벌이는 건
시절에 어울리지 않는 짓거리이며
이방인들과도 어떻게 놀건지
궁리해야 무슨 일이든 더 잘된다고 설명했다
강화에 와서 내가 왜 끝없이
햇빛을 받는지 바람을 맞는지 아느냐고
신강화학파를 향해 질문하고는
태국인도 중국인도 네팔인도 끝없이
햇빛을 받고 바람을 맞기 때문이라고
나 자신을 향해 대답했다
같이 논다는 건
햇빛을 같이 받고 바람을 같이 맞는 것과 같은 것이다
내 말소리를 알아들은 신강화학파 중에서
태국 수상시장에 관광 갔다 온 주민들은
같이 해안도로를 걷자고 하고
중국 만리장성 여행 갔다 온 주민들은
같이 돈대를 구경 다니자고 하고
네팔에 트레킹하러 갔다 온 주민들은
같이 마니산을 등산하자고 했다
이방인들과 그렇게 노는 것이

강호에서만 득시글거리는 햇빛도 같이 받고
강화에서만 잉잉거리는 바람도 같이 맞는 것이라고 했다
이런 강화 주민들로 신강화학파가 이루어져 있다면
두운리 포장지공장에서 일하는 태국인도
도장리 싱크대 공장에서 일하는 중국인도
장흥리 축산농장에서 일하는 네팔인도
끝없이 햇빛을 같이 받을 것이고 바람을 같이 맞을 것이므로
나도 신강화학파에 들어갈 수 있겠다

—「신강화학파의 햇빛과 바람」 전문(『신강화학파』 100~101)

위 시 「신강화학파의 햇빛과 바람」에서 이주국적자에 대한 화자의 인식은 생태주의의 복잡성과 연결된다. 위 시에서 화자는 강화도에 이사해서 "강화 주민들"과 어울리는 가운데 그들로부터 "신강화학파에 들어오라는 말을" 듣게 된다. 이때, 그는 "두운리 포장지공장에서 일하는 태국인"과 "중국인" "장흥리 축산농장에서 일하는 네팔인도/받아들여 같이 놀자고 제안"한다. 화자는 "강화 주민들만 모아 무슨 일을 벌이는 건/시절에 어울리지 않는 짓거리이며/이방인들과도 어떻게 놀건지/궁리해야 무슨 일이든 더 잘" 될 것으로 인식한 것이다. 이러한 발언에서 세계화와 관련하여 다양한 문화적 차이가 충돌할 때 가능해지는 창발적 생성의 의미가 도출된다.

나아가, 화자는 "이방인들과도 어떻게 놀건지/궁리해야" 하는 이유를 "태국인도 중국인도 네팔인도 끝없이/햇빛을 받고 바람을 맞기 때문이라"고 말한다. 이러한 발언은 세계 내 모든 개인, 즉 세계시민은 생태계의 구성원이라는 사실을 환기한다. 세계시민은 누구든 자연을 공유하고 있는 구성원으로서 생태적 존재라는 것이다. 이는 생명이란 하나이면서 여럿인 존재만 있을 뿐, 하나 또는 여럿은 추상화의 오류에 지나지 않는다는 화이트헤드의 발언과 상응한다.[59] 세계, 즉 생태계에서 한 개인은

자신인 동시에 세계 전체로서 자연이라는 것이다.60)

이와 같이, 하종오의 시에서는 세계화의 도래라는 시점에서 세계의 각 개인은 한 국가의 국민인 동시에 세계시민이며 생태계의 생명체라는 점이 강조되어 있다. 그가 볼 때, 세계화 시대의 각 개인은 한 국가의 국민인 동시에 세계시민으로서 한 인간이며, 동시에 생태계 속의 한 생명이기 때문에 다차원적 정체성을 가져야 한다는 것이다.

6. 맺음말

지금까지 하종오 시를 대상으로 세계시민주의를 통한 생태주의의 복잡성을 논의했다. 그 결과 그의 사유는 신자유주의의 도래와 관련하여 하위 위계화되는 존재들에 대한 위기 의식과 그에 대한 대안의 지향으로 파악되었다.

이 글에서는 이러한 논의를 위해 울리히 벡, 킴리카, 벤하비브, 호미 바바의 세계시민성, 머레이 북친의 생태주의적 사유를 논의의 틀로 삼았다. 이들의 이론을 바탕으로 하종오 시편에 재현된 이주 국적자들의 실상을 논의하되, 그의 시에 내장된 대안의 사유를 도출했다. 초국적 이주결혼과 종속적 위계화, 초국적 이주노동과 인종적 배타성의 논의와 함께 위계 구조화의 해체와 세계시민주의의 모색, 차이의 긍정을 통한 복잡성의 지향을 현상과 대안의 구조로 유형화하여 논의한 것이다.

먼저 초국적 이주와 관련하여 한국인 사용자의 배타성으로 야기되는 이주노동자의 소외, 한국 남성과 이주결혼여성 간에 발생하는 위계화의

---

59) A. N. 화이트헤드, 오영환 역, 앞의 책, 742쪽 참조.
60) 세일라 벤하비브, 이상훈 역, 「환대에 관하여」, 앞의 책, 54~55쪽 참조.

실상과 그로 인한 문제점에 대해 고찰했다. 이러한 과정에서 위계의 관계에서 야기되는 이주국적자의 대상화가 논의되었으며 자국민과 초국적 이주자 간에 야기되는 인종적 배타성이 생태계 파괴로 이어진다는 주제가 도출되었다. 그는 본국인에 의해 위계화되고 배타되는 초국적 이주자의 실상을 생태계 위기로 인식하고 이를 재현한 것이다.

그의 시에서는 또한 차이의 긍정을 통한 생태주의의 복잡성이 신자유주의에 대한 대안의 사유로 도출되었다. 그는 그의 시에서 이주국적자든 내국인이든 현재를 살아가는 인간은 한 국가의 국민인 동시에 세계 내의 개인이며, 생태계 속의 생명체라는 점을 강조한다. 이러한 논의를 통해 드러나는 주제는 각 개인은 모두가 개체적 존재로서 차이를 담지한 국민이자 세계시민이며, 생태계의 생명체라는 점을 인식하고 서로 존중하고 존중 받을 때, 창발적 생성으로 나아갈 수 있다는 것이다.

이와 같이, 하종오 시에서 재현된 생태주의는 신자유주의의 도래와 관련하여, 하위 위계화되는 이주국적자들의 생태적 위기와 그에 대한 대안의식에 집중되어 있다. 시인은 초국적 이주자들의 실상을 재현하여 그들이 한 국가의 국민인 동시에 세계 속의 한 개인으로서 사회적 존재이며, 생태계 속의 생명체임을 강조한 것이다.

제2부

생태주의 시의 다양한 스펙트럼

제1장

이상국 시에 나타난 생태주의적 양상 / 이상국론

제2장

고진하 시에 나타난 만유재신론적 생태주의 / 고진하론

제3장

고진하의 후기시에 나타난 기독교사상의 심층생태주의 / 고진하론

제4장

모성성을 통한 생태여성주의적 양상 / 김선우론

제1장

이상국 시에 나타난 생태주의적 양상 / 이상국론

1. 이상국 시인과 생태주의

이상국[1)]은 등단한 이후에도 설악산 언저리에서 머물며 주로 농 · 어촌 현실과 자연현상의 다양한 변화 양상을 노래했다. 그의 시 가운데 두드러지는 내용은 농 · 어촌을 중심으로 자연생태계 내에 깃든 동 · 식물의 생명 현상, 자신의 삶 터 주변에서 되풀이되는 자연현상의 생성과 소멸, 자연으로서의 자신과 이웃 간에 일어나는 일상들이다. 또 다른 주제는 상위 계급과 하위 계급의 갈등으로 야기되는 인간 소외, 농 · 어촌과 도시의

1) 이상국(1946~)은 강원도에서 태어나, 소농민이던 부모를 따라 어려서부터 농사일을 거들며 성장했다. 1966년 고교졸업 직후부터 습작을 하다 1971년 ≪강원일보≫ 신춘문예에 당선한 이후 1976년 ≪심상≫ 신인상을 타면서 중앙문단으로 진출했다. ≪심상≫ 출신인 조정권, 김성춘, 이언빈 등과 함께 ≪신감각≫ 동인으로 활동하는 가운데, 첫 시집 『동해별곡(1985)』을 발간하고 이어서 『내일로 가는 소(1989)』, 『우리는 읍으로 간다(1991)』, 『집은 아직 따뜻하다(1999)』, 『어느 농사꾼의 별에서(2005)』를 차례로 간행했다. 다섯 권의 시집에 상재된 시들의 주제는 주로 농촌에서 살아가는 농민으로서의 삶, 인간과 자연의 관계에 집중되어 있다. 심상 신인상, 1999년 제1회 백석 문학상, 민족예술상, 유심작품상, 6회 불교문예작품상, 24회 지용문학상을 수상했다.

위계 구조로 인한 지역 간의 갈등, 자본주의 경제체제로 인한 생태계 파괴 등으로 요약할 수 있다. 시인은 농 · 어촌에서 살았던 자신의 실제 생활과 관련해 지배종속의 구조로부터 야기되는 갈등, 자연과 인간의 관계에 대한 관심을 작품으로 형상화한 것이다.

지금까지 이루어진 이상국 시에 관한 연구를 형식과 주제의 측면으로 나누면, 형식적 측면의 연구는 구어체, 지역 지명의 제재화, 깔끔한 조탁 등으로 정리되며,[2] 주제의 측면은 분단 문제, 인간관계의 따뜻한 정서, 서정성이 가미된 리얼리즘, 농촌 공동체에 대한 사랑,[3] 생태주의[4] 등으로 구분된다. 이러한 논의는 대부분 지엽적 내용에 치우치는 가운데 이미지나 기법에 집중되는 경향을 보인다. 또한 향토성이나 일상생활의 측면에 초점을 둔 나머지 그의 독자적이고 변별되는 시적 성취에 대한 고찰은 부족하다고 할 수 있다. 이 글에서는 이러한 점을 염두에 두고 이상국 시를

---

2) 서정학, 「대립적 공간의 시적 형상화」, 『심상』, 심상사, 1992. 9.
손진은, 「환상적인, 되돌아가야 할 「별」의 자리」, 『현대시학』, 현대시학사, 2001. 2.
신경림, 「소의 시에서 탈속의 시로」, 『신경림의 시인을 찾아서2』, 우리교육, 2004.

3) 신경림, 「버려진 것, 비천한 것들의 시」, 『창작과 비평』, 창작과 비평사, 1990. 여름호.
신경림, 「제1회 백석문학상 심사평」, 『창작과 비평』, 창작과 비평사, 1999. 여름호.
신경림, 「이상국론」, 『시와 생명』, 시와 생명사, 1999. 가을호.
민 영, 「피폐해진 고향에 대한 哀歌」, 『우리는 읍으로 간다』, 창작과 비평사, 1992.
백낙청, 「제1회 백석문학상 심사평」, 『창작과 비평』, 창작과 비평사, 1999. 여름호.
이은봉, 「천의 얼굴을 가진 하나의 현실」, 『내일로 가는 소』, 동광출판사, 1989.
박정선, 「집으로 가는 길」, 『유심』, 만해사상선양회, 2003. 봄호.
이지엽, 「낫날보다 푸른, 따뜻한」, 『21세기 한국의 시학』, 책만드는집, 2002.
임규찬, 「소처럼 선림(禪林)에 누웠구나」, 『집은 아직 따뜻하다』, 창작과비평사, 1998.
정일근, 「시 뒤에 끊어지는 길, 언어도단의 적멸」, 『현대시학』, 현대시학사, 2005. 3.
주동식, 「인물탐방」, 『문예마당』, 문예마당사, 1993. 봄호.
최원식, 「제1회 백석문학상 심사평」, 『창작과 비평』, 창작과비평사, 1999. 여름호.
황현상, 「제1회 백석문학상 심사평」, 『창작과 비평』, 창작과비평사, 1999. 여름호.
안성길, 「李相國 詩 硏究」, 창원대학교 박사학위논문, 2005.

4) 신덕룡, 「생명시에 나타난 생명활동의 양상과 의미」, 신덕룡 엮음, 『초록생명의 길 II』, 시와사람사, 2001. 가을호, 402~404쪽.

대상으로 현재적 의미와 관련하여 그의 시편 전체를 관통할 수 있는 본질적 주제를 도출하고자 한다.

이상국 시의 특징인 자연현상의 변화 양상, 자연 속의 인간에 대한 형상화는 작금의 생태계 위기와 관련하여 큰 흐름을 형성하는 생태주의와 닿아 있다. 그의 초기작품에는 인간 간의 위계 관계, 그와 관련한 자본주의적 경제와 정치 구도에 대한 문제의식이 두드러지지만 궁극적으로는 생태계 위기와 관련되어 있다. 특히 『집은 아직 따뜻하다』 이후, 그의 시편에는 인간과 자연의 관계에 대한 관심이 두드러지며, 자연현상에서 나타나는 생명현상의 원리가 포착된다. 인간과 인간의 관계 양상이나 인간과 자연에 대한 시적 형상화가 모두 생태계 위기와 관련되고 있는 것이다. 이를 전제할 때, 그의 작품은 인간을 비롯한 자연생태계 내 개체적 존재끼리 유기적인 관계 속에서 생태계 전체의 생명현상이 발현될 때 각 개체의 생명현상이 가능하다는 생태주의로 논의가 가능하다.

생태주의는 원래 환경오염이나 자연 파괴의 현상에 대한 현황을 분석하고 비판하는 환경생태주의[5]로부터 촉발되었다. 그러나 점점 지구생태계는 복잡 미묘한 유기체와 같으므로 그 자체의 원리를 파악하고, 그에 맞게 보전해나갈 방법을 강구하는 대안 모색의 입장으로 바뀌고 있는 추세이다. 대안의 주제와 관련하여 자연에 대한 인간의 지배는 인간의 인간에 대한 지배에서 비롯되었다는 관점,[6] 여성에 대한 남성의 지배에서

---

5) '환경'이라는 개념은 '우리를 둘러싸고 있는 조건'이라는 뜻인 만큼 중심을 상정한 구심적 세계관, 원자적 · 단편적 세계 인식, 인간과 주변세계를 나누는 이원적 관점이 담겨 있으며 인간 외의 생명체는 배제한다.
남송우, 「생태문학론 혹은 녹색문학론의 현황과 과제」, 신덕룡 엮음, 『초록생명의 길』, 시와사람사, 2001, 18쪽.

6) 사회생태론의 핵심 메시지는 현 시대의 생태 문제가 사회 문제로부터 비롯되었다는 것이다. 북친은 이 메시지에 대한 근본 물음, 즉 생태 문제 틀과 사회 구조 그리고 사회 이론을 어떻게 유기적으로 결합시켜 사유할 것인가 라는 물음에 대한 답을 도출하는데 결론은 변증법적 자연주의를 통해 녹색의 사유 체계, 생태 담론이 조금씩 형

기원을 찾는 데까지[7] 나아가고 있으며, 문학에서도 같은 양상을 보인다.

이상국 시에서는 대안의 양상 가운데서도 사회생태주의나 심층생태주의의 경향이 두드러지며, 두 개념을 정리해보면 다음과 같다. 사회생태주의자 북친은 생태 문제를 사회적 차원의 문제로 파악하고, 인간이 다른 인간을 억압하고 착취하는 구조가 근본적으로 시정되지 않은 한 생태계 위기는 해결될 수 없다고 주장한다.[8] 그는 각 개인 간, 가족 간, 세대와 성별 간에 발생하는 모든 관계 속에 뿌리내리고 있는 여러 형태의 위계에 주목한 것이다. 북친은 환경 위기의 뿌리가 인간의 인간에 대한 지배로부터 비롯되었으므로, 이를 극복하기 위해서는 사회 운동으로 나아가야 한다고 주장한다.

한편, 심층생태주의는 지구생태계 내 모든 존재를 유기론적 입장에서 인식하며, 무기물까지 포함한 모든 개체에 정신이 내재해 있다고 본다. 또한 생태계 내 모든 존재는 연결되어 있으며, 이들이 서로 관련될 때

상화되고 분화되는 과정을 다루면서, 자신의 사회 생태론으로 생물 중심주의, 반인본주의, 기계론적인 자연 과학으로 전락한 영성적 기계론 등을 비판한다.

머레이 북친, 문순홍 역, 「자연철학을 향하여」, 『사회생태론의 철학』, 솔출판사, 1997, 59~69쪽.

7) 가부장적 서구 이원론은 여성과 자연 지배를 정당화시키는 논리로서, 두 개의 대조되는 개념들의 차이로부터 위계를 만들고, 그것을 차별의 근거로 삼는다. 그 개념들의 쌍은 상호 대립적이고 배타적이며 그 관계는 지배−종속적이다. 즉 세계는 남성/여성, 정신/육체, 주체/대상, 자아/타자, 주인/노예, 이성/감정, 문화/자연, 문명/미개, 생산/재생산, 공적/사적, 보편/특수 등으로 대조적으로 구성되어 있고, 좌측항이 우측항보다 우월하고 바람직하고 긍정적이며 정당한 것으로 본다. 이것은 단순한 차이나 구분이 아니고 좌항이 우항을 지배하고 정복하고 도구화하는 것이 정당화되는 세계관이다. 따라서 인간과 자연과의 관계, 남성과 여성과의 관계는 근본적으로 대립되는 것이고 '우월한' 남성이 결핍되고 열등한 여성과 자연을 지배하는 위치에 서게 되는 된다.

Warren, Karen J. *Ecological Feminism*. London; Routledge, 1994(정정호, 「에코페미니즘」, 『탈근대 인식론과 생태학적 상상력』, 한신문화사, 1997, 379쪽에서 재인용).

8) 머레이 북친, 문순홍 역, 『사회생태론의 철학』, 136~192쪽, 67쪽.

생명현상이 발현된다고 본다. 애초의 환경생태주의에서 나아가 스피노자[9]와 화이트헤드[10]의 과정철학, 불교의 화엄철학이나, 노장사상의 '무위자연' 등에 베이트슨[11]의 이중구속론을 비롯한 신과학이 가세하며 전일적이고도 근원적인 현상에 주목하는 대안으로서의 사유, 심층생태주의에 이르게 된 것이다. 이 외에도 기독교 프란체스코 회, 제퍼슨R. Jeffers의 범신론적 생태 철학, 레오폴드A. Leopold의 생태계 지향 윤리, 로드먼J. Rodman의 생태학적 저항 내지 생태학적 감수성, 만물은 유전한다고 보는 헤라클레이토스의 통찰, 다양한 부족 문화의 생태학적 지혜 등을 심층생태주의에 포함시킨다.[12]

이러한 논의를 거쳐 생태계 위기에 대한 대안을 모색해볼 때, 표면적으로 드러나는 사항에서 우선되어야 할 점은 사회제도의 개선이다. 인간 간의 관계에서 먼저 윤리적이고 도덕적인 사유가 정립되어야 자연과 인간이 관계된 이상적 생태공동체의 실현이 가능해진다고 보기 때문이다. 그러나 사회제도의 개선 또한 생명 현상에 대한 이해가 전제되어야 가능해진다고 본다면, 심층생태주의가 내재된 작품과 그에 대한 논의는 사회생태주의

---

9) 스피노자는 데카르트의 이원론적 세계를 부정하고 일원론적 세계관을 체계적으로 세운 최초의 철학자로 심층생태주의의 확립에 절대적인 영향을 미쳤다. 그에 의하면 어떤 대상, 사건, 경험이 고려되든지 그것들은 다른 사물, 사건, 경험들에 의존하고, 그것들은 또 다른 무수한 사건, 사물, 경험들에 의존한다. 그리고 그 모든 것은 하나로 통합된 유기체적 자연이다. 스피노자의 '자연'은 이후, 세션이나 네스가 밝히고 있듯이 심층생태주의의 확립에 절대적인 영향을 미쳤다.
박삼열, 『스피노자의 윤리학 연구』, 선학사, 2002, 17~38쪽.

10) 박경일, 「불교의 공과 데리다의 디페랑스」, 『비평과 이론』, 1999, 205~206쪽.

11) 베이트슨에 의하면 현실은 생태적으로 연결된 관계망이다. 정신은 바로 그러한 생태적 관계망을 파악하고, 동시에 그 관계망에서 출현하는 사건인 셈이다. 따라서 정신은 그 자체가 과정이므로, 생명의 특성 또한 전체적인 국면 속에서 발현하는 사건이 된다. 이는 심층생태주의에서 지향하는 전일적인 생태관의 근본 원리에 대한 방향을 제시한다.
Gregory Batesen, 박대식 역, 『마음의 생태학』, 책세상, 2000, 269쪽.

12) Warwick Fox, *Toward a Transpersonal Ecology*(Boston: Shambhala Publications, 1990) p.67.

에서 추구하는 윤리적이고 도덕적인 생태 지향과 배치되지 않음을 알 수 있다. 생태계 내 개체적 존재의 평등한 관계 정립을 통해 생태계 위기의 대안을 찾으려는 심층생태주의와 사회생태주의의 지향은 궁극적인 목적에서 일치하는 것이다.

논의한 바와 같이, 이상국 시에서 드러나는 생태주의는 인간과 인간 간의 위계 문제, 자본주의의 경제 체제, 정치 구도에 대한 개선 뿐 아니라, 지구생태계 내 생명현상의 원리에 대한 관심이 두드러진다. 이는 생태주의의 하위 갈래 가운데 대표적인 대안의 사유, 즉 사회생태주의와 심층생태주의의 관점으로 나누어 논의할 가능성을 열어준다. 또한 그의 시는 초기 시집에서 사회생태주의적 경향이 두드러지다가 1990년 이후의 시집인 『집은 아직 따뜻하다』 이후, 심층생태주의의 경향이 현저하게 나타난다. 이러한 점을 토대로 볼 때, 그의 시세계는 '있는 세계'를 비판하는 가운데 '있어야 할 세계'를 그리는 시세계로 변화되었다고 간주할 수 있다.[13] 따라서 이 글에서는 그의 시세계를 대략적으로 구분하여[14] 사회생태주의와 심층생태주의의 순으로 구조화해서 논의하고자 한다.

그의 시를 사회생태주의와 심층생태주의 순으로 구조화하는 가운데 사회생태주의의 측면에서는 생태계 위기와 지배 종속의 구조, 생태계 위기와 자본주의 경제 체제, 생태계 위기와 경제 정치 구도로 갈래지어 논의하기로 한다. 심층생태주의에 관한 시편은 자연과 인간의 유기체적

---

13) "생명시는 인간중심주의를 비판하고 인간과 자연의 총체를 지향하는 생태학적 세계관에 입각한 시이다. 그리고 근대문명과 과학기술에 대하여 전적으로 비판적인 태도를 취하는 것이다. 이는 '있는 세계'인 물질문명의 현실에 저항하면서 궁극적으로는 인간과 자연의 유기체적인 관계를 추구한다"
고현철, 「생태주의 시의 지형과 과제」, 신덕룡 엮음, 『초록생명의 길II』, 209쪽.

14) 『동해별곡』에 실린 시편들이 사회생태주의와 심층생태주의의 경향을 보인다는 점을 감안해볼 때 도식화되지는 않으나, 초기시에 사회생태주의의 경향이 두드러짐에 비해, 후기시에서는 심층생태주의적 사유가 집중되어 있으므로 대략적인 구조화가 가능하다.

생명발현, 생명현상의 순환성과 항상성으로 유형화할 것이다. 이와 같이, '있는 세계'인 생태적 현실을 비판하고 '있어야 할 세계'로서의 생태적 세계를 그린 그의 시편을 전체적으로 조망할 때, 그의 사유를 좀 더 정확하게 살펴볼 수 있을 것이다. 논의할 작품은 그가 35년 동안 간행한 5권의 시집 『東海別曲』, 『내일로 가는 소』, 『우리는 읍으로 간다』, 『집은 아직 따뜻하다』, 『어느 농사꾼의 별에서』에 실린 시를 대상으로 한다.

2. 사회생태주의와 심층생태주의의 양상

사회생태주의나 심층생태주의의 목적은 모두 인간이 다른 생명체에 가하는 억압을 비판하며, 지속적으로 발생되는 생태계 파괴를 더 이상 허용하려 하지 않는다는 데 있다. 사회생태주의가 생태계 파괴의 원인을 사회 제도의 위계 구조에서 찾는다면 심층생태주의는 인간중심주의적 가치관에서 찾는다는 차이점이 있다. 그에 대한 해결방안 역시 사회생태주의가 위계구조의 해체를 통해 달성하려 한다면 심층생태주의에서는 생물중심주의적 가치관, 즉 생태적 자아로의 전환을 통해 해결하려는 차이를 보인다.

이상국 시에서 나타나는 생태주의는 두 가지 사유가 모두 나타난다. 그의 시에서 사회생태주의는 '있어야 할 세계'를 지향하는 가운데 '있는 세계'를 비판하는 생태계 위기와 지배종속의 구조, 생태계 파괴와 자본주의 경제체제, 생태계 위기와 정치구도의 이미지가 형상화된다.

그러면 먼저 '생태계 위기와 지배종속의 구조'를 비판하는 시편들을 보기로 한다.

2.1 생태계 위기와 지배종속의 구조

주지하다시피, 사회생태주의의 접근 방식은 인간 사회의 체계나 구조에서 생태계 파괴의 원인을 찾는다. 생태계 위기는 모든 종류의 지배문화, 즉 계급적 성격이나 경제적 동기를 지닌 지배문화 뿐 아니라, 개인적인 강제, 명령, 제도화된 복종 시스템 등과 같이 가족 관계, 세대와 성별 사이에, 민족과 집단 간에, 정치 · 경제 · 사회적인 제도 속에 뿌리내리고 있는 여러 형태의 지배문화에서[15] 비롯된다는 것이다.

이러한 사유를 주도한 사회생태주의자 북친은 생태계 위기가 인간의 인간에 대한 지배로부터 자연 지배로 침투했다고 보기 때문에 무엇보다 먼저 인간 관계의 위계 구조를 혁파하고 생태계 위기를 유발하는 사회제도를 개혁해야 한다고 주장한다. 생명을 부정하는 모든 위계의 체계를 폐기하고, 경쟁의 논리에 세뇌된 인간의 내면을 교정하고 해방시켜야 생태계 위기가 극복된다는 것이다. 나아가 그는 인간 사회와 자연이 서로 침투하고 있는 정도에 유의하면서, 일상생활의 여러 현상 속에서 두 관계를 교정하고 조절해 가야 한다고 주장하며, 그로부터 생성되는 변화 또한 자연현상으로 간주한다.[16]

이상국 시에서 발견되는 자연생태계 파괴와 관련한 위계의 구조는 개인과 개인 간, 지역과 지역 간, 자본주의적 경제 체제와 경제정치 구도에서 두루 나타난다. 본격적인 작품 분석에 들어가기 전 그의 시집 『내일로 가는 소』에 실린 그의 글을 살펴보기로 한다.

---

15) 머레이 북친, 박홍규 역, 「계층, 계급, 그리고 국가」, 『사회생태주의란 무엇인가』, 민음사, 1998, 57쪽.

16) 머레이 북친, 박홍규 역, 「사회와 생태」, 위의 책, 31쪽.

이렇게 탕개 틀리운 땅에서 많은 사람들이 상하고 눈물 흘리는 동안 나는 별 슬픔 없이 살아왔다. 고작 자기 위안이나 고해에 불과한 시를 타성처럼 써왔던 지난 몇 년 간의 빛바랜 시편들을 들척거리며 새삼 황당하다는 느낌 뿐이다. 그렇게 많은 시간을 허비하고서도 내가 살고 있는 세계의 실상과 이웃들의 슬픔과 희망에까지 이르기에는 나는 아직 너무 멀리 있다.

— 『내일로 가는 소』 자서에서

시인은 위 글에서 오늘날의 현실을 많은 사람들이 "상하고 눈물 흘리는" 땅으로 인식한다. "탕개"가 '물건의 동인 줄을 죄는 물건'이라고 볼 때, '탕개 틀리운 땅'은 조이고 푸는 유기체적 특성이 와해되어 생명발현을 하기에 부적합한 공간으로서 '있는 세계'의 의미를 생성한다. 이러한 논의를 전제할 때 "이웃들의 슬픔과 희망에까지 이르기에 나는 아직 너무 멀리 있다"는 그의 발언에서는 '있어야 할 세계'에 대한 생태적 지향이 포착된다.

다음 시 「나랏님 전 상서」에서 생태계 파괴의 원인이 인간 사회의 위계구조에서 유발된다는 비판적 사유를 발견할 수 있다.

소인과 소인의 애비는 농사꾼입니다
봄에 뿌리고 가슬에 거두는 농사꾼입니다
시절은 開明天地라 先代의 유산인 이나 벼룩은 벌써 씨가 말랐고
천석군도 만석군도 없이 모두 평등은 하옵지만
어인 일로 소인의 할애비 때나 소인의 애비 때나
등은 휘고 손은 갈퀴와 같사옵니다.
이 나라 億兆蒼生의 입을 먹이자면
비싼 것을 장려하여 눅은 걸 交易함이 당연지사라
고작 천한 땅덩이에서 생산하는 가축이나 푸성귀로 무슨 아뢸 말씀이 있겠습니까만

멀고 먼 한양에는 화수분이 있고
大處마다 하늘의 별처럼 아름다운 인생이 있다고 들었습니다
나랏님도 농사꾼의 나락을 젓수시거늘
天下의 大本이 차마 骨病이야 들었읍니까만
흙에서 난 자식도 흙을 마다하고
소인 집 암소는 금년에도 열달 만에 송아질 낳았습니다.
소인과 소인 애비의 농사로 어찌 이 나라 萬百姓의 입을 먹인다 하겠으며
處處에 어리고 이쁜 백성이 노래하며 살거늘
항차 四海를 다스리는 나랏님께 神農氏나 伏羲氏처럼
하찮은 농사꾼만 살펴달라 하겠읍니까만
나라가 있고 땅이 있는 한
다만 있는 대로 뿌리고 뿌린 대로 거두는
소인과 소인의 애비는 농사꾼입니다

– 「나랏님 前 上書」 전문(『東海別曲』 33~34)

사회생태주의의 관점에서 볼 때, 위 시 「나랏님 前 上書」에 구조화되어 있는 '나랏님'과 '소인'은 지배와 종속의 관계를 표상한다. 위 시에서 형상화된 "소인과 소인의 애비"는 "봄에 뿌리고 가슬에 거두는 농사꾼"으로, 자연의 원리대로 살아가는 민중의 비유로 해석이 가능하다. 화자는 작금의 "시절"이 "개명 천지라" "천석군도 만석군도 없이 모두 평등"하다고 발언한다. 그러나 이어지는 맥락에서, 이는 불평등한 현실을 비판하는 아이러니적 표현임을 알 수 있다. 사실은 "천한 땅덩이에서 생산되는 가축이나 푸성귀"로 살아가는 농민이 있는 반면 "하늘의 별처럼 아름다운 인생"과 "화수분"으로 비유된 "대처"인이 존재한다는 것이다.

이어지는 화자의 발화에서는 지배와 종속의 관계로부터 야기되는 생명파괴의 양상이 포착된다. "소인 집 암소는 금년에도" "열 달 만에 송아질 낳"는 자연현상을 거스르지 않지만 뿌린 대로 거두지 못한 농민의 "등은

휘고 손"은 "갈퀴와 같"다는 것이다. '뿌린 대로 거두지 못'함은 순환의 부조화를 가리키며, '소인'으로 비하되는 호칭으로 볼 때, 그러한 이유는 상위 계급의 하위 계급에 대한 지배로부터 기인한다는 사실을 추론할 수 있다. 하위 계급의 삶은 "있는 대로 뿌리고 뿌린 대로 거두는" 자연의 순환 원리에 따르더라도 생명현상의 부조화로 귀결되며, 이러한 양상은 인간 사회의 위계 구조에서 유발한다는 것이다.

다음 시 「다시 茶山을 읽으며 3」에서도 "애월 아버지"와 "이장" 간의 위계 구조가 두드러진다.

큰 도적들은 나라를 들어먹고
작은 도적떼들이 쇠뿔에 빨간딱지를 붙이던 세월
오늘이나 200년 전 그때나 마을은 피폐하고
아녀자와 늙은이들만 남아 집을 지킵니다

이제 나이 겨우 쉰 줄에 들었을 뿐인데
하마 눈이 보이지 않는다고
농자금 증서를 이장이 대신 써주는 농협에서
까닭 없이 굽실거리는 애월 아버지 오늘도 만났습니다
한 해 소출이 겨우 쌀 열댓 섬인데
하다못해 면사무소 청소원 하는 행구 아범 한 달 봉급이
쌀 석 섬 넘는다고 사뭇 부러워하며
애월 아버지 새 농자금 내어 묵은 농자금 갚았습니다

비록 평등한 세상이 되었다고는 하나
숱한 사람들이 지게를 지고 왔다가 벗지 못한 채 가고
애월 아버지가 애월 아버지를 낳았을 뿐이니
그때 당신 갔던 연천 적성촌에서 오늘 양양에 이르기까지 세상이 너무 낡았습니다

—「다시 茶山을 읽으며 3」 전문(『우리는 읍으로 간다』 28~29)

위 시 「다시 茶山을 읽으며 3」에서 애월 아버지는 "이제 나이 겨우 쉰 줄에 들었을 뿐인데/하마 눈이 보이지 않는다고/농자금 증서를 이장"에게 대신 써 달라고 부탁한다. 글을 모르는 그는 "한 해 소출이 겨우 쌀 열 댓 섬"에 지나지 않아 "면사무소 청소원 하는 행구 아범 한 달 봉급이/쌀 석 섬 넘는다"는 사실을 "부러워" 한다. "애월 아버지"는 "새 농자금 내어 묵은 농자금"을 갚는 악순환의 고리에서 벗어나지 못하고 있는 것이다. 그의 삶은 "지게를 지고 왔다가 벗지 못한 채 가는" "숱한 사람"들로 확대 해석된다는 점에서 주요한 의미를 갖는다.

화자의 이러한 인식은 위계 구조에 대한 본격적 비판으로 이어진다. "비록 평등한 세상이 되었다고는 하나" "농자금 증서를" "대신 써주는" "이장"에게 "까닭 없이 굽신거리는" 지게꾼 "애월 아버지"의 태도에서 피억압의 하위 계층이라는 의미가 도출되는 것이다. 굽신거림의 대상이 되는 이장은 상위 계급이라는 의미로 해석이 가능하다. 시의 전후 맥락으로 볼 때, 상위 계급은 하위 계급에게 "지게를 지고 왔다가 벗지 못하고 가"게 하는 요인으로 작용하는 것이다.

이러한 상황은 오늘날도 다를 바가 없다는 데서 문제의 심각성이 포착된다. "큰 도적들은 나라를 들어먹고/작은 도적떼들이 쇠뿔에 빨간딱지를 붙이던 세월"은 "오늘이나 200년 전 그때나" 그대로이다. "마을은 피폐하고/아녀자와 늙은이들만 남아 집을지"키는 양상으로 비유된 것이다. 이러한 인식은 생태계 전체에 대한 인식으로 확대된다. 인간과 인간 간에 형성된 계급 구조가 "연천 적성촌에서 양양"으로 표상되는 지구생태계 전체에 침투되어 생명현상에 부작용을 초래한다는 것이다.

다음 시 「돌배나무와 면장」에서도 상위 계급의 하위 계급에 대한 횡포가 자연생태계로 전이되는 양상을 보인다.

강선리 사람치고
은직이 아저씨네 돌배 안 따 먹고 큰 사람 있으면 나와 봐라
걸립패 상쇠 놀고
상여머리 선소리 청승맞던
은직이 아저씨 들일 나가면
물매질하고 장대로 털어 먹던
그 사근사근하고 달착지근한 맛
모르는 사람 없었지
깨밭 다 망친다고
이악쟁이 할멈 베락이 맞을 놈들이라고 쫓아오면
꽁지가 빠지게 달아나다가도
다시 모여들던 나무 밑
그 아저씨 자식 하나 못 남긴 채 돌아가고
그 큰 돌배나무 작년에 없어졌다
칠성이 어머니가 그러는데
면장질 하던 눔이 우물 파준다며
즈이 집 치장하려고 뿌리째 캐갔단다
참 더러운 면장이다

— 「돌배나무와 면장」 전문(『집은 아직 따뜻하다』 37)

위 시 「돌배나무와 면장」에서 화자는 강선리에서 태어나 살던 "사람치고" "그 사근사근하고 달착지근한 맛/모르는 사람"이 없었다고 회상한다. 이러한 표현에서 강선리 사람들과 돌배나무의 관계를 강조하는 화자의 의도가 포착된다. "물매질하고 장대로 털어 먹던" 기억, "사근사근하고 달착지근한 맛"의 기억, "깨밭 다 망친다고 소리치던 이악쟁이 할멈"에 대한 기억은 지구생태계 내 각 개체의 생명발현을 총칭하는 은유로 해석이 가능하다. '돌배나무'는 기억의 공유를 통하여 강선리 사람들을 전일적 관계로 묶는 매개체로서의 의미를 생성하는 것이다. 은직이 아저씨네 돌배나무는 생명현상을 거듭하는 자연생태계의 표상이며, 자연생태계 안에

서 모든 존재의 생명현상이 이루어지는 것이다.

그런데 돌배나무를 구심점으로 묶여 있는 전일적 관계는 면장에 의해 파괴된다. "면장"은 "우물 파준다며" "즈이 집 치장하려고" 마을공동체의 구심점인 "돌배나무"를 "뿌리째 캐" 가는 행위를 서슴지 않는다. 위 시에서 "강선리 면장"은 지배계층을 표상하며 자신의 욕망 충족을 위해 "돌배나무"를 뽑아 소유한 그의 행위는 자본주의적 인간의 자연에 대한 소유지향적 의미를 창출한다. 상위 계급, 즉 자연과의 소통 공동체에서 멀어지는 집단일수록 생태계의 약자와 자연의 생존 권리를 침탈하는 데 파급력이 큰 현실이 비유되어 있는 것이다.

다음 시 「다시 茶山을 읽으며1」에서도 상위 계급의 하위 계급에 대한 횡포가 생태계 전체로 확산된다는 문제 의식이 발견된다.

> 겨울 하늘 높이
> 쇠기러기 몇 마리 목을 빼고 날아간다
>
> 해는 추녀 끝에 떨어지고
> 요강 엎어놓은 과부집 담모퉁이에서
> 낫과 새끼 도막을 든 아낙이 농협서기 보고 슬쩍 피하는구나
> 농자금은 봄에 주고 겨울에 거둬들이는데
> 오늘 복골 양짓말 17호 중 늙은이 셋을 만났을 뿐
> 200년 전 강진 그해 가을
> 還子 받으러 나온 이속 나부랭이처럼 이 집 저 집 설치는 길에
> 토종개 다 어디 가고 발바리 몇 마리 기를 쓰고 짖어댄다
>
> 땅은 쇠고
> 사람들은 흩어졌구나
>
> ―「다시 茶山을 읽으며1」 전문(『우리는 읍으로 간다』 24~25)

위 시 「다시 茶山을 읽으며1」에서는 "낫과 새끼도막을 든 아낙이 농협서기"를 보고 "슬쩍 피"하는 양상이 형상화된다. "농협서기"를 보고 아낙이 "슬쩍 피"하는 상황은 둘의 관계에서 발생하는 생명현상의 부조화를 환기한다. 이어지는 "낫과 새끼도막", "아낙"의 어휘망에서는 피억압의 사회계층이라는 의미가 도출된다. 이를 토대로 두 관계는 상위계급과 하위계급이라는 구조화가 가능해진다. 이차 자연으로서 생태계 위기의 징후가 포착되는 것이다. 따라서 "해가 추녀 끝에 떨어지고", "땅도 쇠고", "사람들"이 흩어지는 현상은 자연생태계 전체의 위기라는 해석이 가능하다. 인간과 인간 간의 불평등이 결국 인간끼리의 소외현상을 넘어 생태계 전체로 확산된다는 것이다.[17)]

또한 "還子 받으러 나온 이속 나부랭이", "토종개"와 "발바리"에서도 지배와 종속으로 인한 생태계 위기가 암시된다. "토종개"의 "토종"이라는 어휘에서 '토착성'[18)]으로서의 자연이라는 의미가 추출되는 것이다. 반면 "還子 받으러 나온 이속 나부랭이"와 '발바리'의 결합은 산업화 이후의 자본주의적 비유로 맥락화된다.[19)] "기를 쓰고 "짖어대"는" "발바리 몇 마리"가 인간 간, 인간과 자연 간의 소외 등 여러 가지 병리현상을 발생시키는 자본주의를 상징한다면 '어디'론가 사라져버린 '토종개'는 도태되는 자연생태계의 생명현상으로 의미화되는 것이다.

---

17) 하이데거는 기술시대의 소외현상으로 "세계의 침몰" "지구의 황폐화" "노동의 동물로의 인간의 변신"을 든다.
이진우, 「있는 그대로 두기」, 『녹색 사유와 에코토피아』, 문예출판사, 1998, 153쪽.

18) "토착성의 상실은 우리 모두가 태어나 던져진 이 시대의 정신으로부터 유래한다"
M. Heidegger, *Die Technik und die Kehre*(pfullingen : Neske, 1962), S. p.16.

19) "'토착성'이라는 낱말에서 우리는 쉽게 도시화와 산업화와 같은 외면적 사회변동을 생각할 수 있다"
이진우, 「있는 그대로 두기」, 앞의 책, 153쪽.

2.2 생태계 위기와 자본주의 경제체제

사회 계급에 대한 북친의 비판은 자본주의의 시장 경제 체제를 간과하지 않는다. 주지하다시피 그는 사회 구성원 가운데 어느 한 쪽만이 경제적 혜택과 특권을 누리기 때문에 사회적 불평등이 야기된다고 본다. 더욱 심각한 문제는 그로 인한 문제가 인간 사회의 불평등에 그치지 않는다는 데 있다. 시장체계의 경제적 헤게모니는 지구상에 존재하는 모든 생명체들의 조건에도 악영향을 미친다는 것이다. 더욱이 세계경제가 지속적인 성장을 하는 과정에서 인간사회의 경제 규모는 지구의 생태순환과 경합하기 시작했고, 결국 이러한 상황은 생태계 위기로 귀결된다.

다음 시 「젊은 노동자의 사랑」에서는 자본주의적 시장경제로 인한 이차 자연의 위기와 그에 대응한 사유가 형상화된다.

> 권력과 간음하는 자본가들이여
> 자본가들의 기둥서방인 권력이여
>
> 밥줄을 끊어 다오
> 달리는 열차에서 떼밀어 다오
> 나를 쇠몽둥이와 피 묻은 각목으로 후려 다오
> 비 오는 날 트럭으로 갈아 다오
> 나를 불순분자로 분류해 다오
> 은팔찌 채워 다오
> 내 몸에 신나 뿌리고 빨갱이로 몰아 다오
> 내 뜨거운 심장을 식칼로 찔러 다오
> 참꽃 피는 야산 소나무 가지에 목을 내달아 다오
>
> 그러면 내가 이 땅 수천만 형제들의 몸으로 부활할 것이니
>
> — 「젊은 노동자의 사랑」 전문(『내일로 가는 소』 26)

북친은 1984년에 쓴 「시장 경제인가 아니면 도덕 경제인가」를 통해 시장 경제 체제가 인간과 인간 간, 인간과 자연 간에 도덕성을 상실케 했음을 지적한다.[20] 그에 의하면 시장이라는 체제를 통해 소비되는 상품은 생산자로 하여금 사용자에 대한 선성善性을 무화시키고, 생산의 목적과 이념도 이윤에 초점을 두게 된다. 상품이라는 익명성으로서의 시장체계와 선성의 상실은 경제와 도덕성을 분리시키고, 사회 또한 시장 경제의 손익계산 방식에 따라 시장 사회로 변질된다. 시장 사회의 구성원들은 진보를 위한 과정에서 협력보다는 경쟁을 추구하고, 생태계를 생명현상을 발현하는 대상이나 공간으로 보기보다 소유의 영역으로 인식하는 것이다. 따라서 시장 사회로서의 자본주의 사회에서는 균형과 억제에 근거하기보다 경제성장에 기반한 윤리가 강조된다. 시장체계의 등장은 인간의 역사에서 사회와 공동체를 시장으로 변질시킨 것이다.

이러한 현상을 비판하고 그에 대한 대안을 모색하는 사회생태주의는 인본주의적 생태 사회의 구현에 목표를 둔다. 영구적인 성장과 이윤에 의거하는 현 자본주의 사회를 초월하려는 것이다.[21] 따라서 시장체계와 시장 사회, 즉 자본주의적 권위에 대한 거부와 조직에 대한 혐오를 그 본질로 삼게 된다.[22]

위 시 「젊은 노동자의 사랑」에서는 이러한 양상이 형상화된다. 화자는 위계 구조로 인해 하위 계급인 노동자들의 생명현상이 파괴되는 사회 현상을 비판한다. 화자가 볼 때, "자본가"들은 "권력"과 결탁하여 하위 계급인 노동자의 "밥줄을 끊"고 "쇠몽둥이와 피 묻은 각목으로 후려" 치며, "불순분자로 분류"하고 수갑을 채우는가 하면 "빨갱이로 몰아" 붙인다.

---

20) 머레이북친, 문순홍 역, 『사회생태론의 철학』, 234쪽.
21) 머레이북친, 문순홍 역, 위의 책, 123쪽.
22) 김경복, 「한국 아나키즘 시 연구」, 『한국 아나키즘 시와 생태학적 유토피아』, 다운샘, 1999, 12쪽.

화자는 '있는 세계'로서의 자본주의적 현실에 대한 혐오와 '있어야 할 세계'로서의 생태적 세계에 대한 갈망을 전복적 파괴를 요구하는 아이러니를 통해 표출한다. 자본주의는 그 특성상 온갖 사회적인 병리 현상을 포함할 수밖에 없으므로 결국 유일한 선택은 그것을 파괴하는 수밖에 없음이 역설적으로 표현된 것이다. 다시 말해, 자본주의가 내포하는 가부장적 가치, 계급적 착취, 성장을 위한 성장 등 사회 병리현상은 생태계 내 모든 생명체의 고통을 저당하는 가운데 결국 생태계 전체를 파괴한다고 보기에 화자는 차라리 '있는 세계'인 현실을 혁파하여 '있어야 할 세계'로서의 생태사회가 재창조되어야 한다고 보는 것이다.

그의 관심은 인간의 위계에서 그치지 않고 지역과 지역 간의 위계에서 발생하는 부조화를 묘사하는 데까지 나아간다.

우체국 앞
멍석 한 닢 깔이만한* 쥐똥나무 그늘 아래
사람들은 버스를 기다리고 있다
복골 웃대문턱 회룡 둔전 쪽으로 가는 버스는 하루 네 번뿐이다
장에 갔다 오는 여자들은 무릎팍에 얼굴을 묻고 꾸벅꾸벅 졸거나
팔다 남겨온 강낭콩을 까고 앉았다
쇠꼬리처럼 비틀린 촌로 몇이 땅바닥에
새우깡 봉지를 터뜨려놓고 소주를 마신다
복골 쪽에서 자연석 실어내는 대형 트럭들이
가끔 그들에게 흙먼지를 냅다 뿌리며 국도로 들어선다
건너다보이는 농협 담벼락에
——농민 살 길 가로막는 유알 협상 거부한다——는 현수막이 늘어져 있다
그 밑에 조합장의 슈퍼살롱이 살진 암말처럼 번들거리며 서 있다
난민 무리 같은 사람들 속에서 나온 아이들이

쭈쭈바를 물고 쥐똥나무 그늘을 들락거린다

복골은 멀다

* 깔아도 될 만한.

—「복골 가는 길」 전문(『우리는 읍으로 간다』 30~31)

일반적으로 자본주의 사회는 이윤 창출이 가능한 대상을 선택하고 그에 대해 집중하는 특성을 갖는다. 이는 지역과 지역의 관계에서도 예외가 아니다. 선택된 지역을 중심으로 이루어지는 개발방식은 결국 지구생태계 내 개별 생명체의 다양성에 대한 감소를 야기한다. 실제로 개발을 표방하는 산업화 이후 매년 지구생태계의 생물종은 엄청난 속도로 도태되고 있다. 개별 생물종이 도태된다는 의미를 넘어 새로운 식량이나 약품, 기타 생산물을 제공할 유전적 보고를 잃게 되는 결과를 초래함[23]으로써 그 몫은 인간에게 고스란히 되돌려진다. 필연적으로 재생불가능한 에너지원과 물질의 고갈이 동반된다. 자본주의의 팽창은 지구생태계의 다양성을 훼손하는 결과를 초래하는 것이다.

위 시 「복골 가는 길」에서는 지역 간에 작용하는 자본주의적 헤게모니의 결과 와해되는 생태계의 양상이 포착된다. '행복한 골짜기'의 의미인 "복골"은 생태주의의 관점으로 볼 때, '있어야 할 세계'로서 원시와 야성이 보존된 자연생태계, 에코토피아를 환기한다. 현실적으로 상호부조의 관습이 살아 있는 동시에 인간이 상품을 직접 만들어 내거나, 생산 경로를 아는 삶이 가능한 장소로 해석이 가능하다. 그러나 위 시에서 '복골'은 "대형 트럭"으로 상징된 자본주의의 주도로 자연생태계의 상징물인 "자

23) 존 벨라미 포스터, 김현구 역, 『환경과 경제의 작은 역사』, 현실문화연구, 2001, 26~27쪽.

연석"이 무작위로 "실"려 나가는 양상으로 형상화된다. 자연과 소통하는 삶의 양식이 자본주의적 체제로 편입되는 과정에 원시와 야성, 근원적인 생명력이 훼손당한다는 것이다.

제국적 자본주의의 주도로 성립되는 "유알 협상"에서도 자연생태계 내 다양성의 약화라는 의미를 추론해낼 수 있다. 강대국과 약소국, 도시와 농촌으로 재구조화되는 지구생태계는 선택된 지역의 힘이 강화되는 반면 배제된 지역의 생명성이 약화되고, 획일화로 이어지는 가운데 종의 생태적 질서에 혼란이 초래된다. 위 시에서 이러한 양상은 상위 계층이자 자본주의적 물화현상物化現象의 상징물인 "조합장의 슈퍼살롱"으로 상징화된다. 반면 자연이자 생명의 표상인 "아이들"은 학교나 놀이터에 가서 공부하거나 뛰어놀지 않고 반생명성을 암시하는 "쭈쭈바를 물고 쥐똥나무 그늘을 들락거리"는 양상으로 재현된다. 사회생태주의는 지역 공동체의 분권화에 대한 중요성을 간과하지 않으며,[24] 위 시에서는 그에 대한 비판적 사유가 형상화된 것이다.

다음 시 「저녁 노을」에서는 자유 자연으로서의 인간과 자연이 파괴되는 양상으로 재현된다.

> 주먹만한 감자 찐 옥수수 오이 가지 강낭콩이랑
> 고추 된장 쇠비름 몇 단 함지박 채워 이고
> 어머니는 해수욕장 간다
> 울긋불긋한 차일 아래
> 허여멀건 살들이 미어터지는데
> 면서기 군서기들이
> 들어가지 말라고 호루라기 분다
> 파래 미역 뜯으러 친정집 드나들 듯하던

24) 로버트 노지크, 백낙철 역, 『아나키 · 국가 · 유토피아』, 형설출판사, 1993, 458~459쪽.

십리 길도 안 되는 내 집 앞바다인데
돈 주고 샀다며
벌거숭이 관리인이 함지박 걷어차고
터 잡은 장사꾼들이 눈을 부라린다
불볕 아래 쇠처럼 달아오른 모래밭에서
이리 밀리고 저리 쫓겨다니다가
땀 전 어머니 얼굴에는 하얀 소금꽃 맺혔는데
빈 함지박 털어 이고 오는 저녁 하늘에
벌거벗은 놀이 폈다

—「저녁 노을」 전문(『우리는 읍으로 간다』 11)

사회생태주의의 관점으로 볼 때, 자유 자연으로 재해석된 농 · 어촌의 생활방식은 생산이나 소비가 소지역 단위로 이루어지기 때문에 기술의 남용과 오용의 문제가 야기되지 않는다. 다시 말해, 인간이 자연생태계에 끼치는 영향에 대해 책임지는 형태이므로 환경적 부담이 줄어든다. 뿐만 아니라, 농 · 어업에 대한 기술 개발은 은폐된 실험실에서 이루어지는 방식을 필요로 하지 않는다. 따라서 농 · 어촌의 생활방식은 기본적으로 생태계 위기를 유발하는 문제점에 대해 통제가 가능하다.[25] 이러한 논의를 전제할 때, 농 · 어촌의 생산방식은 생산자와 소비자 간의 상호 의존과 직접적인 교환관계로 이루어짐으로써 익명성과 이기적인 시장경제의 체제로부터 자유롭다는 사실을 알 수 있다.

위 시 「저녁 노을」에서 '어머니'는 자연생태계인 농 · 어촌의 산출물을 채취하여 생명현상을 발현하는 이차 자연으로서의 인간을 표상한다. 농 · 어촌의 생활은 일차 자연을 대상으로 한 소통과 감수성이 일상 속에 용해되는 가운데 이루어지는 것이다. 따라서 "파래 미역 뜯으러 친정집 드나들

25) 구승회, 「생태위기와 에코아나키즘의 대안」, 『환경과 생명』, 1996, 153쪽.

듯 하던/십리 길도 안되는 내 집 앞 바다"는 일차 자연과 이차 자연이 조화된 자유 자연으로서의 의미가 창출된다.[26)]

그러나 자유 자연으로서의 자연 상태는 자본가의 폭력과 억압에 노출된다. 어촌인들은 "함지박"을 "걷어차고" "눈을 부라"리는 '도시인과 관리, 장사꾼'의 반생태적 폭력에 노출되는 것이다. 폭력과 억압의 주체는 "울긋불긋한 차일 아래/허여멀건 살" "돈주고"라는 문맥을 통해 도시의 자본가임이 암시된다. 이러한 논의를 통해볼 때, 위 시에서 환기되는 도시의 농 · 어촌 지배는 자본주의적 생활방식으로 야기되는 자연생태계 내 생명현상에 대한 억압으로 해석이 가능하다. 자연으로부터 이탈한 자본주의적 시장 경제에 의해 조작되고 파괴되는 생물 다양성의 감소 현상과 이로 인한 획일화를 뜻하는 것이다.

이와 같이 이상국 시에서 다루어진 시장 사회의 구조는 혁파하지 않으면 안될 반생태적 체제로서의 의미를 창출한다. 자연에서 이탈한 자본주의적 가치관으로 인해 각 개체적 생명체가 사물, 타자화되면서 각종 생태계 위기가 도래한다는 것이다. 자본주의적 시장경제 체제는 생물 다양성의 파괴로 인한 획일화를 유발하기 때문이다. 뿐만 아니라, 인간과 자연 모두를 대량 생산과 대량 폐기의 악순환을 끝도 없이 확산시키는 시장 사회의 구조에 예속되게 하고, 이는 결국 생태계 파괴로 이어지는 것이다.

---

26) "북친은 자연을 '참여적 진화로서의 자연"이라고 칭한다. 그에게 자연은 종들의 자유로운 자기 선택에 의한 진화 과정 그 자체이며, 진화 과정은 유기체적이고 발전적이고 변증법적이다. 참여적 진화 과정으로서의 자연은 크게 일차 자연, 이차 자연, 자유 자연으로 나누어진다. 일차 자연은 자신의 내적인 동력에 의해 진화하고, 이 과정을 통해 이차 자연이 등장하는데, 북친이 의미하는 이차 자연이란 독특하게 발달된 인간 문화 전반, 즉 다양하게 제도화된 인간 공동체 유형들을 이르는 개념이다.
머레이 북친, 문순홍 역, 『사회생태론의 철학』, 258~259쪽.

2.3 생태계 위기와 경제정치 구도

일반적으로 한 사회에서 생산되는 부와 권력을 분배할 때, 정당을 중심으로 하는 집단 간의 갈등과 타협을 통해 산출하는 과정을 정치라 한다. 그러나 정당이 아닌 사회단체나 비영리 집단의 역할도 기존 정치의 문제점을 보완하고 교정하는 역할을 함으로써 정치로 규정된다.[27] 고전적인 관점으로 볼 때, 전자를 정치로, 후자를 사회 운동으로 구분하지만, 후자를 포함하는 넓은 의미의 정치 개념이 설득력을 얻어 가고 있다. 이러한 사회적 흐름을 생태계 위기의 문제와 관련지어볼 때, 사회운동을 정치로 보는 개념 규정은 새로운 의의를 갖게 된다.

특히, 사회생태주의의 관점에서 볼 때, 전자는 자본주의적 국가와 정부가 농민이나 노동자, 즉 하위계급에 대한 지배를 강화할 목적으로 만든 제도에 불과하다.[28] 자본주의적 국가와 정부는 상위 엘리트 계급의 특권을 누리기 위해 지배자 상호간의 보증을 확립하는 데 목적을 두는 것이다. 반면, 후자는 갈등을 해소하고 균등한 분배의 실현을 도모하는 대안으로서의 친생태적 특성을 갖는다고 본다. 이상국 시에서는 보편적 정치 구도에 대한 비판적 사고와 함께 사회 운동으로서 정치적 역할에 대한 관심이 생태주의적 관점에서 형상화된 것이다.

다음 시 「우리는 읍으로 간다」에서는 자본주의적 경제 정치로 인한 생태계 파괴의 양상이 재현된다.

우리는 읍으로 간다
한때는 슬픈 식민지 백성으로
또는 인공의 인민이 되어서, 자유당 공화당 지나 세상이 자꾸 바뀌어도

27) 권혁범, 「한국에서 녹색정치는 가능한가?」, 『환경과 생명』, 환경과 생명, 1999, 25쪽.
28) 크로포트킨, 하기락 역, 『근대과학과 아나키즘』, 도서출판 신명, 1993, 107쪽.

읍에서 부르면 우리는 간다

할아버지 지게 지고 부역 가던 길
볏가마 실려 나가고
아이들 공장으로 떠나던 그 길
머나먼 유엔 사무총장에게 메시지를 보내고
반나절이면
혁명과 쿠데타에게 도장 찍어주고 오던 길로 오라면 우리는 간다

읍에서 오라면 우리는 간다
걸핏하면 프래카드 앞세우고 가
그렇게 손 흔들어 주었음에도
세상 뒤숭숭하고
서울이 위험하면
오늘도 우리는 읍으로 간다.

–「우리는 읍으로 간다」 전문(『우리는 읍으로 간다』 64~65)

위 시 「우리는 읍으로 간다」에서 '읍'은 피억압의 농촌을 억압하는 중심 지역으로서의 의미를 내장한다. 이를 전제할 때, 농촌에서 읍으로 "볏가마 실려 나가고/아이들 공장으로 떠나 가"는 생명 파괴의 양상은 정치 구도의 부조화로 초래된 헤게모니적 결과로서의 의미를 갖는다. '식민지, 인공, 인민, 자유당, 공화당, 혁명, 쿠데타'라는 어휘망에는 정치적 메시지가 내포되어 있으며, "한 맺"힘이라는 어휘는 "볏가마"로 상징되는 식량의 착취와 "공장으로 떠나는" "아이들"의 상황이 정부와 국가의 박탈로 인한 결과라는 사실을 암시한다. 더욱 심각한 문제는 이러한 상황이 되풀이된다는 데 있다. 정치 구호적 의미로 맥락화된 "플래카드 앞세우"면, "지게 지고 부역 가"는 걸 마다하지 않아야 한다는 표현은 정치적 헤게모니의 폐해가 끊임없이 반복되는 데서 더 큰 문제가 야기된다는 사실을 암시하는 것이다.

주지하다시피, 자본주의 국가의 정치는 그 특성상 국가 주도로 편성되며, 초고속 성장을 위해 특정 자본에 직·간접적인 지원을 집중한다. 경쟁력을 최대화하는 방식은 성장의 추구에 목적을 두기에 필연적으로 소외 계층을 양산하게 된다. 위 시에서 강조되는 사실은 자본주의적 경제정치는 결국 편향된 목적을 추구하고 이는 상위 계층과 피억압의 하위 계층으로 구분된다. 인간 간, 변두리와 중앙지역으로 구분되는 양극화 현상으로 나아간다는 것이다. 이러한 현상은 결국 그로 인한 소외 대상, 소외 지역에 대한 착취로 이어지고 결국 전체 생태계의 착취로 확산된다.

다음 시 「지금은 그 가엾은 장관에게 돌멩이나 던질 때다」에서는 자본주의적 경제 정치로 인해 야기되는 양극화 현상의 문제점이 포착된다.

> 지금이 어느 때냐?
> 총체적 난장판이고 일당독재 시대고 인명은 재벌인 세상인데
> 같은 하늘 아래 머리 두고 사는 것만 해도 고맙게 알아야.
> 거기에다 선거권은 물론이고 이농권 자살권까지 있지 않느냐.
> 우루과이 라운드가 어쨌다고?
> 어따 농사꾼 주제에 희떠운 소리 하고 있네
> 농협 담벼락에 협상거부니 뭐니 하고 현수막 며칠 걸었다가
> 국민들에게 질 좋은 양키쌀 먹이고
> 바나나 먹이겠다는데
> 그따위 비싼 농사 지으면서 대들긴 어딜 대들어!
> 정부나 부자들이 맘만 먹으면 아예 싹 쓸어버리고
> 골프장 만들고 별장 천지 만들 수도 있어
> 그러니 지금은 장관에게 욕질이나 하고 흩어져야 해.
> 늙은 부모와 어린것까지 앞세우고 나섰다가
> 줄줄이 감옥에 갈 때가 아니야
> 그들이 기어코 농사꾼을 죽일 작정이라도
> 젊디젊은 것들이 무장할 때가 아니야

지금은 그 가엾은 장관에게 돌멩이질이나 할 때야.

–「지금은 그 가엾은 장관에게 돌멩이나 던질 때다」 전문

(『우리는 읍으로 간다』 46)

일반적으로 자본주의에서 성립되는 정치는 시장 경제의 체제 안에서 권력의 자의적 배분에 따른 이익의 분배 구조를 만들어내고 유지한다.[29] 그 안에서는 권력을 획득한 강자가 사회적 약자를 억압하고 지배하는 가운데 모든 분배는 권력의 유무, 권력과의 친밀도 및 강도에 의해 결정된다. 이런 체제 하에서 권력을 확보한 경제적 강자는 사회적 약자를 제압해서 독점의 형태로 이익을 추구한다.

위 시에서는 공권력을 독점하고 있는 중앙 정부가 하부구조 강화를 위한 대규모 발전 프로젝트의 일환으로 재벌과 결탁함으로 인해 초래되는 반생태적 상황이 재현된다. 위 시의 화자가 볼 때, "지금"은 "일당독재 시대이고 인명은 재벌"에 의해 좌우되는 자본주의적 세상으로서 그로 인한 양극화가 극단적으로 진행된 "총체적 난장판" 시대이다. "농민"들이 "자살"을 해도 "정부나 부자들이" 이윤 창출을 목적으로 "맘만 먹으면" 언제든지 "쓸어버리고" "골프장 만들고 별장 천지" 건설할 수 있기 때문에 "농사꾼을 죽일 작정이"더라도 "무장"은 금기시 된다. "정부"와 "부자"들이 결탁한 정치 구도는 무제한적인 경제성장과 불균등 분배 구조를 축으로 부정부패와 정경유착, 사회적 약자에 대한 양극화를 심화시키는 것이다.[30]

특히, 경제 위주의 정치에서 가장 치명적인 문제는 도덕성이 상실되고, 상위 계층에게 왜곡된 특권의식을 부여한다는 점이다.[31] 그들은 전체 생태계가 연결된 전체란 점을 이용하여 자신들이 사회적 약자를 착취하는

29) 권혁범, 「한국에서 녹색정치는 가능한가?」, 앞의 책, 26쪽.

30) 권혁범, 「한국 정치의 새로운 대안: 생태적 개입의 정치」, 위의 책, 42쪽.

31) 머레이 북친, 문순홍 역, 『사회생태론의 철학』, 145쪽.

행위를 정당화한다. 자본과 결탁한 정치 구도는 상위계급과 하위계층이 상호 공생 관계가 아니라 하위계층이 숙주이고 상위계급은 기생자로 연결되어 있는 전제주의에 대해 사회적 약자가 도전하지 못하도록 수사적 분위기를 제공하는 것이다. 여기에 적응하는 하위계층은 희생자의 입장을 수용하고 상위계층의 이익을 위해 복무한다. 따라서 자본주의를 토대로 한 상위계급의 정치적 이해는 하위계층의 직업에 대한 자부심이 아니라 착취에 대한 수동성과 취약성을 목표로 하게 된다.32) 이러한 의식은 자연생태계 착취에서도 동일하게 적용되며, 결국 전 지구생태계가 병적病的 상태에 이르게 한다.

위 시에서 포착된 자본주의의 정치 구도는 이러한 점을 구체적으로 반영하고 있다. 자본주의적 정치구도는 무차별적인 경제 성장과 무제한적인 이윤 추구의 공간을 확장시켜 지구 생태계와 개체생명 간의 평화적 공존을 침범하는 가운데 상호 간의 갈등을 조장하는 것이다. 이러한 상황을 인식할 때, 기존의 정치적 구도를 재정립하여 생태주의의 가치 실현을 가능케 하는 대안의 노력과 의지가 시급하게 요구된다는 사실을 알 수 있다. 위 시에서는 끝없는 팽창을 내재적인 요건으로 할 수밖에 없는 경제위주의 정치 구도로부터 벗어나 자연과 소통하고 상호부조의 관습이 살아 있는 농촌이나 어촌 등 각 지역의 생태적 고유성을 살리는 구조로 나아가야 한다는 주제가 부각되어 있는 것이다.

다음 시 「허수아비」에서는 이에 대한 대안의 사유가 비유된다.

> 내가 이 벌판에 등신처럼 서 있는 것은
> 지주를 위해서가 아니다
> 지주가 돌아간 뒤
> 내 벌린 팔과 머리위에서

---

32) 머레이 북친, 문순홍 역, 위의 책, 146쪽.

노래하는 새를 위해서다
내가 이 벌판 끝을 날마다 애터지게 바라보는 것은
밥을 가지고 오는 지주를 위해서가 아니다
나락을 훔치는 새와
새의 자유를 위해서다

―「허수아비」 전문(『東海別曲』 43)

사회생태주의에서 볼 때 인간 사회 또한 자연이며, 생물적인 것과 문화적인 것 간의 거리는 진화에서의 다양성 증가라는 발전적 개념을 공유함으로써 극복될 수 있다.[33] 전체 생태계에 참여하는 구성원들의 수가 광범위해지고 자유와 자기 성찰의 지평이 확대될수록, 사회도 인간의 마음처럼 독자적으로 움직이는 것을 멈추게 된다.[34] 이러한 관점에서 지구생태계 문제를 상정해볼 때, 생태윤리는 인간이 지구를 보살핌으로써 자신을 보살피게 되는 결과로 귀결한다. 또한 자의식화되고 자기 성찰적이 된 자연이 존재함을 자신을 통해 확인하게 된다.

인간이 그러한 생태윤리를 인식할 때, 자연스럽게 인간을 포함한 생태계가 보존되고 인간의 경제 활동은 그러한 보존에 치명적 피해를 주는 것에 대해 최소화하려는 목표를 가지게 된다. 그것의 궁극적인 지향은 인간을 포함한 지구 생명의 생존과 자기실현에 있게 된다. 또한 무한 성장과 확대 재생산의 경제 논리에 대한 견제를 축으로 하는 정치경제적 · 사회적 제도와 활동을 지향하게 된다. 시장 근본주의를 통한 불평등의 재생산을 지양하고 경제적 단위의 무한한 확장에 저항하는 권력 분산과 개별적 · 집단적 단위들 간의 평화적 공존 체제를 지향하게 되는 것이다.[35]

이를 위해 사회생태주의에서는 민중의 자유로운 정치 참여를 권장하며

---

33) 머레이 북친, 문순홍 역, 위의 책, 259쪽.
34) 머레이 북친, 문순홍 역, 위의 책, 127쪽.
35) 권혁범, 「한국에서 녹색정치는 가능한가?」, 앞의 책, 26쪽.

상호부조와 자주관리가 가능한 공동체적 질서의 완성으로서 도덕적 진보를 지향한다.[36] 결국 참여의 목표는 기존 사회에 집중적으로 관통해 있는 지배와 위계 질서를 철저히 부정하도록 해 주는 가운데 상호부조와 공동분배의 경제 원리가 실현되도록 하는 데 있다.[37] 사회생태주의에서는 참여 정치의 실천으로 인간과 자연의 분리를 극복하고자 하며, 그때 인간은 개체적이면서도 자연과 혼재된 자연으로 규정된다.[38]

위 시 「허수아비」에서는 위계 구조에 대한 비판과 대안의 의지가 내장된 민중의 참여 정치가 비유되어 있다. '허수아비'의 입을 빌려 "내가 이 벌판 끝을 애터지게 바라보는 것은/ 밥을 가지고 오는 지주를 위해서가 아니"라 "나락을 훔치는 새"와 "새의 자유를 위해서"이다. 시의 맥락을 통해 '허수아비'와 '새'와 '지주'의 관계를 파악한다면 지주는 상위계층, '새'는 곤궁한 농민으로서 사회적 약자, '허수아비'는 분배 구조에 대해 관여하는 민주적이고 생태적인 참여자로서의 의미가 창출된다. 결국 허수아비의 말은 상위 계층보다 사회적 약자인 농민, 자연을 옹호하는 입장을 의미하며, 정치적 참여를 통한 자유와 평등의 실천으로서 지역 정부, 시민사회의 힘이 조직화된 사회운동을 표상한다. 위 시에서 형상화된 허수아비는 자연이자 영장으로서의 본질을 자각한 사회생태주의자를 상징하는 것이다.

한편, 위 시는 인간 또한 자연이며, 인간의 관여 또한 자연현상임을 암시한다. 더불어 인간이 단지 자연에 적응하는 것이 아니라, 자연 생태계 속에서 자신의 지위를 만들기 위해 진화해가는 생물종임을 의미한다.[39]

---

36) 김경복, 앞의 책, 53쪽.

37) "자기자신의 발전과정에 자기 방향성을 가지고 나름대로의 진화의 길을 선택하고 참여할 수 있는 보다 다양한 기회를 제공하는 생명의 과정을 북친은 '참여적 진화'라고 명명한다"
이진우, 「자연의 자연, 인간의 필연」, 앞의 책, 193쪽.

38) 머레이 북친, 문순홍 역, 앞의 책, 265쪽.

자연이란 인간의 필요에 봉사하기 위하여 만들어진 객관적 사물이 아니라 인간이 포함된 현상으로서 여러 세기에 걸쳐 문화적 발전 속에 나타나는 모든 것을 포함한다. 따라서 위 시의 허수아비는 점점 자신을 의식하게 되고 새로운 주체성의 힘을 서서히 획득해가는 자연으로 비유된 인간이며, 동시에 자연이 인간이라고 하는 특별한 영장류를 탄생시켰음을 의미한다.

이와 같이, 정치 구도와 관련하여 이상국 시에서 형상화된 주제는 자본주의와 결탁한 정치구도에 대해 문제를 제기하고 그에 대해 대안으로서 자유와 평등의 정치적 참여를 제안한다. 정치적 지향 또한 소수 인간만을 위한 번영이 아니라 모든 인간과 인간, 자연과 인간이 소통하는 상태로서의 삶을 목적으로 한다. 사회생태주의에서 볼 때, 지구생태계는 과학기술과 문명의 발전을 인간 외적인 자연 세계와 결합시키는 생태 사회를 기반으로 해야 한다. 그 이유는 이 자연 세계에 자연으로서 인간의 생명 뿐 아니라 자연으로서 문명의 발달 또한 터하고 있다고 보기 때문이다.

자연과 인간의 이상적 관계를 지향하는 이상국의 사유는 『집은 아직 따뜻하다』 이후 좀 더 극단적인 자연지향성을 보인다. 주지하다시피, 사회생태주의와 심층생태주의의 공통점은 인간을 포함한 자연의 유기체적 상태를 지향한다. 이상국 시에서 유기체적 특성은 사회생태주의의 특성으로 재현되기도 하고 심층생태주의의 특성으로 형상화되기도 한 것이다. 『집은 아직 따뜻하다』 이후, 그의 시는 심층생태주의의 형상화에 좀 더 집중되는 경향을 보인다.

---

39) '심층생태주의에서 인간이 지닌 이성을 도구/관습 이성이라 부르는 한편, 북친이 인간에게서 보는 대안으로서의, 추론적 인식 능력으로서의 이성은 변증법적 이성이라 부른다.'
머레이 북친, 문순홍 역, 위의 책, 260쪽.

2.4 자연과 인간의 유기체적 생명발현

심층생태주의의 관점에서는 생태계 파괴가 인간이 유기적인 생태적 관계망으로부터 벗어난 예외적 존재로 군림하며 자연을 지배하고 착취한 데서 기인했다고 본다. 이러한 비판의 토대 위에 제시된 대안은 어떤 존재든 다른 생명체와 유기체적으로 관련될 때 비로소 존재 발현이 가능하다는 것이다. 이상국 시에서 형상화된 심층생태주의는 자연과 인간의 관계로부터 발현되는 유기론적 생명현상, 생명현상의 순환성과 항상성으로 나누어진다.

이 작두날처럼 푸른 새벽에
누가 나의 이름을 불렀다

개울물이 밤새 닦아놓은 하늘로
일찍 깬 새들이
어둠을 물고 날아간다

산꼭대기까지
물 길어 올리느라
나무들은 몸이 흠뻑 젖었지만
햇빛은 그 정수리에서 깨어난다

이기고 지는 사람의 일로
이 산 밖에
삼겹살 같은 세상을 두고
마천골 물푸레나무 숲에서
나는 벌레처럼 잠들었던 모양이다

이파리에서 떨어지는 이슬이었을까

또다른 벌레였을까
이 작두날처럼 푸른 새벽에
누가 나의 이름을 불렀다
— 「마천골 물푸레나무 숲에서」(『집은 아직 따뜻하다』 10)

위 시 「마천골 물푸레나무 숲에서」는 자연과 인간의 유기론적 생명발현의[40] 양상이 형상화되어 있다. 화자는 스스로 자연으로서 자연 상호 간에 관계 맺는 유기론적 생명발현의 과정에 동참한다. 이러한 상태는 인간과 자연이 분리된 각각이 아니라 인간 스스로 자신의 존재 자체에 관심을 기울이는 자연현상의 한 양상으로 볼 수 있다. 따라서 위 시의 장면은 오늘날 인간이 자연과 인간이라는 이원론적 입장에서 자연 자체보다는 인간을 위한 도구로서의 가치를 따지는 데 대한 대응의 의미와 함께 인간 스스로 자연생태계의 유기론적 생명발현에 관여하는 자연으로서의 자각으로 해석이 가능하다.

위 시의 첫 구절 '작두날처럼 푸른 새벽'은 자연 그대로의 유기론적 양상이 구현된 생태계를 의미한다. 유기체적 관점에서 볼 때, 맑고 높은 '하늘'은 "개울물이 밤새 닦아놓"은 결과이고, 날이 밝는 것 또한 "일찍 깬 새들이" "어둠을 물고 날아"오르기 때문이다. 뿐만 아니라, 종일 "나무들"이 "흠뻑 젖"을 만큼 "산꼭대기까지 물"을 "길어 올"리는 작용으로 생명의 근원인 공기가 정화된다고 본다면, 위 시는 "관계가 대상을 만든다"[41]의

40) 심층생태주의에서 우선적으로 주장하는 구호는 "존재는 발현으로서 본현한다"(Das seyn west als das Ereignis)이다. 여기서 발현이란 본래의 고유한 모습을 허용하여 내보이는 사건, 즉 각자 고유하면서도 서로에게 귀속되어 드러나는 과정을 의미한다. 그들이 볼 때, 존재의 발현은 존재끼리의 조화로운 결합 상태로서의 작용인 것이다.
Heidegger, Beitrage zur philosophie, 전집 제65권, S30 (김종욱, 「하이데거와 불교 그리고 생태철학」, 『존재론 연구』, 한국하이데거학회, 2004, 51쪽에서 재인용)

41) 박경일, 「불교의 공과 데리다의 디페랑스」, 앞의 책, 205~206쪽.

명제가 구현된 생태계를 의미한다. 생태계의 운행, 생명현상은 인위적 산물이 아니라 자연계 서로 간의 상호조응에 의해 발현된다는 것이다.

화자는 세상에서 "이기고 지는 사람의 일로" 지쳐 "삼겹살 같은 세상을 두고" 깊은 산 속에서 "벌레처럼" 잠든다. '벌레'에 내포된 '작고 하찮다'는 의미를 전제할 때, 화자인 '나'를 벌레에 비유한 의도는 유기적으로 관련되지 않고 생명발현이 불가능하므로, 인간이나 벌레의 가치가 다를 바 없다는 사실을 의미한다. "삼겹살 같은 세상"은 시의 맥락으로 추론할 때, 경쟁과 위계로 인한 욕구와 그에 대한 반작용의 갈등이 중첩된 인간 사회의 비유로 해석된다. 반면, "마천골 물푸레 나무 숲"은 '있어야 할' 당위적 세계로서 심층생태주의가 구현된 지구생태계의 의미가 창출된다. 화자는 혼탁한 인간 사회로부터 도피해 자연의 품에 한 마리 "벌레처럼" 안긴 것이다.

다음 시 「남대천으로 가는 길 1」에서는 인간과 자연의 유기론적 특성에 관한 주제가 포착된다.

물소리가
이집 저집 문을 닫아주며 가는데
텃밭에서 고구마가 붉게 여물고
물새들은 알을 품고 누웠다
연어처럼 등때기 푸른 아이들이
물가에 나와
엉덩짝에 풀물을 들이거나
물수제비를 띄우며
그립다고 떠드는 소리를
물소리가 얼른 들쳐업고 간다

집 떠나 오래 된 이들도
물소리 들으면
새처럼 집으로 돌아오고 싶은 저녁

풀이파리 끝 이슬등마다
환하게 불이 켜지고
어디서 숟가락 부딪치는 소리 들린다
— 「남대천으로 가는 길 1」 전문(『집은 아직 따뜻하다』 15)

심층생태주의에서 볼 때, 지구생태계의 각 개체나 상황은 고립된 부분으로 존재하는 것이 아니라 전 생태계와의 관계망 속에서 서로, 또 전체를 반영하며 현현된다. 이와 같은 조화는 일체를 전일적으로 수용하며 전체가 상즉상입相卽相入할 때 이루어진다.[42] 따라서 각 개체 간의 차이는 차별로 되지 않고 각자의 고유성이 발휘되면서도 전체와의 조화를 지향한다. "제석천의 그물망"에 등장하는 구슬 그물에서 각각의 구슬들 속에 모든 구슬이 반사되고, 거울로 둘러싸인 방에서 모든 거울들이 각각마다 불상 특유의 모습을 모두 반사하고 있는 비유[43]는 관계망에 대한 화엄의 예로서 심층생태주의의 유기론에 영향을 미친 것이다.

위 시 「남대천으로 가는 길 1」에서는 이와 같은 화엄적 세계의 유기론적 생명현상에 관한 주제가 재현되어 있다. 위 시에서 남대천은 모든 개체의 생명현상을 반영함으로써 화엄적 세계를 보여준다. 남대천 물은 따로 흘러가지 않고 인간과 호흡하며 흘러간다. "물소리가, 이집 저집 문을 닫아" 주며 흘러갈 때 식물성의 표상인 "고구마가 붉게 여물"고 동물성의 상징물로 보이는 "물새들"도 "알을 품"는다. 인간인 "아이들"이 "엉덩짝에 풀물을 들이거나 물수제비를 띄우"며 자라나는 풍경 속에도 남대천이 흘러간다. 무기물과 식물과 동물과 인간 전체가 서로의 생명현상에 관여하는 유기론적 생명현상으로서 화엄적 세계가 펼쳐진 것이다.

42) 이명섭, 「T.S. Eliot의 The Still Point와 만달라」, 『논문집』 XIII, 성심여자대학교, 1977, 136쪽.
43) 김종욱, 앞의 논문, 56쪽.

다음 시 「겨울산」에서 화자는 자연으로서의 생명발현에 스스로 동참하는 양상을 보인다.

허리로만 살아남은 떡갈나무 뒤에서
오 처녀인 자작나무가 나를 향하여
형제여 하고 불러주었을 때
온 산 바위와 바람이
형제여 형제여 하고 우렁우렁 지르는 소리를
겨울산에서 들었다

비탈마다 모여 선 그들 뿌리가
지구끝까지 닿아있는 슬픔을
나는 겨울 한계령에서 보았다.

– 「겨울산에서」 부분(『東海別曲』 71)

신 물리학자 게리 주커브는 "이 세계에 객관성이란 것은 존재하지 않는다. 우리는 자연의 일부이고, 우리가 자연을 연구할 때 자연이 스스로를 연구한다는 것은 불가능하다"[44]고 발언한 바 있다. 이는 노장사상의 무위자연과 상응하는 가운데 심층생태주의로 수용된 신과학의 이론 가운데 자기조직화를 환기한다. 이 이론들의 강조점은 지구생태계와 인간은 유기체로서 하나라는 것이다.

위 시 「겨울산에서」에서는 인간과 자연이 하나라는 주제가 형상화된다. 시 「겨울산에서」 자연 현상과 화자는 유기체적 관계에 놓여 있다. 화자는 "자작나무"가 화자인 "나를 향하여" "형제" 라고 부르니, 그 소리에 "산"과 "바위"와 "바람"까지도 "형제" 로서 화답한다고 인식한다. 식물과

44) Gary Zukav, *The Dancing Wu Li Masters: An Overview of the New Physics* (New York: Bantam, 1980), p.28.

무기물과 인간 모두가 형제이기에 인간인 화자 또한 "겨울"을 나고 있는 "그들 뿌리"의 "슬픔"을 형제애로 인지한다. 이러한 논의를 전제할 때 인간과 산 전체와 '바위와' '바람'은 유기체로서 하나임을 알 수 있다. 인간과 자연이 상호 감응하며 합일하는 과정이 형상화된 것이다.

이러한 사유는 「대추나무」에서 좀 더 구체화된다.

> 우리 옆집 멍구네가 가대 정리하고 솔가하여 대처로 나간 뒤 멍구네 두엄터에 배배틀린 대추나무 한그루 남았는데 한 밤 측간에라도 갔다 올 양이면 어데서 흐느끼는 소리가 들려 소리를 밟아가면 멍구네 대추나무가 시퍼런 달빛 아래 마른 어깨를 추스르며 울고 있는 것을 나는 여러 번 보았다
>
> 기력이 쇄진한 그는 몇 해 전부터 저 아프리카 토인들 머리털처럼 잎이 말리우는 소위 대추나무 빗자루병에 걸려 있었는데 사람으로 치면 반신불수의 병이나 마찬가지였다. 다시 봄이 와서 동네방네 울안팎의 나무란 나무는 모조리 잎 피고 꽃 필적에 등신처럼 서있는 그를 보고 나는 그가 더 이상 살기를 포기하고 하늘만 쳐다보고 있는 줄 알고 오명 가명 꼬집어보고 비틀어보고 아주 봄이 늦어서야 그는 겨우 잎을 피우긴 했지만 거의 반신은 조막손처럼 말리운 채였다.
>
> 결국 땅이 그를 병들게 했고 멍구네가 그를 버린게 사실이다. 빗자루 병이 깊으면 그는 멍구네 두엄터에 쓰러지겠지만 어스름 저녁이나 시퍼런 달빛아래 두엄터에 홀로 서있는 그를 보면 그가 멍구네 할아버지 같고 정미소집 아저씨 같고 우리 아버지를 보는 것 같아서 나 또한 달빛 아래 그와 함께 울 때가 있다.
>
> —「대추나무」 전문(『東海別曲』 37~38)

위 시 「대추나무」의 공간은 주인인 "멍구네" 가족이 모두 "대처"인 도시로 이사 가고 없는 집 뒤의 빈 마당이다. 화자는 "한 그루 남"은 "대추나무"

가 마당 한 귀퉁이에 서 있는 광경을 보게 된 것이다. 화자에게 "대추나무"는 멍구네 가족과 다름없는 존재로 의미화된다. 대추나무나 멍구네 가족은 모두 자연이자 지구생태계의 생명체로서 유기체적 존재이며, 대추나무는 영혼, 정신을 지닌 자연을 표상하는 것이다.

화자는 대추나무를 "멍구네 할아버지 같고/정미소집 아저씨 같고 우리 아버지 같"다고 여긴다. "한 밤 측간에라도 갔다 올 양이면 어데서 흐느끼는 소리가 들리"는 듯 하여 돌아보기도 한다. 때로, 화자는 멍구네 가족을 자신의 일부로 인식하고, 그에 대한 상실을 인지하는 대추나무가 "두엄터에" 쓰러질지 모른다는 생각에 사로잡혀, "기력이 쇄진한" 대추나무 옆에 서서 울기도 한다. 이러한 태도는 자신 또한 자연이라는 의식이 전제될 때, 가능한 현상이다. 위 시의 화자는 스스로를 자연으로 인식하는 심층생태주의자로 볼 수 있는 것이다.

이상국 시에서 나타나는 유기론적 인식은 인간과 인간을 대상으로 한 묘사에서도 마찬가지 양상으로 나타난다. 다음 시「어느 미친 여인에게」에서는 인간과 인간의 유기론적 관계에 관한 사유가 형상화된다.

> 지난 가을
> 우체국 돌계단에
> 은행나무 이파리 모아놓고
> 히죽히죽 살림살 때 벌써 허리가 절구통 같더니
> 모진 겨울 어디 가 몸풀고
> 거뜬하게 나왔느냐
>
> 어느 천벌을 받을 놈이 몹쓸 짓 했느냐며
> 눈발 날리고 얼음 어는데
> 저 간나 어쩌겠냐며
> 온 시민이 걱정했는데

이 봄
햇살 수북하게 쌓인
전매서 울타리 아래 앉아
머리 풀어헤치고 빗질하는 네가 고마워서
사람들은 가다가 보고
또 돌아보는구나

—「어느 미친 여인에게」 전문(『집은 아직 따뜻하다』 78)

지구생태계를 유기론적 관점으로 보는 이론 가운데 장회익의 '온생명론'은 좀 더 현실적이다. 그의 사유는 게리주커브 류의 신과학이나 노장을 비롯한 동양사상보다 좀 더 구체적이다. 장회익은 지구생태계를 총체적 단일체로 보는 가운데 온생명이라 지칭하며, 개별적 생명체를 개체생명이라 명명한다. 또한 각 개체생명의 입장에서 자신을 제외한 온생명의 나머지 부분을 보생명이라 부른다. 개체생명의 생존은 온생명의 생존과 함께 이루어지며, 개체생명은 자신들의 보생명과 더불어 온생명으로서의 역할을 담당함과 동시에 독립성을 지닌 개체로서 자신의 생존을 유지한다는 것이다.45)

장회익의 이론을 적용할 때, 위 시 「어느 미친 여인에게」에서 여인의 "몸" 안에 숨쉬는 생명체에 대해 "온 시민"이 보여주는 연민과 애정은 지구생태계 내 모든 존재가 유기체적 관계라는 온생명적 존재로서의 자각으로 해석이 가능하다. "온 시민"은 겉으로 볼 때 자신과 직접적인 관련은 없지만 보생명적으로 관련될 수밖에 없는 존재로서의 여인이 "모진 겨울 어디 가" 거뜬하게 몸 풀고 "이 봄/햇살 수북하게 쌓인/전매서 울타리 아래 앉아/머리 풀어헤치고 빗질하는" 모습이 여간 대견하게 보이지 않는다. 그들은 이 사실이 흡족하여 "가다가 보고/또 돌아" 본다. '나'와 '나' 이외의

45) 장회익, 「생명 · 인간 · 문명」, 『삶과 온생명』, 솔, 1998, 167~295쪽.

모든 타자가 온 생명인 자연으로서 하나라는 인식이 구현된 것이다.

이와 같이 이상국 시인은 자연 생태계 내 모든 존재가 서로 관련될 때 지구생태계 전체의 생명현상을 발현할 수 있을 뿐 아니라 각 개체의 자기 실현 또한 가능하다는 사실을 강조한다. 따라서 그의 시에서 언급되는 모든 개체는 유기적으로 연결된 상태를 노정한다. 자연 생태계 내 각 개체 모두는 유기체의 일부로서 다른 개체적 생명체와 조화를 이루어야 각 개체의 생명발현 뿐 아니라 지구생태계 전체의 생명발현이 가능하다는 것이다.

2.5 생명현상의 순환성과 항상성

서로 관련되어 유기적으로 조화된 지구생태계의 항상성은 순환함으로써 지속된다. 무생물을 비롯한 무기물까지 상호의존 작용을 통해, 식물에서 동물로, 미생물에서 생산자로 이어지는 순환성을 형성하고, 대기 중의 온도나 산소와 이산화탄소의 농도도 순환하는 가운데 항상성을 유지한다.[46] 생태계는 무수한 조건들이 서로 의존 화합하여 성립되는 것이므로, 전혀 새로운 것이 생겨나거나 완전히 사라져 없어지거나 하지 않는다. 끊임없이 변화하고 생성하며 순환하는 것이다.

다음 시 「根性」에서는 반순환적 삶의 양태를 통해 순환론적 사유를 탐색할 수 있다.

모를 일이다
소를 만나면
멀리는 조상님의 후생이거나
가까이는 늙은 형님을 보는 것 같다

46) james E. Lovelock, · 홍욱희, 앞의 책, 202~223쪽.

내 사는 도회에선 발바닥에 흙을 묻히지 않는다
차임벨 소리와 함께 배달되는 신선한 우유와 신문의 사설과 꽃집을 지나 약국을 지나 마음 설레는 주말과 전자계산기와 붉은 넥타이 그리고 영화로 아 달아나던 쿤타킨테의 할아버지

모를 일이다
날마다 커피 마시고 향수 뿌려도
내 몸에서 두엄 냄새가 나는 일은
모를 일이다

―「根性」 전문(『東海別曲』 42)

위 시 「根性」에서는 생명현상의 통시적인 순환성이 형상화된다. 화자는 "소"를 보게 되면 마치 "조상"이나 "늙은 형님을 보는 것 같다"는 생각에 사로잡히는 것이다. 특히, 시의 첫 구절에서 시작된 "모를 일이다"는 반복되는 가운데 순환성의 내포된 의미를 증폭시킨다. 불교의 연기론과 관련하여 볼 때, 뭔지 "모를 일"인 그 느낌은 순환하는 자연으로서의 자신에 대한 무의식적 자각으로 해석이 가능하다. 문명의 이기와 도시 생활의 반복으로 잊혀질 듯 하나 스스로가 자연이라는 사실이 잊혀지지 않음으로써 순환론적 존재임을 자각하는 것이다.

자연인 인간으로서 자본주의의 반순환적 삶에 대한 회의의 의미는 2연에서 '있는 세계'의 양상으로 형상화된다. 화자는 "도회"의 아스팔트를 밟으며 "발바닥에 흙을 묻히지 않"고 살아간다. "발바닥에/흙을 묻히지 않는"다는 맥락을 통해 도출되는 '아스팔트'는 인간과 자연의 순환 경로를 차단하는 물질로서의 의미를 생성한다. 나아가 "차임벨 소리"에서 '차임벨'은 기계를[47] 표상한다. 차임벨에 의해 인식되는 시간은 순환의 시간이

47) "기계(機械)를 상정하면 기사(機事)가 생기고, 기사가 있으면 기심(機心)이 발동하며, 기심에는 도(道), 즉 자연의 생명현상이 발현되지 않는다"는 장자의 발언은 기

아닌 획일적이고 분절적인 시간을 의미한다. 기계화된 시간은 인위로 인한 분리와 단절로 일관되므로 순환론적 존재로서의 동일성에 부조화를 초래시킨다는 것이다. 가공된 "우유"에서 도출되는 섭식의 개념 또한 가공의 과정을 거침으로써 단절이라는 의미가 개입되며, 이는 생명현상의 과정에서 순환의 차단이라는 의미를 생성해낸다.

반순환적 상황은 좀 더 근원적인 문제에까지 침투한다. 화자는 몸에 "향수"를 뿌려 원시적이고 야성적인 체취로부터 벗어나고자 시도한다. '향수'가 인간이 지닌 본래적 체취를 변화시키는 물질이라고 본다면 향수를 뿌리는 행위는 야성과 원시의 자연으로부터 분리되려는 의도로 확대해석이 가능하다. 근대적 사고를 지향하는 화자는 처음부터 끝까지 반순환적 생활방식을 지향하며 자연으로부터 벗어나려 몸부림치는 것이다. 그러나 화자의 "몸"에서는 끝내 흙냄새인 "두엄 냄새"가 사라지지 않음으로써 인간과 자연의 유기적인 순환성이 강조된다. 이는 자연으로부터 일탈된 존재로 살고자 하는 '내'가 결국 순환하는 존재로서 자연임을 의미한다.

다음 시 「한계산성 가서」에서는 생태계 내 모든 개체가 서로 자리를 바꾸며 순환한다는 사유가 포착된다.

위험한 줄 알면서도
마음의 내장처럼 구불구불한 한계령 넘어
가을 깊이 들어갔다가
나무 이파리 덮고 누운 한 토끼의 주검을 보았다

희고 가늘게 육탈된 뼈를
그의 마른 가죽이 죽어라고 부둥켜 안고 있었는데
그 검고 겁많은 눈이 있던 자리에

계적으로 분석하고 계산하는 삶의 비순환적 현상에 대한 비판이 내포되어 있다.
莊子, 최효선 역, 「外篇」, 『莊子』, 고려원, 1999, 161쪽.

어린 상수리나무가 자라고 있었다
가느다랗고 보드라운 나무 뿌리가
조금씩 조금씩 눈 속으로 들어올 때
그는 얼마나 간지러웠을까
그 가을 내가 아무런 대책도 없이
한계산성에 간 것처럼
언젠가 갈 데 까지 가게 되면
나도 웃음을 참으며
나무에게 나를 내주고 싶다
벌레들에게 맡기고 싶다

— 「한계산성 가서」 전문(『어느 농사꾼의 별에서』 61~62)

주지하다시피, '있어야 할 세계'는 생명현상과 관련하여 생성과 소멸의 원리가 조화롭게 이루어지는 세계를 의미한다. 생태주의에서는 이러한 세계에 이르기 위한 인식의 전환을 추동하는 것이다. 위 시에서 화자는 이러한 세계를 이해하고, 이 세계에 참여하는 태도를 견지한다. 화자는 "마음의 내장처럼 구불구불한 한계령"을 넘어 자연의 깊은 골짜기로 들어간다. 화자는 그 곳에서 "토끼 한 마리"가 "나무 이파리"를 덮고 죽어 있는 것을 보게 된다. 그런데 이미 썩어 가죽만 남은 토끼의 구멍난 눈에 배태된 "상수리" 씨앗이 "나무"로 자라고 있다. 순환의 질서를 이해하는 화자에게 토끼의 죽음은 소멸을 통한 생성의 의미로 작동한다. '썩어 가죽'만 남은 토끼의 사체에서 "상수리 나무"가 싹을 틔우고 자라는 장면은 생명현상의 과정으로서 '순환'이라는 의미를 창출하는 것이다.

이러한 현상, 생성과 소멸이 생명현상의 과정임을 이해하는 화자는 자신도 죽을 때 토끼처럼 "웃음을 참으며" '나무'나 '벌레'들에게 자신을 내주고 싶다고 발화한다. '나무'는 식물계를, '벌레'는 동물계를 대표한다고 본다면 위 시에서 형상화된 세계는 인간과 동물과 식물이 자리를 바꾸며 순환하는 세계로서, '있어야 할 세계'이자, 심층생태주의가 구현된 지구생태계를 의미한다. '웃음을 참는'다는 표현에는 순환성에 대한 화자의 인식과 적극적인 수용의 태도가 내포되어 있는 것이다.

다음 시 「제삿날 저녁」에서는 극대화된 사멸과 생성의 순환론적 사유가 펼쳐진다.

장작을 집어넣을 때마다
불꽃들이 몸서리치며 튀어오른다
서로의 몸뚱이에 불을 붙이면서도
저렇게 태평스러운 불길들
가마솥의 물이 끓는다
뜨겁다고 끌어안고 아우성이다
저것들도 언젠가 얼음이 되리라
지난날 어머니와 내가
나란히 앉았던 아궁이 앞에
오늘은 아들과 함께
하염없이 불꽃을 바라본다
우리는 저 불꽃 속에서 왔는지도 모른다
혹은 물에서 왔을까
장작불 앞에서
술 취한 사람처럼 벌건 얼굴로
끓는 물소리를 듣고 있는데
뜬김 자욱하게 서린 부엌 안에
우리 말고 또 누가 있는 것 같다

－「제삿날 저녁」 전문(『집은 아직 따뜻하다』 35)

위 시 「제삿날 저녁」에서 화자는 제삿날 저녁에 장작불을 떼는 중에 장작불을 보다가 장작들이 "서로의 몸뚱이에 불을 붙이"는 가운데 "끌어안고 아우성"을 친다고 상상한다. 장작들이 "서로의 몸뚱이에 불을 붙이"며 서로의 소멸을 촉진한다고 인식한 것이다. 화자의 사유는 여기에서 그치지 않고 불꽃이 "언젠가 얼음"이 될 것이라는 데까지 나아간다. "불꽃"이 "얼음이 될 것"이라는 표현은 극단적 상태의 순환을 환기함으로써 세상 전체가 순환하고 있다는 해석을 가능하게 한다. 화자의 이러한 인식은 물질에 그치지 않고 인간에게로 나아간다.

"아궁이 앞에"서 불꽃을 바라보는 시점 또한 "지난날"에는 "어머니와 나"였지만, "오늘은 아들과 내"가 됨을 인지한다. 화자는 여기서 그치지 않고 먼 훗날 자신의 "아들" 또한 '그의 아들'과 불꽃을 바라볼 것이며, 아들의 아들, 즉 손자는 또 그의 아들과 불꽃을 바라보게 될 것임을 예감한다. 이어서 화자의 사유는 '어머니와 나와 아들'로 이어지는 "우리", 인간이 '물'에서 왔는지 '불'에서 왔는지조차 모르겠다는 데까지 확대된다. 인간과 물질이 서로 순환하는 가운데 어느 것도 우월하거나 열등함의 구분 없이 순환하는 자연현상의 원리를 깨달은 것이다.

이와 같이, 이상국 시에서는 생태계 위기로 인해 초래되는 반순환적 상황과 인간의 정체성 혼란에 대한 반성적 사유가 추출된다. 나아가 탄생과 죽음의 순환, 생성과 소멸의 순환을 되풀이 하는 가운데 생명현상이 발현된다는 주제가 도출된다. 그가 지향하는 '있어야 할 세계'란 지구생태계 내 모든 개체가 각 개체인 동시에 전체로서 온전하게 통섭하며 생성, 소멸을 반복하는 생태적 세계인 것이다.

3. 맺음말

이상으로 이상국의 시편을 대상으로 생태주의를 논의했다. 그 결과 생태주의 가운데서도 사회생태주의와 심층생태주의의 두 갈래로 주제가 도출되었다.

그의 작품에는 생태계 위기와 관련하여 개인적인 강제, 제도화된 복종 시스템 등 정치 · 경제 · 사회제도 속에 뿌리내리고 있는 지배문화에 대한 비판적 사유가 내장되어 있다. 그와 함께 인간 사회와 자연의 관계를 교정하고 조절해 가야 한다는 주제가 내포되어 있으며, 그 모두를 자연현상으로 간주한다. 시인은 스스로 자연생태계의 생명현상에 동참하기도 하고, 생태계 내 개체적 존재의 생명현상과 인간과 생태계 내 각 개체의 관계 모색에 관한 방안을 탐구하여 작품으로 형상화한 것이다.

이러한 양상으로 형상화된 그의 작품은 북친의 사회생태주의, 장회익의 온생명, 노장의 무위자연, 불교의 화엄, 게리주커브의 신과학 등 심층생태주의의 이론을 더불어 적용할 때 현실을 반영한 논의와 함께 그의 의도와 가장 근접한 주제가 도출된다. 이 글에서는 이들의 이론을 바탕으로 이상국의 시편에 내재된 사회생태주의와 심층생태주의를 파악하되, 생태계 위기와 지배 종속의 구조, 생태계 위기와 자본주의 경제체제, 생태계 위기와 경제정치 구도, 자연과 인간의 유기체적 생명발현, 생명현상의 순환성과 항상성 등으로 구조화하여 살펴보았다.

먼저 사회생태주의를 드러내는 작품에는 인간과 인간 간, 자본주의적 시장 체계, 경제 위주의 정치 구도 등 사회구조의 위계에 대한 비판적 관점이 형상화되어 있다. 지배와 피지배의 관계에서 야기되는 인간의 대상화를 상기시키는 가운데 모든 인간은 평등한 존재이며 함께 존재해야 한다는 주제가 형상화된 것이다. 그의 작품에 나타나는 사회생태주의를 정리하면 결국 지배 집단으로서의 인간과 피지배 집단으로서의 인간이라는 위계의 인식이 우월한 존재로서의 인간과 열등한 존재로서의 자연이라는 이분법적 사고를 성립시키는 원인이 된다는 것이다. 뿐만 아니라, 위계적인 사회구조로 성립되는 불평등한 인간관계를 개선하고 그로부터 파생된 자본주의적 시장경제, 경제 위주의 정치 구도 등을 개혁해야 인간을 포함한 자연생태계 전체의 다양성과 생명성이 확보될 수 있다는 주제가 형상화되어 있다.

심층생태주의가 드러난 시편에서는 모든 공동체와 환경파괴의 원인이 인간이 자연을 대하는 태도의 잘못됨에서 기인한다고 본다. 이를 해결하기 위해서는 인간이 자연을 대하는 근본 가치관부터 달라져야 하며, 인간이 자연의 일부라는 자각과 함께 인간중심적 사고에서 생태중심적으로 변화되어야 한다고 주장한다. 그리하여 인간과 자연이 유기론적 생명 공동체로서 하나라는 점, 인간과 자연이 서로 순환하면서 생성하고 소멸하고, 죽고 부활한다는 주제가 강조된다.

이와 같이, 이상국 시에서 재현된 생태주의는 사회생태주의와 심층생태주의로 구별되지만 결국 인간 스스로를 자연이라고 인식한다는 점에서 공통적이다. 생태계 파괴의 원인이 인간과 자연의 관계에서 인간중심적이거나 인간과 인간의 관계에서 우월한 인간중심주의로 세계를 바라본다는 것이다. 따라서 사회생태주의와 심층생태주의의 특징을 보이는 시들은 모두 위계 구조로부터 생태계 파괴의 원인이 발생된다고 보는 점에서 서로 일치하고 맞물려 있음을 알 수 있다. 결국 공통적인 지향은 생태계 전체가 유기체적이기 때문에 그 관계의 대상인 인간과 생태계 내 개체 모두는 개별적인 대상으로서 존중하고 존중받아야 한다는 것이다.

이상국 시에서 이와 같은 양상을 드러내는 시편들이 적지 않게 발견되는 것을 볼 때, 시인의 시적 지향이 생태주의 가운데서도 대안의 양상에 집중되어 있음을 알 수 있다. 이상국의 시는 보편적인 가운데 가장 급진적인 생태주의의 두 양상, 생태계 위기에 대한 대안으로서 위계구조의 혁파와 함께, 경제와 정치 제도를 개선해야 한다는 사회생태주의의 특성과 생명현상의 원리에 대한 이해를 바탕으로 지구생태계 내 모든 개체가 온전하게 생명현상을 발현해야 한다는 심층생태주의의 지향이 형상화된 것이다.

제2장

고진하 시에 나타난 만유재신론적 생태주의

/『우주배꼽』 이후 시를 중심으로

1. 머리말

고진하는 1987년『세계의 문학』으로 등단한 후, 현재까지 꾸준하게 작품 활동을 하고 있는 시인이자 목회활동을 하고 있는 목사이다.[1] 그는 기독교사상의 배타성에 대해 회의하는 가운데 마이스터 에크하르트의 사유에 관심을 가지며, 그와 관련한 사유를 산문으로 발표하기도 했다. 산문을 통해 드러나는 그의 가치관은 그의 시편에서도 마찬가지 양상으로 나타난다.

지금까지 고진하 시에 대한 연구는 총 4편의 학위논문[2]과 함께 30여

1) 고진하는 강원도 영월에서 1953년에 출생하여 감리교 신학대학 및 동 대학원을 졸업했다. 감신대에서 학생들을 가르치고 있으며, 한 살림교회에서 목회를 하고 있는 목사이다. 1987년『세계의 문학』으로 등단했으며, 시집으로는『지금 남은 자들의 골짜기엔』(민음사, 1990),『프란체스코의 새들』(문학과지성사, 1993),『우주배꼽』(세계사, 1997),『얼음수도 원』(민음사, 2001),『수탉』(민음사, 2005),『거룩한 낭비』(뿔, 2011)가 있다. 산문집으로『부드러움의 힘』,『나무신부님과 누에성자』,『몸이야기』,『나무명상』 등이 있다. 1997년에는 제8회 김달진문학상을 수상하기도 했다.

2) 김시영,「고진하 시에 나타난 기독교 가치관 연구」, 인제대학교 교육대학원 석사학위논문, 2000.

편의 소논문과 평론에서 다루어졌다.[3] 이러한 논의는 대체로 농촌,[4] 실존주의,[5] 기독교사상,[6] 고요와 느림,[7] 범신론,[8] 경계의 무화,[9] 생태주

양 군, 「한중 "생태환경시" 연구」, 성균관대학교 박사학위논문, 2008.
장영희, 「한국 현대 생태시의 영성 연구」, 부산대학교 박사학위논문, 2008.
김형태, 「고진하 시 연구」, 한국교원대학교 대학원 석사학위논문, 2012.

3) 전정구, 「자연풍경 묘사와 개인 체험의 객관화」, 『세계의 문학』57, 민음사, 1990. 가을.
이광호, 「세속세계의 <산책> 혹은 <이탈>」, 『세계의 문학』69, 민음사, 1993. 가을.
정효구, 「대지와 하늘과 등불－고진하론」, 『현대시학』320, 현대시학사, 1995. 11.
홍용희, 「신성의 위기와 재생」, 『서정시학』, 깊은샘, 7, 1997.
이혜원, 「지상의 성소를 찾아서」, 『서정시학』, 깊은샘, 7, 1997.
유성호, 「신이 부재한 시대의 '신성' 발견」, 『유심』7, 2001. 겨울.

4) 진이정, 「굴뚝과 연기」, 『문학정신』, 열음사, 1991. 6.
고현철, 「고진하론: 뒤틀린 농촌현실과 공동체의 꿈」, 『오늘의 문예비평』, 지평, 1991. 12.
남송우, 「빈곳에서 보는 충만함의 역설」, 『다원적 세상보기』, 전망, 1994.
유성호, 「다시 '빈 들'에서, '시'를 사유하다」, 『거룩한 낭비』해설, 뿔, 2011.

5) 서정기, 「방에서 광장까지」, 『문학과사회』11, 문학과지성사, 1990. 8.
성민엽, 「빈들의 체험과 고통의 서정」, 『지금 남은 자들의 골짜기엔』, 민음사, 1990.
박덕규, 「추억도 꿈도 없는 세상의 거울」, 『문예중앙』13.4, 1990. 겨울.
반경환, 「시적 아름다움의 의미」, 『현대문학』37.6, 현대문학, 1991. 6.
김기석, 「이곳과 저곳 사이의 서성거림,」, 『우주배꼽』, 세계사, 1997.
남진우, 「연옥의 밤 실존의 여명」, 『그리고 신은 시인을 창조했다』, 문학동네, 2001.

6) 이경호, 「견성의 시학」, 『프란체스코의 새들』, 문학과지성사, 1993.
금동철, 「성스러움 혹은 존재 비껴가기」, 『현대시』8.6, 1997. 6.
김선학, 「동적 세계에서 정관적 세계로」, 『서정시학』, 깊은샘, 7, 1997.
윤성희, 「지상에서 천상으로, 천상에서 지상으로」, 『서정시학』, 깊은샘, 7, 1997.
김홍진, 「고진하 시의 종교적 상상력 연구」, 『현대문예비평연구』제38집, 2012, 137～139쪽 참조.

7) 신범순, 「고요로 둘러싸인 울타리를 위하여」, 『문학사상』283, 문학사상사, 1996. 5.
김양헌, 「고요한 신명」, 『현대시』140, 2001. 8.
김문주, 「느림의 문화와 기독교 영성」, 『어문논집』56, 민족어문학회, 2007.

8) 엄국현, 「경계적인 인간의 탐색의 노래」, 『서정시학』, 깊은샘, 7, 1997. 6, 76쪽.
홍용희, 「신생의 위기와 재생」, 『서정시학』7, 1997. 6, 109쪽.
김양헌, 「편재론적 상상력, 눈부신 신성의 낯설음」, 『서정시학』, 깊은샘, 7, 1997. 6, 124쪽.
김경복, 「고독과 침묵의 사원에서 펴지는 성결한 언어들」, 『생태시와 넋의 언어』, 새미, 2003. 157쪽.

9) 이혜원, 「경계의 무화」, 『생명의 거미줄』, 소명출판, 2007, 218～228쪽.

의[10] 등으로 구분된다. 초기 시집이 황폐화된 1980, 90년대 농촌 현실과 도시 공간에 대한 비판의식으로 주로 논의된 반면, 『우주배꼽』 이후부터 자연의 관계로부터 발현되는 생명현상과 영성의 문제에 대해 탐색하는 경향을 보인다.

특히, 『우주배꼽』 이후 시편에 나타나는 그의 사유는 전통신학이 지향하는 믿음으로부터 벗어나 있다는 점과 관련하여 생태주의로 논의되는 가운데, 그 성과가 다양하게 축적되었다.[11] 그러나 그러한 논의에서도 그의 종교적 사유가 현재화됨으로써 지니는 생태주의의 문학적 가치를 총체적으로 도출하지는 못했다. 생태계 위기에 대응한 대안으로서의 종교적 사유를 논의하지 못한 것이다.

이 글에서는 이러한 점을 염두에 두고 고진하의 시 가운데서도 『우주배꼽』 이후 시편에 나타나는 그의 종교적 태도와 관련하여, 그가 추구했던 사유의 궁극적 의미를 탐색하고자 한다. 이 시기, 그의 시에 나타난 종교적 사유는 지상의 현실 속에서 영성을 추구하는 특징을 보인다.[12] 이러한 점은 그의 산문을 바탕으로 추론할 때,[13] 마이스터 에크하르트에[14]

---

10) 장영희, 「고진하시 생태의식 연구」, 『문창어문논집』, 문창어문학회 28, 2001.
남송우, 「기독교 시에 나타나는 한 생명현상」, 『대화적 비평론의 모색』, 세종출판사, 2000.
______, 「고진하 시인의 생명의식」, 『생명시학 터닦기』, 부경대출판부, 2010. 332~345쪽.
김홍진, 「녹색문학과 기독교 영성」, 『기독교문화연구』, 한남대학교 기독교문화연구원, 2010.

11) 나희덕, 「시적 상상력과 종교다원주의」, 『기독교사상』, 대한기독교서회, 2005.
남진우, 앞의 논문, 231쪽.
성민엽, 앞의 논문, 109쪽.
유성호, 앞의 논문, 316쪽 참조.
김홍진, 앞의 논문, 137~139쪽 참조.

12) 남송우, 「고진하 시인의 생명의식」, 『생명시학 터닦기』, 341쪽.

13) 고진하, 「누가 하늘을 독점할 수 있는가」, 『기독교사상』통권 제479호, 대한기독교서회, 1998.

대한 탐색으로부터 비롯함을 알 수 있다.

에크하르트의 신학은 전통신학을 비판하며 등장한 부정신학[15]의 한 유

______, 「오늘 하루도 온 생명의 품에 안겨」, 『기독교사상』, 통권 제565호, 대한기독교서회, 2006.

______, 「마이스터 엑카르트와 함께 하는 '안으로의 여행' 1~22」, 『기독교사상』 통권 제591~제702호, 대한기독교서회, 2008~2009.

______, 「영을 중심으로 한 기독교적 전인성」, 감리교신학대학 대학원 석사학위논문, 1997.

______, 『부드러움의 힘 : 고진하 에세이』, 생각의 나무, 2001.

______, 『나무신부님과 누에성자 : 고진하 산문집』, 세계사, 2001.

______, 『내 영혼의 웰빙』, 진흥, 2004.

______, 『나무명상』, KMC, 2007.

______, 『신들의 나라 인간의 땅 : 고진하의 우파니샤드 기행』, 비채, 2009.

14) 마이스터 에크하르트(*Meister Eckharts;* 1260~1327)는 튀링겐 지방 호호하임에서 독일 기사(騎士)의 아들로 태어났다. 청년시절에 도미니크 수도원에 들어갔고, 파리대학에서 수학한 다음, 1302년 수사(修士) 학위를 받았다. 그를 마이스터 에크하르트라고 부르는 것은 여기에서 유래한 존칭이다. 1304년 도미니크파의 작센 관구장(管區長), 1307년 보헤미아의 주교 총대리가 되었다. 그후 한때 파리대학교에서 강의도 했으나, 1313년경 귀국하여 슈트라스부르크와 프랑크푸르트 등지에서 생활하다가 쾰른에 정착, 그 시대의 가장 저명한 설교자의 한 사람으로 각광을 받았다. 그는 영혼의 깊은 곳에서의 '영혼의 불꽃'과 신과의 합일(合一)을 강조하였다. 그는 이 합일의 극치를 '영혼에 있어서의 신의 탄생'이라 하였고, 더구나 그 신은 삼위격(三位格: 페르소나)의 구별을 초월한 근원적 신성(神性)이라고 주장하였다. 이러한 경지에 이르기 위하여서는 모든 피조물뿐 아니라 자신에게서도 벗어나 자신을 완전히 비우지 않으면 안 된다고 설파하였다.
길희성, 「신과 영혼: 지성」, 『마이스터 엑카르트의 영성 사상』, 분도출판사, 2003, 47~63쪽 참조.

15) 전통신학에서 하느님은 태초에 우주를 창조하셨고, 그 후 우주는 더 이상 이 세상에 대한 하느님의 관여 없이 하느님이 부여한 자연법칙을 따라 작동한다. 이러한 이신론적 신관은 하느님을 대상화함으로써 별개의 존재로 이해한다. 생태주의자들은 이러한 하느님 모델이 지배-피지배 구조를 고착화시킴으로써 생태계 파괴를 주도한다고 본다. 반면 부정신학은 부정하는 과정, 즉 무신론이나 반신론(反神論), 불가지론이 아니라, 하느님에 대해 제한적이고 불완전한 규정을 부정하는 방식으로 하느님의 본질을 인식하려는 그리스도 신학의 한 분야를 말한다. 즉, 인간이 궁극의 신적 실재에 대해 완전한 인식을 갖는 것은 불가능하다고 보며, 전통신학에서 주장하는 개념들을 재구성하고 그 한계를 극복하고자 하는데 목적이 있다.

파이다. 전통신학에서 창조주는 초월적 존재로서, 창조주와 세계는 완전히 구별된다. 전통신학은 창조주를 완전하고 선하며 절대적인 존재로 보는 반면, 부정신학은 인간의 말로 창조주를 표현할 수 없다고 보기 때문에 창조주에 대한 인간의 진술은 사라져야 한다고 주장한다.[16] 인간이 창조주를 진술하는 과정에서 인간의 의도가 개입되기 때문에, 순수하게 창조주를 설명할 수 없다는 것이다.

부정신학은 에크하르트의 신비주의 신학을 비롯하여,[17] 비움을 강조하는 몰트만의 케노시스적 신학,[18] 과학과 신학이 침투될 때 새로운 비전이 생성된다고 보는 떼이야르 드 샤르댕의 과정신학을 들 수 있다.[19] 또한 신과 우주의 복잡성에 주목하는 폴킹혼의 자연신학,[20] 존재의 현실성을 생명이라고 보는 틸리히의 조직신학,[21] 창조주를 어머니이자 몸으로 인식하는 셀리 멕페이그의 은유신학,[22] 문자 중심의 신앙이 창조주를 왜곡하는 근본 원인이라고 지적하는 마커스 J 보그의 과정신학,[23] 관계론적 생명신학을 강조하는 서남동의 민중신학을[24] 들 수 있다. 이들은 창조주의 존재에 대한 이해를 약화시킨 전통신학을 비판하며 교정하려는 데서 공통점을 보인다. 부정신학자들의 관심은 텍스트 너머, 만유에 내재하는 창조주의 영성을 탐구하는 데 집중되어 있는 것이다.

이와 같이, 부정신학으로 운위되는 기독교사상의 만유재신론(萬有在神論,

윤철호, 「삼위일체 하나님과 세계」, 장로회신학대학교 출판부, 2011, 476쪽.

16) 길희성, 「신과 영혼: 지성」, 앞의 책, 120쪽 참조.

17) 길희성, 위의 책 참조.

18) J. 몰트만, 이신건 역, 『생명의 샘』, 대한기독교서회, 2000.

19) 테야르 드 샤르뎅, 양명수 역, 『인간현상』, 한길사, 1997.

20) J. 폴킹혼, 이정배 역, 『과학시대의 신론』, 동명사, 1998.

21) Paul Tillich, T*he Courate to Be*(New Haven: Yale University Press, 1952).

22) 셀리 멕페이그, 정애성 역, 『은유신학: 종교 언어와 하느님 모델』, 다산글방, 2001.

23) 마커스 J 보그, 한인철 역, 『새로 만난 하느님』, 한국기독교연구소, 2001.

24) 서남동, 『전환시대의 신학』, 한국신학연구소, 1976.

panentheism)[25]은 창조주가 우주 전체를 포함하고 관통하며, 세계의 모든 부분이 창조주 안에 존재하지만, 창조주는 세계보다 크며 세계에 의해 다 소진되지 않는다는 믿음으로 정의된다.[26] 만유재신론을 통해 파악되는 창조주는 세계를 초월하는 동시에 세계를 포함하며, 피조물의 모든 영역, 불확정성의 영역에까지 힘을 부여한다.[27]

이러한 사유는 화이트헤드의 유기체론으로부터 비롯되었다. 화이트헤드는 만물 위에 군림하는 신, 형상, 이데아로써 신과 현실적 존재들을 규정하고 한정하는 것을 부정한다.[28] 그가 볼 때, 창조주는 세계와 분리되지 않는 유기체적 존재이다. 그의 제자 찰스 하트숀C. Hartshorne은 이러한 화이트헤드의 사유를 만유재신론으로 규정한 것이다.[29]

만유재신론에서 파악할 때, 세계는 창조주로부터 분리되지 않을 뿐 아

---

25) 이 용어는 크라우제(Chrisitian Frederich Kruse, 1781~1832)에 의해 도입된 이후로 1953년에 하트숀에 의해 사용되었으며, 최근에는 다양한 신학자들에 의해 채택되었다. 만유재신론(panentheism)은 축어적으로는 'παν'(모든 것), 'εν'(안에), 'θεος'(신)의 합성어로서 모든 만물이 신 안에 있다는 의미이다. 만유재신론은 기독교의 영역뿐만 아니라 세계의 많은 종교적 전통에서 나타난다. 유대교 카발라(Kabbalistic) 전통들과 이슬람 수피 전통은 분명한 만유재신론적 요소를 가지고 있으며, 대부분의 힌두 철학 전통들도 만유재신론적이다. 기독교에서 만유재신론의 정의는 '하나님의 존재는 전 우주를 포괄하며 전 우주 안에 스며들어 있다. 따라서 모든 부분은 하나님 안에 존재한다. 하나님의 존재는 우주 이상이며 우주에 의해 다 소진되지 않는다'. 범재신론과 같은 의미로 사용된다. 닐스 그레거슨, 클레이튼, 브라켄, 케이트 워드, 에크하르트, 폴킹혼, 틸리히, 마커스 J 보그, 테이야르 드 샤르댕, 몰트만, 셀리 맥페이그 등의 이론이 이 유형에 가깝다.
윤철호, 『현대신학과 현대 개혁신학』, 장로회신학대학교출판부, 2003, 360~361쪽, 68쪽 참조. 이 글에서는 기독교사상의 만유재신론으로 한정하여 다룬다.

26) *Oxford Dictionary of the Christian Church*, F. L. Cross ed., (Revised Ddition edlited by E. A. Livingstone) (Oxford University Press, 2005), p.1027.

27) 유승현, 「틸리히의 실존론적 만유재신론에 관한 연구」, 장로회신학대학교 석사학위논문, 2008, 9쪽.

28) 화이트헤드, 오영환 역, 「유기체와 환경」, 『과정과 실재』, 민음사, 1991, 740쪽.

29) 찰스 하트숀, 임인영 외 역, 『하나님은 어떤 분이신가』, 한들출판사, 1995, 44~45쪽 참조.

니라, 창조주와 동일시되지 않는다. 세계는 고유한 자신의 실존을 지니는 동시에 창조주에 절대적으로 의존한다. 유신론이 실체론적이고 범신론이 동일성을 지향한다면 만유재신론은 유기체적인 것이다. 이와 같은 특성으로 인해 만유재신론은 인간 또한 자연임을 자각하고 유기체적 자아로 전환하기를 지향하는 생태주의와[30] 상응한다.

이는 지구생태계 전체는 부분의 합보다 크며, 상호의존성, 순환성, 다양성을 담지한다고 보는 생태주의자 카프라의 유기론적 사고와도 닿는다.[31] 창조주의 초월성을 강조하는 유신론이 생태 위기를 초래한 이원론적 사유의 주요 원인으로 지적되는[32] 반면, 만유재신론은 모든 개체나 상황에 작용하는 영성으로서 연속성을 강조하는 생태주의의 유기론적 특성과 통하는 것이다.

만유재신론과 관련한 생태주의의 논의는 이와 같이 만유의 모든 존재가

---

30) 생태주의의 어원이 되는 생태학(ecology)이란 지구의 생물이 생물과 비생물의 환경 속에서 생명을 유지 보존하는 상호 작용을 하여 조화를 이루어 살고 있는 생명 현상을 연구하는 학문이다. 희랍어로 oikos와 학문을 의미하는 logos의 합성어로 헤켈(Haeckel)이 유기적 환경과 무기적 환경에 대한 동물의 총체적 관계를 취급하는 학문으로 정의한다. 생태주의는 1960년대 산업화 이후 급속도로 발전했으며, 생태계 파괴의 원인인 이원론이 서구의 근대적 세계관과 기독교사상으로부터 비롯되었다고 본다. 초월적 창조주로 인해 창조주와 인간이 이원화되고, 이러한 사유가 인간과 자연의 관계에서 되풀이되는 가운데, 인간과 자연의 대립을 초래했다고 본다. 그 결과 자연은 도구화되고 생태계가 파괴되었다는 것이다. 그에 대해 대안을 모색하는 생태주의자들은 인간과 자연의 유기체적 특성을 강조함으로써 전일적 사고의 전환을 유도한다.

장정렬, 「생태주의의 탄생」, 『생태주의 시학』, 한국문화사, 2000, 7~18쪽 참조.

31) F. 카프라, 이성범 외 역, 『현대물리학과 동양사상』, 범양사, 1994, 35~36쪽 참조.

32) 오늘날 생태계 위기를 바라보는 신학적 입장은 '인간중심적 세계관과 이원론'에 초점이 맞추어져 있다. 이는 성서 해석의 과정에서 왜곡되었기 때문이다. 초기 교부에서 신학적 작업이 성서의 비이원론적인 히브리적 사유보다 플라톤과 아리스토텔레스의 이원론적인 그리스 철학에 기대고 나아간 데 원인이 있다.

Lynn White, "*The Historical Roots of our Ecological Crisis,*" Science 155 (March 10, 1967), pp.1203~1207.

영성적이며 상호 유기론적(organism)[33]이라는 데서 착안되었다. 주지하다시피, 만유재신론에서 창조주는 존재 자체로서 창조주의 밖은 존재의 밖이기에 존재하는 모든 것은 창조주를 떠나 독자적으로 존재하지 않는다. 기독교사상의 만유재신론은 만물이 관련된 가운데 창조주와 상호 작용한다는 데 초점이 맞추어져 있는 것이다.

에크하르트는 그의 만유재신론에서 창조주와 합일하기 위한 전제 사항으로 '초탈'과 '돌파'를 제시한다. 초탈이란 어떤 존재가 신적 본질과 상관없이 피조세계에 집착하는 데서 벗어나 내면의 영혼으로 들어가는 합일의 여정을 통칭하는 개념이다.[34] 이에 수반하는 '돌파'는 돌파하여 자기 안에 창조주를 낳음으로써 창조주를 경험함을 말한다.[35] 만유재신론에

---

33) "유기론(organism)이라는 말은 1919년에 리터(W.E. Ritter)에 의해 처음 사용되었다. 유기체론이라 번역하는 경우가 많지만 생물의 다른 말인 유기체(organism)가 아니더라도 유기적인 특성을 가지고 있는 경우에 일반적으로 적용되기 때문에 유기론이 더 적당하다. 유기론은 전체(a Whole)가 부분들(parts)과 관계를 맺고 있으며, 부분들의 질서 정연한 협력과 상호의존성에 의해서 유지될 뿐만 아니라, 그 부분에 결정적인 통제력을 작동시키고 있다는 생각을 발전시켰다."
이도원, 「생태학에서의 시스템과 상호의존성」, 『생태적 상호의존성과 인간의 욕망』, 동국대학교출판부, 2006, 21~22쪽.
이 글에서는 '유기체', '유기론', '유기적', '유기성'을 문맥에 따라 같은 의미로 활용한다.

34) 에크하르트는 단순한 하나를 신성(Gottheit)의 순수함으로 말한다. 단순한 하나의 신성은 인간이 명명하는 모든 이름들로부터 자유롭고, 모든 형태를 지니지 않고, 전적으로 어떤 것에도 얽매이지 않으며 자유롭고 하나이며 단순하다. 이러한 진술과 함께 에크하르트는 철저히 하나인 하나님에 집중한다. 그래서 에크하르트는 창조의 원리이며 최종 목적지인 신성의 무저(Abrrund)로 회귀한 인간이 하나님 안에서 피조물들과 하나가 되는 것이라고 말한다.(… 중략 …)하나님은 이것도 저것도 아닌 어떤 것(ein Etwas)이다.
Wouter Goris, Einheit als Prinzip und Ziel: *Versuch iiber die Einheitsmetaphysik des Opus tripartitum Meister Eckharts* (Leiden · New York · Köln: Brill, 1997), pp.288~372(김형근, 「Meister Eckhart의 하나님 이해와 하나님 아들의 삶」, 『신학논단』제56집, 2009, 162쪽에서 재인용)

35) 길희성, 「초탈과 돌파」, 앞의 책, 179~180쪽 참조.

서 파악되는 창조주의 참여는 최초의 창조를 넘어 전 영역과 과정에 걸쳐 있는 것이다.[36] 이는 창조된 피조물이 창조주와 끊임없이 만남으로써 생명현상을 발현한다는 순환성의 의미로 이어진다.[37] 또한 에크하르트의 만유재신론은 신이 현재와 공 · 현존함으로써 기원을 새롭게 만들어 낸다는 엘리아데의 신화와 닿아 있다. 현존하는 생태계는 가시적이거나 비가시적인 영역, 비가역적 상황까지도 창조주의 영성이 작용하는 신화적 공간이라는 것이다. 이러한 논의를 통해, 에크하르트의 만유재신론은 생태주의와 관련하여, '하나'의 지향과 전일적 생태계, 생성과 소멸의 창조적 순환성, 비구분의 신화적 생태계로 요약된다.

고진하는 그의 산문에서 밝히고 있듯이 에크하르트의 이와 같은 사유에 경도되었으며, 그의 시편에서도 마찬가지 양상으로 나타난다. 따라서 그의 시를 대상으로 에크하르트의 만유재신론으로 접근할 때, 그가 지향한 종교적 사유와 함께 현실적 가치로서의 생태주의를 도출해낼 수 있게 된다. 이러한 방법의 논의가 가능할 때, 기독교사상이 생태계 파괴를 주도했다는 비판으로부터도 자유로울 수 있게 될 것이다.

따라서 이 글에서는 고진하의 시를 대상으로 에크하르트의 만유재신론에서 제시하는 '하나'의 지향과 전일적 생태계, 생성과 소멸의 창조적 순환성, 비구분의 신화적 생태계로 유형화해서 분석하고자 한다. 이러한 논의를 위해 그의 시 가운데서도 현재 시점에서 후기에 해당하는『우주 배꼽』,『얼음수도원』,『거룩한 낭비』에 실린 시편들을 다룰 것이다. 그의

36) 매튜 폭스, 황종렬 역,『원복』, 분도출판사, 2001, 93쪽.

37) 일반적으로 '영성*spirituality*'은 '물질'과 대비되는 개념이다. 그러나 기독교에서 '영성'은 물질적 의미에 대한 대립이기보다, 삶의 전반을 통한 하나님과의 관계를 일컫는 말이다. 그리스도적인 존재의 본질을 이루는 가운데, 창조주와 통합된 생명의 원리나 활성화한 원동력을 뜻한다.
정희수,「기독교의 영성과 동북 아시아의 종교적 심상」,『기독교사상』 1996. 5, 23쪽 참조.

시에 나타나는 생태주의의 특성은 이 시기에 좀 더 선명하게 나타나기 때문이다. 그 외 그의 산문과 논문 또한 논의를 위한 참고자료로 활용한다. 먼저 '하나'의 지향과 전일적 생태계에 관해 보기로 한다.

2. '하나'의 지향과 전일적 생태계

에크하르트가 말하는 '하나'의 의미는 수 개념을 부정하며, 숫자를 초월한다. 그가 말하는 하나의 의미는 창조주의 존재 자체, 무한자, 만유의 무제약적 포괄자, 영존하시는 충만자의 의미로 사용된다.[38] 여기서 '하나'는 세계를 포괄하는 창조주로서의 하나이자, 개체 내에서 탄생하는 창조주를 표상하므로, 전통신학에서 말하는 '하느님'과 다른 차원의 의미를 갖게 된다. 에크하르트의 다음 발언을 보기로 한다.

> 신과 나, 우리는 하나다. 나는 인식을 통해 신을 내 안으로 받아들였고, 역으로 사랑을 통해 나는 신 안으로 들어간다. (… 중략 …) 활동되는 것과 형성되는 것은 하나다. (… 중략 …) 신과 나, 우리는 활동 속에서 하나다. 신은 활동하고 나는 형성된다.[39]

위 인용문에서 에크하르트는 참된 창조주를 알기 위해 모든 개체는 "인식을 통해 신을" "안으로 받아들"이고 '사랑을 통해 신 안으로 들어'가야 한다고 설파한다. 개체가 창조주가 되고 창조주가 개체가 되는 활동 속에서

38) 길희성, 「신과 세계: 하나, 존재」, 앞의 책, 75~79쪽 참조.

39) R. Blakney(ed.). "The Aristocrat", *Meister Eckhart* (New York: Harper & Row, 1941), p.109(김화영, 「마이스터 에크하르트 신비사상 연구」, 연세대학교 석사학위논문, 44쪽에서 재인용).

창조주와 개체는 하나가 된다는 것이다. 에크하르트는 이러한 상태가 가능하기 위해서 먼저 자기포기, 즉 초탈과 돌파를 통한 '낳음'의 단계로 나아가야 한다고 주장한다.40) 그의 사유는 자신의 근저로 돌파해 들어간 영혼이 창조주와 자신이 '하나'임을 깨닫게 되는 데 목표를 두므로, 전체 생태계가 유기적 관계에 있다는 사실을 깨닫게 하는 데 목적을 두는 생태주의와 통하게 된다.41)

고진하의 시 「겸허한 소청」에서는 창조주와 하나가 되고자 하는 초탈의 사유가 형상화된다.

> 은퇴하면 향리에 돌아가 순한 눈망울 멀뚱거리는
> 소나 몇 마리 치고 싶다던 친구,
> 은밀히 끼적거린 유고만 한 다발 떠안기고 소천해 버렸다.
> 천애(天涯)의 벼랑 타기를 즐기던 녀석답게
> 그의 유고엔 이런 시건방진 구절도 엿보인다.
> 캄캄한 길이라고 왜 길이 아니겠어!
>
> 꼭두새벽, 친구 생각에 안개주의보 속 산길을
> 자꾸 막히는 산길을 울컥, 울컥 걷다가 또 앞을 가로막는
> 밑 모를 저 심연에서 올라오는, 그가 장좌불와 중에
> 올렸을 법한, 기도 한구절을 불쑥 떠올린다
> 하느님, 내게서 하느님을 없애주십시오!
> (실은, 중세 한 수도승의 기도다)
>
> 그리해 주소서, 하느님!
> 이보다 더 깊고 겸허한 소청이 어디 있겠나이까.
>
> ㅡ「겸허한 소청」 전문(『거룩한 낭비』62)

40) 길희성, 「하느님 아들의 탄생」, 앞의 책, 265~269쪽 참조.
41) 찰스 하트숀, 임인영 외 역, 앞의 책, 44~45쪽 참조.

주지하다시피, 에크하르트의 창조주는 순수한 무無로부터 어떤 것을 창조한다. 그러므로 피조물인 인간은 창조주를 만나기 위해 대상적 하나님을 놓아버리고, 초탈하여 자신의 자아를 돌파함으로써, 무無의 상태에 도달해야 한다.[42] 인간은 자신의 자아를 비움으로써 무無에 이를 때, 자신의 목적인 창조주와 만나게 되며, 피조물로서의 인간과 창조주는 '하나'가 됨으로써 창조주의 목적인 새 창조가 가능해지는 것이다.

이러한 논의를 전제할 때, 위 시에서 화자가 "안개주의보 속 산길을" 걷다가 추측하는 "친구"의 기도는 주목된다. 자신 속에서 "하느님"을 "없애" 달라는 친구의[43] 기도는 초탈의 지향으로 해석이 가능한 것이다. 친구가 지향하는 창조주는 타자로서의 신, 대상적 신이 아니라 자신 속에서 탄생하는 창조주를 의미한다. 그러므로 위 시에서 '하나님'을 없애 달라는 기도는 창조주와 합일을 이루기 위한 수단인 동시에 창조주와 유기적으로 연결된 국면으로 의미화된다. "내게서 하느님을 없"앤다는 구절은 창조주와 분리되기가 아니라 창조주와의 일치, 창조주와 '하나'되기를 의미함으로써 생태주의의 유기론적 가치와 만나는 것이다.

다음 시 「태양은 모래눈물을 흘린다」에서는 현실의 재현을 통해, 그 안에서 생성되는 창조주를 암시한다.

검은 차도르를 상복(喪服)처럼
머리끝까지 뒤집어쓰고

---

42) 길희성, 「초탈과 돌파」, 앞의 책, 179쪽.

43) 위 시의 '친구'는 고진하의 친구였던 고(故) 전생수 목사를 가리킨다. 전생수 목사는 충북 추평교회 담임목사였으며 평생 치열한 구도자의 모습으로 살았다. 그는 "나는 오늘까지 주변인으로 살게 된 것을 감사하고, 모아 놓은 재산이 하나 없는 것을 감사하고,(… 중략 …) 더 얻을 것도 없고, 더 누릴 것도 없다는 것에 또한 감사하노라"는 유언을 남기고 죽으면서 7명에게 장기를 기증했다.
전생수, 『더 얻을 것도 더 누릴 것도 없는 삶』, kmc, 2006.

올망졸망 어린 자식들 앞세우고
총을 들고 선 한 여인이
모래폭풍 속의 하늘을 향해 울부짖는다.

젖 물려 햇아기를 기르고
생존의 빵을 굽고
성스런 알라의 사원에 엎드려
영혼을 빨래하고
불모의 땅에 씨앗 뿌려
푸르른 생명과 희망을 경작하던,

오직 사랑의 전사로만 살기를 바라던 저 여인을
누가 증오의 전사로 내몰았는가.
너무 울어 눈물조차 메말라버린
크고 아름다운 눈동자에 피와 모래, 죄 없는
주검들만 슴벅거리는
저 가여운 여인을 위해
태양은 모래눈물을 흘린다.

―「태양은 모래눈물을 흘린다」 전문(『거룩한 낭비』48)

창조주에 의하여 창조되지 않는 것이 없다는 성서의 창조론은 세상 만물이 창조주에 의해 창조되었음을 강조한다. 이를 전제할 때, 위 시에서 재현된 "태양"과 "모래", "차도르를 입은 여인"은 모두 창조주의 피조물에 속한다. 그러나 전통신학의 관점에서 볼 때, "차도르"를 입은 "여인"은 배척되는 지역의 존재를 표상한다. 따라서 위 시에서 "차도르를 입은 여인"은 시인의 의도가 내포된 역설적 의미를 담지함으로써 창조주의 피조물이라는 상징성을 갖는다. "차도르"를 입은 여인에 대한 화자의 시야에는 기독교의 배타성에 대한 비판적 사유가 내장되어 있는 것이다.

따라서, 위 시의 화자가 "차도르"를 입은 여인에게 보내는 공감은 만유재신론에서 주목하는 한계가 없는 용서의 확실성, 모든 존재의 회복에 기반한 새 창조를 함의한다. 부정신학에서 창조주는 어떤 존재로 규정될 수 없기에 창조주가 특정 존재를 배타한다는 사실 또한 부정되는 것이다. 이러한 점으로 인해, 위 시에 나타나는 만유재신론적 사유는 지구생태계 전체의 전일성을 강조하는 생태주의와 만나게 된다.

위 시에서 차도르를 입은 여인은 "젖 물려 햇아기를 기르고/생존의 빵을 굽고" "불모의 땅에 씨앗 뿌려/푸르른 생명과 희망을 경작"해왔다. 여기서 "햇"과 "아기"의 결합은 창조된 직후를 암시함으로써 세속의 죄에 노출되지 않았음을 환기한다. "생존의 빵" 역시 기본적인 생명발현의 알레고리로써 '죄없음'을 담지한다. "불모의 땅에 씨앗 뿌려/푸르른 생명과 희망을 경작"하는 행위 역시 창조주의 목적에 부합하는 생명현상의 한 양상으로 볼 수 있는 것이다.[44] 따라서 위 시의 여인이 "어린 자식을 앞세우고" "총을 들고 선" 채 "하늘을 향해 울부짖"는 장면은 배타되는 존재의 죄없음을 강조하는 알레고리로 파악된다.

이러한 논의의 바탕 위에서 볼 때, "너무 울어 눈물조차 메말라버린" "여인을 위해 모래눈물을 흘"리는 "태양은" 화자의 내면에 '돌파'로써 현현된 창조주의 비유이며, 피조물 속에서 고통에 참여하는 창조주를 상징한다. 창조주가 창조한 피조세계의 모든 곳은 창조주의 영역이므로 어디에나 창조주의 영성이 내재한다. 위 시에서 창조주는 대상화된 개별 신이 아

---

44) "하느님은 우리의 창조주이시다.(… 중략 …)자녀를 낳거나 식량을 생산하거나 가구를 만들거나 옷을 짓거나 간에 우리는 책임 있는 자신의 행동에 의해 공동 창조자가 된다."

Dorothy Day, *The Long Loneliness : An Autobiography*, New York, 1952. OB, p.186(강정하, 「매튜 폭스의 창조영성에 근거한 생태신학」, 서강대학교신학대학원 석사학위논문, 2000, 15쪽에서 재인용).

니라, 함께 기뻐하고 슬퍼하는 파토스pathos적 존재로서 전체 생태계의 유기성을 추동하므로, 전일성을 강조하는 생태주의와 닿는 것이다.

다음 시 「명찰-피정일기」에서는 구체적인 일상의 재현을 통한 유기체적 인식이 형상화된다.

묵주만 돌리고 있기만은 무료했으므로,
나는 가위를 들고
수도원의 나무들을 전정했습니다.

피정 수련을 끝낸 늙은 수녀님이
철사다리 위에 있는 나에게 다가왔습니다.
월계수 향기가 기막히네요.
자기를 찍는 도끼에도
향기를 토한다더니……
문득 그런 말을 들려주고 나서
내가 전정하고 있는
월계수 나무에 명찰을 달아주었습니다.
나는 수녀님이 달아놓고 간
나무에 매달린 명찰을 떼고 싶었습니다
이름 때문에 나무가
고해(告解)해야 할 일이 생길지도 모르니까요.
번쩍이는 명찰 달고
이름값을 해야 하는 세상은 고해(苦海)니까요!
—「명찰-피정일기」 전문(『거룩한 낭비』63)

에크하르트의 만유재신론에서 '하나'는 숫자로서의 '일'이 아닌 일치를 뜻한다.[45] 생태계 내 모든 존재는 창조주의 피조물로서 일자一者인 창조

---

45) Meister Eckbart, *Teacher and Preacher*, translated by Bernard McGinn(New York: Paulist Press, 1986) p.168.

주를 향해 움직이는 다자多者 가운데 하나라는 것이다. 이러한 사유는 만유재신론과 생태주의에 영향을 미친 화이트헤드의 합생合生에서 비롯되었다. 합생이란 다수의 사물들로 구성된 우주가, 그 다자(many)의 각 항을 새로운 일자(one) 속에 종속시킴으로써 개체적 통일성을 획득함을 말한다. 이를 그의 제자 하트숀의 발언에 기대어 만유재신론으로 해석할 때,[46] 피조세계 전체는 피조물과 창조주의 상호 조응을 통한 창조 과정임을 알 수 있다.

이러한 논의를 전제할 때, 위 시에서 월계수가 "자기를 찍는 도끼에도 향기를 토한다"는 수녀님의 발언은 '원수를 사랑하라'는 예수의 가르침을 함의하며, 예수의 가르침은 원수조차 창조주의 피조물임을 환기한다. "피정"을 "끝낸" 수녀님의 '초탈'에서 나아가 자기를 찍는 도끼에 향기를 토하는 월계수는 원수를 수용함으로 인해 자신 속에 탄생하는 창조주를 상징하는 것이다.

나무에 "명찰"을 달아주는 "수녀님"의 행위에 반감을 갖는 화자의 태도 또한 창조주를 찾는 가운데 생성되는 유기론적 사유의 비유로 파악된다. "이름 때문에 나무가/고해(告解)해야 할 일이 생길지도 모르"기 때문이라는 화자의 독백은 인간중심의 평판, 이원론적 사유에 대한 비판의 비유로 간주된다. 인간의 기준을 의미하는 이름, 평판보다 앞서는 것은 창조주의 뜻이며, 그 뜻은 피조물로서의 목적, 즉 창조주와 일치하여 '하나'가 되고자 함을 의미한다. 이러한 논의를 전제할 때, "나무의 "명찰을 떼고 싶"어 하는 화자의 인식은 인간중심주의로 인해 대상화된 자연과의 유기체적 복원에 대한 지향의 의미를 갖는다. "명찰"을 뗀다는 것은 인간중심주의로부터 야기된 인간과 창조주의 이원화, 인간과 자연의 경계를 지우는 비유로써, 유기체적 세계를 지향하는 생태주의와 닿는 것이다.

---

46) 찰스 하트숀, 임인영 외 역, 앞의 책, 44~45쪽 참조.

이러한 사유는 그의 스승 변선환[47] 파문 사건을 모티브로 하는 시적 표현에서 심화되어 나타난다.

> 중세의 늦가을이 다시 돌아왔던가, 마른 하늘에 천둥 번개 칫듯, 때아닌 파문이 있었다, 그 잘난 종교 간의 담벼락을, 이젠 훌쩍 뛰어넘을 때가 되지 않았느냐, 아니 그 두터운 담벼락에 바늘귀 같은 구멍이라도 뚫어야 하지 않느냐, 고 한 老교수의 파문이 있었다.
>
> (… 중략 …)
>
> 그래, 늙으면 어린아이가 된다고 했지, 까만 등짝이 유난히 반짝거리는 조그만 물방게 한 마리가 고요한 연못 위를 헤엄칠 때 무수한 겹동그라미 생겨나며 한없이 번져가는 물살의 파문처럼, 파문당한 老교수의 호호거리는 웃음의 정겨운 물살…… 아, 그래…… 저 인도의 어떤 화가가 그린, 강하고 습한 몬순풍에 떨며 펄럭이는 연꽃잎 위에 부처처럼 가부좌 틀고 앉아 잔잔하게 미소 짓던 예수의 천진한 웃음……그 희끗희끗한 웃음소리 속에 파문의 슬픔마저 다 녹인, 老교수의 크고 흰 손에, 늦가을 불타는 단풍 한 그루 안겨 드리고 돌아왔다.
>
> —「예수 蔓荼羅—故 변선환 선생님께」 부분(『우주배꼽』 82~83)

위 시의 표제는 '예수'와 불교를 비유하는 '蔓荼羅'의 병치로써 만유재신론적 생태주의를 암시한다. 예수가 기독교의 상징이고 '만다라蔓荼羅'[48]가

47) 변선환(1927~1995) : 호는 일아(一雅), 개신교 신학자, 1967년 여름부터 감리교 신학대학교 교수로서 조직신학을 강의했고, 학장을 역임했다. '토착화 신학'을 추구하면서 불교와 대화를 시도하다가, 「불타와 그리스도」라는 논문이 문제가 되어 1992년 감리교로부터 목사직과 신자로서의 자격을 박탈 당하고 출교되었다. 그의 주장 가운데 문제가 된 부분은 네 가지였다. 첫째, 우주적 그리스도는 예수와 동일시할 때 거침돌이 된다. 둘째, 다른 종교들도 구원의 길을 알고 있다. 셋째, 종교와 우주는 신 중심으로 전환되어야 한다. 넷째, 교회 밖에도 구원이 있다.
유동식, 『한국감리교회의 역사 1884~1992』, 기독교대한감리회, 1994, 1122~1123쪽 참조.

48) 힌두교와 탄트라 불교에서 종교 의례를 행할 때나 명상할 때 사용하는 그림이다. 만다라는 기본적으로 우주를 상징하며, 신들이 존재할 수 있는 신성한 장소로서,

불교를 표상한다고 본다면, 두 종교의 배치는 이질적일 수밖에 없다. 그러나 두 종교의 벽을 허무는 화합의 의미를 넘어[49] 만유재신론으로 접근할 때, 이는 '돌파'로써 현현된 유기체로서의 창조주와 피조물, 즉 '하나'의 구현으로 해석된다. 창조주는 표현할 수 없는 존재지만 만유에 자신을 계시하므로, 만유의 모든 작용은 결국 '하나'인 창조주로 귀결한다는 것이다.

한편, '중세의 가을'은 역사적 암흑기로서의 중세를 환기한다. '중세'는 획일적 사유가 만연한 시대를 표상하는 것이다. 이를 전제할 때, 변선환 목사의 파문은 중세의 특징인 획일성의 추구와 그로 인해, 야기된 배타적 현상으로 해석이 가능하다. 위 시에서 시인은 창조주의 초월성을 강조함으로써 초래되는 이원적 현실을 비판하는 것이다. "종교 간의 담벼락" 역시 창조주를 인간의 입장에서 규정함으로써 비롯된 대립의 비유로 볼 수 있다. 창조주와의 일치, 즉 '하나'가 되기 위해, 피조물은 서로 나누어져 대립하는 인식론적 주객도식의 구조에서 먼저 벗어나야 한다는 것이다.

이러한 논의를 바탕으로 할 때, "두터운 담벼락에 바늘귀 같은 구멍이라도 뚫"으려고 했던 변선환의 태도야말로 영혼의 근저와 창조주의 근저 사이에 놓여 있는 일체를 끊어 영혼의 누더기를 벗은 자세로 볼 수 있다.[50] "부처처럼 가부좌 틀고 앉아 잔잔하게 미소 짓던 예수의 천진한 웃음"이란 세속적 방해물을 제거하여 궁극의 창조주를 탄생시킨 결과, 구현된 유기체적 세계를 의미하는 것이다.

이와 같이 고진하 시에서 추구하는 세계는 창조주와 개체가 일자一者이자 다자多者로서의 '하나'인 만유재신론적 세계를 의미한다. '하나'를 지향

우주의 힘이 응집되어 있다. 인간은 정신적으로 만다라에 들어가 그 중심을 향하여 전진하며 유추에 의해 흩어지고 다시 결합하는 가운데 우주 과정으로 인도된다. 장영희, 앞의 논문, 169쪽 참조.

49) 장영희, 위의 논문, 169쪽.
김홍진, 앞의 논문, 155쪽 참조.

50) 길희성, 「초탈과 돌파」, 앞의 책, 180~181쪽 참조.

하는 만유재신론적 특성은 생태계 내 모든 존재가 서로 관련될 때 생태계 전체와 각 개체의 생명발현이 가능하다고 보는 생태주의의 유기체적 사유와 상응한다. 생태주의의 특성과 만유재신론에서 강조하는 '하나'로의 지향은 유기체적 특성으로서 같은 맥락에 놓이는 것이다.

3. 생성과 소멸의 창조적 순환성

전통신학에서 창조주는 태초에 우주를 창조한 이후, 전적 타자로 상정됨으로써 지상과 동떨어진 존재로 이해된다.[51] 그러나 만유재신론에서 파악되는 창조주의 참여는 최초의 창조를 넘어 전 영역과 과정에 걸쳐 있다. 따라서 현재의 시간과 공간은 실체로서 고정된 개념이 아니라 피조물의 실존에 대한 창조주의 지속적인 참여를 의미함으로써 순환성을 담지한다.

생태주의의 유기론적 특성과 만유재신론에 영향을 미친 화이트헤드는 새롭게 생성되는 국면의 역동적이고도 이중적인 현상에 주목하여, "실재는 과정"[52]이라고 보았다. 그가 볼 때, 현실적 존재는 끊임없이 새롭게 출현하는 사건의 생성을 뜻한다. 따라서 현실적 존재는 존재의 밖에서 작용하는 창발적 요소의 출현을 맞이하는 가운데 발현하는 생명현상 그 자체를 의미한다. 창조주의 지속적 참여와 끊임없이 반복되는 생성과 소멸이 생명현상의 실재라는 것이다.

다음 시 「월식」에서는 현실적 존재를 생성과 소멸의 과정으로 파악하는 시인의 사유가 포착된다.

---

51) 마커스 J 보그, 한인철 역, 앞의 책, 7~14쪽 참조.
52) 화이트헤드, 오영환 역, 「유기체와 환경」, 앞의 책, 740쪽.

뭉쳐진 진흙덩어리, 오늘 내가
물방울 맺힌 욕실 거울 속에서 본 것이다.
십수년 전의 환한 달덩이 같은 얼굴이 아니다.

푸석푸석 부서져 내리는
진흙 가면(假面), 그걸 볼 수 있는 눈을
지니고 있다는 것이 퍽 대견스럽다.
하지만, 여름 나무가 푸른 잎사귀에 둘러싸여 있듯
그걸 미리 벗어버릴 수 없는 것은
너의 한계,
너의 슬픔,

오래전, 너의 출생과 함께 시작된
개기 월식은 지금도 진행중.
드물지만 현명한 이는 그래서 매일 죽는다.
그리고 안다. 죽어야
어둠 속에서 연인(戀人)의 달콤한 입술이 열린다는 것을

욕실 거울에 비친 한 그루 장례목(葬禮木).
이름과 형상이야 어떻든, 너는
너를 사랑하지 않을 수 없다. 그 나무 아래서
너는 질척이는 욕망과 소음의 때를 밀고
고요한 쉼을 얻는다.

달 없는 밤.

―「월식」 전문(『얼음 수도원』 14~15)

위 시 「월식」에서 화자는 "오늘"의 화자 자신인 "나"를 "뭉쳐진 진흙덩어리"로 인식한다. 이러한 인식을 전제할 때, "진흙"은 대지의 속성을 함의함으로써 생태계의 제유적 표현으로 볼 수 있다. "뭉쳐진"은 시인이

기독교의 사제라는 점을 고려할 때, 기독교적 창조 과정을 환기한다. "진흙 덩어리"는 화자 자신의 비유이자, 창조되기 전 혼돈의 생태계라는 의미와 연결됨으로써 유기체적 존재로서의 순환성을 담지한다. 이러한 논의와 관련하여, "부서져 내리는/진흙 가면(假面)"을 긍정하는 화자의 태도는 주목된다. 위 시에서 화자는 매 순간 소멸함과 동시에 생성하는 존재로서의 순환성에 대해 자각한 것이다.

화자는 스스로 "부서져 내리는/진흙 가면(假面)"임을 인식하는 가운데 "연인(戀人)의 달콤한 입술이 열"릴 때까지 "가면"을 "미리 벗"지 않는다고 발화한다. 이는 창조주의 피조물로서 생태계 내 개체적 존재의 생명현상을 의미한다. 화자가 "진흙 가면"을 미리 벗을 수 없는 이유는 생태계의 일부이자 창조주의 창조 과정에 참여하는 피조물로서의 순환성과 불멸성 때문이라는 것이다.

따라서 "달콤한 입술"이 열리기를 기다리는 화자의 태도는 소멸의 불멸성을 인식한 가운데 발현되는 엔트로피적 순응이자[53] 창조주와의 순환성에 대한 수용으로 해석이 가능하다. 혼돈으로부터 발생한 질서(order out of chaos)가 열려진 계(open system) 안으로 유입된 에너지를 통해 에너지가 감소하는 방향으로 질서를 발생시킨다는[54] 엔트로피의 순환성은 매 순간 "질척이는 욕망"을 버리고 창조주와 일치함으로써, 새로운 생명발현의 단계로 나아가고자 하는 개체의 생명현상을 암시하는 것이다.

시 「콩짜개蘭」에서는 소멸과 생성의 상호 조응으로 발현되는 생명현상의 순환성이 암시된다.

---

53) 사용가능한 에너지를 너무 써 버려서 엔트로피가 증가하는 것을 막는 방법은 저 엔트로피 세계관을 갖는 것이다.
제레미 리프킨, 이창희 역, 『엔트로피』, 세종연구원, 2000.

54) A. R. Peacocke, *Theology for a Scientific Age*,(SCM Press, 1993), pp.53~55(J. 폴킹혼, 이정배 역, 『과학시대의 신론』, 동명사, 1998, 69쪽에서 재인용).

숨통이 좀 막히는 일이 생기면, 비비 틀린 고목에 붙어 사는 콩짜개蘭을 물끄러미 바라본다. 뭘 빨아먹을 게 있다고, 마른 고목에 붙어 콩잎보다 더 푸른 빛깔로 무리져 번성하는 콩짜개蘭. 콩을 반으로 짝 짜개놓은 것 같은 콩짜개蘭. 창으로 비껴드는 아침 햇살과 비비 틀린 내 괴로움의 반면을 제 면으로 끌어가 싱그럽게 호흡하며 더욱 푸르러지는!

— 「콩짜개蘭」 전문(『우주배꼽』 78)

주지하다시피, 만유재신론에서 창조주는 과거와 미래를 포함한 현실의 모든 공간, 상황에 내재함으로써 생명 상호 간에 조응하는 순환성의 의미를 담지한다. 영성이라는 용어는 '숨'이라는 어원에서 알 수 있듯 창조주의 활동으로써[55] 만유의 존재와 다차원적 순환성을 담지한다. 창조주의 영성은 만유와의 창조적인 결합을 근본적인 특징으로 하는 것이다.

생명현상과 관련한 과학적 논의에서도 개체 생명과 그것을 물리적으로 지속시키는 주변과의 연계적 순환성이 강조된다. 식물계, 동물계, 무기물계를 가리지 않고 복잡한 관계망 속에서 개체적 존재의 질서라는 것은 그것을 물리적으로 존속시킬 주변적 상황과의 순환성이 전제되지 않는 한 의미를 지니지 못하는 것이다.[56] 이 역시 창조주의 영성이 개별 인간에게 있다기보다 관계 속에 내재해 있음을 암시한다. 모든 개체의 생명현상은 상호 순환함으로써 가능해진다는 것이다.

위 시 「콩짜개蘭」에서는 내재성으로의 순환성이 암시된다. 화자는 "숨통이" 막히는 일이 생기면, 비비 틀린 고목에 붙어사는 '콩짜개蘭'을 물끄러미 바라본다." 화자는 '콩짜개蘭'을 바라보며 관계망 속에서 발현되는 개체의 소멸과 생성에 대한 사유를 펼친다. 화자의 인식에서 "콩짜개蘭"은 아침 햇살과 화자의 괴로움까지도 제 쪽으로 끌어가 싱그럽게 호흡하며

55) Paul Tillich, *Systematic Theology*, Vol III, 22. p.192(유장환, 앞의 책, 188~189쪽에서 재인용).

56) 장회익, 『삶과 온생명』, 솔, 1999, 180~181쪽 참조.

자신의 본질인 푸르름을 생성하고 유지한다. 화자는 자신이 '콩짜개蘭'의 "푸르름"을 보고 위안 받는 상태를 '콩짜개蘭'이 화자의 괴로움을 자신 속으로 끌어가 푸르름으로 전환했기 때문이라고 인식하는 것이다.

이는 화이트헤드의 자연 그 자체가 창조적 생성이라는 사유와 닿는다. 이러한 논의를 전제할 때 위 시에서 '콩짜개蘭'과 화자의 관계에서 작용하는 순환성은 모든 개체의 순환성으로 확대 해석이 가능하다. 생태계에 존재하는 모든 개체는 들숨과 날숨을 통해 다른 대상들의 영성과 통한다는 것이다. 이때, 다른 대상과의 교통을 통한 영성적 작용까지도 창조주의 영성적 작용을 통해 가능하다는 사실을 추론해낼 수 있다. 창조적 생성이란 최초의 창조 이후에도 지속적으로 참여하는 창조주의 창조 과정으로써 순환성을 담지하는 것이다.

다음 시 「소나무들을 추모함 2」에서는 임계점으로서의 소멸과 관련한 순환성이 포착된다.

> 제 키만큼 속으로 깊은 토굴을 파고 절대침묵 속에 용맹정진하던
> 푸른 수도승들의 다비식이 끝났다.
>
> 그 부재(不在)의 잿더미 우으로 흰나비 한 마리 나풀나풀 날아간다.
>
> 어쩌면 솔향 그윽한 사리를 찾으러 나섰는지도 모르겠다.
>
> —「소나무들을 추모함 2」 전문(『얼음 수도원』63)

전통신학에서 예수의 부활사건은 과거와의 단절을 통해 창조주와 피조물의 관계를 회복하는 종말적 구원으로 인식된다. 그러나 만유재신론에서 부활사건은 종언을 고하는 종말이 아닌, 현실적 존재의 생명현상과 관련하여 새로운 가능성의 차원을 여는 새로움의 미래, 희망의 비전으로 설명된다. 이는 현실적 존재가 예수의 부활 사건에 참여함으로써 창조주의

계시, 그 영광이 자신의 세계 안에서 현재화됨을 의미한다. 이러한 논의는 새로운 차원의 가능성에 대한 전환의 의미를 담지함으로써, 소멸은 단절이나 끝이 아니며, 창발적 생성의 계기라는 의미를 창출한다.

위 시 「소나무들을 추모함 2」에서는 이와 같은 사유가 포착된다. 위 시에서 "다비식"은 한 차원에서 다른 차원으로 전이되는 과정, 즉 창조적인 단계로서의 의미를 창출한다. "수도승의 다비식"은 새로운 생성으로 나아가는 비약의 임계점으로 해석이 가능한 것이다. 이를 전제할 때, "잿더미 우으로" 날아가는 한 마리의 나비는 부활의 의미를 담지한 생성의 비유로 해석이 가능하다. 모든 유기체는 각 개체, 공기까지도 하나의 전체이며, 이들 모두 생성과 사멸의 과정을 반복하고 있다는 것이다.

죽음을 생성의 바탕으로 인식하는 사유는 다음 시 「꽃뱀화석」에서 상전이相轉移의[57] 양상으로 표현된다.

> 아침마다 산을 오르내리는 나의
> 산책은,
> 산이라는 책을 읽는 일이다.
> 손과 발과 가슴이 흥건히 땀으로 젖고
> 높은 머리에 이슬과 안개와 구름의 관(冠)을 쓰는
> 색다른 독서 경험이다.
> 그런데, 오늘, 숲으로 막 꺾어들기 직전
> 구불구불한 길 위에
> 꽃무늬 살가죽이 툭, 터진
> 꽃뱀 한 마리 길게 늘어붙어 있다.
> (오늘은 꽃뱀부터 읽어야겠군!)

---

57) 물질이 다른 상(相)으로 상태를 옮기는 것을 상전이(phase transition)이라 한다. 자기조직화의 한 예이며, 예를 들어 수증기가 물방울을 형성하기 위하여 응축되거나 액체인 물이 얼어 얼음이 될 때 초기에 발견되지 않는 구조와 복잡성이 자발적으로 나타나는데, 이는 새로운 종류의 질서가 발생한 것으로 볼 수 있다.
폴 데이비스, 이호연 역, 『우주의 청사진』, 범양사, 1992, 105쪽.

좍 깔린 등과 꼬리에는
타이어 문양,
불꽃 같은 혓바닥이 쬐끔 밀려나와 있는 머리는
해 뜨는 동쪽을 베고 누워 있다.
뭘 보려는 것일까,
차마 다 감지 못한 까만 실눈을 보여주고 있는
꽃뱀.
온몸을 땅에 찰싹 붙이고
구불텅구불텅 기어다녀
대지의 비밀을
누구보다도 잘 알 거라고 믿어
아프리카 어느 종족은 신(神)으로 숭배했단다.
눈먼
사나운 문명의 바퀴들이 으깨어버린
사신(蛇神),
사신이여,
이제 그대가 갈 곳은
그대의 어미 대지밖에 없겠다.
대지의 속삭임을 미리 엿들어
숲속 어디 은밀한 데 알을 까놓았으면
여한도 없겠다.
돌아오는 길에 보니,
부서진 사체는 화석처럼 굳어지며
풀풀 먼지를 피워 올리고 있다.
산책, 오늘 내가 읽은
산이라는 책 한 페이지가 찢어져
소지(燒紙)로 화한 셈이다.
햇살에 인화되어 피어오르는
소지 속으로
뱀눈나비 한 마리 나풀나풀 날아간다.

— 「꽃뱀화석」 전문(『얼음 수도원』 18~19)

위 시에서 "꽃뱀화석"을 대상으로 한 "산책"은 생태계 내 생명현상에 대한 비유로 해석이 가능하다. 이를 전제할 때, 「꽃뱀화석」이라는 위 시의 표제는 모든 생명체를 표상한다는 해석이 가능하다. 위 시에서 '꽃뱀'은 생명으로 알레고리화되어 있는 것이다. 창조주의 영성이 의식적이거나 무의식적인 생각과 경험과 사건들, 가시적이거나 비가시적인 모든 것에 작용한다는 만유재신론의 관점으로 볼 때, 이는 극단적인 대상까지 창조주의 피조물임을 강조하는 범주 확대의 의미로 볼 수 있다. 기독교의 만유재신론은 미물까지 생명의 그물에 포함시키는 생태주의의 이해와 맥락을 같이 한다는 것이다.

화자는 산책길에서 "구불구불한 길 위에/꽃무늬 살가죽이 푹 터진/꽃뱀 한 마리 길게 늘어붙어 있"는 장면을 보게 된다. 시의 앞 뒤 맥락으로 볼 때, 꽃뱀은 생명체를 표상한다. 꽃뱀이 생명체의 상징물이라면, 위 장면은 "사나운 문명의 바퀴"에 훼손된 생태계로 해석이 가능하다. 문명이 '눈' 멀고 "사"납게 인식되고 있음을 주목할 때, 이는 생명현상의 유기적 특성을 고려하지 않은 근대적 획일성, 창조주를 인간의 입장에서 규정함으로써 야기된 비판의 비유로 간주된다.

한편, 창조는 점진적인 통일의 과정으로서 소멸과 생성을 동시에 담지한다.58) 이를 전제할 때, 위 시에서 '꽃뱀'의 죽음을 향해 화자가 내 보이는 인식은 생성을 향한 소멸의 속성에 집중되어 있음을 알 수 있다. 따라서 위 시에서 화자의 인식을 통해 파악되는 죽음, 소멸은 한 존재가 새로운 생성으로 나아가기 위한 생명현상의 과정으로 해석이 가능하다. 부활사건의 수용으로 변화된 죽음의 의미는 새로운 생성의 과정으로 변용 해석되며, 위 시의 비유를 통해 이러한 사유가 포착되는 것이다.

58) Robert L. Faricy, Teilhard de Chardin's *Theology of the Christian in the World*, (New York : Sheed and Ward, 1967) p.142(조용석, 앞의 논문, 44쪽에서 재인용).

이러한 논의를 전제할 때, 위 시에서 "부서진 사체"가 "화석처럼 굳어지며/풀풀 먼지를 피워 올리"는 가운데 "뱀눈나비 한 마리 나풀나풀 날아"가는 장면은 생성을 담지한 소멸의 비유로 해석이 가능하다. 따라서 꽃뱀이 나비로 변환하는 비유는 현재화되는 부활, 생성의 의미로 간주된다. 꽃뱀의 죽음은 한 개체가 새로운 생성으로 나아가는 상전이의 과정을 표상하는 것이다.

지금까지 고진하 시에서 만유재신론적 생태주의의 순환성이 논의되었다. 창조주의 영성적 작용 가운데 진행되는 개체적 소멸의 순환성에 대한 이해, 개체적 생명과 그것을 물리적으로 지속시키는 주변과의 연계적 순환성, 한 차원에서 다른 차원으로 전이되는 과정으로서의 순환성이 논의된 것이다. 이러한 논의를 통해, 창조주의 영성은 생태계의 모든 개체와 상황에 참여한다는 사실을 알 수 있다. 그로 인해 만유는 생성과 소멸을 반복하는 가운데 생명현상을 발현할 수 있다는 것이다.

4. 비구분의 신화적 생태계

고대 및 중세에는 세계가 신적인 것으로 가득 차 있다고 보았기에 세계는 유기체로 이해되었다. 그러나 근대의 유일신론과 기계론적 세계관에 의해 이는 거부되었고, 유기론적 세계관은 이원론적 세계관으로 대체되었다. 근대적 세계관의 이해로 인해, 창조주에 대한 인식 또한 이원화된 것이다. 이를 비판하는 만유재신론에서 창조주는 만유에 내재한 가운데 만유에 영혼을 부여하며, 그 안에서 활동한다고 논의된다. 창조주는 만유의 친구이며, 만유는 창조주 안에 포함되므로 유기체적이라는 것이다. 에크하르트는 이러한 사유를 다음과 같이 표현한다.

하느님을 이렇게 그 존재에서 소유하는 자는 하느님을 신적으로 취하며, 그에게는 모든 사물에서 하느님이 빛을 비춘다. 왜냐하면 그에게는 모든 사물이 하느님 맛이 나고, 모든 사물로부터 하느님의 형상이 드러나기 때문이다.[59]

에크하르트가 볼 때, 창조주가 창조한 만유에는 창조주의 피조물 뿐 아니라, 인간에 의해 만들어진 사물까지 포함된다. 창조주는 모든 존재, 만유의 충만을 안고 있는 '하나'로서 다양성과 차별성의 세계를 포괄하기 때문이다.[60] 이는 창조주의 영성적 작용으로 인해 인간이나 동물 · 식물 · 무기물 · 사물까지도 무차별적이라는 의미를 담지한다. '하나'로서의 세계는 창조주 안의 세계를 의미하므로, 만물이 평등한 신화적 생태계인 것이다.

다음 시 「질투하는 蘭」에서 인간과 식물의 관계를 통해 발현되는 신화적 세계가 형상화된다.

석곡 한 盆이 꽃대를 뾰족 내밀어
매일같이 그걸 들여다보며
이뻐했더니,
꽃대를 피워올릴 기미라곤 보이지 않던
다른 盆의 석곡이
시샘하듯 초록빛 꽃대를 밀어올리더라며
아내가 이름을 붙였다.
질투하는 이브.
이브는 아직 향기로운 꽃을 피우진 않았지만
벙어리 식물의 질투를 읽는,

59) Welte, Meister Eckhart, 178~9; McGinn, The Mystical Thought of Meister Eckhart, 103~4(길희성, 앞의 책, 110쪽에서 재인용).
60) 길희성, 「신과 세계: 하나, 존재」, 위의 책, 87쪽.

초록빛 자매들과 사랑의 교감을 나누는
아내의 섬세한 눈매에서
먼저 후끈 피어오르는 그윽한 향!

－「질투하는 蘭」 전문(『우주배꼽』 89)

만유재신론적 사유에서 창조주와의 만남은 피조물 간의 사귐을 통해서 이루어진다.[61] 창조주와의 만남은 피조물 간의 영성적 사귐에 참여함으로써 가능하다는 것이다. 이를 전제할 때, 인간과 인간의 만남이든, 인간과 동식물, 인간과 사물의 만남이든 실재하는 모든 만남은 창조주와의 만남이라는 의미를 내장한다. 모든 피조물이 서로 의존하여 공생하기를 즐기는 가운데 유기체적 조화를 추동하는 영성으로서 창조주가 내재한다는 것이다.

위 시 「질투하는 蘭」에서는 이러한 사유가 발견된다. 화자의 아내는 화분 두 개에 "석곡"을 키우며, "꽃대를 뾰족 내"민 화분에 정성을 쏟는다. 그런데 "꽃대를 피워올릴 기미라곤 보이지 않던/다른 盆의 석곡이" 먼저 "초록빛 꽃대"를 피워 올린 것이다. 아내는 "다른 盆의 석곡이" "시샘하듯 초록빛 꽃대를 밀어 올"린다고 생각하고 "질투하는 이브"로 명명한다. 이는 식물에 내재하는 영성과 그 영성과 만나는 아내의 영성, 그 가운데 내재하는 창조주를 환기한다. 창조주와 화자, 그리고 아내와 난蘭이 공존하는 영성적 장면은 생태계 내 모든 개체와 상황이 조화된 생태계의 비유로서 신화적 세계를 의미하는 것이다.[62]

이와 같이, 위 시에서 생태계 전체에 대한 화자의 인식 체계는 식물이고

---

61) J. 몰트만, 이신건 역, 앞의 책, 40쪽.

62) "걸어 다니는 짐승들과 꽃 피고 지는 식물들, 그리고 아주 보잘 것 없는 미물들 속에도 하나님의 숨결이 들어 있다는 생각이 자연스레 내 몸에 들어 왔다(내 머리가 아니라!)."
고진하, 「시적(詩的) 상상력과 영성」 『세계의 신학』 33, 1996, 57쪽.

인간이라는 외연의 차이만 있을 뿐, 내재성으로서의 영성이 통합된 생태적 세계로 이해되고 있음을 알 수 있다. 이렇게 만유를 신화적 세계로 인식하는 태도는 인간과 자연, 사물의 서열을 구분하지 않는다는 사실을 반증한다. 위 시에서 재현된 화자의 일상은 창조주의 실재로서 차별성이 초월된 만물평등의 경지이자[63] 비구분의 신화적 세계로 의미화된 것이다.

다음 시 「소리의 살결 속으로」에서는 비존재적 상황의 생명성을 긍정하는 신화적 생태계가 암시된다.

> 한여름밤, 논둑길의 어둠이 나를 받아 안는다. 나는 어둠 속 개구리떼 울음소리 속으로 미끄러져 들어간다. 어슴푸레한 달빛 속, 논둑에선 희끗희끗한 개망초와 함께 미끌, 미끄러져 들어간다. 갑자기 온몸이 간지럽다. 우리집 큰 아이 어릴 적, 비누거품 뜬 목욕물에 넣으면 간지러워 깔깔깔깔 자지러지던 연분홍빛 살결이 떠오른다. 개굴개굴 개굴개굴…… 어둠 속 보이잖는 소리의 보들보들한 살결, 내 온몸이 귀가 되어 저 소리의 살결 속으로 첨벙, 뛰어든다.
>
> ―「소리의 살결 속으로」 전문(『우주배꼽』 79)

근대 이후, 문자적 성경주의(literalistic biblicism)에 집중하기 전, 기독교사상의 창조 체험은 청각을 통해서 표현되었고, 인간은 청각을 통해 신앙의 의미를 발견하였다.[64] 근대과학 기술의 발달 이후, 문자적인 성경해석이 신앙의 중심에 놓인 것이다. 그러나 이를 반성하는 신학자 에크하르트는 성경 중심의 문자적인 이해에서 벗어나 문자 너머의 모든 것, 시간과 공간을 관통하며 흐르는 에너지를 통해 창조주의 영성에 주목하라고 권유한다. 인간 중심적 언어를 벗어나 언어 너머의 신비에 접할 때, 창조주의 에너지를 공유할 수 있다는 것이다.

---

63) 장영희, 앞의 논문, 183쪽.
64) 강정하, 앞의 논문, 37쪽 참조.

위 시 「소리의 살결 속으로」에서 창조주의 영성은 시각과 청각을 관통하는 특성으로 발현된다. 이와 관련하여 시의 표제는 새로운 의미를 갖는다. "소리"는 공기가 마찰할 때 발생하여 전달되는 청각현상이므로 "살결"이라는 논리가 성립되지 않는다. 그러나 화자는 소리의 살결을 감각한다. 이러한 논의와 관련하여 "논두길에 어둠이 나를 받아 안는다"는 표현은 감각할 수 없는 가운데 감각되는 비가시성의 유기체적 특성과 함께 청각과 촉각의 유기적 결합이 암시된다. "소리의 살결"은 다양한 감각을 통해 교통하는 영성의 작용으로서 비구분의 신화적 생태계로 의미화되는 것이다.

화자는 그러한 현상을 "온몸이 귀가 되어" "소리의 살결 속으로 첨벙, 뛰어"든다고 표현한다. 무형의 공기, 비존재적 요소까지도 창조주의 영성적 관여로 인식하는 것이다. 생명현상의 관점에서 보면 비존재 역시 현실태의 실현이며, 생명현상의 국면이기 때문이다. 따라서 화자가 "어둠 속 개구리떼 울음소리 속으로 미끌어져 들어"감을 인식하는 현상 역시 존재와 비존재의 결합으로 암시되는 유기체적 세계의 출현으로 해석이 가능하다.

이와 같이, 「소리의 살결 속으로」에서는 비가시적인 가운데 작용하는 존재자와 창조주의 영성이 암시된다. 창조주는 각 존재가 그들 자신에게 있는 것보다 그들에게 더 가까이 내재한다는 것이다.65) 이는 창조주가 내재하지 않는 곳은 어디에도 없다는 사실로서 유기체적 상황을 환기한다. 생태계의 늪지나 오지, 가시적으로 드러나지 않는 장소에도 창조주의 영성이 내재한다는 것이다. 이러한 논의는 모든 개체와 전체의 유기체성을 암시함으로써 전일성을 강조하는 생태주의와 닿는다.

주지하다시피, 에크하르트는 사물을 제대로 보자면 창조주 안에서 보

65) Paul Tillich, *Systematic Theology*, 3 Vols. (Chicago: University of Chicago Press, 1951~63) p.7(유승현, 앞의 논문, 47쪽에서 재인용).

아야 하고, 사물들 안에서 창조주를 볼 수 있어야 한다고 강조한다.[66] 또한 피조세계와 창조주의 유기체적 상태를 인식하는 동시에 생성하는 신(a becoming God)을 인식해야 한다고 주장한다. 창조주를 통해 사물을 인식할 때, 순전히 무無에 불과했던 사물은 사물로서의 본질을 현현顯現하며, 창조주는 사물들을 통해 생성된다는 것이다. 고진하는 이러한 사유에 기대어 사물의 '물권'에 대해 다음과 같이 발언한다.

> 이처럼 입 없어서 말 못하는 사물들의 성스런 '물권'마저 염두에 두는 삶, 이런 여명의 지식을 우리가 지니고 살 때, 비로소 만물의 영장이란 이름에 걸맞는 존재가 될 수 있을 것이다.[67]

위 인용문에서 고진하는 사물을 통해 생성하는 창조주의 영성을 환기한다. 이는 "사물들의 성스런 물건"이라는 그의 발언에서 인간이 만든 사물까지 창조주의 형상이라는 인식론적 지평으로 확대된다. 생명체의 본질뿐 아니라 사물의 형상이나 속성에 미치는 영성의 작용까지 창조주의 피조물로 인식한 것이다. 이는 창조주의 의지를 만유 안에서 확인하려는 의식의 지향으로서, 창조주의 영역이 사물에까지 침투하여 성취됨을 의미한다. 창조주의 영성이 미치는 한계는 끝이 없으며, 그럼으로써 인간이 만든 사물의 영역 또한 창조주의 피조세계에 속한다는 것이다. 고진하의 인식에서 사물 역시 창조주의 관여물이며, 그럼으로써 사물 역시 본질적으로 그리고 전적으로 그들 자신이기 때문이다.

이러한 사유는 시 「챙 넓은 모자」에서 사물까지 포함한 신화적, 영성적 소통의 양상으로 나타난다.

---

66) 길희성, 「신화 세계: 하나, 존재」, 앞의 책, 11쪽 참조.
67) 고진하, 「마이스터 엑카르트와 함께 하는 "안으로의 여행" 5」, 『기독교사상』595, 229~230쪽.

나의 내면 아닌 만물은 없구나
햇살에 그을릴까봐
챙 넓은 모자를 좋아하는
아내와
적(敵)들,
바리사이와 부처,
별들의 장엄에 눈뜨게 해준
어린 왕자와
똥장군,
누에,
시계,
책상,
오징어,
부동산브로커,
폐타이어,
창녀,
연금술사,
중년의 권태,
점쟁이,
뜬구름,
다람쥐,
치매,
독재자,
눈사람,
맹인성자,
도둑괭이,
외계인,
잡초…… 오,
나의 내면 아닌 존재는 없구나.
하지만 챙 넓은 모자

푸른 머위잎을 뜯어 머리에 엊으니
자꾸자꾸만 찢어져……

—「챙 넓은 모자」 부분(『우주배꼽』 10~11)

위 시에서 형상화된 물권의 영역은 "똥장군," "누에", "시계", "책상", "오징어", "창녀", "도둑괭이", "잡초", "폐타이어"에 이른다. "창녀"인 인간을 비롯하여 식물, 동물, 곤충을 넘어 인간이 금속으로 만든 시계, 심지어 버려진 폐타이어까지도 창조주, 하나님의 피조물이라고 보는 것이다. 나아가 그는 이들을 대상으로 "나의 내면 아닌 존재는 없"다고 발화한다. 이는 사물들까지도 자신을 존재케 하는 유기적 전체성의 일부로 인식함으로써 화자의 개인적 자아가 극단적인 생태적 자아로 전환됨을 암시한다. 생태계에 속한 사물까지도 창조주의 피조세계로서 한 개체의 생명현상에 관여하며, 이 모두는 일자一者인 동시에 다자多者라는 것이다.

화자는 "바리사이와 부처,/별들", "어린 왕자와/똥장군,/누에,/시계,/책상,/오징어,/부동산브로커./폐타이어,/창녀,/연금술사", "잡초", 이 모든 것에 깃든 영성을 긍정하며 이들과 소통한다. 시인은 사람과 동식물, 생물과 무생물의 경계를 해체시키며 이분법적 경계를 파기하고 일원화된 세계를 지향하는 것이다.[68] 이러한 사유는 창조주의 피조세계에 인간이 만든 생산물뿐 아니라, 문화까지도 포함된다는 사실을 뜻한다. 인간이 만든 모든 것 또한 발생 이후에는 창조주의 피조세계에 포함된다는 것이다.

결국, 고진하가 그의 시에서 주장하는 바는 생태계에 존재하는 모든 것들과의 관계 자체가 영성적 작용이며 영성적 대화라는 사실이다. 이는 모든 존재의 목적이 자신과 그리고 다른 존재, 사물과 맺는 관계의 상호작용을 통하여 창조주와 만나는 데 있다는 사실을 의미한다. 그러한 가운데 스스로의 생명현상이 가능하다는 사실로 인해 유기체적 세계를 지향하는

68) 금동철, 「성스러움 혹은 존재 비껴가기」, 앞의 책, 194쪽 참조.

생태주의와 닿는다. 그의 시에서 형상화된 피조물들은 시간성 · 공간성 · 차별성을 넘어 창조주의 영성과 일치하는 가운데 생명현상을 발현한다는 것이다.

5. 맺음말

지금까지 고진하의 시 가운데서도 『우주배꼽』 이후에 발표된 시편을 대상으로 종교적 사유를 논의한 결과 만유재신론적 생태주의가 도출되었다. 시인은 이원론화함으로써 생태계 위기에 대해 책임을 요구받는 전통 신학의 한계를 극복하여 생태계 내 개체적 존재, 전체 생태계의 생명현상을 만유재신론적 생태주의로 인식하고 표현한 것이다.

만유재신론은 에크하르트, 틸리히, 몰트만, 떼이야르 드 샤르댕, 폴킹혼, 마커스 J 보그, 셀리 멕페이그 등 여러 신학자들에 의해 논의되었다. 고진하 시에 나타나는 사유는 그 가운데서도 에크하르트의 만유재신론에 집중되어 있다. 시리즈로 발표한 산문 '에크하르트로의 여행'은 이러한 사유의 출처이며, 그와 관련한 사유가 작품 창작으로 이어진 것이다. 따라서 이 글에서는 마이스터 에크하르트의 만유재신론을 중심으로 생태주의를 파악하되, '하나'의 지향과 전일적 생태계, '생성과 소멸'의 창조적 순환성, 비구분의 신화적 생태계로 구조화하여 논의했다.

먼저 도출된 주제는 '하나'의 지향과 전일적 생태계에 대한 이해이다. 고진하 시의 창조주에 대한 이해는 초탈의 특성에 집중됨으로써 생태주의의 핵심 사유인 전일성과 상응한다. 이분법적 세계관을 넘어서는 사유로써 에크하르트의 '초탈'과 '돌파'의 개념이 반영된 것이다. 이러한 점에 주목한 결과 생태계 내 각 존재들은 스스로를 비우고 창조주와 합일함으로써 생명현상을 발현한다는 주제가 추출되었다. 그의 종교적 사유는 각 개체와 전체 생태계의 유기체적 특성에 집중하는 생태주의와 상응하는 것이다.

'초탈과 돌파'의 논의는 '생성과 소멸'의 창조적 순환성으로 이어졌다. 만유재신론에서 창조주와 피조세계는 상호 작용함으로써 순환성을 담보하며, 부활사건은 지속적인 생성의 전환점으로 인식된 것이다. 따라서 생태계의 각 개체적 존재, 만유는 창조주의 영성이 내재하는 가운데, 항상성을 확보하기 위해 생성과 소멸을 지속한다. 각 개체적 생명체는 '하나'인 창조주의 영성과 합일하는 과정을 통해 생명현상을 발현한다는 것이다.

마지막으로 비구분의 신화적 생태계는 각 개체의 영성, 인간과 생명체, 인간과 무기물, 인간과 사물 간의 영성적 사귐 등 삼라만상의 상호간 조응으로 분석되었다. 고진하 시에서 형상화된 생태계는 창조주의 영성이 내재된 가운데 인간과 동 · 식물, 무기물, 사물이 소통하는 생태공동체이므로 신화적이라는 것이다.

이러한 논의는 초탈과 돌파, 생성과 소멸, 신화적 영성을 담지한 생명현상이 창조주의 영성으로 인해 유기체적 상태라는 사실을 의미한다. 만유에 내재하는 창조주의 암시는 세계가 분리 불가능한 생명체라는 사실을 환기함으로써 유기체적 생태계를 지향하는 생태주의와 만나는 것이다.

그동안 고진하의 시를 연구한 일부 연구자들에 의해 『우주배꼽』 이후의 시편을 대상으로 전통 신학에서 벗어난 기독교사상이 다루어졌으나, 시인이 지향한 궁극의 의도와 그로 인해 도출되는 현실적 가치가 논의되지는 못했다. 이 글에서는 이러한 점을 인식하고 그의 시를 탐색한 결과 그러한 특성은 만유재신론적 사유로서 창조주의 영성과 상호 소통함으로써 가능한 생태계 내 생명현상에 대한 이해의 결과로 밝혀졌다. 그의 시 가운데서도 『우주배꼽』 이후의 시편들에서 만유재신론적 생태주의가 추출된 것이다.

제3장

고진하의 후기시에 나타난 기독교사상의 심층생태주의 / 고진하론

1. 머리말

고진하는[1] 등단한 이후, 지금까지 총 7권의 시집을 상재한 중견시인이자 목회활동을 병행하고 있는 목사이다. 그는 근대화로 인해 황폐화된 농촌현실과 작금의 종교적 현실에 대한 관심을 지속적으로 형상화해 왔다. 최초의 시집인 『지금 남은 자들의 골짜기엔』과 두 번째 시집 『프란체스코의 새들』에서는 산업화로 인해 황폐화된 1990년대 농촌 현실과 한국 기독교의 현실에 대한 비판의식을 주로 그려내었다. 그에 비해, 세 번째 시집 『우주배꼽』 이후부터 인간과 자연의 관계로부터 발현되는 생명현상과 창조주의 영성에 대한 관심을 집중적으로 형상화했다.[2]

1) 고진하(1953~)는 강원 영월에서 태어나 감리교 신학대학과 동 대학원을 졸업했다. 1987년 『세계의 문학』으로 등단했고, 숭실대학 문예창작과 겸임교수를 역임했다. 시집으로 『지금 남은 자들의 골짜기엔』(1990), 『프란체스코의 새들』(1993), 『우주배꼽』(1997), 『얼음수도원』(2001), 『수탉』(2005), 『거룩한 낭비』(2011), 『꽃먹는 소』(2013) 등이 있다. 김달진문학상과 강원작가상을 수상했다.

2) "전기시(1, 2시집)에서는 신(神)의 부재와 현실의 불모성을 비판하면서 그 실존적 고

『우주배꼽』 이후 시를 대상으로 진행된 대부분의 연구에서 연구자들은 고진하의 종교적 사유와 생태주의의 관련성에 주목했다. 고진하 시에 내장된 생태주의가 그의 종교적 사유를 통해 나타난다고 본 것이다. 특히, 그의 시를 대상으로 진행된 만유재신론과[3] 종교다원주의의 논의는[4] 기독교사상의 생태주의를 보여주는 성과로서 주목된다. 그의 시에서

통을 견디는 '태도가 강한 반면, 후기시(3, 4시집)에서는 우주에 편재(遍在)한 신성(神聖)을 노래하거나 인간을 통한 신의 현현(顯現)을 형상화한다."
나희덕, 「시적 상상력과 종교다원주의-고진하의 시를 중심으로」, 『한국시학연구』, 한국시학회, 2004, 34쪽.

3) 김양헌, 「편재론적 상상력, 눈부신 신성의 낯설음」, 『서정시학』, 깊은샘, 7, 1997. 6.
남송우, 「기독교 시에 나타나는 생명현상」, 『생명시학 터닦기』, 부경대학교출판부, 2010, 313~345쪽.
유성호, 「다시 '빈 들'에서 '시'를 사유하다」, 『거룩한 낭비』 해설, 뿔, 2011, 115~126쪽.
김형태, 「고진하 시 연구」, 한국교원대학교 대학원 석사학위논문, 2012.
김동명, 「고진하 시에 나타난 만유재신론적 생태주의 연구」, 『한국문학논총』65집, 한국문학회, 2013. 12, 373~411쪽.

4) 김기석, 「이곳과 저곳 사이의 서성거림」, 『우주배꼽』, 세계사, 1997, 95~110쪽.
엄국현, 「경계적인 인간의 탐색의 노래」, 『서정시학』7, 1997. 6, 76쪽 참조.
윤성희, 「지상에서 천상으로, 천상에서 지상으로」, 『서정시학』, 깊은샘, 7, 1997, 88~101쪽.
이혜원, 「지상의 성소를 찾아서」, 『서정시학』, 깊은샘, 7, 1997, 130~139쪽.
홍용희, 「신생의 위기와 재생」, 『서정시학』7, 1997. 6, 109쪽 참조.
남진우, 『그리고 신은 시인을 창조했다』, 문학동네, 2001.
유성호, 「신이 부재한 시대의 '신성' 발견」, 『유심』7, 2001. 겨울, 315~325쪽.
장영희, 「고진하 시 생태의식 연구」, 『문창어문논집』, 문창어문학회 28, 2001, 201~221쪽.
_____, 「한국 현대 생태시의 영성 연구」, 부산대학교 박사학위논문, 2008.
나희덕, 앞의 논문, 27~49쪽.
김문주, 「느림의 문화와 기독교 영성-고진하의 시를 중심으로」, 『어문논집』56, 민족어문학회, 2007, 207~230쪽.
김형태, 앞의 논문, 2012.
김홍진, 「고진하 시의 종교적 상상력 연구」, 『현대문예비평연구』제38집, 2012, 137~163쪽.
김동명, 「이성선과 고진하 시에 나타난 생태주의의 복잡성 비교 연구」, 『현대문학이론연구』58집, 현대문학이론연구학회, 2014. 09, 95~127쪽.

도출된 만유재신론적[5] 생태주의는 힌두교, 이슬람교 등 다른 종교의 만유재신론적 특징과 변별되지 않는[6] 문제점을 보이지만 기독교가 생태계 위기의 원인으로 지목되고 있는 작금의 상황을 고려할 때,[7] 기독교사상과 생태주의의 연관성을 포착했다는 점에서 의미를 갖는다. 그의 시를 대상으로 진행된 종교다원주의의[8] 논의 역시 생태주의의 성과와 관련하여 기독교사상의 독자적 의미를 획득하지는 못했지만 기독교사상을 통한 생태주의의 가능성을 열어 놓았다는 점은 고무적이다. 그럼에도 이러한 논의는 기독교사상의 독자적인 생태주의로 귀결하지 못했다는 점에서 한계를 노정한다.

---

5) 만유재신론은 크라우제(C. F. Kruse, 1781~1832)에 의해 도입된 이후로 1953년에 하트숀에 의해 사용되었으며, 최근에는 다양한 신학자들에 의해 채택되었다. 만유재신론(萬有在神論, panentheism)은 축어적으로는 'παν'(모든 것), 'εν'(안에), 'θεος'(신)의 합성어로서 모든 만물이 신 안에 있다는 의미이다.
윤철호, 『현대신학과 현대 개혁신학』, 장로회신학대학교출판부, 2003, 360~361쪽.

6) 만유재신론은 기독교의 영역뿐만 아니라 세계의 많은 종교적 전통에서 나타난다. 유대교 카발라(Kabbalistic) 전통들과 이슬람 수피 전통은 분명한 만유재신론적 요소를 가지고 있으며, 대부분의 힌두 철학 전통들도 만유재신론적이다. 기독교에서 만유재신론의 정의는 '하나님의 존재는 전 우주를 포괄하며 전 우주 안에 스며들어 있다. 따라서 모든 부분은 하나님 안에 존재한다. 하나님의 존재는 우주 이상이며 우주에 의해 다 소진되지 않는다'로 표현된다. 범재신론과 같은 의미로 사용된다.
윤철호, 위의 책, 68쪽 참조.

7) 린 화이트는 창세기 1:28—"하나님께서 그들에게 복을 주시며, 그들에게 이르시되, 생육하고 번성하여 땅에 충만하라, 땅을 정복하라, 바다의 고기와 공중의 새와 땅에 움직이는 모든 생물을 다스리라 하시니라"—는 창조 신앙을 근거로 삼아 기독교사상이 환경파괴의 근거를 제공했다고 주장한다.
Lynn White, Jr., *The Historical Foots of Our Ecological Crisis*, in Science 155, 1967, pp.1203~1207(장윤재, 「켈트 영성: 창조 안에서 누리는 하나님과의 친교」, 『한국기독교신학논총』제71권, 한국기독교학회, 2010, 177쪽에서 재인용).

8) 종교다원주의는 신앙인—신학자가 자기가 믿는 종교 이외의 종교들에 대하여 적어도 그 도덕적 가치를 적극적으로 인정하거나, 더 나아가서 그들이 주장하는 진리 인식까지도 긍정하는 자세를 말한다. 특히 기독교의 경우, 종교다원주의는 타종교를 통해서도 구원이 가능하다는 입장을 견지한다.
길희성, 「종교다원주의」, 『종교연구』28호, 한국종교학회, 2002, 7쪽.

한편, 고진하의 기독교사상이 주로 만유재신론이나 종교다원주의로 논의된 이유는 그의 종교적 태도가 초월적 창조주를 표방하는 전통신학과[9] 다른 양상으로 나타나기 때문으로 보인다. 주지하다시피, 그는 제도화된 전통신학에 대해 비판적 입장을 보이는[10] 한편, 불교사상 · 노장사상 · 우파니샤드의 사유를 포섭하며 열린 기독교 신앙을 노정해 왔다. 이러한 특징으로 인해, 창조주의 영성을[11] 인식하는 그의 사유가 전통신학에서 제시하는 초월적 창조주에 대한 이해와 다른 양상으로 논의된 것이다.

고진하 시인이 기독교의 목회자라는 점을 전제할 때, 그의 세계관이 성서에 바탕을 두고 있다는 사실은 의심할 여지가 없다. 그가 볼 때, 인간을 비롯하여 모든 피조물은 창조주의 무한한 존재로 창조되었으며, 그가 지향하는 기독교는 창조주와 피조물이 하나가 되는 데 있는 것이다.[12] 창조주와 피조물에 대한 그의 유기체적 지향과 생태적 사유에 대한 관심을 전제할 때,[13] 그의 종교적 상상력은 작금의 생태계 위기와 관련하여 인간과

---

9) 그리스도교의 전통적 · 통상적 신관에 의하면 하느님은 세계를 창조한 초월적 존재로서, 하느님과 피조물 사이에는 무한한 거리와 질적 차이가 존재한다. 전통적 신관이 하느님의 내재성을 전적으로 무시한 것은 아니지만, 그의 초월성에 대한 강조는 하느님과 자연 사이의 유기적 연관성을 차단했으며 자연의 탈성화를 초래했다는 것이다.
길희성, 「엑카르트와 현대」, 『마이스터 엑카르트의 영성 사상』, 분도출판사, 2003, 10쪽.

10) "교계의 원로라는 분들이 교단의 우두머리가 되기 위해, 아마도 필시 신도들이 바친 헌금을 가지고 선거 때마다 몇 억 원씩 쓴다고 하는데(… 중략 …)오늘날처럼 구부러지고 뒤틀린 무신(無神)의 시대(… 중략 …)
고진하, 「무신(無神) 시대의 하나님 신앙」, 『새가정』440호, 새가정사, 1993, 11월호, 38~39쪽 참조.

11) '영성'은 기독교적인 삶에서 작용하는 창조주, 하나님과의 관계를 뜻하는 말로 그리스도적인 존재의 본질을 이루는 생명의 원리나 에너지를 뜻한다.
정희수, 「기독교의 영성과 동북 아시아의 종교적 심성」, 『기독교사상』, 대한기독교서회, 1996. 5, 23쪽 참조.

12) 김동명, 「고진하 시에 나타난 만유재신론적 생태주의 연구」, 391쪽.

13) "걸어 다니는 짐승들과 꽃 피고 지는 식물들, 그리고 아주 보잘 것 없는 미물들 속에도 하나님의 숨결이 들어 있다는 생각이 자연스레 내 몸에 들어 왔다(내 머리가 아니라!)."

동 · 식물, 무기물의 영성적[14] 측면과 유기체적 특성에 주목하는 심층생태주의와[15] 연결된다.

주지하다시피, 심층생태주의의 주된 관심은 생태계 내 모든 개체들이 유기체적 체계 속에 있으며, 무기물까지 포함한 모든 개체에 영성이 내재한다는 점이다. 이러한 논의는 기독교에서 말하는 성령(Holy Spirit)과 심층생태주의의 영성을 같은 맥락으로 볼 수 있다는 사실을 뜻한다.[16] 이는 또한 문학작품을 대상으로 기독교사상의 심층생태주의적 논의가 가능함을 의미한다. 기독교사상의 심층생태주의를 정리해보면 다음과 같다.

먼저, 모든 개체와 상황이 상호 관계된 가운데 생명현상을 발현한다는

고진하, 「시적(詩的) 상상력과 영성」, 『세계의 신학』33, 1996, 57쪽.

14) 영성이 신학 내지 형이상학을 전제로 하는 것은 사실이지만 신학이 곧 영성은 아니다. 영성은 영적 실재, 혹은 신의 현존에 대한 의식이고 경험이다.(… 중략 …)물질과 몸을 포함하여 존재하는 모든 것을 하느님의 창조물로서 선한 것으로 긍정하는 성서적 영성이 새롭게 조명될 필요가 있다. 현대 그리스도교 사상 에서 창조의 영성, 몸의 영성, 자연의 영성이 새롭게 관심의 대상으로 부각되는 이유도 여기에 있다.
길희성, 「동서양의 영성 전통과 현대 영성의 과제」, 『서강인문논총』제21집, 서강대학교 인문과학연구소, 2007, 273~289쪽 참조.

15) 1973년 노르웨이의 철학자인 아르네 네스Arne Naess가 스피노자Spinoza와 간디Gandhi, 불교의 영향을 받아 표방한 사상으로, 자연관의 근본적인 전환을 요구하는 이론적 및 실천적 지향을 의미한다. 전 단계에 진행된 환경생태주의를 '표층생태주의'라 비판하면서 등장한 심층생태주의자들은 생태계 위기에 대응한 강령으로써 상호 연관성, 생물권적 평등주의, 전일성, 다양성과 공생성, 반계급, 복잡성을 부르짖는다.
와위크 폭스, 정인석 역, 「아네 네스와 디프 이콜러지의 의미」, 『트랜스퍼스널 생태학』, 대운출판, 2002, 107~163쪽 참조.

16) 생태중심적 생태신학자들의 견해에 의하면 성령(Holy Spirit)이라는 용어에 대하여 특별한 구분이나 언급을 하지 않고 단지 영(spirit)의 의미로 사용하고 있음을 볼 수 있다. 이는 결국 생태중심적 생태신학자들이 우주와 자연을 하나의 신의 몸으로 해석하여 그들의 입장을 전개하기 때문에 전통신학에서 말하고 있는 성령의 역할과 생태중심적 생태신학자들이 말하는 성령과의 구분에 대해 병확한 해석을 내리지 않는다.
레오나르도 보프, 김항섭 역, 『생태신학』, 카토릭출판사, 1996, 58~59쪽 참조.

관계성의 사유를 들 수 있다. 관계성은 생태주의의 공통된 메시지로 알려져 있으며 창조주와 피조물의 관계를 강조하는 과정신학에서도 마찬가지 양상으로 나타난다. 창조주의 현존을 통한 영성적 자아는[17] 관계성을 담지한 생명현상의 특징으로서[18] 심층생태주의의 관계론적 자아와[19] 상통하는 것이다. 기독교사상의 심층생태주의에서 관계성은 창조주의 현존을 통해 논의가 가능하며, 문학 연구에서도 마찬가지 양상으로 나타난다.

또, 생태계의 생명현상이 무질서와 질서의 뒤섞임 속에서 작용한다는 특성은 복잡성의 원리를 환기한다. 생태계의 생명현상은 생성의 과정에서 그 현상을 일으킨 원인이 무엇인지 모르는 경우가 대부분이기 때문이다.[20] 이러한 논의를 전제할 때, 과정신학의 '숨어 있는 신'과 '생성하는 신'의

17) 성부는 창조의 창조하는 원인이고, 아들인 예수는 창조의 형성하는 원인이며, 성령은 창조의 삶을 주는 원인이다. 창조는 성령 안에 존재하고 아들에 의해 형성되며 성부에 의해 창조된다. 창조주는 전체로서의 그의 창조 안에, 그리고 모든 개별적인 피조물들 안에 거하는데, 이는 창조주의 현존의 방식이다. 성령을 통하여 창조주는 그의 각각의 피조물들 속에 현존한다. 그의 성령의 힘으로 창조의 공동체가 형성된다.

Juergen Moltmann, *God in Greation: A New Theology of Greation and the Spirit of God*. Translated by Margaret Kohl(London: SCM Press, 1985), p.98.(신옥수, 「몰트만의 "우주적 성령" 이해」, 『장신논단』26, 2006, 230쪽에서 재인용)

18) "생명의 영, 이것은 무엇보다도 피조물의 연관성을 의미합니다. 만물은 서로 의존해 있고, 서로 함께 지내고, 서로를 위하며, 종종 서로 안에서 공생하기를 좋아합니다. 생명은 사귐이고, 사귐은 생명을 전달합니다. 창조의 영과 마찬가지로 새 창조의 영도 인간들 사이에서 그러하듯이 인간과 모든 다른 생명체 사이에서 생명의 사귐을 회복합니다."

J. 몰트만, 이신건 역, 『생명의 샘』, 대한기독교서회, 2000, 40쪽.

19) 심층생태주의자 네스가 스피노자와 간디의 영향을 받아 정립한 '자기 실현 Self-realization!'의 개념은 자기 감각을 현세적인 의미로 될 수 있는 한 확장하는 것을 말하며, 'self'의 's'를 대문자 'S'로 나타내어 그 의미를 표시한다. 그리고 그러한 자기와 세계 안에 존재하고 있는 것들을 하나의 과정으로서 이해할 수 있는 것을 말한다.

와위크 폭스, 정인석 역, 「아네 네스와 디프 이콜러지의 의미」, 앞의 책, 157쪽.

20) F. Capra, *Ecological Literacy, The Web of Life*,(Anchor Books, a division of Random House, 1996) p.299.

개념은 주목된다. 이는 생명현상의 과정에서 창조주의 영성이 비선형적으로 작용한다는 사실을 시사한다.[21] 창조주의 내재를 인식하지만 그 내재의 인과 관계라든지 흔적을 알 수 없다는 것이다. 이러한 특징은 문학 연구에서도 마찬가지 양상으로 논의된다.

나아가 모든 개체의 생명현상이 변형(transformation)을 수반한다는 화이트헤드의 발언은[22] 순환성과 관련하여 주목된다. 이러한 논의는 각 개체들이 생명발현의 과정에서 서로를 내재적으로 전제함으로써 그들의 구조에 들어 있는 요소를 제거하기도 하고 끌어들이며 변화 생성한다는 사실을 뜻한다. 또한 양자 물리학자 폴킹혼은 생성을 추동하는 인자로서의 부활사건을 강조한다.[23] 그의 사유를 전제할 때, 생태계에서 일어나는 각 개체의 소멸과 죽음은 순환성의 의미를 내장한다. 기독교사상과 관련하여 생태계 내 모든 개체와 전체 생태계의 종말적 현상은 창조적 변형의 의미를 내장한다는 것이다. 창조적 변형과 순환성은 잠재적 순환성, 과정으로서의 순환성, 죽음과 소멸의 순환성으로 논의할 수 있으며 문학 연구에서도 같은 양상을 보인다.

이 글에서는 이러한 논의를 바탕으로 고진하 시에 내재된 기독교사상의 심층생태주의를 도출하고자 한다. 이를 위해 그의 시세계를 창조주의 현존과 관계성, 비선형적 생성과 복잡성, 창조적 변형과 순환성으로 유형화할 것이다.

---

21) Jürgen Moltmann, *God in Creation: A Mew Theology of Creation and the Sppirit of God* (Minneapolis: Fortress Press, 1993), p.154(윤철호, 「변증법적 만유재신론」, 『장신논단』28, 장로회신학대학교 기독교사상과 문화연구원, 2007, 69쪽 참조).

22) 화이트헤드, 오영환 역, 「범주의 도식」, 『과정과 실재』, 민음사, 1991, 77~100쪽 참조.

23) John Polkinghorne, *Partg 4, Introduction: Realistgic Eschatology*,(edit) J. polkinghorne and M. Welker, op. cit., p.205(정성민, 「희망의 종말론에 관한 자연과학과 신학의 대화」, 『원우론집』36, 연세대학교 대학원 원우회, 2002, 249쪽에서 재인용).

논의의 대상으로는 후기시로 거론되는 『우주배꼽』, 『얼음수도원』, 『거룩한 낭비』, 『꽃 먹는 소』에 실린 시편으로 한정한다.[24] 그의 초기시에 나타나는 사유가 인간소외, 신의 부재, 현실의 불모성에 대한 비판 등 실존의 고통이라는 측면에 집중되어 있는 데 비해, 이 시기부터 창조주의 내재를 통한 신성을 노래하거나 인간을 통한 창조주의 현현, 자연현상에 주목함으로써 기독교사상의 심층생태주의를 두드러지게 나타내기 때문이다.

2. 창조주의 현존과 관계성

일반적으로 생태주의자들은 "생육하고 번성하여 땅에 충만하라. 땅을 정복하라. 바다의 고기와 공중의 새와 땅에 움직이는 모든 생물을 다스리라"(창 1: 28)는 성경 구절이 생태계 파괴를 야기했다고 주장한다. 생태주의자들이 볼 때, 이 구절은 신 중심적 경향을 노정하는 가운데 부차적인 인간중심주의를 암시한다. 그들이 성경을 토대로 문제삼는 인간의 자연에 대한 세력 장악과 그로 인한 이원화의 근거는 이 구절을 중심으로[25] 전개되었다는 것이다.

성서에 대한 이러한 인식은 과정신학으로[26] 전환의 계기가 마련된다.

---

24) 전기시는 1, 2시집인 『지금 남은 자들의 골짜기엔』(1990), 『프란체스코의 새들』(1993)로 후기시는 『우주배꼽』(1997) 이후 출간한 시 모두가 해당한다.
나희덕, 앞의 논문, 34쪽 참조.

25) 린 화이트는 유대-기독교적 창조관의 영향 때문에 인간중심주의적 세계관이 형성되었고, 자연의 무제한 약탈과 훼손이 자행되었다고 주장한다.
Lynn White, Jr., *op. cit*, pp.1203~1207(장윤재, 앞의 논문, 177쪽에서 참조).

26) 과정신학에서 생태학적 성서해석은 모두 우주적 생명의 상호그물망에 대한 총체적 비전을 제시하고 있으며, 신적 목적이 전 우주 만물 속에 내재하고 있다고 보면서 모든 사물들 간의 관계성 그 자체를 '선'으로 또는 '은총'으로 이해한다.
이정배, 「유교적 자연관과 생태학적 인간」, 『신학의 생명화, 신학의 영성화』, 대한

'대상이 관계를 만든다'는 종래의 인식을 뒤엎고 '관계가 대상을 규정한다'고[27] 보는 과정사상이 심층생태주의의 관계론과 과정신학에 영향을 미친 것이다. 이러한 영향으로 인해, 과정신학자 몰트만은 생태계의 모든 개체가 창조주의 영성을 통해 각 개체와 관계되는 가운데 생명현상을 발현한다고 주장한다.[28] 성부인 창조주는 생태계를 초월하지만 성령으로서 내주한다는[29] 것이다.

이는 예수를 통한 창조주의 영성이 사물의 본성을 안으로부터 자극하여 사물들의 내적 본성 및 그 가능성이 실현될 수 있도록 돕는 현상으로 나타난다고 설명된다.[30] 따라서 생태계 내 모든 개체와의 관계를 통해 발현되는 생명현상은 창조주와의 사귐을 통해 가능하다는 사실이 전제된다.[31] 원래 성령은 창조주의 영과 피조물 속에 거주하는 창조의 영으로 인식되었으나 전통신학에서 창조주의 성령만이 강조되었고, 그로 인해 창조주와 인간의 분리, 인간과 자연의 분리가 초래되었다는 것이다.

이와 같은 논의를 전제할 때, 인간을 비롯한 모든 개체는 성령을 통한 창조주와의 관계성 안에서 자신을 개방하고 창조적 선택을 하는 과정을

기독교서회, 1999, 100쪽 참조.

27) 화이트헤드, 오영환 역, 「범주의 도식」, 앞의 책, 77~100쪽 참조.

28) J, 몰트만, 김균진 역, 『창조 안에 계신 하나님』, 한국신학연구소, 1987, 207쪽 참조.

29) Schechina('하나님의 거하심') 쉐키나의 목적은 모든 창조를 '하느님의 집'으로 만드는 것이다. 하나님은 생명을 사랑하시는 자이며 성령은 모든 피조물들 안에 있다. 창조주는 전체로서의 그의 창조 안에, 그리고 모든 개별적인 피조물들 안에 거하는데, 이는 그의 영이 그들을 한데 묶어주며 그들을 생명 안에서 유지시켜주기 때문이다.
Juergen Moltmann, *op. cit*, xiv(신옥수, 앞의 논문, 232쪽에서 재인용)

30) 이정배, 「신과학 사조와 기독교적 영성」, 『신학의 생명화, 신학의 영성화』, 155쪽 참조.

31) "아버지는 성령의 품 안에서 아들을 낳고, 아버지는 아들과 더불어 성령을 내쉬며, 성령은 아들을 통해 아버지를 계시하고 아들은 성령 안에서 아버지를 사랑하며 아들과 성령은 아버지 안에서 서로를 바라본다.
레오나르도 보프, 이세형 역, 『삼위일체와 사회』, 대한기독교서회, 2011, 24쪽 참조.

통해 생명현상을 발현한다는 사실을 알 수 있다. 과정신학의 이러한 원리는 동 · 식물, 무기물, 우주현상, 비가시적 상황까지 모든 개체와 상황이 관계되어야 생명현상이 가능하다는 점에서 심층생태주의의 관계론적 자아와 통한다. 기독교사상을 통한 심층생태주의의 관계성이 정초되는 것이다.

다음 시 「불멸의 조각」에서는 인간과 동 · 식물의 관계에서 발현되는 생명현상이 포착된다.

> 등 푸른 물고기들이
> 나무에서 헤엄쳐 나오는 것을 보는 것은
> 지상의 어떤 마술보다 흥미로웠어.
> 은빛 비늘 대신 나무 조각만 수북이 남겨놓고
> 꼬리지느러미를 탁탁 치며
> 허공으로 사라지는
> 물고기는 나무 둥지로 돌아오지 않았고,
> 그렇게 사라져 돌아오지 않는 것은
> 나무의 영혼이 자유롭기 때문일 거야
>
> ─ 「불멸의 조각」 부분(『거룩한 낭비』 26)

위 시 「불멸의 조각」에서 "등푸른 물고기들"과 "나무"는 동물과 식물을 표상한다고 볼 수 있다. 이러한 논의를 전제할 때, "물고기들이/나무에서 헤엄쳐 나오"고 등푸른 물고기들이 "나무 조각"을 "수북이 남"긴다든지 "나무의 영혼이 자유롭"다는 표현은 식물과 동물의 상호 관계성으로 해석이 가능하다. 동물과 식물의 상호 관계성은 같은 곳에서 비롯되며, 그럼으로써 두 종의 가치가 다르지 않다는 사실을 시사한다.[32] 기독교사상의

32) 시편 104에서는 자연과 인간을 하나의 전체로 보고 있기 때문에 인간의 지위는 다른 생명체와 다르지 않다. 시편에서는 인간을 비롯한 모든 생명체들이 창조주의 활동을 전제한 가운데 서로 관련되어야 생명발현이 가능하다는 사실로서 인간과 동 · 식물의 가치가 평등다고 보는 것이다.

주된 관심이 창조주의 영성이 내재하는 이웃으로서의 자연을 어떻게 인식하고 수용해야 하는지에 있다고 볼 때,[33] 위 시 「불멸의 조각」은 기독교사상을 통한 심층생태주의의 관계성으로 논의가 가능한 것이다.

이러한 논의의 맥락에서 해석되는, "마술"이라는 어휘는 그 의미가 내장한 신비적 특성으로서 세계에 작용하는 창조주의 영성을 암시한다. 따라서 위 시의 "물고기"가 "나무에서 헤엄쳐 나"온다는 표현은 창조주의 영성이 두 차원 사이를 순환하며 관계하는 생명현상으로 해석이 가능하다. 창조주의 영성이 나무에 작용하여 새로운 현실태인 물고기로 현현顯現되었다는 것이다.

이때, 창조주의 영성을 통한 '식물'과 '동물'의 상호관계성은 세계의 어떠한 것도 그것이 존재하기 위해서 창조주와 상호 작용해야 한다는 사실을 뜻한다. 그와 동시에 다른 어떠한 것에 의존하지 않고 생명현상을 발현할 수 없다는 사실을 의미한다. 이는 결국 생태계 속의 자연, 자연 속의 인간, 인간 속의 인간 등 모든 개체와 개체가 창조주와 연결될 뿐 아니라, 모든 대상의 안과 밖, 즉 현상이나 본질이 상호 연결된 가운데 생명발현이 가능하다는[34] 사실을 의미한다. 서로 연결된 가운데 "마술"로 비유된 창조주의 영성이 작용하기 때문에 각 개체의 생명현상이 발현된다는 것이다.

다음 시 「신성한 숲」에서는 우주현상에 내주하는 창조주의 현존과 피조물 간의 관계성이 포착된다.

슈텍 외, 박영옥 역, 『세계와 환경』, 한국신학연구소, 1990, 63~69쪽 참조.
이러한 논의는 인간과 동 · 식물의 가치가 같다는 사실로서 기독교사상에서 표방하는 생태관과 심층생태주의에서 제시하는 생태적 가치관이 같다는 사실을 시사한다.

33) 그 때에는 이리가 어린 양과 함께 살며, 표범이 새끼 염소와 함께 누우며, 송아지와 새끼 사자와 살찐 짐승이 함께 풀을 뜯고 어린 아이가 그들을 이끌고 다닌다. (… 중략 …)젖 먹는 아이가 독사의 구멍 곁에서 장난하고, 젖뗀 아이가 살모사의 굴에 손을 넣는다. "나의 거룩한 산 모든 곳에서, 서로 해치거나 파괴하는 일이 없다." (이사야서 11장 6~9)

34) 화이트헤드, 오영환 역, 「유기체적 세계관」, 앞의 책, 739~745쪽 참조.

저녁놀을 공양 받고 있는 너에게로
나는 천천히 걸어 들어갔지.
엄마 젖을 빠는 아이처럼 너는
전신(全身)의 빨대로 완숙된 포도주를 빨기에
여념이 없었지.
다복솔과 아카시아, 철쭉과
자작나무, 시끄러운 지저귐을 멈춘 채
한껏 몸을 낮추는 새들, 그들
틈에 나도 끼여 그 극진한 공양을 받으며
발그레 취기(醉氣)에 젖어들었지.
잠시 후 보랏빛 어둠이 내리자, 너와 내가
받아먹은 놀과 어둠이
비빔밥처럼 안에서 비벼져
이름지을수 없는, 그윽한 뭔가가 되었지.
이걸 뭐라고 불러야 하나?

–「신성한 숲」 부분(『얼음수도원』 30)

주지하다시피, 화이트헤드는 그의 유기체론에서 모든 관계가 한 존재의 현실적 계기로 작용한다는 생성의 사유를 설파한다. 그가 볼 때, 모든 개체는 다른 개체를 떠나서 아무 것도 아니라는 것이다. 위 시 「신성한 숲」에서는 이러한 사유가 발견된다. 위 시에서 화자인 "나"와 "다복솔과 아카시아 철쭉과/자작나무"인 식물, 그리고 "몸을 낮추는 새들"은 서로 연결된 가운데 스스로의 존재를 발현한다. 또한 "보랏빛 어둠"에서 "보라"색은 파란색과 빨간색이 겹친 가운데 발현되는 색으로서 관계를 통해 출현하는 생성의 의미를 내장한다. 모든 관계가 한 존재의 현실적 계기로서 작용한다는 생성의 의미가 창출된 것이다.

한편, "공양 받고 있는 너"에서 "공양"은 원래 불교사상의 개념이라는 점에서 기독교사상의 배타적 의미를 내장한다. 그러나 과정신학의 맥락에서 볼 때, 배타성을 함의한 이 용어는 극대화된 상호 작용의 관계성, 확대된 창조성으로 의미화된다. 과정사상에서 파악한 기독교사상의 교리적 실천은 적대적 대상에까지 존중과 공감을 표방하는 동시에 세상 모든 창조가 창조주의 영성적 작용과 함께 이루어진다고 보기 때문이다. 이러한 논의를 전제할 때, 위 시의 "공양"은 배타적 대상에까지 작용하는 창조주의 영성으로 해석이 가능하다.

한편, "신성한 숲"의 "신성한"과 보라색이 내포하는 신비, 고귀함의 의미는 시의 맥락과 관련하여 창조주의 영성을 암시한다. 이 구절에서 창조주의 영성을 내장한 개체끼리의 관계와 그 관계를 통해 발현되는 생명 현상의 의미가 포착된다. 이러한 논의는 "이름 지을 수 없는"과 "뭔가"라는 구절, 그리고 "너와 내가/받아먹은 놀과 어둠"이 맥락화되는 가운데 창조주의 영성적 작용에 대한 영감으로서의 의미를 담지한다. 위 구절은 또한 말로 표현할 수 없다는 의미를 내장함으로써 믿는 자에게만 계시되는 창조주의 영성으로 해석할 수 있다.[35] 비가시적 상태에서 발현되는 창조주의 영성을 환기함으로써 창조주의 현존과 관계성의 의미가 도출되는 것이다.

다음 시 「범종소리」에서는 우주의 모든 대상과 현상, 매 순간이 관계의 현현이라는 사유가 포착된다.

> 새벽, 범종소리에 잠이 깼다.
> 어둠의 귀가 열려 그 소릴 깊게 빨아들인다, 문득
> 별빛을 덮고 잠들었던 내 안의 애욕과 권태,
> 온갖 허망과 환상들이
> 쇠와 나무가 마주쳐 내는 소리에 깜짝깜짝 살아나다

---

35) 발터 옌스 · 한스 큉, 김주연 역, 「근대의 개막과 종교」, 『문학과 종교』, 분도출판사, 1997, 23쪽 참조.

(… 중략 …)
속이 빈 데서 울려나오는 저 소리엔 새 잎들이
피어날 것만 같다. 오죽(烏竹)의 눈부신 잎새처럼.
—「범종소리」 부분(『얼음수도원』 21~23)

위 시 「범종소리」에서 화자는 "범종소리"를 "어둠의 귀가 열려" "그 소릴 깊게 빨아들"이는 관계의 실현으로 인식한다. "범종"과 "귀"와 우주 공간은 모두가 하나의 현실적 계기로서 그것들이 속한 세계에서 분리될 수 없는[36] "범종소리"를 생성한 것이다. 이러한 논의는 창조주를 통한 영성적 작용과 함께 현실적 존재자들이 가지고 있는 내재적인 자기 결정성을 환기한다. 피조물 자체에 내재된 생명이 주변 여건과 창조주의 영성에 영향을 받으며 출현한다는 것이다.

이러한 논의는 전통신학의 초월적 신(God)을 배격하며[37] '생성하는 신(a becoming God)'을 제시하는 과정신학자들의 사유와 연결된다. 그들이 볼 때, 창조주야말로 세계 안에서의 현실태이며, 이를 기초로 물리적 법칙이 출현한다는[38] 것이다. 이러한 논의를 전제할 때, 생명현상은 생태계에 존재하는 모든 대상끼리의 현현顯現으로 불가할 뿐 아니라, 창조주의 단독적인 결정으로도 불가능하다는 사실을 의미한다. 현실적 존재자, 즉 피조물이 창조주의 영성을 통해 자기 창조를 해 나갈 때, 창조주 역시 피조물의 창조에 지속적으로 참여함으로써 공동 창조자로 작용할 수 있다는 것이다.

---

36) 화이트헤드, 오영환 역, 「유기체와 환경」, 앞의 책, 245~249쪽 참조.

37) 전통신학에서 볼 때, 창조주는 태초에 우주를 창조했고, 그 후 우주는 더 이상 이 세상에 대한 창조주의 관여 없이 창조주가 부여한 자연법칙을 따라 작동한다. 이러한 이신론적 신관은 창조주를 대상화함으로써 별개의 존재로 이해한다. 생태주의자들은 이러한 창조주의 모델이 지배—피지배 구조를 고착화시킴으로써 생태계 파괴를 주도한다고 본다.

38) 화이트헤드, 오영환 역, 「사변철학」, 앞의 책, 66쪽.

한편, 위 시의 "속이 빈 데서 울려 나오는" 범종 "소리"는 비가시적 현상에 작용하는 창조주의 영성적 작용을 암시한다. 여기서 "소리"는 비가시적인 우주현상을 표상하며 그 모든 비가시적 현상은 인간에 의해 감지되고 인식되어져야 하는 수동적 상황이 아니라 존재 그 자체라는 사실이 암시된다. 이를 전제할 때, "범종소리"는 근대 이후, 문자적 성경주의로 창조주를 탐색하기 전, 기독교사상의 창조 체험이 청각을 통해 표현되었다는 논의와 연결된다.[39] "빈 데"는 청각을 통해 "귀가 열"리게 하는 매개체로서 세계와 연결되는 창조주의 영성을 환기하는 동시에 "창조주가 창조의 과정에서 영원한 객체들(eternal objects)과 관련되어 존재한다는 사실을 암시하는 것이다.[40]

그러한 가운데 "눈부신 잎새"가 "피어날 것"이라는 비유는 창조주의 영성과 상호작용한 결과 발현되는 생명현상의 의미를 창출한다. "별빛을 덮고 잠들었던 내 안의" "애욕과 권태/온갖 허망과 환상들"이 "쇠와 나무가 마주쳐 내는 소리"로 되살아난다는 표현은 창조주의 영성과 작용한 결과 현현되는 모든 개체의 생명 현상을 비유한다고 볼 수 있는 것이다.

다음 시 「칡」에서는 죽음과 생성의 관계성에 대한 사유가 포착된다.

바위들의 웅변은 침묵이다
그 침묵의 꽉 다문 입도 봉해야 직성이 풀리는 것일까
칡은 제 몸에서 뽑아낸 푸른 밧줄로 적군을 묶듯, 혹은 염(殮)할 때
경직된 시신을 묶듯 바위들의 몸을 꽁꽁 묶기 시작했다

성큼, 여름이 오고 초록이 진군하자 집 뒤 바위산은 점령군, 칡의

---

39) 강정하, 「매튜 폭스의 창조영성에 근거한 생태신학」, 서강대학교신학대학원 석사학위논문, 2000, 37쪽 참조.

40) 화이트헤드, 류기종 역, 『종교와 신의 세계 : 과정신학의 기초원리』, 황소와 소나무, 2003, 129쪽.

세상이다 둥글게 둥글게 번져가며 끝장낸 초록의 염습은 감쪽같다 완벽하다
그 딴 세상! 칡은 바람을 불러 살랑살랑 고요의 씨앗을 흩날리고, 꽃을 피워 침묵의 향기를 퍼뜨린다

오늘 난 그 옆을 지나치다가 푸른 칡넝쿨 사이에서 구불텅구불텅거리는 꽃뱀을 보았다 그 고운 빛깔과 무늬에 대해서는 아무에게도 누설하지 않았다

－「칡」 전문(『거룩한 낭비』 27)

과정신학의 유기체적 생태계를 전제할 때, 모든 개체는 원초적으로 창조주에 의존하는 가운데 개체끼리 상호 관련된다는 사실을 알 수 있다.[41] 이러한 논의와 관련하여, 위 시 「칡」에서 암시되는 관계성은 주목된다. 우선 "제 몸에서 뽑아낸 푸른 밧줄"은 뻗어나가는 특성으로서 끊임없이 이어지는 생명현상을 암시한다. 나아가 그 "칡"이 얽어맬 수 있는 대상을 떠나 존재할 수 없다는 사실은 생명현상을 가능케 하는 근원으로서 관계성의 의미를 낳는다. 생명현상의 표상인 "칡"은 "바위산"으로 표상된 다른 대상과 관련될 때, 비로소 "고요의 씨앗을 흩날리고, 꽃을 피워 침묵의 향기를 퍼뜨"릴 수 있다는 것이다.

한편, '꽃'과 '꽃뱀', '바위', '고요' 등을 환유의 측면에서 볼 때, 이들은 식물과 동물, 무기물과 우주현상을 표상하며, 서로의 교호작용을 통해 가능한 생명현상의 의미를 창출한다. 이때, 다른 대상 사이의 관계 맺음은 관계되는 대상들의 관계의 힘, 즉 다른 존재의 힘을 요청하게 된다. 다른 존재의 힘은 창조주의 현존을 의미하며, 위 시에서 "누설"과 "딴 세상!"으로 암시된다. 창조주로서 "누설"의 상징성을 전제할 때, "향기를 퍼뜨린다"든지 "고운 빛깔" 등은 창조주로부터 비롯되는 영성과 피조물의 작용

41) 화이트헤드, 오영환 역, 「신과 세계」, 앞의 책, 656~660쪽 참조.

으로 발현되는 생명현상의 의미를 낳는 것이다.

나아가 "침묵의 꽉 다문 입"과 "염(殮)할 때 경직된 시신", "초록의 염습"은 소멸조차 관계성의 대상임을 암시한다. 스스로를 결정하는 계기는 이미 자신을 위해 설정된 하나의 전망 속에서 이루어지며, 이런 설정은 새로운 계기의 위상 속에 주어진다는[42] 존재론적 관계성을 환기하는 것이다. 이는 모든 개체가 소멸을 전제한 생성과 생성을 전제한 소멸의 원인이자 결과임을 반증한다. 모든 개체는 창조주의 현존(formal existence)을 통해, 다른 개체와 관계된 가운데 생성하고 소멸한다는 것이다.

이와 같이, 고진하 시에서 모든 대상과 현상의 현현은 서로 관계된 가운데 창조주의 현존을 통해 가능한 양상으로 그려져 있다. 그의 시에서 생태계 내 모든 개체는 창조주의 현존을 통해 상호 관련된 가운데 스스로의 생명현상을 발현하는 것이다. 생태계 전체가 창조주의 영성적 작용을 통해 생명현상을 발현할 수 있다는 유기체적 관계성이 기독교사상의 심층생태주의로 논의된 것이다.

3. 비선형적 생성과 복잡성

과정신학에서 제시하는 '신'의 개념은 모든 대상이나 상황에서 생성하는 특성으로써 복잡성과 닿는다. '생성하는 신'은 피조물의 영성과 상호작용함으로써 생명현상의 과정에 참여하는 것이다. 주지하다시피, 심층생태주의에서 강조하는 생명현상의 원리는 불확실성 · 예측불가능성 · 미결정성을 담보함으로써 복잡성을 담지한다. 심층생태주의의 복잡성[43]과

42) 화이트헤드, 오영환 역, 「범주의 도식」, 위의 책, 85~92쪽 참조.
43) 심층생태주의자들은 생태 위기의 원인을 근본적으로 제거해야 한다고 주장하며, 생태계의 유기체적 특성을 인지할 필요가 있다고 주장한다. 그들은 생태계의 원리

과정신학의 '생성하는 신'은 생명현상을 '유기체'와 '과정', '생성'의 개념으로 인식한다는 점에서 만나는 것이다.

이러한 논의는 생태계에 드러난 질서와 숨은 질서가 섞여 있으며, 그 속에서 많은 동 · 식물, 사물과 현상들이 상호 연접하며 생성한다는[44] 사실을 환기한다. 생명현상은 비선형적 특성으로서 복잡성을 담지하며, 그러한 가운데 각 개체는 전체 생태계와 경계가 없이 작용하며 생성한다는 것이다.

이러한 논의와 관련하여, 마조리 스와키의 다음 발언은 주목된다.

> 하느님은 매 순간 세계를 실존으로 부르고 계시는 창조주이시다. 하지만 하느님은 세계와 동떨어져서가 아닌 세계와 함께 창조하신다. 세계는 과거와 하느님의 미래를 생성되는 자신 안에 받아들임으로써 매 순간 새로운 것을 창발하며, 일종의 '하느님과 함께 창조적인 춤'(a creative dance with God)을 추는 관계를 맺는다.[45]

위 글에서 스와키는 창조주가 "매순간 세계를 실존으로 부"름으로써 "창조"한다고 주장한다. 창조주는 "세계"를 "부르"는 행위로서 "창조하"며, "세계는 과거와 창조주의 미래를 자신 안에 받아들임으로써" 생명현상을 발현하게 된다는 것이다. 그는 이러한 상호작용을 피조세계가 "하느님과 함께 창조적인 춤(a creative dance with God)"을 춘다고 표현한다. 모든 개체는 창조주의 영성적 작용을 통해 현현되며, 존재(Being)가 아닌

인 전체 장으로서의 상호 연관으로서 복잡성을 강조한다.
Arne Naess, David Rothenberg Trans, & Ed, *Ecology, Community and Lifestyle* (Cambridge; Cambridge University Press, 1989), pp.197~200.

44) 김상일, 「과정 철학의 성격과 방법」, 『화이트헤드와 동양철학』, 서광사, 1993, 40쪽.

45) Marjorie H. Suchocki, *What is Process Theology?* p.7~8(New York : Crossroad, 1982) (강기택, 「위르겐 몰트만(Jürgen Moltmann)의 신론에 대한 과정신학적 비평－창조론을 중심으로」, 감리교신학대학교 석사학위논문, 2008, 59쪽에서 재인용).

과정(Becoming)으로서의 생성을 노정한다는 것이다.

이는 창조주와 인간의 공동창조성을 통해 발현되는 비선형적 생성의 의미를 낳는다. 모든 생성은 창조주와 피조물의 끊임없는 상호작용, 비선형의 특성 때문에 복잡성을 노정한다는 것이다. 이러한 논의는 생태계의 원리인 복잡성이 창조주의 영성적 작용으로 가능하다는 사실을 시사한다.

다음 시 「자연」에서는 공간의 생성적 특성으로서 복잡성이 논의된다.

나뭇잎 두 장을 이어붙인
나뭇잎 접시.

거기 흰밥을 담아주었다
거기 찐 콩을 담아주었다
거기 야채카레를 담아주었다

그걸 숟갈 대신 손으로
비비고 또 비비는데

거기 햇살도 듬뿍 얹어주었다
거기 맑은 공기도 섞어주었다
거기 청량한 새소리도 얹어주었다

— 「자연」 부분(『꽃 먹는 소』 16~17)

위 시의 장소인 '인도'는 힌두교의 발상지로서 전통신학과 상반됨의 의미를 내장한다. 그러나 '인도'는 '자연'이라는 표제와 결합됨으로써 배제되는 바가 없는 창조주의 창조물로 의미화된다. 이는, '창조주' 또는 '창조'라는 말 대신 '생명 및 자연'이란 말을 사용하는 과정신학자 존 캅의 발언[46] 에서도 포착된다. '인도' 역시 창조주의 창조물로서 '자연'이라는 것이다. 따라서 위 시의 표제는 '인도'가 결합된 비선형적 특성을 암시함으로써 복잡성의 논의가 가능해진다.

한편, 위 시에서 현지인들이 화자에게 "흰밥"을 "담아" 건네주는 상황 역시 같은 맥락에서 주목된다. 우선 논의의 대상이 되는 "흰밥"은 자연의 힘과 타자의 노동력이 관계된 집적물을 암시한다. "담아"준다는 표현에서는 주고 받는 관계가 상정됨으로 인해, 상호 연관성과 상호 의존성을 환기한다. 화자는 "거기 흰밥을 담아" 주고 "거기 찐 콩을 담아" 주고, "거기 야채카레를 담아" 준다고 발화한다. 반복되는 "거기"는 추상적이라는 점에서 애매성을 내장한다. 애매성을 담지한 상호 작용과 비인과적인 생성의 결합으로 인해 복잡성의 의미가 추출되는 것이다.

또한 "흰밥"과 "찐 콩 야채카레"를 "손으로/비비고 또 비"빈다든지 "섞어"준다는 구절은 환원불가능한 의미를 담지함으로써 비가역적 의미를 생성한다. "햇살도 듬뿍 얹어주"고 "맑은 공기도 섞어주"고 "청량한 새소리도 얹어" 준다는 표현 역시 같은 의미를 낳는다. "햇살"이나 "공기", "새소리"는 계량할 수 없는 속성으로 인해 비가역성이 포착되며, "듬뿍", "맑은" "청량한" 역시 가늠할 수 없다는 점에서 비가역성을 환기한다. 그러한 가운데 이러한 특성은 그 하나하나가 전체의 부분들을 강조해주는 방식으로 전체에 이바지함으로써 복잡성의 의미로 연결된다. 위 시에서 인간과 동물, 식물, 무기물의 상호작용과 함께 창조주의 영성적 작용을 통해 복잡성이 추출된 것이다.

다음 시 「하늘 다람쥐」에서는 비인과적 특성으로서의 생성이 발견된다.

---

46) J. Cobb, "The Role of Theology of Nature in Church", *Liberation Life Contemporary Approach to Ecological Theoloty*, S. Mcfague(ed.)(New York, 1990, pp.216~276)(이정배, 「유교적 자연관과 생태학적 인간」, 『신학의 생명화, 신학의 영성화』, 108쪽에서 재인용)

깊은 산을 다니다보면 한 군데 소복하게 돋아난 어린 단풍나무들을 가끔씩 볼 수 있지. 다람쥐 짓이야. 늦가을 단풍씨앗들을 물어다 겨울 양식으로 저만 아는 은밀한 곳에 묻어두는데, 기억력이 별로 좋지 못한 이 다람쥐란 녀석,(… 중략 …)겨울이 다가와 먹을 것이 궁해진 이 다람쥐란 녀석, 가을에 저장해놓은 단풍씨앗을 찾으려 해도 제 눈으로 점찍어 둔 구름은 이미 흘러가버렸으니 결국 단풍씨앗을 찾지 못하고 마는데, 혹자는 이런 다람쥐를 일러 어리숙한 즘생이라 말하리. 하지만 그 어리숙함이 이듬해 봄 다람쥐가 찾지 못한 씨앗들을 싹트게 하여 여러 그루의 단풍나무를 솟아나게 하니! 금강석보다 귀한 생명의 씨앗을 염주알 같은 눈망울에 담아 영원한 망각의 구름 위에다 소유권을 표시해두는 어리숙한 다람쥐여, 그 천진한 눈망울 속에 이미 깃들인 푸른, 푸른 잎의 단풍이여!

― 「하늘 다람쥐」 부분(『우주배꼽』 60)

위 시에서 "다람쥐의 천진한 눈망울 속에 이미 깃들인 푸른, 푸른 잎의 단풍"은 인과성이 정확하지 않다는 사실로서 비선형적 생성의 의미를 창출한다. 이는 모든 개체의 생성이 다른 개체와 창조주의 영성이 상호 작용한 결과이기 때문에 인과 관계를 알 수 없는 우연적 요소를 담지한다는 사실을 의미한다. 우연성의 이러한 특징은 인간이 이해할 수 있는 물리적 영역이 한계를 지닐 수밖에 없다는 사실을 암시함으로써 복잡성의 논의로 이어진다.

이러한 사유는 산 속의 다람쥐들이 "단풍씨앗들을 물어다 겨울 양식으로 저만 아는 은밀한 곳에 묻어 두"었다가 "씨앗을 찾"지 못한 결과 "단풍나무 숲"이 조성되었다는 표현에서 포착된다. 유형과 무형의 중간 세계를 암시하는 "구름"의 생명성과 "다람쥐"의 "어리숙한" 행위 속에 깃든 생명성의 결합은 알 수 없는 우연성의 특성으로서 비선형적 생성과 복잡성의 의미를 낳는 것이다.

우연성에서 출현하는 생성은 어떤 개체든 생명현상의 과정에서 다른 개체들에 의해 다양한 영향을 받게 된다. 그러한 가운데 미래에 대한 자기 예기에 의해서도 영향을 받으며 우연의 영향으로부터 자유롭지 못하다.47) 생명현상이란 원래부터 서로 얽히고 설켜 있는 개체와 현상의 역동적 그물망인 것이다.

위 시에서 이러한 사유는 좀 더 근원적인 양상의 표현으로 이어진다. "어리숙한 다람쥐"의 "염주알 같은 눈망울" 속에 이미 "푸른 잎"이 깃들어 있었다는 것이다. 이는 "씨앗" 전에 잠재된 원초적 생명성으로서 어떠한 것도 그것이 속한 현실의 세계에서 분리되지 않는다는 의미를 창출한다. 그와 함께 모든 개체는 미래와 분리되지 않는다는 사실을 암시한다. 모든 개체나 계기, 상황은 명확한 인과 관계를 알 수 없는 가운데 서로 관련되어 생성의 과정을 노정한다는 것이다.

다음 시 「토지문학공원 5」에서는 부패와 소멸의 상황에서 출현하는 생성의 사유가 복잡성으로 논의된다.

인공 강우는 언제 멎었을까.
바짝 말라붙은 섬진강,
움푹움푹 패인 몇 개의 웅덩이에
고인 물이 썩고 있다.
바위도 자갈들도 썩는지 거무튀튀하다.
이름뿐인 강, 그렇지만
이름 그대로 나그네인 나는
정처 없는 이 발길을 멈추지 못한다.
해꽃 피고 지고 버들잎 지고 피는
정처 없는 이 흐름을
난 무어라고 명명할지 모르겠다.

---

47) 존 캅, 김희헌 역, 「과정신학이란 무엇인가?」, 『신학연구』55, 한신대학교 한신신학연구소, 2009, 232쪽 참조.

내 안의 스승은 여명(黎明)의 지식으로
날 가르치셨다.
손으로 움켜쥔 것은 모두 썩는다.
이름뿐인 강, 그렇지만
고여 썩은 물은 환한 거울이다.
거울에 비친 것은 모두 썩는다.
스승이시다.
그걸로 충분하다.

－「토지문학공원 5」 전문(『얼음수도원』 35)

위 시의 공간인 "토지문학공원"은 문화 상품이라는 점에서 인간중심주의의 세계를 환기한다. 나아가 "인공강우"는 좀 더 극대화된 인간중심주의의 산물로서 과학기술을 표상한다. 그러한 맥락에서 볼 때, "바짝 말라붙"어 "고인 물이 썩고 있"는 "웅덩이"와 "강"은 인간 스스로 파괴해버린 작금의 생태계로 해석이 가능하다. 나아가 인간을 의미하는 "나그네"가 "정처 없"음의 상황에 놓여 있다는 비유는 인간의 생존을 위한 개발로 극심하게 파괴된 생태계와, 그럼에도 개발을 중지하지 못하는 인류의 딜레마를 환기한다.

한편, 강을 비롯해 "고인 물"과 "바위"와 "자갈들"은 "충분하다"는 발언을 전제할 때, 영성을 담지한 자연으로서 창조주의 창조물로 해석할 수 있다. "말라붙은 섬진강"에서는 인간중심주의로 인해 생태계가 파괴된다는 사실이 암시된다. 그러나 "썩"고 있는 "강"에서도 "해꽃 피고 지고 버들잎 지고" 피는 상황은 어떠한 공간도 창조주가 내재함으로써 '성소(고전 3: 16)'라는 의미와 연결된다. 이러한 논의는 '숨어 있는 창조주'와 '생성하는 창조주'를 암시함으로써 비가시적, 비선형적인 가운데 작용하는 창조주와 피조세계의 유기체성을 환기한다.[48] 창조주와 피조물 사이에

48) J. Polkinghorne, *The Science and Christian Belief: Theological Reflections fo a Bottom-up*

작용하는 생명현상의 상대성, 비선형성을 통한 복잡성이 추출되는 것이다.

이러한 논의와 관련하여 피조물의 상호작용 자체를 '세상 안에 계신 창조주, 창조주 안에 있는 세상'으로 인식하는 몰트만의 사유를 적용할 수 있다.[49] 이는 어떠한 원인이 작용하여 무엇을 발생시켰는지 모르는 가운데 생명현상이 발현되지만, 어떠한 상황에서도 창조주의 영성이 작용한다는 사실을 환기한다. "썩"고 있어 "이름 뿐인 강"이지만 썩는다는 사실이 바로 "스승"이며 "그걸로 충분"하다는 구절에서 생명현상의 과정은 전일적이며, 그러한 가운데 어떠한 상황도 창조주의 영성이 작용하지 않는 곳이 없다는 의미가 추출되는 것이다.

다음 시 「거룩한 낭비」에서는 끊임없는 생성의 특성으로서 복잡성의 의미가 포착된다.

이 휘황한 물질적 낙원에서
하느님
당신은 도무지
소용없고
소용없고
소용없는
분이시니

내 어찌
흔해빠진
공기를 낭비하듯

Thinker. London: SPCK. 1994. p. 167.(이상현, 「과학적 실재관에 대한 폴킹혼의 유신론적 이해」, 연세대학교 박사학위 논문, 2006, 146쪽에서 재인용)

49) "생명의 영, 이것은 무엇보다도 피조물의 연관성을 의미합니다. 창조의 영과 마찬가지로 새 창조의 영도 인간들 사이에서 그러하듯이 인간과 모든 다른 생명체 사이에서 생명의 사귐을 회복합니다."
J, 몰트만, 이신건 역, 앞의 책, 40쪽 참조.

꽃향기를 낭비하듯
당신을
낭비하지
않을 수
있으리오!

—「거룩한 낭비」 전문(『거룩한 낭비』 52)

주지하다시피, 과정신학자들은 전통신학에서 성서를 정확하게 계승하고 있지 못하다고 비판하며, 성서적 세계상이 제시한 인간과 자연의 공동운명성을 강조한다. 그들이 판단하기에 성서에서 강조하는 창조주의 능력은 전능성(omnipotence)의 발휘가 아닌 설득적인 힘이다.[50] 그들은 생태계 내 모든 대상과 상황에 작용하는 창조주의 영성과 과정 지향적인 창조주의 모델을 제안하는 것이다.

특히, 폴킹혼은 생명현상의 매 순간에 작용하는 생성으로서의 창조주를 강조한다.[51] 그가 볼 때, 창조주의 응답적, 설득적인 사랑을 통해 새로운 질서가 창출된다는 것이다.[52] 이러한 논의와 고진하가 목회자라는 사실을 전제할 때, 위 시에서 "당신"은 창조주 '하나님'으로 해석이 가능하다. "낭비"는 기도를 통해 작용하는 창조주와 그로 인해 가능한 생명현상을 의미하는 것이다.

기도의 특징이 창조주와 소통함으로써 역동적 창조의 의미를 갖는다고 볼 때, "당신"을 "낭비"한다는 구절에서 끊임없이 상호 작용하는 생명현상의 의미가 추출된다. 또한, "당신을/낭비하지/않을 수/있으리오?"라는

---

50) 이정배, 「역사와 자연을 넘어 생명으로」, 『신학의 생명화 신학의 영성화』, 22쪽.

51) J. Polkinghorne, Serious *Talk – Science and Religion in Dialogue*, Trinity Press, 1995, p.64(이정배, 「폴킹혼(J. Polkinghorne)의 공명론과 유신론적 자연신학 연구」, 『組織神學論叢』, 한국조직신학회, 2003, 51쪽에서 재인용)

52) 존 캅 · 데이비드 그리핀, 이경호 역, 『캅과 그리핀의 과정신학』, 이문출판사, 2012, 113쪽 참조.

구절은 "낭비"와 "당신"의 이질적인 결합으로 인해 출현하는 비선형적 생성으로서 복잡성의 논의를 가능하게 한다. 이러한 논의에서 강조되는 점은 인간이 지향할 바가 초월적 창조주에 대한 절대적 숭배가 아니라 창조주와의 끊임없는 상호작용이라는 것이다.

이와 같이, 고진하 시에서 창조주의 영성을 통한 생명현상의 특징으로서 비선형적 생성을 통한 복잡성의 의미가 도출되었다. 생태계 내 모든 생명현상은 창조주의 영성이 작용하는 가운데 이질적이고 다양한 현상들이 서로 연접하면서 발현한다는 것이다. 이는 창조주가 초월적이거나 절대적인 존재가 아니라 생성하는 존재로서 생명현상에 참여한다는 사실을 뜻한다. 그의 시에서 창조주는 피조물에 작용하며 새로운 생성을 추동하는 상호작용의 대상을 의미하는 것이다.

4. 창조적 변형과 순환성

현시적(顯示的, presentational)인 모든 생명체의 생명현상은 변형(變形, transformation)을 수반한다.[53] 생명현상의 과정에서 모든 개체가 이행을 통해 창조적 변형의 계기를 맞이한다는 화이트헤드의 사유는 신생 곧 새 생명의 출현이 창조주가 그 신생을 자극함으로써 가능하다는 사실을 환기하는 것이다. 이는 생명현상의 전 과정에 걸쳐 적용된다.

이러한 가운데 생성을 추동하는 죽음의 의미가 예수의 부활 사건에서 암시된다. 예수의 부활은 종말에 일어날 일과 새로운 시작이 될 어떤 것의 새로운 패러다임으로 종종 운위되는 것이다.[54] 이는 모든 피조물이 창조주의

---

53) 화이트헤드, 오영환 역, 「변형」, 앞의 책, 597쪽.

54) J. Polkinghorne, and M. Welker (edit.), *op. cit.*, p.8(정성민, 앞의 논문, 260쪽에서 재인용)

죽음과 부활을 현재적으로 경험함으로써 새로운 생성으로 나아갈 수 있다는[55] 사실을 시사한다. 고진하 시에서는 이러한 특성이 기독교사상을 내장한 심층생태주의의 순환성으로 암시되는 것이다. 그의 시에 나타나는 창조적 변형을 통한 순환성은 잠재성의 순환성, 과정으로서의 순환성, 생성을 전제한 소멸의 순환성으로 논의할 수 있다.

다음 시 「새가 된 꽃, 박주가리」에서 잠재성의 순환성이 포착된다.

> 어떤 이가
> 새가 된 꽃이라며,
> 새가 아닌 박주가리 꽃씨를 가져다주었다
> 귀한 선물이라 두 손으로 받아
> 계란 껍질보다 두꺼운 껍질을 조심히 열어젖혔다
> 놀라웠다
> 나도 몰래 눈이 휘둥그레졌다
> 새가 아닌 박주가리 꽃의
> 새가 되고 싶은 꿈이 고이 포개어져 있었다
> 그건 문자 그대로, 꿈이었다
> 바람이 휙 불면 날아가 버릴 꿈의 씨앗이
> 깃털의 가벼움에 싸여 있었다
> 하지만 꿈이 아닌,
> 꿈의 씨앗도 아닌 박주가리의 생(生),
>
> —「새가 된 꽃, 박주가리」 부분(『얼음수도원』 46~47)

전통신학자들이 볼 때, 최초의 창조와 타락 이후를 말하는 구속으로서의 창조는 구분된다. 반면 과정신학자들은 최초의 창조와 부활 이후의 창조를 생명현상의 과정에서 나타나는 형태 변화로 인식한다. 태초의 창조

55) J. Polkinghorne, *Serious Talk*. Philadelphia: Triity Press International. 1995(이상현, 앞의 논문, 140쪽에서 재인용)

뿐 아니라 생명현상의 과정 전체를 창조로 본다는 것이다. 이때, 지속적 창조의 원천은 창조주의 영성적 작용임을 알 수 있다. 부활사건을 담지한 변증법적 생명현상은 소멸을 통한 생성의 순환성을 의미하는 것이다.

이러한 논의는 각 개체들이 생명발현의 과정에서 서로를 내재적으로 전제함으로써 그들의 구조에 들어 있는 어떤 요소는 제거하되 어떤 요소는 관련성 속으로 끌어들이며 변화 생성한다는[56] 사실을 환기한다. 모든 세포들은 전일성을 이루려는 창조 운동과 함께 더 높은 단계로 자신을 고양시키고자 변화하는 가운데 새로운 생성을 노정한다는 것이다. 과정신학에서는 이러한 현상을 피조물 스스로의 의지와 함께 창조주의 의지가 작용한 결과로 간주한다.[57] 더 높은 상태를 추구하는 개체의 개별 의지와 그러한 경험의 출현을 가능케 하는 창조주의 영성으로 새로운 생성이 가능하다는 것이다.[58]

이러한 논의를 전제할 때, 위 시에서 화자가 인식하는 "씨앗"의 의미는 주목된다. 원래 "씨앗"은 겉으로 드러나지 않는 잠재적 힘, 생명력을 상징한다.[59] 생성되기 전 씨앗 상태의 생명은 혼돈과 무질서 그리고 칠흑 같은 어둠을 내장한 무無로서[60] 창조적 변형의 의지를 내장한 담지체인 것이다. 그러한 가운데 "꿈이 아닌,/꿈의 씨앗도 아닌 박주가리의 생(生)"은 존재의 높은 상태로 나아가려는 "새"의 상징성과 함께 우연성의 의미를[61] 담지함으로써 창조적 변형과 순환성의 의미로 연결된다.

---

56) 화이트헤드, 오영환 역, 「과정」, 앞의 책, 424쪽 참조.

57) 진태원, 「변용과 연관의 인과론」, 『헤겔연구』, 한국헤겔학회, 2010. 219쪽 참조.

58) 양자물리학자 폴킹혼은 자기조직화하는 우주의 원리를 창조주로부터의 정보 입력(Active information)으로 인한 현상으로 인식하며, '위로부터의 목적인' (top-down Agency)이라 부른다.
J. 폴킹혼, 이정배 역, 『과학시대의 신론』, 동명사, 1999, 66~69쪽 참조.

59) 이승훈, 『문학상징사전』, 고려원, 1995, 351쪽.

60) 김광율 외 6인, 『현대인과 성서』, 도서출판 이화, 2003, 20쪽.

61) 이승훈, 앞의 책, 278쪽.

한편, 베르그송은 그의 저서 『창조적 진화』 2장에서 생명의 두 형식, 즉 식물과 동물을 가르는 형질들을 찾기 힘들다는 사실에 대해 주목한다. 그가 볼 때, 식물에 동물성이 잠재되어 있으며, 동물에도 식물성이 잠재되어 있다. 생명의 영역은 그것들의 현실적 상태가 아니라 잠재적 경향들, 즉 한 생명의 형식이 전개되는 과정에서 어떤 특성이 점점 더 강한 경향으로 나타난 결과라는 것이다.62)

이러한 논의를 전제할 때, 위 시의 "박주가리 꽃"은 식물성이 두드러지는 동·식물의 잠재태이며, "박주가리 꽃"의 의지는 동물인 "새가 되"는 데 있다는 해석이 가능하다. 따라서 "새가 아닌 박주가리 꽃의/새가 되고 싶은 꿈"은 창발적 생성으로서 진화적 순환성의 의미를 창출한다. 이러한 논의는 각 개체의 물질이 다른 물질과 서로 순환한다는 사실과 함께 그러한 과정에서 창조적 진화가 일어난다는 사실을 암시한다. 위 시에서 신생, 곧 "새"가 되고자 하는 "박주가리"의 꿈은 "새"와 "박주가리"로 표상된 자연의 자연성으로서 식물에서 동물로의 형태변이를 지향하는 순환의 과정으로 의미화되는 것이다.

다음 시 「월식」에서는 소멸을 내장한 생명현상의 순환성이 형상화된다.

> 쳐진 진흙덩어리, 오늘 네가
> 물방울 맺힌 욕실 거울 속에서 본 것이다.
> 십수년 전의 환한 달덩이 같은 얼굴이 아니다.
>
> 푸석푸석 부서져 내리는
> 진흙 가면(假面), 그걸 볼 수 있는 눈을
> 지니고 있다는 것이 퍽 대견스럽다.
> 하지만, 여름 나무가 푸른 잎사귀에 둘러싸여 있듯

62) 키스 안셀 피어슨, 이정우 역, 「차이와 반복」, 『싹트는 생명』, 산해, 2005, 93쪽 참조.

그걸 미리 벗어버릴 수 없는 것은
너의 한계,
너의 슬픔,

오래전, 너의 출생과 함께 시작된
개기 월식은 지금도 진행중.
드물지만 현명한 이는 그래서 매일 죽는다.
그리고 안다. 죽어야
어둠 속에서 연인(戀人)의 달콤한 입술이 열린다는 것을.

-「월식」 부분(『얼음수도원』 14~15)

주지하다시피, '부활사건'과 관련될 때, 소멸은 창발적 생성의 계기로 의미화된다. 이러한 사유는 샤르댕의 논의에서 두드러지게 나타난다. 그는 세상 전체를 고정된 실재로서가 아니라 변형 과정의 덩어리로 보며, 세상 전체를 물질의 진화라는 말로 표현한다.[63] 그의 사유가 기독교사상으로부터 비롯되었다는 사실을 전제할 때, 이는 생태계에서 일어나는 모든 개체의 해체와 소멸이 부활사건과 관련하여 자기조직화로 의미화됨을 뜻한다.[64] 부활사건의 상징성은 생성을 추동하는 죽음의 의미에서 두드러지게 나타나는 것이다.

이러한 논의를 전제할 때, 위 시에서 "진흙덩어리"로 비유된 화자 자신에 대한 비유는 주목된다. 화자는 자신을 "푸석푸석 부서져 내리는/진흙 가면(假面), 그걸 볼 수 있는 눈을/지니고 있다는 것이 퍽 대견스럽다"로 표현한 것이다. "그걸 볼 수 있는 눈"과 "대견스럽다"에서 암시되는 해체와 소멸은 전체 생태계의 생명현상과 관련한 순환성으로서 자기조직화를

63) 테이야르 드 샤르댕, 양명수 역, 「우주의 바탕」, 『인간현상』, 한길사, 1997, 56쪽 참조.

64) J. 폴킹혼, 우종학 역, 『쿼크, 카오스 그리고 기독교』, SFC 출판부, 2009, 65쪽 참조.

환기한다. “진흙덩어리”는 고정된 실체가 아니라 용해와 재생이라는 상징성을 담지하는 동시에[65] 소멸의 불멸성에 대한 엔트로피적 인식으로서의 의미를 갖는 것이다.

그러한 과정에서 인식된 창조주의 영성은 창조적 변형의 작용인으로 의미화된다. 해체와 소멸을 통해 출현하는 생성이 창조주의 섭리와 상호 조응하는 가운데 이루어진다는 것이다. 따라서 위 시에서 “죽어야/어둠 속에서 연인(戀人)의 달콤한 입술이 열린다”는 표현은 최종 수렴점을 향해 창발적으로 진행하는 생명체의 진화적 국면으로 해석이 가능하다. 과거를 현재에 포함하면서도 현재를 창조적으로 변형시키기 위해 화육적으로 활동하는 창조주와 피조세계의[66] 생명현상을 의미하는 하는 것이다.

다음 시 「네 부재의 향기를 하모니카로 불다」에서는 무無, 즉 비가시적 현상과 관련한 생명체의 상호 순환성이 형상화된다.

> 히말라야의 고요에서 왔다고 했던가
> 어디로 갈 참이니, 물었더니
> 꽃미소 흘리며 람(신)에게로 간다고 했던가
> 혼잣말하듯 겨우 대답하는 입술 위로
> 후드득 떨어지는 빗방울이 튕겨져 나왔던가
>
> 오늘 너 없는 풍경의 분주를 바라보다가
> 네 부재의 향기를 하모니카로 불다가
> 오래 살려 버둥거리는 일보다
> 더 큰 재앙은 없다는 바람의 푸른 말씀을
> 나뭇잎 수첩에 받아 적다가
> 멸(滅), 멸의 낙법을 가르치는

---

65) 이승훈, 앞의 책, 191쪽.
66) 존 캅 · 데이비드 그리핀, 이경호 역, 앞의 책, 120쪽 참조.

스콜(아열대 지방에 내리는 돌풍을 동반한 소나기)의 난타를
웅덩이 악보 위에 그리다가
— 「네 부재의 향기를 하모니카로 불다」 부분(『꽃 먹는 소』 94~95)

생태계를 생명현상의 과정으로 본다는 것은 모든 개체들이 생성과 소멸의 담지체라는 사실을 뜻한다. 생성 변화하는 생태계 속에서 생명현상을 발현하는 모든 개체는 생성과 소멸의 과정을 통과해 가야 하는 것이다. 이러한 논의와 관련하여 몰트만이 부활사건의 연속성과 불연속성에 관한 논의는 주목된다. 그는 창조주가 새로운 창조의 작용인이며, 창조주의 부활사건을 통해 새 창조가 가능하다고 주장한다. 그가 볼 때, 부활사건은 생태계 내 각 생명체가 새로운 생성으로 나아가는 계기로서의 의미를 갖는 것이다.

한편, 위 시에서 "빗방울"은 생명의 순환성을 암시한다는 점에서 주목된다. 비를 표상하는 "빗방울"은 정화와 변형의 의미를 내포함으로써[67] 기체와 고체, 혹은 비정형과 정형 사이를 매개하는 물질을 표상한다. "빗방울"은 역동적인 변화와 지속의 의미를 담지하는 것이다. 따라서 위 시에서 "빗방울"은 "물"의 생명성과 관련됨으로써 생태계 내 모든 개체의 생명현상으로 확대 해석이 가능하다.

이러한 논의는 "오래 살려 버둥거리는 일보다/더 큰 재앙은 없다"는 화자의 발언으로 연결된다. 생태계와 개체의 실재를 창조주의 창조 섭리에 의한 필연성으로 이해할 때, "멸(滅)의 낙법"에서 암시되는 죽음은 창발적 생성의 계기로 의미화된다. 소멸을 추동하는 창조주의 영성적 작용이 새로운 창발적 생성의 작용인이라고 본다면,[68] "멸(滅)의 낙법을 가르치는

67) 이승훈, 앞의 책, 241쪽.
68) J. Polkinghorne, *Science and Theology: An Introduction*, London: SPCK, 1998. p.43.(이상현, 앞의 논문, 131쪽에서 재인용).

스콜(아열대 지방에 내리는 돌풍을 동반한 소나기)의 난타"는 새로운 생성을 향한 창발적 계기로 의미화되는 것이다.

다음 시 「어머니의 총기」에서도 창조적 변형의 순환성이 그려진다.

영혼의 머리카락까지 하얗게 센 듯싶은
팔순의 어머니는

뜰의 잡풀을 뽑으시다가
마루의 먼지를 훔치시다가
손주와 함께 찬밥을 물에 말아 잡수시다가
먼산을 넋놓고 바라보시다가

무슨 노여움도 없이
고만 죽어야지, 죽어야지
습관처럼 말씀하시는 것을 듣는 것이
이젠 섭섭지 않다

치매에 걸린 세상은
죽음도 붕괴도 잊고 멈추지 못하는 기관차처럼
죽음의 속도로
어디론가 미친 듯이 달려가는데
마른풀처럼 시들며 기어이 돌아갈 때를 기억하신
팔순 어머니의 총기(聰氣)!

— 「어머니의 총기」 전문(『얼음수도원』 54)

서남동이 번역한 깁스의 바울 이해에서[69] 깁스는 죽음을 계속적 창조

69) "로마서의 주제는 하나님의 의(義)(δικαιοσύνη θεού)인 바, 그 의는 이스라엘과 교회를 하나님의 한 백성(롬 9-11)으로 연결하는 의미, 그리스도 안에 있는 만민을 위한 '풍성한' 은총의 의이며, 창조를 부패시키는 것으로부터 해방시키는 의다(롬 8: 21). 세계의 시초의 상태도 아니고, 인류의 원초적 무구(無垢) 상태도 아니고, 십자

의 근원으로 이해한다. 그는 죽음을 순환성을 전제하는 변형의 과정으로 인식한 것이다. 이러한 논의와 관련하여, 화자의 "치매에 걸린 세상"이라는 발언은 주목된다. 화자가 말하는 "죽음도 붕괴도 잊고 멈추지 못하는 기관차"는 죽음에 내장된 생성의 의미를 환기한다. "죽음도 붕괴도 잊고" "미친 듯이 달려"가는 "기관차처럼" 인간중심주의를 표방하는 과학기술은 죽을 줄 모르는 "치매"의 속성으로 죽음의 원리에 내장된 창조의 에너지를 파괴함으로써 생태계의 순환성에 문제를 초래하는 것이다.

이러한 논의를 전제할 때, 위 시에서 표제가 '어머니의 총기'라는 사실은 새로운 의미를 창출한다. 표제의 의미와 "팔순" 노모의 "고만 죽어야지, 죽어야지" 하는 발화는 부활사건의 상징성과 관련하여 자신인 자연에 대한 믿음으로 맥락화되는 것이다. 화자가 이러한 모친의 발언을 "섭섭치 않"다고 인식한다는 사실은 이러한 논의를 뒷받침한다. 자신인 자연으로 "기어이 돌아갈 때를 기억하"는 "어머니의 총기(聰氣)!"는 자신을 위해 죽을 줄 아는 사멸의 존재를 환기하는 것이다.

이는 부활사건의 상징성과 함께 생명체가 거주할 수 있는 생태계를 위해서 순환성이 전제되어야 한다는 생태주의의 메시지를 환기한다. 모친이 인식하는 죽음은 부활사건의 상징성을 통해 진화적 순환성으로 의미화되는 것이다. 이는 단지 죽음이 종말의 의미에 그치는 것이 아니라 새롭게 지속되는 생명현상의 시작이며 끊임없는 생성의 국면이라는 사실을 환기한다. 모친의 발언을 통해 파악된 죽음은 다가올 물질의 세계 안에서 다시 생성할 수 있는 새창조, 순환성을 내장한다는 것이다.

가에 못박힌 자의 부활이 인간 역사의 향방, 나아가서는 우주적 운명의 방향을 계시한다. 바울에게 있어서 이것은 단지 신화적 상징에 불과한 것이 아니라 예수의 생과 사업의 기본 맥락적인 실재이며 (전)창조를 그에게로 끌어 당기는 힘인 목표다"
John. G. Gibbs, 서남동 역, 「바울신학의 우주적 그리스도론과 생태학적 위기」, 『신학 사상』2, 1973, 213쪽.

이와 같이, 고진하 시에 나타나는 순환성은 생명현상의 과정이 죽음과 소멸을 담지한 자체 내적인 영향의 자기조직화라는 사실을 환기한다. 이러한 사유는 그의 시에서 생태계의 개체적 존재, 생태계 전체의 죽음과 소멸이 부활사건의 상징성을 통해 창조적 변형을 통한 순환성으로 의미화된다는 사실을 뜻한다. 생명현상의 모든 국면은 부활사건의 상징성을 내장한 순환성 그 자체를 의미하는 것이다.

5. 맺음말

지금까지 논의한 결과 고진하의 후기시에서 기독교사상의 심층생태주의가 도출되었다. 그의 작품에 나타나는 창조주는 초월적 신이 아니며 생태계 내 각 개체와 전체의 관계성, 복잡성, 순환성을 추동하는 생성의 에너지로 파악되었다. 고진하 시에서 창조주의 내재를 전제한 생명현상의 유기체적 특성이 기독교사상의 심층생태주의로 논의된 것이다.

이러한 사유는 M. 에크하르트, J. 몰트만, 존 캅, 존 깁스, 샤르댕 등 여러 신학자와 양자물리학자인 J. 폴킹혼의 이론을 통해 도출되었다. 이들의 이론을 통해 고진하 시에 나타난 창조주의 현존과 관계성, 비선형적 생성과 복잡성, 창조적 변형과 순환성이 논의된 것이다.

먼저 고진하 시에서 생태계 내 각 개체들이 창조주의 영성을 통해 상호작용함으로써 생명현상을 발현한다는 관계성의 사유가 추출되었다. 그의 시에서 창조주에 대한 인식은 초월적 신관이 의미하는 이분법적 세계관으로부터 벗어나 있다는 것이다. 이러한 논의를 뒷받침하듯 그의 시에서 암시되는 창조주는 동 · 식물, 무기물 그리고 우주현상과 상호작용하는 양상을 보인다. 창조주의 영성을 통해, 각 개체와 개체끼리 상호 작용하며, 생명현상을 발현한다는 것이다.

관계성의 논의는 비선형적 생성과 복잡성의 논의로 이어졌다. 고진하 시에서 각 개체와 전체 생태계의 생명현상은 창조주의 영성이 내재한 가운데 미결정성 · 불확실성 · 비선형성을 담보한다. 그의 시에 그려진 생명현상은 창조주의 영성이 내재한 가운데 다른 개체의 변화와 생성에 영향을 미치기 때문에 명확한 인과성을 알 수 없으며, 그럼으로써 비선형성을 담지한다. 생태계의 생명현상은 모두 비선형적 생성을 통한 복잡성을 노정한다는 것이다.

마지막으로 고진하 시에서 창조적 변형과 순환성이 논의되었다. 그의 시에서 생명현상의 모든 국면은 새로운 생성을 위한 비전의 계기를 의미한다. 이러한 사유는 죽음을 형상화하는 방식에서 두드러지게 나타난다. 그의 시에서 모든 개체의 죽음과 소멸은 생성을 추동하는 특성으로써 부활사건의 상징성을 담지한다. 부활사건의 상징성은 생명현상의 모든 국면을 창발적 생성의 계기로 의미화하는 것이다.

이와 같이, 이 논문에서는 고진하의 후기시를 고찰한 결과 그의 시에 내장된 궁극의 사유가 기독교사상의 심층생태주의라는 점을 밝혀내었다. 고진하 시에 형상화된 생태계의 모든 개체와 전체는 창조주의 영성을 통한 상호 작용 속에서 생명현상을 발현하며, 복잡성의 과정 속에서 창조적 변형과 순환성을 노정한다는 것이다.

그동안 고진하 시를 대상으로 만유재신론이나 종교다원주의적 관점에서 기독교사상의 생태주의적 논의가 이루어졌다. 그러나 그러한 논의를 통한 생태주의가 기독교사상의 독자적 의미로 귀결되지는 못했다. 이 논문에서는 이러한 점을 인식하고 고진하 시를 대상으로 기독교사상의 심층생태주의를 도출했다. 이번 연구는 고진하 시를 대상으로 그동안 이루어졌던 논의의 한계를 보완함으로써 기독교 사상이 생태계 파괴를 유발했다는 비판으로부터 벗어날 수 있는 계기를 마련한 것이다.

제4장

모성성을 통한 생태여성주의적 양상 / 김선우론

1. 머리말

1.1 김선우 시와 생태여성주의

시인 김선우[1]는 1996년 『창작과 비평』 겨울호에 「대관령 옛길」 등 10편의 시를 발표하면서 등단했다. 2000년 첫 시집 『내 혀가 입속에 갇혀 있길 거부한다면』을 비롯하여 다수의 시집과[2] 소설,[3] 산문[4]을 발표하는 가운데 최근에는 소설 창작에 깊은 관심을 보이고 있다. 특히, 시 창작과 관련하여 그가 활동한 시기는 1996년부터 지금까지 20년 남짓 되었으며

---

1) 김선우는 1970년 강원도 강릉에서 출생했다. 고향 강릉에서 초, 중, 고등학교를 마치고 강원대학교를 나와 1996년 『창작과 비평』겨울호에 「대관령 옛길」 등 10편의 시를 발표하면서 등단하였다.

2) 『내 혀가 입속에 갇혀 있길 거부한다면』(창작과 비평사, 2000), 『도화 아래 잠들다』(창작과 비평사, 2003), 『내 몸속에 잠든 이 누구신가』(창작과 비평사, 2007), 『나의 무한한 혁명에게』(창작과 비평사, 2012)

3) 『바리공주』(열림원, 2003), 『나는 춤이다』(실천문학사, 2009), 『물의 연인들』(민음사, 2012), 『발원: 요석 그리고 원효』(민음사, 2015)

4) 『물 밑에 달이 열릴 때』(창작과 비평사, 2002), 『김선우의 사물들』(눌와, 2005)

"우리 시단의 미학적 상한선을 확보한 시" 또는 "여성적 글쓰기의 전범"으로 평가 받고 있다.5)

그는 그의 시에서 여성의 육체와 관련된 언어를 주로 활용하는 가운데 자연현상에도 깊은 관심을 보인다. 특히, 그는 어머니와 고향에 관한 기억을 토대로 유토피아에 대한 지향과 선의 세계 등 독특한 사유의 아우라를 추구한다. 그가 활용하는 이미지들은 대체로 인간과 자연, 산 자와 죽은 자가 서로 교류하며 생명력을 나누는 모습들이다. 그런가 하면 여성과 자연이 훼손되는 이미지가 시집 세 권에 고루 분포되어 있어 자연과 여성의 생명력이 그의 시 전체의 주요 모티브가 되고 있다는 사실을 알 수 있다.

그의 시에서 두드러지는 주제는 모성성이며 그러한 주제를 드러내는 대상은 여성과 자연에 걸쳐 있다. "어머니야말로 첫 번째 강을 건너가는 화두"라는 표현과 "순환과 생명을 담지한 여성의 역사라는 것을 어머니의 몸을 빌려서 표현하는 게 제일 쉬웠"다는 그의 발언 또한 모성성의 논의로 나아갈 실마리를 제공한다. 뿐만 아니라, "자연에 대한 지복함을 마음껏 누렸다"거나 "대지를 향해 엎드려 흙에 입맞춤하고 원 없이 사랑한다"6)는 고백은 그의 시에서 발현되는 모성성이 생태주의를 지향하고 있음을 암시한다.

그의 시에 대한 연구 또한 위에서 거론된 세 가지 주제를 바탕으로 이루어진다. 여성성과 관련된 연구, 모성성 연구, 생태주의의 논의가 그것이다.

모성성의 논의와 관련하여, 김춘식은 김선우 시를 대상으로 "여성의 몸이 지닌 비의적이면서도 포괄적인 징표를 철저한 분석과 따뜻한 의미로 드러낸"다든지 "여성의 내면적인 분석과 외부에 대한 집요한 응시"로7)

---

5) 조영미, 「신화를 모티브로 한 시 쓰기」, 『한민족문화연구 제14집』, 한민족문화연구소, 2004. 6, 223~224쪽.
6) 김선우, 「시인의 말」, 『도화 아래 잠들다』, 창작과 비평사, 2003, 117쪽.
7) 김춘식, 「날개 상한 벌이 백일홍 꽃잎 속으로 들어가듯이」, 『내 혀가 입 속에 갇혀 있길 거부한다면』, 창작과 비평사, 2000, 122~123쪽.

논의한다. 김수이는 김선우 시인을 “살아 있는 여성의 몸을 신전으로 하여 뭉클한 생명의 향연을 펼치는 샤먼”[8]이라 논의하며 김승희는 김선우의 시를 “여성의 육체와 대자연의 쾌락, 성욕 등이 무한한 욕망으로 겹쳐지면서, 이성중심주의를 넘어선다”[9]고 평가한다. 이러한 논의와 함께 시집 『내 몸속에 잠든 이 누구신가』에 대한 박수연의 “여성적 삶의 비극과 그 비극을 초월하는 목숨의 사랑으로 정향된다”[10]는 논의까지 모두 개별 시집에 대한 서평으로서 자연으로 의미화된 여성성을 주목한다. 이들이 말하는 김선우 시의 특징은 대자연과 관련하여 자유롭게 발현되는 여성성으로 볼 수 있다.

김선우 시의 모성성에 관한 연구로는 먼저 조영미의 논문을 들 수 있다.[11] 모성성을 주목한 그의 글은 주로 김선우 시를 대상으로 거론되던 여성성의 논의와 다르다는 점에서 의미를 찾을 수 있다. 그러나 시인이 지향하는 자연과의 관련성을 간과한 점은 한계로 파악된다. 김선우 시에 나타난 모성성은 자연과 깊이 연관되어 있는 것이다. 이현수는 최승자의 시와 나희덕의 시를 동시에 다루면서 김선우 시의 모성성을 분석한다.[12] 이 글은 논문 후반부에서 다루어진 모성 공포와 모성 거부에 대한 논의로 인하여 시인이 지향하는 의도와 배치되는 문제점을 낳았다고 볼 수 있다.

윤혜옥은 김선우의 시를 김혜순과 나희덕의 시와 묶어 생태여성주의로 논의하는 가운데[13]여성의 몸에 대한 순환성에 집중하여 성과를 얻었다. 그러나 그의 연구는 김선우 시에 내장된 생태주의적 특성을 순환성에

8) 김수이, 「알몸의 유목, 자궁의 서사」, 『도화 아래 잠들다』, 창작과 비평사, 2003, 103쪽.
9) 김승희, 『도화 아래 잠들다』 표지, 창작과 비평사, 2003.
10) 박수연, 「사랑의 형(形)과 율(律)」, 『내 몸속에 잠든 이 누구신가』, 문학과 지성사, 2007, 157쪽.
11) 조영미, 앞의 논문 참조.
12) 이현수, 「한국 현대시에 나타난 모성 이미지 연구」, 원광대학교 석사학위논문, 2008.
13) 윤혜옥, 「에코페미니즘과 시적 상상력」, 조선대학교 석사학위논문, 2010.

치중하여 다룸으로써 본격적인 생태주의 논의에 이르지 못한 한계를 노정한다. 양선주는 김선우 시에 내장된 모성성을 다루면서 논문 일부분을 생태주의의 논의에 할애한다.14) 그의 논의는 김선우 시에 나타난 여성의 생물학적 특성이 남성적 질서에 억압 당하는 이유라는 점을 강조함으로써 새로운 방법론적 의미를 갖는다. 그러나 김선우 시에 나타나는 인식적 특징에 관한 논의를 간과한 아쉬움을 남긴다.

이와 같이, 이러한 연구들은 대부분 부분적인 시기의 작품을 대상으로 여성성이나 모성성, 생태주의 등의 주제를 적용하여 분석한 결과 나름의 성과를 얻었다. 그러나 전체 시집을 대상으로 논의하지 못했으며, 당연히 시 창작의 전체 시기에 일관되게 나타나는 주제, 즉 모성적 생태주의의 본격적인 논의로 나아가지 못했다. 이 글에서는 이러한 논의를 토대로, 김선우의 시 가운데 자연과 관련하여 모성성이 드러나는 전 시기의 작품을 대상으로 생태여성주의의15) 관점에서 분석하고자 한다. 세 권의 시집을 통해 드러나는 김선우 시의 시적 노정과 그의 생활방식, 그리고 그의 발언과 관련된 세계관을 전제할 때 그의 시 전체를 가로지르는 주제는 모성성이며 이는 생태주의(ecology)와16) 여성주의(feminism)가17) 결합되는

---

14) 양선주, 「김선우 시에 나타난 모성성 연구」, 고려대인문정보대학원 석사학위논문, 2004, 12쪽.

15) 현대의 환경위기는 인간에 의한 자연지배에 기인할 뿐만 아니라 남성에 의한 여성지배에 의해 강화되고 촉진되고 있기 때문에 인간과 자연의 조화와 공생을 주장하는 생태주의는 여성주의와 결합되어야 한다는 사상적 입장. 프랑스 작가 드본느(F.d'Eaubonne, 1920～2005)가 이 용어를 1974년 처음 사용한 이래 여성운동, 평화운동, 환경운동 등에서 널리 사용되고 있다.

Warren, Karen J. *Ecological Feminism*. London; Routledge, 1994(정정호, 「에코 페미니즘」, 『탈근대 인식론과 생태학적 상상력』, 한신문화사, 1997, 379쪽에서 재인용).

16) 생태주의는 생물학의 한 분야인 '생태학(ecology)'에서 유래되었다. 1866년 독일의 생물학자 에른스트 헤켈에 의하여 만들어진 이 언어는 '집' 또는 '살기위한 공간'을 의미하는 그리이스어의 '오이코스'(家)와 '연구'라는 의미의 '로고스'(論)를 합쳐 하나로 만든 것이다. 이와 같이 어원적으로 생태학은 '삶의 장소에 관한 과학' 즉, 생

지점에서 살펴볼 때, 시대 상황과 관련한 시인의 시적 의도를 가장 정확하게 도출할 수 있다고 보기 때문이다.

논의할 대상은 1996년부터 2007년까지 간행한 세 권의 시집[18] 가운데 모성성이 내재된 생태여성주의의 작품 가운데 11편으로 한정한다. 세 권의 시집에 발표된 대부분의 시는 모성적 생태여성주의로 분석이 가능하지만 11편의 작품들은 모성성이 구현된 세계와 모성성이 훼손된 상황, 모성성 회복의 이미지를 두드러지게 드러내기 때문이다. 이 작품들을 대상으로 원인과 대안의 구조를 적용하는 방법은 그의 시에 내재된 모성적 생태여성주의를 좀 더 타당성 있게 추출하는 근거로 작용할 것이다.

이러한 논의를 위해 먼저 생태여성주의의 전개에 대해 살펴보기로 한다.

1.2 생태여성주의의 전개

생태여성주의라는 용어는 여성주의라는 말에 생태나 환경을 뜻하는 접두사 에코eco를 붙여 만들어낸 말로서 최근에 가장 강력한 흐름을 형성하는 생태주의와 여성주의가 통합된 이론이다. 심층생태주의(Deep Ecology)

물과 그 환경의 상호작용을 연구하는 생물학의 한 분야였다. 각 개체와 생태계의 생명력을 활성화하고 조화롭게 하기 위한 생태학은 여러 학문에 두루 적용되었다. 로버트 매킨토시, 김지홍 역, 『생태학의 배경』, 아르케, 1999, 21~44쪽.

17) 19세기 중반에 시작된 여성 참정권 운동에서 비롯되어 그것을 설명하는 이론까지 포함하는 개념이다. 페미니즘의 시초는 자유주의에 근원을 두고 있는데, 자유주의적 페미니즘에 의하면 여성의 사회진출과 성공을 가로막는 관습적, 법적 제한이 여성의 남성에 대한 종속의 원인이다. 따라서 여성에게도 남성과 동등한 교육 기회와 시민권이 주어진다면 여성의 종속은 사라진다고 본다.
메기 험, 심정숙 외 역, 『페미니즘 이론 사전』, 삼신각, 1995, 317쪽.

18) 『내 혀가 입속에 갇혀 있길 거부한다면』, 창작과 비평사, 2000.
『도화 아래 잠들다』, 창작과 비평사, 2003.
『내 몸속에 잠든 이 누구신가』, 문학과지성사, 2007.

의[19] 가치관을 바탕으로 하지만 사회생태주의(Social Ecology)의[20] 특수한 갈래로 인식되고 있다. 남성이 여성에게 행사하는 가부장적 지배를 위계적인 문제 속에서 이루어지는 지배와 착취의 원형으로 본다는 점이 사회생태주의의 한 학파로 불리는 이유이며 생태계를 하나의 연결망으로 본다는 점은 심층생태주의와 같은 맥락으로 볼 수 있다. 그러나 여성의 치밀한 경험적 지식을 생태계 파괴에 대한 해결책의 중요한 원천으로 여긴다는 점에서는 심층생태주의와 구별된다.[21] 이들은 여성의 역사와

---

19) 근본생태주의로 불리기도 한다. 1973년 노르웨이의 철학자인 아르네 네스(Arne Naess)에 의해 처음으로 사용된 용어로서, 자연관의 근본적인 전환과 현대사회에 대한 근본적인 비판을 요구하는 이론적 및 실천적 지향을 의미한다. 전단계에 진행된 환경생태주의를 비판하면서 등장한 심층 생태주의에서는 관계적인 전체 장의 이미지를 위해 환경 내의 인간이라는 이미지를 거부하며, 원칙상 생물권적인 평등주의, 다양성과 공생성의 원리, 반계급적 자세, 오염과 자원고갈에 대항한 투쟁, 번잡함이 아닌 복잡성, 지방자치와 탈중앙화를 부르짖는다.
홍성태,「생태위기와 생태주의 사회이론의 전개」,『생태사회를 위하여』, 문화과학사, 2004, 91쪽.

20) 사회생태주의의 핵심 메시지는 현 시대의 생태 문제가 사회 문제로부터 비롯되었다는 것이다. 북친은 이 메시지에 대한 근본 물음, 즉 '생태 문제의 틀과 사회 구조 그리고 사회 이론을 어떻게 유기적으로 결합시켜 사유할 것인가'라는 물음에 대한 답을 도출하는데 결론은 변증법적 자연주의를 통해 녹색의 사유 체계, 생태 담론이 조금씩 형상화되고 분화되는 과정을 다루면서, 자신의 사회 생태론으로 생물 중심주의, 반인본주의, 기계론적인 자연 과학으로 전락한 영성적 기계론 등을 체계적으로 비판한다.
머레이 북친, 문순홍 역,「자연철학을 향하여」,『사회생태론』, 솔출판사, 1997, 59~69쪽.

21) 생태여성주의자들이 볼 때 심층생태주의의 가장 큰 문제점은 이원론의 틀에서 '인간'과 '자연'이 위계적으로 구성되어 왔다는 점을 간과한다는 것이다. 가부장제의 역사, 문화에서 인간과 자연의 분리가 위계적인 이원론의 관계로 구성되어 왔다는 것을 보지 못하는 심층생태주의는 인간과 자연과의 경계는 허물지만 인간과 자연의 차이, 자연 내부의 차이와 다양성을 소멸시키는 방식을 취한다. 결과적으로 자연을 생명활동의 행위자로 만드는 데 실패함으로써 여전히 지배의 논리를 지속한다고 본다.
Val Pulmwood, *Feminism & Ecofeminism, Feminism & the Mastery of Nature* (Routledge, 1993) pp.39~40.

생태환경의 역사를 연결시킨 여성주의와 생태주의 사이의 접점을 통해 남성과 여성, 인간과 자연의 계층 구조에 대한 통찰을 제시하며, 이를 통해 생태계 파괴에 대한 해결방안을 모색하는 것이다.

'생태여성주의'란 용어를 처음 사용한 사람은 1974년 프랑스의 프랑수아즈 도본이다. 그녀는 그의 저서 『여성주의냐 죽음이냐』에서 여성들이 생태학적 혁명을 가져올 수 있는 가능성에 대해 언급한다.[22] 루서는 여성주의와 생태주의를 따로 보는 것은 두뇌와 심장을 분리하는 것과 같다고 주장하여 그 동안의 논의를 심화시켰다.[23] 생태주의의 문제가 곧 여성주의의 문제라는 것이다. 프롬우드 또한 여성과 자연을 남성으로부터 동시에 억압된 존재로 보고 남성중심주의를 생태계 파괴의 원인으로 지목한다.[24] 이외에도 다양한 논의가 있지만 생태여성주의자들의 공통된 주장은 생태주의와 여성주의에서 제기되는 문제점의 원인이 남성중심적 가치로부터 비롯되었다는 것이다.

한편, 모신 숭배의 흔적에서 생태여성주의를 발견하는 방법은 대안의 관점에서 눈여겨볼 만하다. 스톤은 그의 논문에서 애초에는 생명을 낳는 어머니만이 유일한 어버이로 간주되었으며, 모계만이 조상숭배의 대상이 되었다고 주장한다.[25] 리치 또한 여성과 자연의 가장 밀접한 관계를 모성에서 찾는다.[26] 모성이야말로 여성으로 하여금 생명을 창조하고 양육하는

22) Francoise d'Eaubonne, *Le Feminisme ou la Mort* (Paris; Pierre Horay, 1974), pp.213~52; Francois d'Eaubonne, "Time of Ecofeminism," in Ecology, ed. Carolyn Merchant (Atlantic Highladns, N. J.; Hummanities Presss, 1994), pp.174~97(김욱동, 「생태여성주의와 에코토피아」, 『문학생태학을 위하여』, 민음사, 1998, 348쪽에서 재인용).

23) Rosernary Radford Ruether, *New Woman/New Earthe Idealogies and Human Liberation* (New York; Seabury Press, 1975) p.204.

24) Val Pulmwood, *op.* Vcit. pp.39~40.

25) Merrin Stone, "When God was a Woman", in Womanspirit Rising: A Feminist Reader in Religion, eds. by Carol P. Christ and Judith Plaskow (New York: Harper & Row, 1979), pp.120~130(이우정 편, 「신이 여성이었던 시대」, 『여성들을 위한 신학』, 1985, 17~31쪽에서 재인용).

자연의 본질적 기능과 연관시켜 준다는 것이다. 이러한 논의는 자연과 여성의 생물학적 특징을 바탕으로 모성성을 강조하면서 생태계 파괴에 대한 해결방안으로 변용되었다.

마리아 미즈 또한 여성의 생산 능력, 즉 자녀출산과 양육이라는 생물학적 특징을 언급하는 가운데 생계를 제공하는 여성의 역할이 여성과 자연의 관계를 밀접하게 만들었다는 점에 주목한다.27) 길리건은 합리성과 자율성, 공정성의 권리 등을 강조하는 기존의 가부장적 윤리에서 문제점을 포착해내며 그 문제점을 개선할 수 있는 대안으로 책임, 인간적 유대, 희생과 헌신 등에 기초한 모성성을 보살핌의 윤리로 제안한다.28) 이러한 이론은 자연과 여성의 본질을 바탕으로 추출한 모성성 가운데 생물학적 본질을 뛰어넘어 실천적인 대안으로서 주목된다.

위에서 살펴본 이론들은 여성 억압과 자연 억압 사이에 중대한 연관성이 있다고 주장하는 공통점을 갖는다.29) 다만 그 연관성이 여성과 자연의

---

26) Adrienne Rich, 김인성 역, 『더 이상 어머니는 없다: 모성의 신화에 대한 반성』, 평민사, 1996.

27) 마리아 미스, 손덕수 외 역, 「환원주의와 재생」, 『에코페미니즘』, 창작과 비평사, 2000. pp.37~52.

28) 보살핌의 윤리란 인간관계, 책임, 인간적 유대, 희생과 헌신 등에 기초한 여성적 윤리로서 합리성과 자율성, 공정성, 개인의 권리 등을 강조하는 기존의 남성 중심적인 윤리가 가져왔던 도덕적 문제들을 개선할 수 있는 대안으로 제시되었다. 이후 생태여성주의에서는 보살핌, 배려의 가치들을 회복하고 확산하기를 요구한다. 여성들의 경험에서 나오는 보살핌의 윤리를 통하여 여성과 자연 지배라는 이중적인 억압 구조를 극복하고자 하는 것이다.
캐롤 길리건, 허란주 역, 『다른 목소리로』, 동녘, 1997, 67쪽.

29) 가부장제의 전통에서 '문화'는 남성과 동일시되는 영역으로써 자연보다 우월하며 완전한 인간성의 영역으로, '자연'은 여성과 연관되는 저차원의 영역으로 간주한다. 이러한 논리의 기본 전제는 인간을 자연과는 명백히 구분되는 바로서 인식하는 것이다. 동시에 여성을 곧 자연으로 보는 태도에 기반한다. 이러한 관념의 논거는 여성은 자신의 내부에 자연, 즉 여성으로서 생물학적인 몸을 갖는다는 점이다. 보봐르는 여성들이 가진 생물학적인 요인들인 임신, 월경, 출산의 현실과 여성으로서의 사회화가 역사의 흐름에서 여성을 단순히 생명을 되풀이하는 존재의 상태, 즉

종속 상황을 해방시킬 것인지, 아니면 여성과 자연의 종속 상황을 지속시킬 근거로서 작용할 것인지에 대해서는 의견이 분분하다. 그러한 논란의 와중에서 생태여성주의자들이 지향하는 궁극적인 목적은 인간과 자연을 포괄한 생태 공동체에 억압과 지배가 없는 사회정의가 실현되는 것이다.

특히 모성과 관련한 생태여성주의는 여성의 자연 친화성, 생물학적 특성, 자연의 원시성, 여성들의 사고방식을 부정하고 평가절하하기보다 수용하고 찬양하는 태도를 취한다. 남성과 여성의 차이, 자연과 문명의 차이를 없애려고 하지 않고, 차이를 오히려 문제해결의 방안으로 부각시키는 것이다. 이러한 논의에서 부각되는 '차이'는 모성성을 의미한다. 남성성에서 찾을 수 없는 모성성을 생태계 위기에 대응한 방안으로 제시할 때, 생태여성주의 운동의 활력과 정당성을 확보하게 된다는 것이다.

김선우 시인은 여성과 자연을 동질적인 존재로 인식하며, 대안의 사유를 모성성이라는 가치로 연결시켜 시의 주요 모티브로 채택했다. 그는 시 창작의 전체 시기에 걸쳐 남성과 남성으로 대변되는 과학기술이 여성 억압과 자연 파괴를 야기한다는 사실을 강조한다.[30] 그러한 가운데 그는 자연과 여성의 이미지에서 생명의 의미를 상승시키며 작용하는 모성성을[31] 대안의 사유로 인식한다. 김선우는 생명의 잉태와 양육을 책임지는 일에서 여성과 자연을 동일시하는 것이다. 나아가 여성과 자연에서 포착되는 보살핌의 윤리를 대안의 가치로 제시한다.

따라서 김선우 시는 생태여성주의로 논의하되 모성성을 중심으로 분석

내재성의 세계로 제한시켰다고 본다.
시몬느 보봐르, 조홍식 역, 『제 2의 성』, 을유문화사, 1993, 13쪽.

30) 장정렬, 「생태여성주의 시의 현재와 미래」, 신덕룡 엮음, 『초록생명의 길 II』, 시와 사람, 2001, 164쪽.

31) "김선우의 시세계에서 가장 큰 비중을 차지하는 존재는 어머니이다. 어머니를 통해 이 세상을 받아들인다고 할 수 있을 정도로 어머니는 시인에게 세상을 바라보는 창이자 삶을 이해하는 통로이다."
양선주, 앞의 논문, 12쪽.

할 때, 전체 시기를 관통하는 주제를 추출할 수 있게 된다.

이러한 논의를 토대로 김선우 시를 모성적 생태여성주의의 관점에서 유형화하면 세 가지 층위로 구분할 수 있다. 생장을 주관하는 모성, 상처받은 모성, 보살핌과 치유의 양상으로 형상화된 모성성의 이미지가 그것이다. 대안의 측면에서 생태여성주의의 주제를 도출하기 위해서는 현상과 원인 그리고 방안을 담아낼 수 있는 화제로 구조화하는 것이 가장 적절한 것이다.

그러면 먼저 생장을 주관하는 모성성의 작품부터 보기로 한다.

2. 김선우 시의 모성적 생태여성주의

2.1 생장을 주관하는 모성

잉태와 출산은 여성으로서의 특권이며 여성을 가장 여성답게 하는 요소이다. 남성 또한 생명탄생의 과정에 절대적으로 관여하지만 여성에 비해서는 소극적이라 할 수 있다.[32] 임신 · 출산 · 양육 등 생명을 직접적으로 잉태하고 길러내는 특성은 자연이나 여성의 모성성을 통해 발현되는 것이다.

다음 시 「물로 빚어진 사람」에서는 생명 탄생의 근원이자 매개체인 여성과 자연의 특징 가운데 잉태를 가능케 하는 모성적 본질이 구체적으로 형상화된다.

월경 때가 가까워오면
내 몸에서 바다 냄새가 나네

32) 장정렬, 「생태페미니즘의 두 양상」, 『생태주의 시학』, 한국문화사, 2000, 232쪽.

깊은 우물 속에서 계수나무가 흘러나오고
사랑을 나눈 달팽이 한쌍이 흘러나오고
재 될 날개 굽이치며 불새가 흘러나오고
내 속에서 흘러나온 것들의 발등엔
늘 조금씩 바다 비린내가 묻어 있네

무릎베개를 괴어주던 엄마의 몸냄새가
유독 물큰한 갯내음이던 밤마다
왜 그토록 조갈증을 내며 뒷산 아카시아
희디흰 꽃타래들이 흔들리곤 했는지
푸른 등을 반짝이던 사막의 물고기떼가
폭풍처럼 밤하늘로 헤엄쳐 오곤 했는지

알 것 같네 어머니는 물로 빚어진 사람
가뭄이 심한 해가 오면 흰 무명에 붉은,
월경 자국 선명한 개짐으로 깃발을 만들어
기우제를 올렸다는 옛이야기를 알 것 같네
저의 몸에서 퍼올린 즙으로 비를 만든
어머니의 어머니의 어머니들의 이야기

월경 때가 가까워지면
바다 냄새로 달이 가득해지네

―「물로 빚어진 사람」 전문(『도화 아래 잠들다』 40)

물은 흔히 생명의 근원일 뿐 아니라 원초적인 모성을 상징한다.[33] 생태계의 모든 생명체는 물에서 태어나며 물을 흡수하고 발산하는 순환의 과정을 통해 생명현상을 발현하는 것이다. 자연생태계에서 물은 상태에 따라 바다, 강, 연못, 우물, 흙 속의 습기로 존재하며 여성의 몸에도 체액, 눈물,

33) 이승훈, 『문학상징사전』, 고려원, 1995, 187쪽.

땀, 점액질의 물이 흐르고 분비된다. 자연이나 여성의 몸을 통해 순환하는 물은 생명체의 잉태와 탄생, 성장에 공통적으로 관련된다는 것이다. 따라서 표제 '물로 빚어진 사람'은 물과 관련하여 여성과 자연의 원초적인 모성을 환기함으로써 생명탄생의 논의를 가능하게 한다.

이러한 논의를 전제할 때, 시 2연의 첫 행에 등장하는 "깊은 우물"은 생명현상과 관련한 모성성의 의미로 해석이 가능하다. "내 몸에서 바다 냄새가 나"고 "깊은 우물 속에서" "흘러나온 것"들에 "늘 조금씩 바다 비린내가 묻어 있다"는 표현과 관련하여, "깊은 우물"은 생명 탄생의 처소인 여성의 자궁으로 해석되는 것이다. 따라서 이곳에서 나오는 "계수나무"와 "달팽이"는 동·식물계의 알레고리로 해석이 가능하다. 자연 생태계 내 모든 생명체가 될 수 있는 가능성의 근원이 여성이나 자연이 지닌 자궁의 모성성에서 연유한다는 것이다.

생태여성주의 이론가 캐롤 크라이스트는 월경을 하고 출산을 하는 여성의 전통적인 위치는 여성들의 몸이 자연과 맺는 직접적 연관성을 분명히 해 준다고 말한다.[34] 에리얼 샐러 또한 여성의 생리·임신·분만·양육 같은 생물학적 특성을 들어 여성은 자연의 체계와 함께 흐른다고 주장한다.[35] 이러한 논의를 전제할 때, "물큰한 갯내음"은 월경과 관련한 여성의 체취라는 해석을 가능하게 한다. 동시에 대지의 자궁인 바다의 냄새, 갯내와 동일시된다. "월경"과 "물큰한 갯내음"은 등가관계에 놓이며 생명과 관련한 모성성의 의미를 담지하는 것이다.

이러한 논의를 바탕으로 여성의 몸과 자연의 유사성에 대해 탐색하면 여성의 첫 번째 월경과 마지막 월경 사이의 기간은 포태가 가능한 시기로서

---

34) Carol Christ, *Laughter of Apbrodite; Reflections on Journey to the Foddess*, San Francisco: Harper & Row, 1987(김욱동, 「생태여성주의와 에코토피아」, 『문학생태학을 위하여』, 민음사, 1998, 361쪽에서 재인용).

35) Ariel Salleh, "Deeper than Deep Ecology: The Eco-Feminisit Connection," Environmentul Ethics 6; 1 (1984), p.340.

달의 공전 주기와 관련된다는 사실을 알 수 있다. 조석 간만의 차 또한 달의 공전 주기와 관련됨은 익히 알려진 바이다. 여성의 월경과 조수 간만의 차, 달의 공전 주기는 생명 포태의 예비 현상으로서 생성과 소멸, 재생의 순환을 지속하는 것이다. 그러한 과정에서 여성과 자연은 물을 매개로 생명을 창조하는 모성성의 의미를 공유한다.

시 「입춘」에서는 자연에서 일어나는 생명탄생의 과정이 여성의 임신과 동일한 양상으로 형상화된다.

> 아이를 갖고 싶어
> 새로이 숨쉬는 법을 배워가는
> 바다풀 같은 어린 생명을 위해
> 숨을 나누어갖는
> 둥근 배를 갖고 싶어
>
> 내 몸속에 자라는 또 한 생명을 위해
> 밥과 국물을 나누어먹고
> 넘치지 않을 만큼 쉬며
> 말을 나누고
> 말로 다 못하면 몸으로 나누면서
>
> 속살 하이얀 자갈들
> 두런두런 몸 부대끼며 자라는 마을 입구
> 우물 속 어룽지는 별빛을 모아
> 치마폭에 감싸안는 태몽의 한낮이면
>
> 먼 들판 지천으로 펴지는
> 애기똥풀 냄새
>
> —「입춘」 전문(『내 혀가 입 속에 갇혀 있길 거부한다면』 36)

생태여성주의자들은 남성들에 비해 여성들이 생리적 역할 때문에 자연과 더 가깝다고 주장한다.[36] 비교 문화적으로도 남성들은 여행, 사냥 등 공적인 일에 종사하므로 자연과의 관련성이 적은 반면, 여성들은 월경, 임신, 출산, 양육 등 생명과 관련된 일이 자연과 유사하기 때문에 자연과 더 가까우며, 특히 여성은 생명을 직접 탄생시킨다는 점에서 자연과 등가를 이루는 동시에 자연을 상징한다.[37]

위 시 「입춘」에서 자연인 대지는 잉태를 원하는 여성화자로 등장하며, "아이를 갖고 싶"다고 고백한다. 봄이 되면 차고 굳은 땅을 뚫고 출몰하는 생명체들은 계절의 순환에 따른 기계적 자연현상의 결과가 아니라 대지의 모성성이 생명체가 태어나기를 고대하며 기다린 결과라는 것이다. 따라서 '입춘'이라는 절기는 여성이 출산을 위한 임신의 과정을 거치는 것과 같이 자연이 생명 탄생의 소망을 품고 기원하는 미덕으로서의 의미를 갖는다.

봄의 대지는 "둥근 배를 갖고 싶어" 밤이면, "우물 속"에 "별빛을 모"은다. 물이 생명의 원천이며, "우물"이 순수한 바람을 뜻한다면,[38] 이는 생명탄생을 예비하는 자궁으로서 여성성의 에너지이며 "별빛"은 남성성의 에너지라는 해석이 가능하다. 이를 "치마폭에 감싸안"으면 "둥근 배를 갖"게 되고 비로소 "먼 들판 지천으로" 생명의 상징인 "애기똥풀"이 피어난다는 것이다. "애기똥풀"은 대지의 바람, 즉 자연의 모성성으로부터 탄생한 "아이"로서 모든 생명체의 신생을 표상한다. 따라서 시 「입춘」은 여성과 자연의 유사성 가운데 생명탄생의 과정이 형상화된 시로 볼 수 있다.

---

36) Ortner, Sherry B. Is female to male as nature is to culture? In M. Z. Rosaldo and L. Lamphere (eds), *Woman, culture, and society*(Stanford, CA: Stanford University Press, 1974), pp.68~87.

37) 캐롤린 머천트 · 허남혁 역, 『래디컬 에콜로지』, 이후, 2001, 296쪽.

38) 이승훈, 앞의 책, 394쪽.

지구생태계 내에서 이루어지는 생명탄생의 원인과 결과, 과정 전체가 생태계에 내재된 모성성의 발현이라는 것이다.

시인의 지구생태계에 대한 모성적 인식은 「나생이」에서 양육의 이미지로 표현된다.

나생이는 냉이의 내 고향 사투리
울 엄마도 할머니도 순이도 나도
나생이꽃 피어 쇠기 전에
철따라 다른 풀잎 보내주시는 들녘에
늦지 않게 나가보려고 조바심 낸 적이 있다
아지랑이 피는 구릉에 앉아 따스한 소피를 본 적이 있다

울 엄마도 할머니도 순이도 나도
그 자그맣고 매촘하니 싸아한 것을 나생이라 불렀는데
그 때의 그 '나새이'는 도대체 적어볼 수가 없다

흙살 속에 오롯하니 흰 뿌리 드리우듯
아래로 스며드는 발음인 '나'를
다치지 않게 살짝만 당겨 올리면서
햇살을 조물락거리듯
공기 속에 알주머니를 달아주듯
'이'를 궁글려 '새'를 건너가게 하는

그 '나새이'
허공에 난 새들의 길목
울 엄마와 할머니와 순이와 내가
봄 들녘에 쪼그려 앉아 두 귀를 모으고 듣던
그 자그마하니 수런수런 깃 치는 연둣빛 소리로
그 짜릿한 요기(尿氣)를

─ 「나생이」 전문(『도화 아래 잠들다』 12)

주지하다시피, 생태여성주의자들은 생계를 제공하는 여성의 역할이 여성과 자연의 관계를 보다 밀접하게 만든다는 점에 주목한다.[39] 생태여성주의자들은 자연과 생명체가 서로 협력함으로써 생성되는 생명보존과 생명력의 원리를 영성, 생명성으로 인식하며 이를 여성의 생존 활동 속에서 좀 더 직접적으로 경험할 수 있다고 주장한다.[40] 여성의 생존 활동은 자연과 인간 간에 이루어지는 유기체적 작용으로 의미화되는 것이다.

모성성으로부터 비롯되는 생존활동의 문제는 섭식의 논의로 이어진다. 생태계 내에 존재하는 생명체라면 음식물을 섭취하지 않고 존재할 수 없는 것이다. 또한 음식 속에는 세상 만물의 노력과 정성이 깃듦으로써 그 자체가 영성이며, 생명성이라는 의미를 내장한다. 여기서 모든 생명체의 일차적인 먹이의 제공자는 자연이며 여성 역시 마찬가지라는 사실을 알 수 있다. 여성은 본질적으로 식품을 채집하고 조리하며, 남성은 동물을 사냥하고 공동체 전체를 보호하는 역할을 주로 담당한다는[41] 사실 또한 생명현상과 관련한 모성성의 의미를 새롭게 환기한다. 자연과 여성에 내장된 섭식의 특성은 모성성의 발현으로서 양육의 근본이자 생명현상 그 자체를 의미하는 것이다.

위 시 「나생이」에서 '할머니, 엄마, 순이와 화자' 삼대에 걸친 여인네들은 자연 속에서 식량으로 사용할 '나생이', 냉이를 채취한다. 여기서 포착되는 점은 자연과 여성이 소통하여 생성되는 생명력, 모성성의 발현으로 볼 수 있다. 자연, 즉 "들녘"은 인간을 비롯한 생물체들이 생명을 유지할 수 있게 "철따라 다른 풀잎을 보내주"고 "엄마"와 "할머니", "순이"로 표상된 여성들은 "조바심"을 하며 먹을거리의 표상인 "나생이"를 채취한다. 이 장면에서 감지되는 자연과 여성의 유사성은 모성성으로서 양육의

---

39) 마리아 미스, 손덕수 외 역, 「환원주의와 재생」, 앞의 책, 37~52쪽 참조.

40) 반다나 시바, 손덕수 외 역, 「지구촌의 실향민」, 『에코페미니즘』, 창작과 비평사, 2000, 134~140쪽.

41) 머레이 북친, 박홍규 역, 『사회생태주의란 무엇인가』, 민음사, 1998, 66쪽.

실천을 의미한다고 볼 수 있다. 자연 등 여성이 온갖 생명체의 생명현상을 위해 모성성을 발휘한다는 것이다.

여성과 자연에 내재된 모성성은 처소적 양상으로 발현되기도 한다.

> 저집을 기억하네 정한 물 발라가며 참빗질을 하고 있는 여인네처럼 단정하게 앉은 그녀의 치마폭에서 늙수구레한 세 남자가 자그만 솥을 걸고 막걸리 추렴을 하고 있었네 새로 얹고 있는 기와는 낭창하게 예쁜 청기와였네
>
> 꼬들꼬들한 풋봄의 바람이 한소끔씩 불어왔고 불가에 가차이 간 아직 좀 찬바람이 화들짝 나비 알을 낳았는지 검댕 묻은 솥 위로 팔랑팔랑 노랑나비 날아 올랐네 모여 있던 세 남자 일제히 같은 고갯짓으로 하아– 나비구나, 노랑나비로구나 눈가에 잔주름 접으며 청귀와 지붕으로 노랑나비 낭창낭창 날아가는 것을 이윽토록 바라보고 있었네
>
> 저 집을 기억하네 제가 부린 마술이 수줍어 배시시 웃던, 마당귀 빨랫줄엔 흰 빨래들이 말라가고 있었고 빨래 속에서 까치며 노랑나비며 채송화를 순식간에 보여 주던 집, 집도 오래되면 여시가 되어, 아흔살까지 혼자 살며 마루며 마당이며 반질반질하게 닦고 쓸던 그집 할미가 죽은 뒤에도 낭창하게 이쁜 청기와 지붕으로 나비떼 내려앉네 금줄을 두르기도 상여를 내리기도 좋은 마당이었네
>
> –「늙지 않는 집」 전문 (『도화 아래 잠들다』 78)

러브록에 의하면 지구생태계는 생태계 내 개체적 존재들에게 적합하도록 스스로 끊임없이 변화해간다. 생태계는 생물체와 같이 오장육부에 해당하는 기관을 지닐 뿐 아니라 사지와 같이 부수적 기관을 지닌다. 필요할 때 신축과 생성 · 소멸이 가능하며 경우에 따라 역할을 달리 한다. 위기에 처했을 때는 스스로 조절하여 항상성을 유지한다.[42] 생태주의자

들은 이러한 현상을 지구생태계의 모성성으로 인식하면서 지구생태계를 가이아Gaia라 칭한 것이다.

위의 논의를 적용하면 위 시에서 "늙지 않는 집"은 인간을 포함한 자연 만물이 구성원으로서 순환하며 생명활동을 하기에 적합한 처소로서의 생태계로 의미화된다. 위 시에 등장하는 "집"은 전통적인 주거 형태, 즉 "금줄을 두르기도" "상여를 내리기도" 좋은 장소인 것이다. 이는 생명의 탄생과 소멸을 환기한다. 생명현상을 진행하는 과정으로서의 처음과 끝, 즉 지구생태계 내 생명현상의 항상성을 환기하는 것이다.

여기서 환기되는 것은 현대사회의 주거문화이다. 과학기술의 발달은 인류의 주거문화를 기계적으로 변질시킨 것이다. 병원에서 출생하고 장례식장에서 상여를 내릴 뿐 아니라 노동하는 공간과 쉬는 공간이 분리되고 각 개체의 공간 또한 분리된다. 현대의 주거공간은 과학기술의 발달로 편리해졌지만 탄생과 소멸의 생명현상을 온전히 수행할 수 없을 뿐더러 집(Oikos)으로서의 유기체적 생명성은 약화된다. 따라서 생명력이 위협받고 있는 작금의 자연생태계와 온전한 생명활동이 제한되는 오늘날 집의 기능은 등가관계에 놓인다.

반면, 위 시에서 '늙지 않는 집'은 "참빗질하는 여인네처럼 단정하게 앉아" "마당귀 빨랫줄"에 흰 빨래"를 말리며 "아흔 살 먹은 할미가 마루를 반질반질하게 닦"고 있는 생명성의 이미지로 형상화된다. '아흔 살 먹은 할미'에서 연상되는 숫자 '아홉'은 '하나'로 돌아가기 전 단계로서 영속성을 환기한다.[43] 그렇다면 아흔 살 먹은 '할미'는 오랜 세월, 영구적인 시간의 의미를 담지하게 된다. "참빗질"과 희디"흰 빨래"는 어떠한 상황에서도 스스로 회복하여 생명력을 복원하는 자연생태계의 항상성, 즉 자기조정능력으로서의 모성성으로 의미화되는 것이다.

---

42) j. E. Lovelock, 홍욱희 역, 『가이아Gaia』, 범양사, 1990, 202~223쪽.
43) 이승훈, 앞의 책. 313쪽.

이러한 논의를 전제할 때 "낭창하게 이쁜 청기와"가 새로 엊히고 "팔랑 팔랑 날아오르는 노랑나비", "까치 · 채송화"가 어우러진 풍경은 인간과 식물계와 동물계 뿐 아니라 사물까지 상호작용하며 조화로운 생태계를 의미한다. "정한 물"은 생명성의 상징물이며 새로 얹히는 "기와"는 새로운 생명의 탄생이라는 의미를 낳는다. 시인은 "늙지 않는 집"을 "그녀"라 칭함으로써 생태계 내 모든 생명체의 항상성을 유지하는 원천이 모성성임을 강조하는 것이다.

2.2 상처받은 모성

생태여성주의자들은 자연의 파괴와 여성의 억압이 남성성으로부터 비롯된 문제라고 보며 자연과 여성의 해방을 동시에 추구한다. "남성의 남근 중심주의적 지배의 타락적인 죄악은 강탈과 강간, 인종 차별, 여성 학살, 종족 학살 그리고 궁극적으로는 생명 학살의 뿌리"[44]라고 표현된다. 이는 지구상에 일어나는 모든 타락과 생명파괴의 원인이 가부장적[45] 사고에서 기인한다는 사실을 의미한다.

---

44) Mary Daly, Gyn & Ecology, Boston; Bacon Press, 1978(문순홍, 「생태 여성론, 그 닫힘과 열림의 역사」, 『생태학의 담론』, 솔, 1999, 385쪽에서 재인용).

45) 가부장적 서구 이원론은 여성과 자연 지배를 정당화시키는 논리로서, 두 개의 대조되는 개념들의 차이로부터 위계를 만들고, 그것을 차별의 근거로 삼는다. 그 개념들의 쌍은 상호대립적이고 배타적이며 그 관계는 지배－종속적이다. 즉, 세계는 남성/여성, 정신/육체, 주체/대상, 자아/타자, 주인/노예, 이성/감정, 문화/자연, 문명/미개, 생산/재생산, 공적/사적, 보편/특수 등 대조적으로 구성되어 있고, 좌측항이 우측항보다 우월하고 바람직하고 긍정적이며 정당한 것으로 본다. 이것은 단순한 차이나 구분이 아니고 좌항이 우항을 지배하고 정복하고 도구화하는 것이 정당화되는 세계관이다. 따라서 인간과 자연과의 관계, 남성과 여성과의 관계는 근본적으로 대립되는 것이고 '우월한' 남성이 결핍되고 열등한 여성과 자연을 지배하는 위치에 서게 되는 것이다.
정정호, 『탈근대 인식론과 생태학적 상상력』, 한신문화사, 1997, 380~381쪽.

김선우의 시에서도 남성으로 상징되는 과학기술의 과도한 발전을 비판적 입장에서 묘사한다.

> 전봇대는 자라지 않는다 꽃 피우지 않는다 알을 낳고 어린 새끼를 기르지 않는다 자라지 않는 전봇대를 위해 자라나는 가로수를 해마다 절단한다 전깃줄 아래 웅크려 가로수는 해마다 스스로 가지를 친다 삐뚤고 굽은 무늬로 나무들 낭하로 기어간다 허리 아래 어디쯤 툭, 툭, 독하게 어린 새끼들을 내지르면서
>
> 가로 정비원들이 조경톱 자국을 만들어놓고 간 자리 플라타너스는 無血, 몸속에 무혈 혁명을 차곡차곡 쟁여 쌓는다 원주 밖으로 어린 새끼들을 내지르던 독한 슬픔이 흰 무명 끈을 들고 뚜벅뚜벅 걸어갔다 제 아기들이 먼저 죽여 가지 끝에 새까맣게 매달아놓고 전깃줄 아래 이 앙다문 나이테를 갈던 밤
>
> 바람이 분다 주렁주렁 매달려 말라가는 죽은 아기들, 이빨 부딪는 소리를 내며 흔들린다 한 이파리 치욕도 잎 틔우지 않은 정결한 주검을 뿌리 뽑으러 내일이면 덤프트럭이 달려올 것이다
>
> —「어미木의 자살 3」 전문(『내 몸속에 잠든 이 누구신가』 100)

주지하다시피, 과학기술과 문명의 발달은 인간에게 물질적 풍요를 가져다주었지만 자연생태계의 생명성, 영성을 훼손하는 결과를 낳았다. 산업기술과 문명의 발달을 추구하는 인간은 자연을 자원으로 파악하고 정복, 착취, 수탈의 대상으로 삼았다는 것이다. 그 결과 자연생태계의 생명성은 훼손되고, 현재 인류를 포함한 생태계는 불안정한 상황에 놓이게 되었다. 모든 생명체의 실존 자체가 위협 받고 있을 뿐 아니라, 존속 자체가 불가능한 상황을 맞이하게 된 것이다.

위 시 「어미木의 자살3」은 이러한 논의와 관련하여 주목된다. 위 시에

서 '전봇대'와 '가로수'는 과학기술의 발전과 생태여성주의적 생활방식을 표상한다. 전봇대는 기계적 이미지로서 가부장적 문화를 상징하며 가로수는 자연, 즉 식물적 이미지로서 여성성, 살림의 문화를 의미하는 것이다.[46] 따라서 "전봇대는 자라지 않"으며 꽃 피우지 않"는다. "알을 낳"을 수 없으며 "새끼를 기르지" 못하는 반생명적 이미지로서 과학기술을 표상한다. 반면 가로수는 자라고 꽃 피우고 새들이 깃들어 알을 낳고 새끼를 기르는 생식과 성장의 보금자리로 의미화된다. 이는 과학과 기술의 발전이 물질의 풍요를 가져오지만 생태계의 생명력을 훼손시키는 반면 생태여성주의적 생활방식은 그 자체가 생태계의 생명현상이라는 것이다.

그런데 위 시에서 가부장적 인간을 표상하는 "가로 정비원들"은 "자라지 않는 전봇대를 위해 자라나는 가로수를 해마다 절단 한다". 과학 기술의 발달이라는 미명 아래 자연 생태계의 생명성을 말살하는 인간을 이와 같이 표현한 것이다. 인간의 훼손에 대응하는 자연으로서의 "가로수"는 "전깃줄 아래 웅크려" "해마다 스스로 가지를 치"며 자해하는 현상으로 비유된다. 훼손된 자연의 모성성은 스스로 생명력을 축소, 소멸해가는 양상을 보이며, 이는 태풍 · 해일 등 자연 재해의 비유로 확대 해석이 가능하다.

다음 시 「어미木의 자살1」에서는 인간의 생명현상에 미치는 생태계 파괴의 양상이 형상화된다.

> 그녀를 지날 때 할머니는 합장을 하곤 했다. 어린 내가 천식을 앓을 때에도 그녀에게 데리고 가곤 했다. 정한 물과 숨결로 우리 손주 낫게 해줍소. 그러면 나무는 솨아, 솨아아 소금내 나는 바람을 일으키며 내 목덜미를 만져주곤 하였다.

---

46) "비생명적 이미지로 작용하는 광물적, 기계적 이미지와 맞서는 자리에 놓이는 식물적 이미지를 추구하고 있는 시들을 통해서 생명시학은 수립될 수 있다" 남송우, 「생명시학을 위하여」, 『생명과 정신의 시학』, 도서출판 전망, 1996. 90쪽.

오래된 은행나무, 노란 은행잎이 꽃비 내리는 나무 아래 할머니가 오줌을 누고 계셨다. 반가워 달려가니 머리가 하얀 할머니는 엄마로 변해 있었다. 참 이상한 꿈길이지. 오줌 방울에 젖은, 반짝거리는 은행잎이 대관령 고갯마루로 날아오르고 있었다.

죽었다고, 시름시름 앓더니 어느날 벼락을 맞았다고 했다.
그 땅에 새 길이 포장될 거라고, 길이 나면 땅값이 오를 거라고 은근히 힘주어 한 사내가 말하였다.

이상도 하지, 자살이란 말이 떠오른 건 꿈 없는 길. 인간에 절망한 그녀의 자살의지가 낙뢰를 불러들였는지도 몰라
부러진 가지. 그녀가 매달았던 열매 속에서 피흘리는 엄마들이 걸어나왔다.

대관령을 넘으며 내가 꾼 낮꿈은 엄마가 나를 가질 때 꾸었다는 태몽과 닮아 있었지만, 오래된 은행나무, 그녀를 몸 삼아 산보하던 따뜻한 허공의 틈새로 절룩거리며 걸어오는 늙은 오후가 보였다. 순식간에 늙어버린 대기의 주름살 속으로 반짝거리며 사라져가는 태앗적 내가 보였다.

―「어미木의 자살1」 전문(『내 혀가 입 속에 갇혀 있길 거부한다면』 22)

위 시의 대상인 나무는 '어미木'이라는 표제에서 짐작할 수 있듯 모성성을 은유한다. 뿐만 아니라, 식물을 표상하는 나무는 꽃과 열매와 잎을 피워낸다는 점에서 생성과 순환의 의미를 내장한다. 위 시에서 '어미木'은 자연의 모성성을 상징하는 것이다. 그 나무가 "어느날 벼락을 맞았다". 화자는 "그 땅에 새 길이 포장될 거라고, 길이 나면 땅값이 오를 거라고 은근히 힘주어" 말하던 "한 사내"를 떠올린다. 이때, "땅값"은 대지를 생명성과 자연으로서의 본질 그 자체로 보지 않고 소비 가치로 평가하는 자본주의적

가치관을 환기한다. 이러한 논의를 전제할 때, "사내"는 자본주의적 가치를 추구하는 가부장적 사고방식을 표상한다고 볼 수 있다.

주지하다시피, 가부장적 사고방식으로부터 출현한 자본주의적 세계관은 자연의 생명성을 훼손하고 상품으로 가치 평가하여 착취, 개발하는 상황을 초래했다. 자연의 영성, 모성성의 약화는 지구생태계의 자기조절력이 둔화되는 결과로 이어진 것이다. 이는 결국 "부러진 가지, 그녀가 매달았던 열매 속에서 피 흘리는 엄마들이 걸어나"오는 상황에 이르게 한다. 자연생태계에 내재된 모성성의 약화는 생태계 전체의 쇠멸로 이어지는 것이다.

모성성의 약화가 극단적으로 진행된 지구생태계의 순환체계는 "오래된 은행나무" 사이로 "절룩거리며 걸어오는 늙은 오후"로 변질된다. "순식간에 늙어버린 대기"는 '온난화'의 의미를 생성하는 것이다. 나아가 화자는 쇠멸하고 혼탁해진 공기의 "주름살 속으로 반짝거리며 사라져가는 태앗적" 나를 보게 될 것이라고 경고한다. 소급해 거슬러가는 "태앗적" 나는 생명의 포태조차 불가능해지는 현상의 비유적 표현으로 해석이 가능하다. 지구생태계의 모성성이 소멸됨과 동시에 모든 생명체의 생식은 불가능해지리라는 것이다.

아래 시 「무정자 시대」에서는 생식, 즉 포태가 불가능해진 상황이 형상화된다.

> 정자 수가 줄어들고 있다
> 고 한다 킥킥,
> 실험실의 비커와
> 태아들의 머리가 해방되리라
>
> 사십년 동안 평균 40퍼센트의 정자가 줄었다

고 한다 최근 십년간은 연평균 2.6퍼센트 감소율
키익, 나는 웃는다 2.6퍼센트만큼
매음녀들의 가계부가 실해지겠군

다만, 원죄가 아닌 것에 감사하라
화학약품이 몸 안에 축적돼 일어난 부작용이라
고 한다 킥, 너만 먹었니?

어처구니없이 평화로운 종말이 올지도 모른다
오대양 육대주의 늙은이들이 모여
반상회 하듯 마지막 제물의 숨통을 딸지도
수정란의 구름이 어서 하강해주길
어린 인간의 울음소리를 단 한번 들을 수 있기를!
허파와 자궁을 가진 동물 중에
저희끼리 살육, 착취하는 것 유일하니
달게 받으라 하늘문이 열리고
썩은 탯줄 내려와 아랫배를 뚫으리라
무정자의 시대
무정란의 영혼들이
겨울 수숫대를 물들여
다음다음다음 해에는
붉은 수수꽃만 쩡쩡 피어나리라
—「무정자 시대」 전문(『내 혀가 입 속에 갇혀 있길 거부한다면』 70)

생태여성주의자들은 주로 남성들이 고안하고 생산한 기술과 그로 인한 폐해, 즉 방사능, 유해 폐기물, 각종 화학물질들이 생명체의 생식기관과 생태계에 미치는 영향에 주목한다.[47] 이들은 그러한 화학물질들을

---

47) Dorochy Nelkin, "Nuclear Power as a Feminist Issue," *Envirunment*, vol, 23, no, 1I1981), pp.14~20.

지구상의 생명을 말살하는 잠재적 원인으로 보고 그것의 사용에 반대하는 것이다. 또한, 유해 폐기물이 토양과 음용수에 침투하여 유산, 기형아 출산의 원인이 됨을 주지시킨다.[48] 생태여성주의자들은 생식력에 대한 화학물질의 위험성을 인식하고 화학약품의 사용에 반대 입장을 표명하는 것이다.

위 시 「무정자 시대」에서는 생명체의 몸 안에 "화학약품이" 누적돼 일어난 부작용으로 "무정자의 시대"가 도래하고 있음을 보여준다. 화학약품으로 생명력이 거세된 "무정란의 영혼들"이 "겨울 수숫대를 물들"여도 수숫대는 물들지 않아 "붉은 수수꽃만 쩡쩡 피어나"게 된다는 것이다. '무정자 시대'라는 표제와 시의 전후 맥락을 전제로 의미를 도출한다면 "겨울 수숫대"는 포태의 처소로서 자궁을 상징하며 "붉은 수수꽃"은 월경의 비유적 표현으로 해석이 가능하다. "붉은 수수꽃"을 월경의 비유적 표현으로 볼 때, "물들여"도 물들지 않아 "붉은 수수꽃만 쩡쩡 피어"난다는 구절은 생명이 잉태되지 못하는 상황으로 의미화되는 것이다.

이러한 논의를 전제할 때, 위 시에서 '무정자'는 과학기술의 표상이라고 볼 수 있는 화학약품이 자연의 생명력을 고갈하고 끝내는 지구 생태계에 존재하는 모든 생명체의 생식력을 소멸시킨 상황의 상징적 표현이라고 볼 수 있다. 가부장적 가치를 표방하는 과학기술의 과도한 발달은 필연적으로 자연에 내재된 영성, 모성성의 파괴를 동반하게 된다. 모성성이 파괴된 자연은 남성성 또한 소거시키고, 이는 다시 포태를 불가능하게 하는 부메랑으로 작용하여 생태계 내의 생명성을 말살한다는 것이다.

48) 캐롤린 머천트, 허남혁 역, 앞의 책, 298쪽.

2.3 보살핌과 치유

주지하다시피, 모성성이란 생명을 잉태하고 탄생케 하는 생물학적 특성 뿐 아니라 감싸고 보살피는 치유적 특성을 동시에 갖는다.[49] 불안정한 상황에 놓여 있는 존재나 위험에 처하거나 보호가 필요한 존재에게 안식처를 제공하고 그 결핍을 보완하는 본성으로서 보살핌의 윤리를 말하는 것이다. 생태여성주의자들은 이러한 특징이 여성과 자연의 속성에서 빈번하게 발견된다고 주장하며, 모든 생명체의 생존에 직접적이고 간접적인 영향을 준다고 강조한다.

나아가, 생태여성주의자들은 남성성의 억압으로 훼손된 자연생태계를 치유하기 위해 모성성으로서 보살핌의 윤리를 제안한다.[50] 합리성과 자율성의 권리 등에 지나치게 경사된 기존의 가부장적 윤리의 문제점을 지적하며 이를 개선할 수 있는 대안으로 모성성 가운데 책임, 인간적 유대, 희생과 헌신 등에 기초한 보살핌의 윤리를 제안하는 것이다. 이들은 이러한 보살핌과 치유가 전통적으로 여성적 가치로서 모성성의 본질이라고 강조한다.[51] 여성과 자연의 본질 가운데 모성적 가치인 보살핌의 윤리를 제안하는 것이다.

다음 시 「어떤 포틀래치」에서는 보살핌, 배려, 공감으로서의 모성성을 발견할 수 있다.

> 겨울 사막을 막 건너온 길이었다. 홑겹 단화 밖으로 맨발목이 발갛게 드러난 여자가 딸애의 누더기 바지를 벗기고 철화덕 옆에서 오줌

---

49) 캐롤 길리건, 허란주 역, 앞의 책. 76쪽.

50) Karen Warren "Toward an Ecofeminist Ethic," *Studies in the Humanities*(December 1988), pp.140~56.

51) 김경, 「생태여권주의에서 바라본 한국의 생명론」, 한림대학교 석사학위논문, 2000. 26쪽.

을 누이고 있었다. 여자도 딸애도 얼어 터진 볼이 달빛처럼 붉어서 내 손이 여자를 향해 사막 식물처럼 뻗어갔다. 여자가 달빛을 털며 철화덕에서 꺼낸 군고구마 한 봉지를 넝쿨에 감아주었다. 3위안이라 했다. 딸애가 나를 쳐다보며 물 번진 성에꽃처럼 웃었다. 발갛게 언 엉덩이를 아직 내놓은 채였다. 나는 10위안을 여자에게 건넸다. 여자가 거스름을 찾는 동안 딸애의 물기가 내 넝쿨 시든 잎사귀 몇 장을 적셔주었다. 그걸로 충분했으므로 나는 거스름을 사양했지만, 여자가 내 넝쿨을 휘잡아 채며 큰 눈망울로 나를 닦아세웠다. 부야오*

여자는 거스름을 주지 않았다. 봉지를 도로 거두어 고구마를 미어지게 더 담은 후 내 넝쿨에 다시 올려 주었다. 여자가 무어라 빠르게 소리쳤고, 고개를 갸웃하자 내 손을 잡고는 알아들을 수 있을 만큼의 말만 또박또박 넝쿨 위에 얹었다. 게이니**, 리우***!

난전으로 파며 감자를 팔러 다녔던 엄마도 누군가의 넝쿨에 선물을 매달아준 적이 있을 것 같다. 필요 없다! 대신 이건 선물이다! 적선을 받지도, 거스름을 돌려주지도 않은 여자는 군고구마 세 몫을 한번에 팔았을 뿐이었다. 함박눈처럼 여자가 판 것은 선물이 되었다. 여자 옆에서 어린 나도 누군가의 넝쿨을 적셔줄 수 있었을까. 너에게 줄게, 선물이야. 길 끝 여자의 달빛이 내 넝쿨로 번져와 말 배우는 아이처럼 입속이 환했다.

* '필요 없다, 이러지 말라'는 뜻의 중국어.
** '너에게 준다'는 뜻의 중국어
*** '선물'이라는 뜻의 중국어

— 「어떤 포틀래치」 전문(『내 몸속에 잠든 이 누구신가』 56)

위 시의 첫 구절은 "겨울 사막"이다. 겨울은 생명현상을 발현하기에 엄혹한 시간의 의미를 내장한다. 이러한 논의의 맥락에서 볼 때, "사막"은 생명현상을 발현하기에 부적합한 불모의 공간으로 의미화된다. 나아가 "홑겹", "단화", "맨 발목"은 사막의 의미를 증폭시킨다. 위 시의 첫 장면은 파괴된 생태계로 인한 결핍, 황폐함의 비유로 볼 수 있는 것이다.

화자는 그러한 의미가 내장된 "난전"에서 군고구마 행상을 하고 있는 여자가 "딸애"의 바지를 벗기고 오줌을 뉘고 있는 모습을 보게 된다. "오줌"을 배출하는 행위는 생물체의 몸이 순환하고 있다는 사실을 의미한다. 따라서 "여자가 딸애의" "오줌을 누이는" 장면은 생태계의 순환성에 대한 비유로 확대 해석이 가능하다. 따라서, "여자"와 "딸애"가 보여주는 순환성은 생태계에 내재된 순환성으로 의미화된다. "여자"의 모성성은 파괴된 생태계를 복원시키는 대안의 의미로 변주되는 것이다.

주지하다시피, "홑겹", "단화", "맨 발목", "난전"의 어휘망은 황폐함을 환기한다. 이러한 상황에서 "손이 여자를 향해 사막 식물처럼 뻗어"가 여자가 팔고 있는 군고구마를 사게 되는 화자의 행위는 주목된다. 화자가 여자라는 사실을 전제할 때, 화자의 이러한 행위는 생태계의 모성성으로 알레고리화된다. 화자가 여자와 딸애에게 베푸는 보살핌의 행위는 생태계의 모성성으로서 치유의 의미를 갖는 것이다.

나아가 "거스럼을 사양"한 화자에게 "고구마를 미어지게 더 담은 후" '너에게 주는 선물'이라고 소리치는 여자의 행위 역시 모성성에 내재된 치유의 의미를 낳는다. 거스럼돈, 지폐가 모든 대상과 상황을 계량화하는 자본주의와 인간중심주의를 표상한다고 볼 때, 위 시의 장면은 초기 인류의 존속에 공헌했던[52] 생존방식으로서 자본주의 사회의 폐해에 대응한 치유의 의미를 내장한다고 볼 수 있다. 화자의 모성성은 생태계를 포틀래치의[53] 공간으로 복원시키는 생태계의 모성성으로 의미화되는 것이다.

여성과 자연에 대한 화자의 모성성 탐색은 여기서 그치지 않는다. "여자"와 "딸애"가 과거 '화자와 엄마'의 모습이라는 구절에서 '너'가 곧 '나'

52) 머레이 북친, 박홍규 역, 앞의 책, 80쪽.
53) 북미 원주민의 말로 '선물'이란 뜻인데 보통은 선물을 주면서 크게 벌인 잔치를 가리킨다.

라는 유기체로서의 인식이 포착된다. 화자는 "난전으로 파며 감자를 팔러 다녔던 자신의 엄마도 누군가의 넝쿨에 선물을 매달아준 적이 있"었다는 사실을 떠올린 것이다. 이러한 사유는 "여자"와 "딸애"와 화자인 내가 여자라는 사실과 관련하여 통시적 공시적으로 순환하는 가이아로서의 의미를 창출한다.

다음 시 「어미木의 자살1」 에서는 식물을 표상하는 '어미木'을 통해 생태계의 모성성이 형상화된다.

> 그녀를 지날 때 할머니는 합장을 하곤 했다. 어린 내가 천식을 앓을 때에도 그녀에게 데리고 가곤 했다, 정한 물과 숨결로 우리 손주 낫게 해줍소. 그러면 나무는 솨아, 솨아아 소금내 나는 바람을 일으키며 내 목덜미를 만져주곤 하였다
>
> – 「어미木의 자살1」 부분(『내 혀가 입 속에 갇혀 있길 거부한다면』 22)

주지하다시피, 지구생태계는 생명체들이 활동하는 장소로서 스스로를 활발하게 변화시키면서 진화를 거듭하는 능동적 존재이다.[54] 이는 구체적으로 지구생태계가 지닌 대기권의 원소 조성과 해양의 염분 농도를 조절하는 자기조정 능력을 환기한다. 지구생태계의 모성성은 생명체가 살아갈 수 있도록 쾌적한 환경을 유지할 뿐 아니라 치유적 능력을 담지한다는 것이다.

위 시 「어미木의 자살1」 에서는 치유력으로서의 모성성이 감지된다. 우선 시의 표제가 '어미木'이라는 사실에서 이러한 사유가 포착된다. 시의 주요 인물인 할머니의 행위를 통해 추론할 때 '어미木'은 할머니와 동일시되는 대상으로 볼 수 있다. 대지에 뿌리를 박고 오랜 생명을 이어온 '어미木'의 역할과 할머니의 행위는 병치되며 자연과 여성으로부터 발현되는 모성성으로 의미화되는 것이다.

---

54) j. E. Lovelock, 홍욱희 역, 앞의 책, 202~223쪽.

위 시의 할머니는 화자가 어릴 때 동네 어귀의 오래된 은행나무를 지날 때마다 '합장'을 하곤 했다. 화자는 자신이 어려서 "천식을 앓을 때" 은행나무 앞에서 "정한 물과 숨결"로 손자를 위해 간곡히 기원하던 할머니를 떠올린다. 그때 그 오래된 은행나무도 할머니의 "합장"에 응답하듯 "소금내 나는 바람을 일으키며" 화자의 "목덜미를 만져주곤 했다는 것이다.

시의 맥락을 전제할 때, "소금내 나는 바람"과 "정한 숨결"은 자연과 할머니가 지니고 있는 모성성으로 의미화된다. 이를 '소금'의 정화 기능[55]과 관련시켜 해석한다면 치유력으로서의 모성성이라는 의미로 이어진다. 화자는 소금에 대한 속신을 손자의 아픔을 치료하고자 하는 할머니의 모성성과 겹쳐놓음으로써 자연과 여성의 모성성이 발현하는 보살핌과 치유의 속성을 환기하는 것이다.

다음 시 「폐소 공포」는 이러한 논의와 같은 맥락으로 읽을 수 있다.

> 흙마당 어여쁜 여자의 방에 푸른 보라 몸빛이 동쪽 바다 물속 같은 장수하늘소 한 마리 날아들었네 어디서 큰 시름 있었는지 창 아래 반 뼘 그늘 밑에서 날개를 쉬었네 여자가 설탕물 만들어 약지에 찍었고 푸른 보라 물결이 여자의 손을 핥았네…… 여자의 몸에서 새어 나온 물소리 푸른 보랏빛 안쪽을 적셨네 서른 낮과 서른 밤…… 그늘이 뼈가 되고 꽃이 거품이 되어…… 홀홀한 이슬의 손이 어느 날 장수하늘소를 일으켰네
>
> —「폐소 공포」 부분(『내 몸속에 잠든 이 누구신가』 38)

위 시에 등장하는 "장수하늘소"는 다양한 의미로 해석될 여지가 있지만 "상처 입은 존재"의 비유로 해석이 가능하다. "보라 몸빛", "푸른 보라"[56]

---

55) 소금은 벽사 또는 정화의 뜻으로 사악한 것을 물리치거나 부정한 것을 깨끗이 씻는다는 의미를 지닌다.
『동국 세시기』.

56) 흔히 보랏빛과 푸른빛은 우울, 질병, 정신질환을 상징한다.

등 색채의 상징으로 추론할 때, 병의 징후로 해석할 여지를 주는 것이다. 특히, "어디서 큰 시름 있었는지 창 아래 반 뼘 그늘 밑에서 날개를 쉬"고 있다는 표현은 "상처 입은 존재"라는 의미를 구체적으로 뒷받침한다.

이러한 논의와 관련하여 '장수하늘소'가 동물의 표상으로서 자연 전체를 암시한다고 전제할 때, "여자의 몸에서 새어 나온 물소리"가 "푸른 보랏빛 안면을 적"시자 상처는 "뼈가 되고 꽃이" 된다는 표현은 생태계 위기에 대응한 보살핌과 치유의 모성성으로 의미화된다. 특히, "어느 날" "장수하늘소"로 비유된 대상이 "일"어나게 된다는 표현은 생태계 위기에 대한 복원으로서의 의미를 담지한다. 생태계에 내장된 보살핌과 치유의 모성성이 비유되어 있는 것이다.

다음 시 「둥근 기억들의 저녁」, 「엄마의 뼈와 찹쌀 석 되」에서는 생태계의 모성성이 죽은 자들을 보살피는 양상으로 비유된다.

> 여문 햇살에 옹기들의 쌔근거리는 낮잠 "저것들도 숨쉬고 있어야!" 만삭의 기억을 쓸어안으며 환갑의 어머니 들창을 여신다
> (… 중략 …)
> 복숭아를 깎아 무른 쪽을 집어드린다 달칵거리는 틀니 "저물었어야, 장독을 덮어야지 저녁진지 드실 시간이구마" 팔년 전 돌아가신 조부님 진지 드리러 어머니 황망히 문간을 나선다 대관령 고갯길에 나부끼는 옷섶, 복숭아 열매가 둥글게 자라는 건 열매가 갖고 있는 기억 때문이다
>
> ―「둥근 기억들의 저녁」 부분(『내 혀가 입 속에 갇혀 있길 거부한다면』 38)

> 저 여자는 죽었다
> 죽은 여자의 얼굴에 生生히 살아 있는 검버섯
> 죽은 여자는 흰꽃무당버섯의 훌륭한 정원이 된다

죽은 여자, 딱딱하게 닫혀 있던
음부와 젖가슴이 활짝 열리며
희고 고운 가루가 흰나비 분처럼
바람을 타고 날아간다 반짝거리는 알들

내 죽은 담에는 늬들 선산에 묻히지 않을란다
깨끗이 화장해서 찹쌀 석 되 곱게 빻아
뼛가루에 섞어달라시는 엄마 바람 좋은 날
시루봉 너럭바위 위에 흩뿌려달라시는

들짐승 날짐승들 꺼려할지 몰라
찹쌀가루 섞어주면 그네들 적당히 잡순 후에
나머진 바람에 실려 천 · 지 · 사 · 방 · 훨 · 훨
가볍게 날으고 싶다는
찹쌀 석 되라니! 도대체 언제부터
엄마는 이 괴상한 소망을 품게 된 걸까

저 여자, 흰꽃무당버섯의 정원이 되어가는
버석거리는 몸을 뒤척여
가벼운 흰 알들을 낳고 있는 엄마는
아기 하나 낳을 때마다 서 말 피를 쏟는다는
세상의 모든 엄마들처럼
수의 한 벌과 찹쌀 석 되
벽장 속에 모셔놓고 기다리고 있는 것이다
기다려온 것이다

— 「엄마의 뼈와 찹쌀 석 되」 전문(『내 혀가 입 속에 갇혀 있길 거부한다면』 14~15)

위 시 「둥근 기억들의 저녁」에서 화자의 어머니로부터 발현되는 모성성은 "돌아가신 조부님 진지" 마련하는 제의적 의식을 계속 유지하는 양상

으로 표현된다. 살아 있는 존재 뿐 아니라 죽은 존재까지 보살피는 "엄마"의 모성성은 생태계의 항상성과 등가관계에 놓인다. 생물체와 같이 오장육부에 해당하는 기관을 지니며 신축과 소멸 · 생성을 반복하는 생태계의 모성성이 비유된 것이다.

죽은 존재에까지 미치는 모성성의 논의는 「엄마의 뼈와 찹쌀 석 되」에서 좀 더 구체화된다. 애초에 "엄마"는 아이를 출산하고 양육하고 가족을 돌보면서 자신을 희생하는 존재로서 생태계와 등가를 이룬다. 이러한 논의와 관련하여, 위 시 「엄마의 뼈와 찹쌀 석 되」에서 엄마가 죽은 뒤 자신의 몸이 "들짐승 날짐승"의 먹이로 베풀어지기를 소망한다는 표현은 주목된다. 엄마는 자신의 몸을 "깨끗이 화장해서 찹쌀 석되 곱게 빻아/뼛가루에 섞어" "시루봉 너럭바위 위에 흩뿌려" 달라고 화자인 딸에게 부탁한 것이다.

이러한 상상력은 심화되고 확대된다. 화자의 상상력에서 엄마는 "죽"어서도 "흰꽃무당버섯의 훌륭한 정원이" 되는 것이다. 그런가 하면 엄마의 "음부와 젖가슴"은 죽어서도 다른 존재를 위해 생식과 양육을 진행하는 생명체로 의미화된다. 엄마의 음부에서 생성된 "희고 고운 가루가 흰나비 분처럼/바람을 타고 날아"가며 "반짝거리는 알"을 낳는다는 것이다. 이는 끊임없이 작용하는 생태계의 모성성과 등가를 이룬다. 위 시에서 엄마의 모성성은 자연 생태계에 내재된 항상성으로 맥락화되는 것이다.

흔히, 진정한 의미의 생태여성주의는 여성과 남성의 경계, 자연과 인간의 경계로 구분하는 이분법을 넘어설 때 가능하다고 운위된다. 이를 반영하듯 위 시에서 형상화된 모성성은 산자와 죽은 자, 인간과 자연 등 우주 전체를 보살피며, 경계가 없이 발현되는 양상을 보인다. 김선우 시인이 볼 때 생태여성주의의 강조점은 모든 경계를 넘어 생태계 전체에서 발현되는 모성성에 있다는 것이다.

3. 맺음말

지금까지 김선우 시에 내재된 생태여성주의를 논의했다. 그 결과 그의 시에서 도출된 주제는 생태계 위기와 관련한 대안의 주제로서 생태여성주의 가운데서도 모성성으로 밝혀졌다.

그의 시에 내재된 모성성을 추출하기 위해 생태여성주의의 다양한 주장 가운데 프랑스와즈 도본, 스톤, 마리아 미즈, 프롬우드를 비롯하여 캐롤 크라이스트의 모성성, 에이리얼 셀러의 여성성, 러브록의 가이아, 쉬바의 모성성, 카렌과 길리건이 주장하는 보살핌의 윤리 등 다양한 학자들의 이론을 적용했다. 이들의 이론을 바탕으로 논의된 김선우 시의 모성적 생태여성주의는 생장을 주관하는 모성성부터 상처받은 모성성, 치유와 보살핌으로 작용하는 모성성까지 세 가지 층위로 도출되었다.

먼저 생장을 주관하는 모성성의 특성으로서 잉태와 양육의 생태여성주의가 논의되었다. 잉태와 양육의 주제를 내장한 시들에서 여성과 생태계의 모성성은 등가 관계의 의미를 갖는 것이다. 김선우의 시에서는 생태계 내에 존재하는 모든 생명을 잉태하며 양육하는 양상으로 나타난다. 그의 시에서 생태계는 생명을 출산하고 양육하는 전 과정에 걸쳐 모성성을 발현하는 생명성의 근원이자 양육의 담지체라는 것이다.

상처 받은 모성성을 이미지화한 시에서는 가부장적 가치의 결과물인 과학기술과 문명에 의해 파괴되고 변질되는 생태계의 모성성이 추출되었다. 가부장적 가치의 표상인 과학기술의 발달로 인해 파괴되는 생태계의 양상이 형상화되었으며, 그로 인해 자연의 자기조정능력이 약화되는 현상이 그려졌다. 가부장적 가치로 인한 자연생태계의 모성성 파괴가 지구 생태계 전체의 훼손으로 이어진다는 것이다.

마지막으로 보살핌과 치유의 이미지에서는 여성과 생태계에 내재된 모성성 가운데 보살핌의 윤리가 훼손된 지구생태계를 복원하는 미래의 대안으로 제시된다. 보살핌과 치유의 대상은 인간과 자연 등 생태계 내에 존재하는 모든 대상을 아우른다. 동시에 생성과 성장, 복원으로서의 항상성이 형상화된다. 생태계에서 발현되는 모성성 가운데 보살핌과 치유의 특성이야말로 훼손된 생태계의 생명성을 회복할 수 있는 대안이 된다는 것이다.

인명 · 기타

ㄴ

ㅁ

ㅂ

ㅅ

ㅇ

ㅈ

ㅊ

ㅎ

작품

ㄴ

■ 김동명 金東明

부경대학교에서 「한국 현대시에 나타난 심층생태주의의 유기론적 양상 연구」로 문학박사 학위를 취득했다.

현재,
부경대와 창원대에 출강하면서, 부경대 인문사회과학연구소,
부산대 한국민족문화연구소의 전임연구원으로 활동하고 있다.
(2013, 2014, 2015 한국연구재단 시간강사 연구지원 선정)

저서 :
『심층생태주의의 유기론적 시학』(2013)

논문 :
「백석 시에 내재된 공동체의식」(2000)
「백석 시에 내재된 공동체의식 연구: 해방 이전 시를 중심으로」(2001)
「이성선 시에 내재된 심층생태주의적 양상 연구」(2010)
「김선우 시에 내재된 생태여성주의적 양상 연구」(2011)
「김지하의 후기시에 나타난 심층생태주의적 양상 연구」(2011)
「정현종의 후기시에 나타난 동양사상의 심층생태주의적 양상 연구」(2012)
「이상국 시에 나타난 생태주의적 양상 연구」(2012, 한국연구재단 우수논문 선정)
「한국 현대시에 나타난 심층생태주의의 유기론적 양상 연구」(2013)
「고진하 시에 나타난 만유재신론적 생태주의 연구」(2013)
「이성선과 고진하 시에 나타난 생태주의의 복잡성 비교연구」(2014)
「하종오 시에 나타난 세계시민주의적 생태주의의 복잡성 연구」(2014)
「한승원의 『연꽃바다』에 나타난 심층생태주의적 양상 연구」(2015)
「최승호 시에 나타난 심층생태주의의 복잡성 연구」(2015)
「고진하의 후기시에 나타난 기독교사상의 심층생태주의적 양상 연구」(2015)
등이 있다.

생태주의의 스펙트럼과 시학詩學

초판 1쇄 인쇄일 | 2016년 6월 7일
초판 1쇄 발행일 | 2016년 6월 8일

지은이 | 김동명
펴낸이 | 정진이
편집장 | 김효은
편집/디자인 | 김진솔 우정민 박재원
마케팅 | 정찬용 정구형
영업관리 | 한선희 이선건
책임편집 | 우정민
인쇄처 | 국학인쇄사
펴낸곳 | 국학자료원 새미 (주)
등록일 2005 03 15 제25100-2005-000008호
서울특별시 강동구 성안로 13 (성내동, 현영빌딩 2층)
Tel 442-4623 Fax 6499-3082
www.kookhak.co.kr
kookhak2001@hanmail.net

ISBN | 979-11-87488-02-6 *93800
가격 | 27,000원